U0575450

蘇東坡全集

五

曾枣庄
舒大刚　主编

中华书局

第五册目录

文集
三

文集
目录
三

文集卷八十三

送章子平诗叙

观《进士登科录》，自天圣初讫于嘉祐之末，凡四千五百一十有七人。其贵且贤，以名闻于世者，盖不可胜数。数其上之三人，凡三十有九，而不至于公卿者，五人而已。可谓盛矣。《诗》曰："诞后稷之穑，有相之道。"我仁祖之于士也亦然。较之以声律，取之以糊名，而异人出焉。是何术哉！目之所阅，手之所历，口之所及，其人未有不硕大光明秀杰者也。此岂人力乎？天相之也。天之相人君，莫大于以人遗之。其在位之三十五年，进士盖十举矣，而得吾子平以为首。子平以文章之美，经术之富，政事之敏，守之以正，行之以谦，此功名富贵之所迫逐而不赦者也。虽微举首，其孰能加之！然且困踬而不信，十年于此矣。意者任重道远，必老而后大成欤？不然，我仁祖之明，而天相之，遗之人以任其事，而岂徒然哉！熙宁三年冬，子平自右司谏、直集贤院，出牧郑州。士大夫知其将用也，十一月丁未，会于观音之佛舍，相与赋诗以饯之。余于子平为同年友，众以为宜为此文也，故不得辞。卷一〇

送杭州进士诗叙

右《登彼公堂》四章，章四句，太守陈公之词也。苏子曰：士

之求仕也,志于得也。仕而不志于得者,伪也。苟志于得而不以其道,视时上下而变其学,曰"吾期得而已矣,则凡可以得者,无不为也",而可乎？昔者齐景公田,招虞人以旌,不至。孔子善之,曰："招虞人以皮冠。"夫旌与皮冠,于义未有损益也,然且不可,而况使之弃其所学,而学非其道欤？熙宁五年,钱塘之士贡于礼部者九人。十月乙酉,燕于中和堂,公作是诗以勉之。曰"流而不返"者,水也;"不以时迁"者,松柏也。言水而及松柏,于其动者,欲其难进也。"万世不移"者,山也;"时飞时止"者,鸿雁也。言山而及鸿雁,于其静者,欲其及时也。公之于士也,可谓周矣。《诗》曰："无言不酬,无德不报。"二三子何以报公乎？卷一〇

送人序

士之不能自成,其患在于俗学。俗学之患,枉人之材,窒人之耳目,诵其师传造字之语,从俗之文,才数万言,其为士之业尽此矣。夫学以明礼,文以述志,思以通其学,气以达其文。古之人道其聪明,广其闻见,所以学也,正志完气,所以言也。王氏之学,正如脱槧,案其形模而出之,不待修饰而成器耳,求为桓璧彝器,其可乎？卷一〇

送钱塘僧思聪归孤山叙

天以一生水,地以六成之,一六合而水可见。虽有神禹,不能知其孰为一孰为六也。子思子曰："自诚明谓之性,自明诚谓之教。诚则明矣,明则诚矣。"诚明合而道可见。虽有黄帝、孔丘,不能知

其孰为诚孰为明也。佛者曰："戒生定,定生慧。"慧独不生定乎?伶玄有言："慧则通,通则流。"是乌知真慧哉? 醉而狂,醒而止,慧之生定,通之不流也审矣。故夫有目而自行,则骞裳疾走,常得大道。无目而随人,则车轮曳踵,常仆坑阱。慧之生定,速于定之生慧也。钱塘僧思聪,七岁善弹琴,十二舍琴而学书。书既工,十五舍书而学诗。诗有奇语,云烟葱胧,珠玑的砾,识者以为画师之流。聪又不已,遂读《华严》诸经,入法界海慧。今年二十有九,老师宿儒,皆敬爱之。秦少游取《楞严》文殊语,字之曰"闻复"。使聪日进不止,自闻思修以至于道,则《华严》法界海慧,尽为蘧庐,而况书、诗与琴乎! 虽然,古之学道,无自虚空入者。轮扁斫轮,伛偻承蜩,苟可以发其巧智,物无陋者。聪若得道,琴与书皆与有力,诗其尤也。聪能如水镜以一含万,则书与诗当益奇。吾将观焉,以为聪得道浅深之候。 _{卷一○}

送水丘秀才叙

水丘仙夫治六经百家说为歌诗,与扬州豪俊交游,头骨硗然,有古丈夫风。其出词吐气,亦往往惊世俗。予知其必有用也,仙夫其自惜哉! 今之读书取官者,皆屈折拳曲,以合规绳,曾不得自伸其喙。仙夫耻不得为,将历琅琊,之会稽,浮沅湘,溯瞿塘,登高以望远,摇桨以泳深,以自适其适也。过予而语行。予谓古之君子,有绝俗而高,有择地而泰者,顾其心常足而已。坐于庙堂,君臣赓歌,与夫据槁梧击朽枝而声犁然,不知其心之乐,奚以异也。其在穷也,能知舍;其在通也,能知用。予以是卜仙夫之还也,仙夫勉矣哉! 若夫习而不试,往即而独后,则仙夫之展可以南矣。 _{卷一○}

送张道士叙

　　古者赠人以言，彼虽不吾乞，犹将发药也。盖未有不吾乞，而亦有待发药者。以吾友之贤，兹又奚乞？虽然，我反乞之曰：与吾友心肺之识，几三年矣，非同顷暂也。今乃别去，遂默默而已乎？抑不足教乎？岂无事于教乎？将周旋终始笼络盖遮有所惜乎？嗟仆之才，陋甚也，而吾友每过爱，岂信然乎？止于此可乎？抑容有未至当勉乎？自念明于处己，暗于接物，其不可，至死以不喜，故讥骂随之，抑足恤乎？将从从然与之合乎？身且老矣，家且穷矣，与物日忤，而取途且远矣，将明灭如草上之萤乎？浮沉如水中之鱼乎？陶者能圆而不能方，矢者能直而不能曲，将为陶乎？将为矢乎？山有蕨薇可羹也，野有麋鹿可脯也，一丝可衣也，一瓦可居也，诗书可乐也，父子兄弟妻孥可游衍也，将谢世路而适吾所自适乎？抑富贵声名以偷梦幻之快乎？行乎止乎？迟乎速乎？吾友其可教也，默默而已，非所望吾友也。卷一〇

送通教钱大师还杭诗序

　　熙宁十年，始有诏以杭州龙山废佛祠为表忠观，《碑》具载其事。元丰二年六月，通教自杭来，见予于吴兴。问："观已卒工乎？"曰："未也。杭人比岁不登，莫有助我者。"余曰："异哉！杭人重施而轻财，好义而徇名。是独为福田也，将自托于不朽。今岁稔矣，子其行乎！"通教还杭，作诗以送之。卷一〇

范文正公文集叙

庆历三年，轼始总角入乡校，士有自京师来者，以鲁人石守道所作《庆历圣德诗》示乡先生。轼从旁窃观，则能诵习其词，问先生以所颂十一人者何人也？先生曰："童子何用知之？"轼曰："此天人也耶，则不敢知；若亦人耳，何为其不可！"先生奇轼言，尽以告之，且曰："韩、范、富、欧阳，此四人者，人杰也。"时虽未尽了，则已私识之矣。嘉祐二年，始举进士，至京师，则范公殁。既葬，而墓碑出，读之至流涕，曰："吾得其为人盖十有五年，而不一见其面，岂非命也欤！"是岁登第，始见知于欧阳公，因公以识韩、富，皆以国士待轼，曰："恨子不识范文正公。"其后三年，过许，始识公之仲子今丞相尧夫。又六年，始见其叔彝叟京师。又十一年，遂与其季德孺同僚于徐。皆一见如旧。且以公遗稿见属为叙。又十三年，乃克为之。

呜呼，公之功德，盖不待文而显，其文亦不待叙而传。然不敢辞者，自以八岁知敬爱公，今四十七年矣，彼三杰者，皆得从之游，而公独不识，以为平生之恨。若获挂名其文字中，以自托于门下士之末，岂非畴昔之愿也哉！古之君子，如伊尹、太公、管仲、乐毅之流，其王霸之略，皆素定于畎亩中，非仕而后学者也。淮阴侯见高帝于汉中，论刘、项短长，画取三秦，如指诸掌。及佐帝定天下，汉中之言，无一不酬者。诸葛孔明卧草庐中，与先主策曹操、孙权，规取刘璋，因蜀之资，以争天下，终身不易其言。此岂口传耳受、尝试为之而侥幸其或成者哉！公在天圣中，居太夫人忧，则已有忧天下致太平之意，故为万言书以遗宰相，天下传诵。至用为将，擢为执政，考其平生所为，无出此书者。今其集二十卷，为诗赋二百六十八,为文一百六十五。其于仁义礼乐,忠信孝弟,盖如饥渴之于饮食,欲须臾忘而不可得。如火之热,如水之湿,盖其天性有不得不然者。虽弄翰戏语,率然而作,必归于此。故天下信其诚,争师尊之。孔子曰:"有德者必有言。"非有言也,德之发于口者也。又曰:"我战则克,祭则受福。"非能战也,德之见于怒者也。元祐四年四月十一日,龙图阁学士、朝奉郎、新知杭州军州事苏轼叙。卷一〇

凫绎先生诗集叙

孔子曰:"吾犹及史之阙文也。有马者,借人乘之,今亡矣夫。"史之不阙文,与马之不借人也,岂有损益于世也哉?然且识之,以为世之君子长者,日以远矣,后生不复见其流风遗俗,是以日趋于智巧便佞而莫之止。是二者虽不足以损益,而君子长者之泽在焉,则孔子识之,而况其足以损益于世者乎!昔吾先君适京师,与卿士大夫游,归以语轼曰:"自今以往,文章其日工,而道将散矣。士慕远而忽近,贵华而贱实,吾已见其兆矣。"以鲁人凫绎先生之诗文十余篇示轼曰:"小子识之。后数十年,天下无复为斯文者也。"先生之诗文,皆有为而作,精悍确苦,言必中当世之过,凿凿乎如五谷必可以疗饥,断断乎如药石必可以伐病。其游谈以为高,枝词以为观美者,先生无一言焉。其后二十余年,先君既没,而其言存。士之为文者,莫不超然出于形器之表,微言高论,既已鄙陋汉、唐,而其反复论难,正言不讳,如先生之文者,世莫之贵矣。轼是以悲于孔子之言,而怀先君之遗训,益求先生之文,而得之于其子复,乃录而藏之。先生讳太初,字醇之,姓颜氏,先师兖公之四十七世孙云。卷一〇

乐全先生文集叙

孔北海志大而论高，功烈不见于世，然英伟豪杰之气，自为一时所宗。其论盛孝章、郗鸿豫书，慨然有烈丈夫之风。诸葛孔明不以文章自名，而开物成务之姿，综练名实之意，自见于言语。至《出师表》简而尽，直而不肆，大哉言乎！与《伊训》《说命》相表里，非秦、汉以来以事君为悦者所能至也。常恨二人之文，不见其全，今吾乐全先生张公安道，其庶几乎！

呜呼！士不以天下之重自任久矣。言语非不工也，政事文学非不敏且博也，然至于临大事，鲜不忘其故、失其守者，其器小也。公为布衣，则颀然已有公辅之望。自少出仕，至老而归，未尝以言徇物，以色假人。虽对人主，必同而后言。毁誉不动，得丧若一，真孔子所谓大臣以道事君者。世远道散，虽志士仁人，或少贬以求用，公独以迈往之气，行正大之言，曰："用之则行，舍之则藏。"上不求合于人主，故虽贵而不用，用而不尽；下不求合于士大夫，故悦公者寡，不悦者众。然至言天下伟人，则必以公为首。公尽性知命，体乎自然，而行乎不得已，非蕲以文字名世者也。然自庆历以来讫元丰，四十余年，所与人主论天下事，见于章疏者多矣，或用或不用，而皆本于礼义，合于人情，是非有考于前，而成败有验于后。及其他诗文，皆清远雄丽，读者可以想见其为人。信乎其有似于孔北海、诸葛孔明也。

轼年二十，以诸生见公成都，公一见待以国士。今三十余年，所以开发成就之者至矣，而轼终无所效尺寸于公者，独求其文集，手校而家藏之，且论其大略，以待后世之君子。昔曾鲁公尝为轼言，公在人主前论大事，他人终日反覆不能尽者，公必数言而决，粲然成文,皆可书而诵也。言虽不尽用,然庆历以来,名臣为人主所敬,莫如公者。公今年八十一,杜门却扫,终日危坐,将与造物者游于无何有之乡,言且不可得闻,而况其文乎! 凡为文若干卷,若干首。卷一〇

六一居士集叙

夫言有大而非夸,达者信之,众人疑焉。孔子曰:"天之将丧斯文也,后死者不得与于斯文也。"孟子曰:"禹抑洪水,孔子作《春秋》,而予距杨、墨。"盖以是配禹也。文章之得丧,何与于天? 而禹之功与天地并,孔子、孟子以空言配之,不已夸乎! 自《春秋》作而乱臣贼子惧,孟子之言行而杨、墨之道废,天下以为是固然而不知其功。孟子既没,有申、商、韩非之学,违道而趋利,残民以厚主,其说至陋也,而士以是罔其上。上之人侥幸一切之功,靡然从之。而世无大人先生如孔子、孟子者,推其本末,权其祸福之轻重,以救其惑,故其学遂行。秦以是丧天下,陵夷至于胜、广、刘、项之祸,死者十八九,天下萧然。洪水之患,盖不至此也。方秦之未得志也,使复有一孟子,则申、韩为空言,作于其心,害于其事,作于其事,害于其政者,必不至若是烈也。使杨、墨得志于天下,其祸岂减于申、韩哉! 由此言之,虽以孟子配禹可也。太史公曰:"盖公言黄、老,贾谊、晁错明申、韩。"错不足道也,而谊亦为之,余以是知邪说之移人,虽豪杰之士有不免者,况众人乎!

自汉以来,道术不出于孔氏而乱天下者多矣。晋以老庄亡,梁以佛亡,莫或正之。五百余年而后得韩愈,学者以愈配孟子,盖庶几焉。愈之后二百有余年而后得欧阳子,其学推韩愈、孟子以达

于孔氏,著礼乐仁义之实,以合于大道。其言简而明,信而通,引物连类,折之于至理,以服人心,故天下翕然师尊之。自欧阳子之存,世之不说者,哗而攻之,能折困其身,而不能屈其言。士无贤不肖不谋而同曰:"欧阳子,今之韩愈也。"宋兴七十余年,民不知兵,富而教之,至天圣、景祐极矣,而斯文终有愧于古。士亦因陋守旧,论卑气弱。自欧阳子出,天下争自濯磨,以通经学古为高,以救时行道为贤,以犯颜纳说为忠。长育成就,至嘉祐末,号称多士。欧阳子之功为多。呜呼,此岂人力也哉?非天其孰能使之!

欧阳子没十有余年,士始为新学,以佛老之似,乱周孔之真,识者忧之。赖天子明圣,诏修取士法,风厉学者专治孔氏,黜异端,然后风俗一变。考论师友渊源所自,复知诵习欧阳子之书。予得其诗文七百六十六篇于其子棐,乃次而论之曰:"欧阳子论大道似韩愈,论事似陆贽,记事似司马迁,诗赋似李白。此非余言也,天下之言也。"欧阳子讳修,字永叔。既老,自谓六一居士云。卷一〇

田表圣奏议叙

故谏议大夫赠司徒田公表圣奏议十篇。呜呼!田公,古之遗直也。其尽言不讳,盖自敌以下受之有不能堪者,而况于人主乎?吾是以知二宗之圣也。自太平兴国以来,至于咸平,可谓天下大治,千载一时矣。而田公之言,常若有不测之忧近在朝夕者,何哉?古之君子,必忧治世而危明主。明主有绝人之资,而治世无可畏之防。夫有绝人之资,必轻其臣;无可畏之防,必易其民。此君子之所甚惧也。方汉文时,刑措不用,兵革不试,而贾谊之言曰:"天下有可长太息者,有可流涕者,有可痛哭者。"后世不以是少汉

文,亦不以是甚贾谊。由此观之,君子之遇治世而事明主,法当如是也。谊虽不遇,而其所言略已施行,不幸早世,功烈不著于时。然谊尝建言,使诸侯王子孙各以次受分地,文帝未及用。历孝景至武帝,而主父偃举行之,汉室以安。今公之言,十未用五六也,安知来世不有若偃者举而行之欤? 愿广其书于世,必有与公合者,此亦忠臣孝子之志也。卷一〇

王定国诗集叙

　　太史公论《诗》,以为"《国风》好色而不淫,《小雅》怨诽而不乱"。以余观之,是特识变风变雅耳,乌睹《诗》之正乎? 昔先王之泽衰,然后变风发乎情;虽衰而未竭,是以犹止于礼义,以为贤于无所止者而已。若夫发于性止于忠孝者,其诗岂可同日而语哉! 古今诗人众矣,而杜子美为首,岂非以其流落饥寒,终身不用,而一饭未尝忘君也欤? 今定国以余故得罪,贬海上五年,一子死贬所,一子死于家,定国亦病几死。余意其怨我甚,不敢以书相闻。而定国归至江西,以其岭外所作诗数百首寄余,皆清平丰融,蔼然有治世之音,其言与志得道行者无异。幽忧愤叹之作,盖亦有之矣,特恐死岭外,而天子之恩不及报,以忝其父祖耳。孔子曰:"不怨天,不尤人。"定国且不我怨,而肯怨天乎! 余然后废卷而叹,自恨期人之浅也。又念昔日定国过余于彭城,留十日,往返作诗几百余篇,余苦其多,畏其敏,而服其工也。一日,定国与颜复长道游泗水,登桓山,吹笛饮酒,乘月而归。余亦置酒黄楼上以待之,曰:"李太白死,世无此乐三百年矣。"今余老,不复作诗,又以病止酒,闭门不出,门外数步即大江,经月不至江上,眊眊焉真一老农夫也。而定

国诗益工,饮酒不衰,所至翱翔徜徉,穷山水之胜,不以厄穷衰老改其度。今而后,余之所畏服于定国者,不独其诗也。卷一〇

晁君成诗集引

达贤者有后,张汤是也。张汤宜无后者也。无其实而窃其名者无后,扬雄是也。扬雄宜有后者也。达贤者有后,吾是以知蔽贤者之无后也。无其实而窃其名者无后,吾是以知有其实而辞其名者之有后也。贤者,民之所以生也,而蔽之,是绝民也。名者,古今之达尊也,重于富贵,而窃之,是欺天也。绝民欺天,其无后,不亦宜乎? 故曰达贤者与有其实而辞其名者皆有后,吾常诵之云尔。

乃者官于杭,杭之新城令晁君君成讳端友者,君子人也。吾与之游三年,知其为君子,而不知其能文与诗,而君亦未尝有一语及此者。其后君既殁于京师,其子补之出君之诗三百六十篇。读之而惊曰:嗟夫,诗之指虽微,然其美恶高下,犹有可以言传而指见者。至于人之贤不肖,其深远茫昧难知,盖甚于诗。今吾尚不能知君之能诗,则其所谓知君之为君子者,果能尽知之乎? 君以进士得官,所至民安乐之,惟恐其去。然未尝以一言求于人。凡从仕二十有三年,而后改官没。由此观之,非独吾不知,举世莫之知也。君之诗清厚静深,如其为人,而每篇辄出新意奇语,宜为人所共爱,其势非君深自覆匿,人必知之。而其子补之,于文无所不能,博辩俊伟,绝人远甚,将必显于世。吾是以益知有其实而辞其名者之必有后也。昔李郃为汉中候吏,和帝遣二使者微服入蜀,馆于郃,郃以星知之。后三年,使者为汉中守,而郃犹为候吏,人莫知之者。其博学隐德之报,在其子固。《诗》曰:"岂弟君子,神所劳矣。"卷一〇

文集卷八十四

邵茂诚诗集叙

贵、贱、寿、夭，天也。贤者必贵，仁者必寿，人之所欲也。人之所欲，适与天相值实难，譬如匠庆之山而得成镶，岂可常也哉！因其适相值，而责之以常然，此人之所以多怨而不通也。至于文人，其穷也固宜。劳心以耗神，盛气以忤物，未老而衰病，无恶而得罪，鲜不以文者。天人之相值既难，而人又自贼如此，虽欲不困，得乎？茂诚讳迎，姓邵氏，与余同年登进士第。十有五年，而见之于吴兴孙莘老之座上，出其诗数百篇，余读之，弥月不厌。其文清和妙丽如晋、宋间人。而诗尤可爱，咀嚼有味，杂以江左、唐人之风。其为人笃学强记，恭俭孝友，而贯穿法律，敏于吏事。其状若不胜衣，语言气息仅属。余固哀其任众难以瘁其身，且疑其将病也。逾年而茂诚卒。又明年，余过高邮，则其丧在焉。入哭之，败帏瓦灯，尘埃萧然，为之出涕太息。夫原宪之贫，颜回之短命，扬雄之无子，冯衍之不遇，皇甫士安之笃疾，彼遇其一，而人哀之至今，而茂诚兼之，岂非命也哉？余是以录其文，哀而不怨，亦茂诚之意。_{卷一〇}

钱塘勤上人诗集叙

昔翟公罢廷尉，宾客无一人至者。其后复用，宾客欲往。翟公大书其门曰："一死一生,乃知交情。一贫一富,乃知交态。一贵一贱,交情乃见。"世以为口实。然余尝薄其为人,以为客则陋矣,而公之所以待客者独不为小哉?故太子少师欧阳公好士,为天下第一。士有一言中于道,不远千里而求之,甚于士之求公。以故尽致天下豪俊,自庸众人以显于世者固多矣。然士之负公者,亦时有。盖尝慨然太息,以人之难知为好士者之戒。意公之于士,自是少倦。而其退老于颍水之上,余往见之,则犹论士之贤者,唯恐其不闻于世也;至于负己者,则曰是罪在我,非其过。翟公之客负之于死生贵贱之间,而公之士叛公于瞬息俄顷之际。翟公罪客,而公罪己,与士益厚,贤于古人远矣。公不喜佛老,其徒有治《诗》《书》、学仁义之说者,必引而进之。佛者惠勤,从公游三十余年,公常称之为聪明才智有学问者,尤长于诗。公薨于汝阴,余哭之于其室。其后见之,语及于公,未尝不涕泣也。勤固无求于世,而公又非有德于勤者,其所以涕泣不忘,岂为利也哉!余然后益知勤之贤。使其得列于士大夫之间,而从事于功名,其不负公也审矣。熙宁七年,余自钱塘将赴高密,勤出其诗若干篇,求余文以传于世。余以为诗非待文而传者也,若其为人之大略,则非斯文莫之传也。

卷一〇

徐州鹿鸣燕赋诗叙

余闻之,德行兴贤,太高而不可考;射御选士,已卑而不足行。永惟三代以来,莫如吾宋之盛。始于乡举,率用韦、平之一经;终于廷策,庶几晁、董之三道。眷此房心之野,实惟孝秀之渊。元丰元年,三郡之士皆举于徐。九月辛丑晦,会于黄楼,修旧事也。庭实旅百,贡先前列之龟;工歌拜三,义取食苹之鹿。是日也,天高气清,水落石出,仰观四山之晻暖,俯听二洪之怒号,眷焉顾之,有足乐者。于是讲废礼,放郑声,部刺史劝驾,乡先生在位,群贤毕集,逸民来会。以谓古者于旅也语,而君子会友以文,爰赋笔札,以侑樽俎。载色载笑,有同于泮水;一觞一咏,无愧于山阴。真礼义之遗风,而太平之盛节也。大夫庶士,不鄙谓余,属为斯文,以举是礼。余以嘉祐之初,以进士入官,偶俪之文,畴昔所上。扬雄虽悔于少作,锺仪敢废于南音? 贻诸故人,必不我诮也。卷一〇

南行前集叙

　　夫昔之为文者,非能为之为工,乃不能不为之为工也。山川之有云雾,草木之有华实,充满勃郁,而见于外。夫虽欲无有,其可得耶! 自少闻家君之论文,以为古之圣人有所不能自已而作者。故轼与弟辙为文至多,而未尝敢有作文之意。己亥之岁,侍行适楚,舟中无事,博弈饮酒,非所以为闺门之欢。而山川之秀美,风俗之朴陋,贤人君子之遗迹,与凡耳目之所接者,杂然有触于中,而发于咏叹。盖家君之作与弟辙之文皆在,凡一百篇,谓之《南行集》。将以识一时之事,为他日之所寻绎,且以为得于谈笑之间,而非勉强所为之文也。时十二月八日,江陵驿书。卷一〇

猎会诗序

　　雷胜,陇西人。以勇敢应募得官,为京东第二武将。膂力绝人,骑射敏妙。按阅于徐,徐人欲观其能,为小猎城西。又有殿直

郑亮、借职缪进者，皆骑而从，弓矢刀槊，无不精习，而驻泊黄宗冈，举止如诸生，戎装轻骑，出驰绝众。客皆惊笑乐甚。是日小雨甫晴，土润风和，观者数千人。曹子桓云："建安十年始定冀州，涉貃贡良弓，燕代献名马。时岁之春，勾芒司节，和风扇物，弓燥手柔，草茂兽肥。与兄子丹猎于邺西，手获獐鹿九，狐兔三十。"驰聘之乐，边人武吏，日以为常。如曹氏父子，横槊赋诗以传于世，乃可喜耳。众客既各自写其诗，因书其末，以为异日一笑。卷一○

牡丹记叙

熙宁五年三月二十三日，余从太守沈公观花于吉祥寺僧守璘之圃。圃中花千本，其品以百数。酒酣乐作，州人大集，金槃彩篮以献于坐者，五十有三人。饮酒乐甚，素不饮者皆醉。自舆台皂隶皆插花以从，观者数万人。明日，公出所集《牡丹记》十卷以示客，凡牡丹之见于传记与栽植培养剥治之方，古今咏歌诗赋，下至怪奇小说皆在。余既观花之极盛与州人共游之乐，又得观此书之精究博备，以为三者皆可纪，而公又求余文以冠于篇。

盖此花见重于世三百余年，穷妖极丽，以擅天下之观美，而近岁尤复变态百出，务为新奇以追逐时好者，不可胜纪。此草木之智巧便佞者也。今公自耆老重德，而余又方蠢迂阔，举世莫与为比，则其于此书，无乃皆非其人乎！然鹿门子常怪宋广平之为人，意其铁心石肠，而为《梅花赋》，则清便艳发，得南朝徐庾体。今以余观之，凡托于椎陋以眩世者，又岂足信哉！余虽非其人，强为公纪之。公家书三万卷，博览强记，遇事成书，非独牡丹也。卷一○

八境图诗叙

《南康八境图》者，太守孔君之所作也。君既作石城，即其城上楼观台榭之所见而作是图也。东望七闽，南望五岭，览群山之参差，俯章贡之奔流，云烟出没，草木蕃丽，邑屋相望，鸡犬之声相闻。观此图也，可以茫然而思，粲然而笑，慨然而叹矣。苏子曰：此南康之一境也，何从而八乎？所自观之者异也。且子不见夫日乎，其旦如盘，其中如珠，其夕如破璧，此岂三日也哉？苟知夫境之为八也，则凡寒暑、朝夕、雨旸、晦冥之异，坐作、行立、哀乐、喜怒之变，接于吾目而感于吾心者，有不可胜数者矣，岂特八乎？如知夫八之出乎一也，则夫四海之外，诙诡谲怪，《禹贡》之所书，邹衍之所谈，相如之所赋，虽至千万未有不一者也。后之君子，必将有感于斯焉。乃作诗八章，题之图上。卷一〇

八境图后叙

南康江水，岁岁坏城，孔君宗翰为守，始作石城，至今赖之。轼为胶西守，孔君实见代，临行出《八境图》，求文与诗，以遗南康人，使刻诸石。其后十七年，轼南迁过郡，得遍览所谓八境者，则前诗未能道其万一也。南康士大夫相与请于轼曰："诗文昔尝刻石，或持以去，今亡矣。愿复书而刻之。"时孔君既没，不忍违其请。绍圣元年八月十九日，眉山苏轼书。卷一〇

观宋复古画叙

旧说，房琯开元中尝宰卢氏，与道士邢和璞出游，过夏口村，入废佛寺，坐古松下。和璞使人凿地，得瓮中所藏娄师德与永禅师书。笑谓琯曰："颇忆此耶？"琯因怅然，悟前生之为永师也。故人柳子玉宝此画，云是唐本，宋复古所临者。元祐六年三月十九日，予自杭州还朝，宿吴淞江，梦长老仲殊挟琴过余，弹之有异声。就视，琴颇损，而有十三弦。予方叹息不已。殊曰："虽损，尚可修。"曰："奈十三弦何？"殊不答，诵诗云："度数形名本偶然，破琴今有十三弦。此生若遇邢和璞，方信秦筝是响泉。"予梦中了然识其所谓，既觉而忘之。明日，昼寝，复梦，殊来理前语，再诵其诗。方惊觉而殊适至，意其非梦也，问之殊，盖不知。是岁六月，见子玉之子子文京师，求得其画，乃作诗并书所梦其上。子玉，名瑾，善作诗及行草书。复古，名迪，画山水草木，盖妙绝一时。仲殊本书生，弃家学佛，通脱无所著，皆奇士也。卷一〇

圣散子叙

昔尝览《千金方·三建散》云："风冷痰饮，症癖瘕疟，无所不治。"而孙思邈特为著论，以谓此方用药节度，不近人情，至于救急，其验特异。乃知神物效灵，不拘常制，至理开惑，智不能知。今仆所蓄圣散子，殆此类耶？自古论病，惟伤寒最为危急，其表里虚实，日数证候，应汗应下之类，差之毫厘，辄至不救，而用圣散子者，一切不问。凡阴阳二毒，男女相易，状至危急者，连饮数剂，即汗出气通，饮食稍进，神守完复，更不用诸药连服取差；其余轻者，心额

苏东坡全集

微汗，正尔无恙。药性微热，而阳毒发狂之类，服之即觉清凉。此殆不可以常理诘也。若时疫流行，平旦于大釜中煮之，不问老少良贱，各服一大盏，即时气不入其门。平居无疾，能空腹一服，则饮食倍常，百疾不生。真济世之具，卫家之宝也。其方不知所从出，得之于眉山人巢君谷。谷多学，好方秘，惜此方不传其子。余苦求得之。谪居黄州，比年时疫，合此药散之，所活不可胜数。巢初授余，约不传人，指江水为盟。余窃隘之，乃以传蕲水人庞君安时。安时以善医闻于世，又善著书，欲以传后，故以授之，亦使巢君之名，与此方同不朽也。卷一〇

圣散子后序

《圣散子》主疾，功效非一。去年春，杭之民病，得此药全活者，不可胜数。所用皆中下品药，略计每千钱即得千服，所济已及千人。由此积之，其利甚博。凡人欲施惠而力能自办者，犹有所止，若合众力，则人有善利，其行可久。今募信士就楞严院修制，自立春后起施，直至来年春夏之交，有入名者，径以施送本院。昔薄拘罗尊者，以诃梨勒施一病比丘，故获报身，身常无众疾。施无多寡，随力助缘。疾病必相扶持，功德岂有限量！仁者恻隐，当崇善因。吴郡陆广秀才，施此方并药，得之于智藏主禅月大师宝泽，乃乡僧也。其陆广见在京施方并药，在麦曲巷居住。卷一〇

思子台赋引

予先君宫师之友史君，讳经臣，字彦辅，眉山人。与其弟沆、

子凝皆奇士，博学能文，慕李文饶之为人，而举其议论。彦辅举贤良，不中第。子凝以进士得官，止著作佐郎。皆早死，且无子。有文数百篇，皆亡之。予少时尝见彦辅所作《思子台赋》，上援秦皇，下逮晋惠，反复哀切，有补于世。盖记其意而亡其辞，乃命过作补亡之篇，庶几后之君子，犹得见斯人胸怀之仿佛也。卷一

书《孟德传》后

子由书孟德事见寄。余既闻而异之，以为虎畏不惧己者，其理似可信。然世未有见虎而不惧者，则斯言之有无，终无所试之。然曩余闻忠、万、云安多虎。有妇人昼日置二小儿沙上而浣衣于水者，虎自山上驰来，妇人仓皇沉水避之。二小儿戏沙上自若。虎熟视久之，至以首抵触，庶几其一惧，而儿痴，竟不知怪，虎亦卒去。意虎之食人，必先被之以威，而不惧之人，威无所从施欤？有言虎不食醉人，必坐守之，以俟其醒。非俟其醒，俟其惧也。有人夜自外归，见有物蹲其门，以为猪狗类也。以杖击之，即逸去。至山下月明处，则虎也。是人非有以胜虎，而气已盖之矣。使人之不惧，皆如婴儿、醉人与其未及知之时，则虎畏之，无足怪者。故书其末，以信子由之说。卷六六

书《鲍静传》

鲍静字太玄，东海人。五岁，语父母云："本曲阳李氏子，九岁堕井死。"父母以其言访之，皆验。静学兼内外，明天文、河洛书。为南海太守行部，入海遇风，饥甚，煮白石食之。静尝见仙人阴君

受道诀,百余岁卒。阴真君名长生。予尝游忠州丰都观,则阴君与王方平上升处也。古松柏数千株,皆百围,松脂如酥乳,不烦煮炼,正尔食之,滑甘不可言。二真君皆画像观中,极古雅,有西晋时殿宇尚存也。戊寅九月十一日夜坐书。 _{卷六六}

书《单道开传》后

葛稚川与单道开皆西晋人,而没于东晋,又皆隐于罗浮。使稚川见道开,必有述焉。而《抱朴·内篇》皆不及道开,岂稚川化时,道开尚未至罗浮也?稚川乞峋嵝令,游南海,遂入罗浮,按本传在升平三年以后,相去盖三十余年,必稚川先化也。绍圣元年九月,始予至罗浮,问山中人,则道开无复遗迹矣,亦不知石室所在。独书此传遗冲虚观道士邓守安,以备山中逸事。 _{卷六六}

书《陶淡传》

《晋史·隐逸传》:陶淡字处静,太尉侃之孙也。父夏,以无行被废。淡幼孤,好导养之术,谓仙道可祈。年十五六,便服食绝谷。不娶。家累千金,僮客百数,淡了不营问。好读《易》,善卜筮。于长沙临湘山中,结庐居之,养一白鹿以自随。人有候之者,辄移渡涧水,莫得近。州举秀才,淡遂逃罗县埤山中,不知所终。陶士行诸子皆凶暴,不独夏也,而诸孙中乃有淡,曾孙中乃有潜;潜集中乃有仲德、敬通之流,皆隐约有行义,又皆贫困,何也?淡高逸如此,近类得道。与潜近亲,而潜无一言及之,此又未喻也。戊寅九月七日,阅《晋史》,偶录之以俟知者。儋州城南记。 _{卷六六}

书渊明《孟府君传》后

陶渊明，孟嘉外孙，作《嘉传》云："或问听丝不如竹，竹不如肉，何也?"曰："渐近自然。"而今《晋书》乃云"渐近使之然"，则是闾里少年鄙语。虽至细事，然足以见许敬宗等为人。卷六六

书《南史·卢度传》

余少不喜杀生，然未能断也。近来始能不杀猪羊，然性嗜蟹蛤，故不免杀。自去年得罪下狱，始意不免，既而得脱，遂自此不复杀一物。有见饷蟹蛤者，皆放之江中。虽知蛤在江水无活理，然犹庶几万一，便使不活，亦愈于煎烹也。非有所求觊，但以亲经患难，不异鸡鸭之在庖厨，不忍复以口腹之故，使有生之类，受无量怖苦尔。犹恨未能忘味，食自死物也。《南史·隐逸传》："始兴人卢度，字彦章。有道术。少随张永北侵魏，永败，魏人追急，淮水不得过。自誓若得免死，从今不复杀生。须臾见两楯，流来接之，得过。后隐居庐陵西昌三顾山，鸟兽随之，夜有鹿触其壁。度曰：'汝勿坏我壁。'鹿应声去。屋前有池，养鱼，皆名呼之，次第取食。逆知死年月，竟以寿终。"偶读此书，与余事粗相类，故并录之。卷六六

书《六一居士传》后

苏子曰：居士可谓有道者也。或曰：居士非有道者也。有道者，无所挟而安，居士之于五物，捐世俗之所争，而拾其所弃者也。乌得为有道乎? 苏子曰：不然。挟五物而后安者，惑也；释五物而

后安者，又惑也。且物未始能累人也，轩裳圭组且不能为累，而况此五物乎？物之所以能累人者，以吾有之也。吾与物俱不得已而受形于天地之间，其孰能有之？而或者以为己有，得之则喜，丧之则悲。今居士自谓"六一"，是其身均与五物为一也，不知其有物耶？物有之也？居士与物均为不能有，其孰能置得丧于其间？故曰：居士可谓有道者也。虽然，自一观五，居士犹可见也。与五为六，居士不可见也。居士殆将隐矣！　卷六六

书《东皋子传》后

予饮酒，终日不过五合，天下之不能饮，无在予下者。然喜人饮酒，见客举杯徐引，则予胸中为之浩浩焉，落落焉，酣适之味，乃过于客。闲居，未尝一日无客；客至，未尝不置酒。天下之好饮，亦无在予上者。常以谓人之至乐，莫若身无病而心无忧。我则无是二者矣。然人之有是者，接于予前，则予安得全其乐乎？故所至，常蓄善药，有求者则与之，而尤喜酿酒以饮客。或曰："子无病而多蓄药，不饮而多酿酒。劳己以为人，何也？"予笑曰："病者得药，吾为之体轻；饮者困于酒，吾为之酣适。盖专以自为也。"东皋子待诏门下省，日给酒三升。其弟静问曰："待诏乐乎？"曰："待诏何所乐，但美酝三升，殊可恋耳。"今岭南，法不禁酒，予既得自酿，月用米一斛，得酒六斗。而南雄、广、惠、循、梅五太守，间复以酒遗予。略计其所获，殆过于东皋子矣。然东皋子自谓五斗先生，则日给三升，救口不暇，安能及客乎？若予者，乃日有二升五合入野人、道士腹中矣。东皋子与仲长子光游，好养性服食，预刻死日，自为墓志。予盖友其人于千载，或庶几焉。　卷六六

书黄鲁直李氏传后

无所厌离，何从出世？无所欣慕，何从入道？欣慕之至，亡子见父。厌离之极，焊鸡出汤。不极不至，心地不净。如饭中沙，与饭皆熟。若不含糊，与饭俱咽。即须吐出，与沙俱弃。善哉佛子，作清净饭。淘米去沙，终不能尽。不如即用，本所自种。元无沙米，此米无沙。亦不受沙，非不受也，无受处故。卷六六

书刘昌事 昌事见杜牧宋州宁陵县记

今日过宁陵，闻县令言，前令晏昙立刘昌庙。昌事迹见杜牧集，甚壮伟。宋子京独不信，以为无有。子京信李蘩记其父泌、崔胤记其父慎由事，皆以伪为真，独不信杜牧记昌事，可笑也。李蘩作《家传》，记其父居鬼谷，并与仙接。子京亦曰："蘩所记浮侈不可信，姑摭其实者如上。"崔胤记其父晚无子，遇浮屠生胤，乃名继。卷六六

文集卷八十五

跋嵇叔夜《养生论》后

东坡居士以桑榆之末景，忧患之余生，而后学道，虽为达者所笑，然犹贤乎已也。以嵇叔夜《养生论》颇中余病，故手写数本，其一赠罗浮邓道师。绍圣二年四月八日书。_{卷六六}

书渊明《述史章》后

渊明作《述史九章》，《夷齐》《箕子》，盖有感而云。去之五百余载，吾犹知其意也。_{卷六六}

书晁无咎所作《杜舆子师字说》后

《易》曰："君子得舆，民所载也。小人剥庐，终不可用也。"夫君子得舆，下完而上未具也。小人剥庐，上壮而下挠也。下完而上未具，吾安寝其中，民将载之。上壮而下挠，疾走不顾，犹惧压焉。今君学修于身，行修于家，而禄未及，既完其下矣，故予以是名字之，与无咎意初无异者。而其文约，其义近，不足以发夫人之志。若无咎者，可谓富于言而妙于理者也。_{卷六六}

跋退之《送李愿序》

欧阳文忠公尝谓晋无文章,惟陶渊明《归去来》一篇而已。余亦以谓唐无文章,惟韩退之《送李愿归盘谷》一篇而已。平生愿效此作一篇,每执笔,辄罢。因自笑曰:"不若且放,教退之独步。"卷六六

书鲜于子骏楚词后

鲜于子骏作楚词《九诵》以示轼。轼读之,茫然而思,喟然而叹,曰:嗟乎! 此声之不作也久矣,虽欲作之,而听者谁乎? 譬之于乐,变乱之极,而至于今,凡世俗之所用,皆夷声夷器也,求所谓郑、卫者,且不可得,而况于雅音乎? 学者方欲陈六代之物,弦匏三百五篇,犁然如夏釜灶、撞瓮盎,未有不坐睡窃笑者也。好之而欲学者无其师,知之而欲传者无其徒,可不悲哉? 今子骏独行吟坐思,寤寐于千载之上,追古屈原、宋玉,友其人于冥寞,续微学之将坠,可谓至矣。而览者不知甚贵,盖亦无足怪者。彼必尝从事于此,而后知其难且工。其不学者,以为苟然而已。元丰元年四月九日,赵郡苏轼书。卷六六

书子由《君子泉铭》后　孟君名震,郓人,及进
士第,为承议郎。

子由既为此文,余欲刻之泉上。孟君不可,曰:"名者,物之累也。"乃书以遗之。元丰六年十一月九日题。卷六六

书柳子厚《牛赋》后

岭外俗皆恬杀牛,而海南为甚。客自高化载牛渡海,百尾一舟,遇风不顺,渴饥相倚以死者无数。牛登舟,皆哀鸣出涕。既至海南,耕者与屠者常相半。病不饮药,但杀牛以祷,富者至杀十数牛。死者不复云,幸而不死,即归德于巫。以巫为医,以牛为药。间有饮药者,巫辄云:"神怒,病不可复治。"亲戚皆为却药,禁医不得入门,人、牛皆死而后已。地产沉水香,香必以牛易之黎。黎人得牛,皆以祭鬼,无脱者。中国人以沉水香供佛,燎帝求福,此皆烧牛肉也,何福之能得?哀哉!予莫能救,故书柳子厚《牛赋》以遗琼州僧道赟,使以晓喻其乡人之有知者,庶几其少衰乎?庚辰三月十五日记。卷六六

跋赤溪山主颂

达与不达者语,譬如与无舌人说味。问蜜何如,可云蜜甜。问甜何如,甜不可说。我说蜜甜,而无舌人终身不晓。为其不可晓,以为达者语应皆如是,问东说西,指空画地,如心疾,如睡语。听者耻不知,从而和之,更相欺谩。昔张鲁以五斗米治病,戒病者相语不得云"未差也",若云尔者,终身不差也,故当时以张鲁为神。其事类此,然亦不得以此等故疑其真。余得赤溪山主颂十一篇于其子昶,问其事于乐全先生张安道,知其为达者无疑,为书其末。熙宁九年正月望日。卷六六

书子由《超然台赋》后

子由之文，词理精确，有不及吾，而体气高妙，吾所不及。虽各欲以此自勉，而天资所短，终莫能脱。至于此文，则精确、高妙，殆两得之，尤为可贵也。卷六六

书李邦直《超然台赋》后

世之所乐，吾亦乐之，子由其独能免乎？以为彻弦而听鸣琴，却酒而御芳茶，犹未离乎声、味也。是故即世之所乐而得超然，此古之达者所难，吾与子由其敢谓能尔矣乎？邦直之言，可谓善自持者矣，故刻于石以自儆云。卷六六

书文与可《超然台赋》后

余友文与可，非今世之人也，古之人也；其文非今之文也，古之文也。其为《超然》辞，意思萧散，不复与外物相关，其《远游》《大人》之流乎？熙宁九年四月六日。卷六六

跋王氏《华严经解》

予过济南龙山镇，监税宋宝国出其所集王荆公《华严经解》相示，曰："公之于道，可谓至矣。"予问宝国："《华严》有八十卷，今独解其一，何也？"宝国曰："公谓我此佛语深妙，其余皆菩萨语尔。"予曰："予于藏经取佛语数句置菩萨语中，复取菩萨语置佛语中，子

能识其是非乎?"曰:"不能也。""非独子不能,荆公亦不能。予昔在岐下,闻汧阳猪肉至美,遣人置之。使者醉,猪夜逸,置他猪以偿,吾不知也。而与客皆大诧,以为非他产所及。已而事败,客皆大惭。今荆公之猪未败尔。屠者买肉,娼者唱歌,或因以悟。若一念清净,墙壁瓦砾皆说无上法。而云佛语深妙,菩萨不及,岂非梦中语乎?"宝国曰:"唯唯。"卷六六

跋荆溪外集

玄学、义学,一也。世有达者,义学皆玄,如其不达,玄学皆义。近世学者以玄相高,习其径庭,了其度数,问答纷然,应诺无穷。至于死生之际一大事因缘,鲜有不败绩者。孔子曰:"有鄙夫问于我,空空如也,我叩其两端而竭焉。"世无孔子,莫或叩之,故使鄙夫得挟其空空以欺世取名,此可笑也。荆溪居士作《传灯传》若干篇,扶奖义学,以救玄之弊。譬如牧羊然,视其后者而鞭之,无常羊也。颜渊死,弟子无可与微言者。性与天道,自子贡不得闻,惟曾子信道,笃学不仕,从孔子最久。师弟子答问,未尝不"唯"者,而曾子之"唯",独记于《论语》。吾是以知孔子之妙传于一"唯",枘凿相应,间不容发,一"唯"之外,口耳皆丧。而门人区区方欲问其所谓,此乃系风捕影之流,不足以实告者。悲夫! 卷六六

书子由《黄楼赋》后

子城之东门,当水之冲,府库在焉,而地狭不可以为瓮城。乃大筑其门,护以砖石。府有废厅事,俗传项籍所作,而非也。恶其

淫名无实，毁之，取其材为黄楼东门之上。元丰元年八月癸丑，楼成。九月庚辰，大合乐以落之。始余欲为之记，而子由之赋已尽其略矣，乃刻诸石。 _{卷六六}

书珠子法后

李公择见传如此，云得之于一武官，缘感恩而传，必不妄。公择与轼，亦尝试之。 _{卷六六}

书拉杂变

司马长卿作《大人赋》，武帝览之，飘飘然有凌云之气。近时学者作拉杂变，便自谓长卿。长卿固不汝嗔，但恐览者渴睡落床，难以凌云耳。 _{卷六六}

书温公志文异圹之语

《诗》云："穀则异室，死则同穴。"古今之葬皆为一室。独蜀人为一坟而异藏，其间为通道，高不及肩，广不容人。生者之室，谓之寿堂，以偶人被甲执戈，谓之寿神，以守之，而以石瓮塞其通道。既死而葬，则去之。轼先夫人之葬也，先君为寿室。其后先君之葬，欧阳公志其墓，而司马君实追为先夫人墓志，故其文曰："蜀人之祔也，同垅而异圹。"君实性谦，以为己之文不敢与欧阳公之文同藏也。东汉寿张侯樊宏，遗令棺枢一藏，不宜复见，如有腐败，伤子孙之心，使与夫人同坟异藏。光武善之，以书示百官。盖古亦有是

也。然不为通道，又非诗人同穴之义，故蜀人之葬最为得礼也。_{卷六六}

跋张希甫墓志后

余为徐州，始识张希甫父子。元年之冬，李夫人病没，徐人多言其贤，至于死生之际，无所留难。而天骥出其手书数十纸，记浮屠、道家语，笔迹雅健，不类妇人，而所书皆有条理。是时希甫年七十，辟谷道引，饮水百余日，甚瘠而不衰，目瞳子炯然。余知其无苦，而不忍天骥之忧惧，乃守而告之："人生如寄，何至自苦如是？愿以时饮酒食粱肉，慰子孙之意。"希甫强为予食，然无复在世意。后二年，余谪居黄州，闻希甫没。既葬，天骥以其墓铭示余，余知其夫妇皆超然世外矣。_{卷六六}

书四戒

"出舆入辇，命曰蹶痿之机；洞房清宫，命曰寒热之媒；皓齿蛾眉，命曰伐性之斧；甘脆肥浓，命曰腐肠之药。"此三十二字，吾当书之门窗、几席、缙绅、盘盂，使坐起见之，寝食念之。元丰六年十一月，雪堂书。_{卷六六}

书所获镜铭

元丰四年正月，余自齐安往岐亭，泛舟而还。过古黄州，获一镜，周尺有二寸。其背铭云："汉有善铜出白阳，取为镜，清而明，左

龙右虎俯之。"其字如菽大,杂篆隶,甚精妙。白阳,疑南阳白水之
阳也。其铜黑色,如漆。其背如刻玉。其明照人微小。旧闻古镜
皆然,此道家聚形之法也。 _{卷六六}

跋司马温公《布衾铭》后

士之得道者,视死生祸福如寒暑昼夜,不知所择,而况膏粱脱
粟文绣布褐之间哉!如是者,天地不能使之寿夭,人主不能使之贵
贱,不得道而能若是乎?吾其敢以恭俭名之。仲尼以箪瓢得之颜
子,余于温公亦云。 _{卷六六}

跋子由《栖贤堂记》后

子由作《栖贤堂记》,读之便如在堂中,见水石阴森,草木胶
葛。仆当为书之,刻石堂上,且欲与庐山结缘。他日入山,不为生
客也。 _{卷六六}

题伯父谢启后

天圣中,伯父中都公始举进士于眉,年二十有三。时进士法
宽,未有糊名也。试日,通判殿中丞蒋希鲁下堂,观进士程文,见
公所赋,叹其精妙绝伦。曰:"第一人无以易子。"公力自言年少学
浅,有父兄在,决不敢当此选。希鲁大贤之,曰:"君子成人之美。"
乃以为第三。明年,登乙科。此则其亲书启事谢希鲁者也。公殁
后十三年,得之宜兴人单君锡家,盖希鲁宜兴人也。又八年,乃躬

自装缥,而归公之第二子子明兄,使宝之,以无忘公之盛德云。元丰五年七月十三日,第六侄责授黄州团练副使轼谨志。卷六六

跋柳闳《楞严经》后

众生当以是时度,佛菩萨则现是身。身无实相,然必现是,意其所入者易也。《楞严》者,房融笔受,其文雅丽,于书生学佛者为宜。吾甥柳阚,孝弟夙成,自童子能为文,不幸短命。其兄闳为手写此经。闳既已识佛意,则阚亦当冥受其赐矣。卷六六

跋张益孺《清净经》后

佛言作、止、任、灭,是谓四病。我言作、止、任、灭,是谓四法门。无尽居士若见法门,应无是语。卷六六

题僧语录后

佛法浸远,真伪相半;寓言指物,大率相似。考其行事,观其临祸福死生之际,不容伪矣。而或者得戒神通,非我肉眼所能勘验。然真伪之候,见于言语。吾虽非夔、旷,闻弦赏音,粗知雅曲。子由欲吾书其文,为题其末。卷六六

书《济众方》后

先朝值夷狄怀服,兵革寝息,而又体质恭俭,在位四十有二

年,宫室苑囿无所益,故民无暴赋横徭,而生齿岁登,垦田日广。至于法令则去苛惨、尚宽简,守令则进贤良、退贪残,牛酒以礼高年,粟帛以旌孝行,广惠以廪茕独,宽恤以省力役,除身丁之算,弛盐榷之令。用能导迎休祥,年谷登衍。其裕民之德,固已浃肌肤而沦骨髓矣。然犹慊然忧下民之疾疹无良剂以全济,于是诏太医集名方,曰《简要济众》,凡五卷,三册。镂板模印,以赐郡县,俾人得传录,用广拯疗。意欲锡以康宁之福,跻之仁寿之域。已而县与律令同藏,殆逾一纪,穷远之民,莫或闻知。圣泽壅而不宣,吏之罪也。乃书以方板,揭之通会。不独流传民间,痊疴愈疾,亦欲使人知上恩也。后之君子傥不以是为诮,岁一检举之,使无遗毁焉。右具如前,须至榜示。卷六六

书黄道辅《品茶要录》后

物有畛而理无方,穷天下之辩,不足以尽一物之理。达者寓物以发其辩,则一物之变,可以尽南山之竹。学者观物之极,而游于物之表,则何求而不得。故轮扁行年七十而老于斫轮,庖丁自技而进乎道,由此其选也。黄君道辅讳儒,建安人。博学能文,淡然精深,有道之士也。作《品茶要录》十篇,委曲微妙,皆陆鸿渐以来论茶者所未及。非至静无求,虚中不留,乌能察物之情如此其详哉?昔张机有精理而韵不能高,故卒为名医。今道辅无所发其辩,而寓之于茶,为世外淡泊之好,此以高韵辅精理者。予悲其不幸早亡,独此书传于世,故发其篇末云。卷六六

书咒语赠王君

王君善书符,行天心正一法,为里人疗疾驱邪。仆尝传咒法,当以传王君。其辞曰:"汝是已死我,我是未死汝,汝若不吾祟,吾亦不汝苦。"卷六六

书李志中文后

元丰七年,轼舟行赴汝海,自富川陆走高安,别家弟子由。五月九日,过新吴,见县令李君志中,同谒刘真君祠,酌丹井饮之。明日夏至,游宝云寺此君亭,观李君之文,求其本而去。眉阳苏轼书。卷六六

跋邓慎思石刻

轼在黄州,见邓慎思学士扶护先太夫人丧,归葬长沙。饮食起居,哀慕之节,皆应古礼;凡可以显扬前人者,君必尽力求之,期得而后已。呜呼,可谓孝矣!今复观此石刻,益嗟叹之不足。元祐元年十二月日,眉山苏轼书。卷六六

跋送石昌言引

右嘉祐元年九月十九日先君《送石昌言北使》文一首,其字则轼年二十一时所书与昌言本也。今蓄于陈履常氏。昌言名扬休,善为诗,有名当时,终于知制诰。彭任字有道,亦蜀人,从富彦国使

虏还，得灵河县主簿以死。石守道尝称之，曰："有道长七尺，而胆过其身。一日坐酒肆，与其徒饮且酣，闻彦国当使不测之虏，愤愤推酒床，拳皮裂，遂自请行。盖欲以死捍彦国者也。"其为人大略如此，然亦任侠好杀云。元祐三年九月初一日题。<small>卷六六</small>

跋鲁直李氏传

李如埙之妹，既笄发病，见前世冤对日夜詈之，遂归诚佛法。梦中见佛与受戒，平遣冤者。李因蔬食不嫁。黄鲁直为记，仆题其后云。<small>卷六六</small>

跋进士题目后

元祐三年十二月二十八日，上御延和殿，奏端明殿学士范镇所进新乐，自太中大夫、待制以上皆侍。时西夏方遣使款延州塞，而边臣方持其议，相与往返未决也。故进士作《延和殿奏新乐赋》《款塞来享诗》云。翰林学士苏轼记。<small>卷六六</small>

自评文

吾文如万斛泉源，不择地皆可出，在平地滔滔汩汩，虽一日千里无难。及其与山石曲折，随物赋形，而不可知也。所可知者，常行于所当行，常止于不可不止，如是而已矣。其他虽吾亦不能知也。<small>卷六六</small>

跋邢敦夫《南征赋》

邢敦夫自为童子,所与游皆诸公长者,其志岂独蕲以文称而已哉! 一日不见,遂与草木俱尽,故鲁直、无咎诸人哭之,皆过时而哀。今观此文,亦足少慰。旧尝见江南李泰伯自述其文曰:"天将寿我欤? 所为固未足也;不然,斯亦足以藉手见古人矣。"吾于敦夫亦云。元祐四年四月十六日。_{卷六六}

书《破地狱偈》

"若人欲了知,三世一切佛,应观法界性,一切惟心造。"近有人丧妻者,梦其妻求《破地狱偈》,觉而求之,无有也。问荐福古老,云:"此偈是也。"遂举家持诵。后见亡者宝衣天冠,缥缈空中,称谢而去。轼闻之佛印禅师,佛印闻之范尧夫。_{卷六六}

记佛语

佛告阿难,使汝流转心目之罪人,能降伏此两物,即去道不远矣。心既降伏,目亦自定,不须双言,但此两物常相表里,故佛云尔也。佛云:三千大千世界犹如空华,乱起乱灭。而况我在此空华起灭之中寄此须臾,贵贱、寿夭、贤愚、得丧,所计几何! 惟有勤修善果,以升辅神明、照遣虚妄,以识知本性,差为着身要事也。_{卷六六}

书梦祭句芒文

予在黄州，梦黑肥吏，以一幅纸请《祭春牛文》。却之，不可，云："欲得一佳文。"予笑而从之，云："三阳既至，庶草将兴。爰出土牛，以戒农事。衣被丹青之好，本出泥涂；成毁须臾之间，谁为愠喜？"傍有一吏云："此两句，会有愠者。"其一云："不害。"久已忘之。参寥能具道，乃复录之。今岁立春，便可用也。卷六六

跋《刘咸临墓志》

鲁直事佛谨甚，作《刘咸临墓志》。咸临不喜佛，而其父道原尤甚。道原之真茹茶、啮雪竹、折玉裂也，终身守之而不易，可不谓戒且定乎！予观范景仁、欧阳永叔、司马君实皆不喜佛，然其聪明之所照了，德力之所成就，皆佛法也。梁武帝筑浮山堰灌寿春以取中原，一夕杀数万人，乃以面牲供宗庙，得为知佛乎！以是知世之喜佛者未必多，而所不喜者未易少也。卷六六

书《松醪赋》后

予在资善堂，与吴传正为世外之游。及将赴中山，传正赠予张遇易水供堂墨一丸而别。绍圣元年闰四月十五日，予赴英州，过韦城，而传正之甥欧阳思仲在焉。相与谈传正高风，叹息久之。始予尝作《洞庭春色赋》，传正独爱重之，求予亲书其本。近又作《中山松醪赋》，不减前作，独恨传正未见。乃取李氏澄心堂纸，杭州程奕鼠须笔，传正所赠易水供堂墨，录本以授思仲，使面授传正，且祝

深藏之。传正平生学道,既有得矣,予亦窃闻其一二。今将适岭表,恨不及一别,故以此赋为赠,而致思于卒章,可以超然想望而常相从也。卷六六

书六赋后

予中子迨,本相从英州,舟行已至姑熟,而予道贬建昌军司马,惠州安置,不可复以家行。独与少子过往,而使迨以家归阳羡,从长子迈居。迨好学,知为楚词,有世外奇志,故书此六赋以赠其行。绍圣元年六月二十五日,东坡居士书。卷六六

跋所书《东皋子传》

绍圣二年正月十六日,方读《东皋子传》,而梅州送酒者适至。独尝一杯,径醉,遂书此纸以寄谭使君。卷六六

跋子由《老子解》后

昨日子由寄《老子新解》,读之不尽卷,废卷而叹。使战国时有此书,则无商鞅、韩非;使汉初有此书,则孔、老为一;晋、宋间有此书,则佛、老不为二。不意老年见此奇特。卷六六

跋张广州书

张广州与妹仁寿夫人书云:"广州真珠香药极有,亦有闲钱,

但忝市舶使，不欲效前人自污尔。有唐三百年，惟宋璟、卢奂、李朝隐治广以廉洁称，吾宋无闻焉。方作钦贤堂，绘古之清刺史，日夕思仰之。吾妹贤而知理，必喜闻也。"洁廉，哲人之细事也，而古今边患，常生于贪。守边得廉吏，则夷夏人安，岂细事哉！张说作《宋璟遗爱碑》，其文曰："昆仑宝兮四海财，几万里兮岁一来。"《书》曰："不宝远物，则远人格。"盖致远莫若廉。使张公久于帅广，如四海之物，皆可致也。呜呼！元符三年七月十一日。 _{卷六六}

题所作《书》《易传》《论语说》

孔壁、汲冢竹简科斗，皆漆书也，终于蠹坏。景钟、石鼓益坚，古人为不朽之计亦至矣。然其妙意所以不坠者，特以人传人耳。大哉人乎！《易》曰："神而明之，存乎其人。"吾作《易》《书传》《论语说》，亦粗备矣。呜呼！又何以多为？ _{卷六六}

书《罗汉颂》后

佛弟子苏轼自海南还，道过清远峡宝林寺，敬颂禅月所画十八大阿罗汉。元符三年十一月十四日。 _{卷六六}

跋《石钟山记》后

钱唐、东阳皆有水乐洞，泉流空岩中，自然宫商。又自灵隐下天竺而上至上天竺，溪行两山间，巨石磊磊如牛羊，其声空磬然，真若钟声。乃知庄生所谓天籁者，盖无所不在也。建中靖国元年正

月五日,自海南还,过南安,司法掾吴君示旧所作《石钟山记》,复书其末。卷六六

题刘壮舆文编后

今日晨起,减衣,得头风病,然亦不甚也。取刘君壮舆文编读之,失疾所在。曹公所云,信非虚语,然陈琳岂能及君耶? 建中靖国元年四月十二日书。卷六六

文集卷八十六

书渊明《归去来》序

俗传书生入官库，见钱不识。或怪而问之。生曰："固知其为钱，但怪其不在纸裹中耳。"予偶读渊明《归去来辞》云："幼稚盈室，瓶无储粟。"乃知俗传信而有征。使瓶有储粟，亦甚微矣。此翁平生，只于瓶中见粟也耶？《马后纪》，宫人见大练，反以为异物；晋惠帝问饥民，何不食肉糜；细思之，皆一理也。聊为好事者一笑。

卷六六

论六祖《坛经》

近读六祖《坛经》，指说法、报、化三身，使人心开目明。然尚少一喻。试以喻眼：见是法身，能见是报身，所见是化身。何谓"见是法身"？眼之见性，非有非无。无眼之人，不免见黑，眼枯睛亡，见性不灭，则是见性不缘眼有无，无来无去，无起无灭。故云"见是法身"。何谓"能见是报身"？见性虽存，眼根不具，则不能见；若能安养其根，不为物障，常使光明洞彻，见性乃全。故云"能见是报身"。何谓"所见是化身"？根性既全，一弹指顷，所见千万，纵横变化，俱是妙用。故云"所见是化身"。此喻既立，三身愈明。如此是否？ 卷六六

记袁宏论佛

袁宏《汉记》曰:"浮屠,佛也。西域天竺国有佛道焉。佛者,汉言觉也,将以觉悟群生。其教以修善慈心为主,不杀生,专务清净。其精者为沙门。沙门,汉言息也。盖息意去欲,归于无为。又以为人死精神不灭,随复受形,生时善恶,皆有报应。故贵行善修道,炼精养神,以至无生而得为佛也。"先生曰:"此殆中国始知有佛时语也。虽若浅近,而大略具是矣。野人得鹿,正尔煮食之尔。其后卖与市人,遂入公庖中,馔之百方。鹿之所以美,未有丝毫加于煮食时也。"卷六六

书赠邵道士

耳如芭蕉,心如莲花。百节疏通,万窍玲珑。来时一,去时八万四千。此义出《楞严》,世未有知之者也。元符三年九月二十日,书赠都峤邵道士。 卷六六

书正信和尚塔铭后

太安杨氏,世出名僧。正信表公兄弟三人。其一曰仁庆,故眉僧正。其一曰元俊,故极乐院主,今太安治平院也。皆有高行。而表公行解超然,晚以静觉。三人皆与吾先大父职方公、吾先君中大夫游,相善也。熙宁初,轼以服除,将入朝,表公适卧病,入室告别。霜发寸余,目光了然,骨尽出,如画须菩提像,可畏也。轼盘桓不忍去。表曰:"行矣,何处不相见?"轼曰:"公能不远千里相从

乎?"表笑曰:"佛言生正信家,千里从公,无不可者,然吾盖未也。"
已而果无恙,至六年乃寂。是岁,轼在钱塘,梦表若告别者。又十
五年,其徒法用以其所作偈、颂及塔记相示,乃书其末。　<small>卷六六</small>

书柳子厚大鉴禅师碑后

　　释迦以文教,其译于中国,必托于儒之能言者,然后传远。故
大乘诸经,至《楞严》则委曲精尽、胜妙独出者,以房融笔授故也。
柳子厚南迁,始究佛法,作曹溪、南岳诸碑,妙绝古今,而南华今无
刻石者。长老重辩师,儒释兼通,道学纯备,以谓自唐至今,颂述祖
师者多矣,未有通亮简正如子厚者;盖推本其言,与孟轲氏合。其
可不使学者昼见而夜诵之? 故具石,请予书其文。《唐史》:元和
中,马总自虔州刺史迁安南都护,徙桂管经略观察使,入为刑部侍
郎。今以碑考之,盖自安南迁南海,非桂管也。韩退之《祭马公
文》亦云:"自交州抗节番禺,曹溪谥号,决非桂帅所当请。"以是知
《唐史》之误,当以《碑》为正。绍圣二年六月九日。　<small>卷六六</small>

书《楞伽经》后

　　《楞伽阿跋多罗宝经》,先佛所说微妙第一真实了义,故谓之
佛语心品。祖师达磨以付二祖,曰:吾观震旦所有经教,惟《楞伽》
四卷可以印心。祖祖相受,以为心法,如医之有《难经》,句句皆
理,字字皆法。后世达者神而明之,如盘走珠,如珠走盘,无不可
者。若出新意而弃旧学,以为无用,非愚无知,则狂而已。近岁学
者各宗其师,务从简便,得一句一偈,自谓了证,至使妇人孺子,抵

掌嬉笑,争谈禅悦,高者为名,下者为利,余波末流,无所不至,而佛法微矣。譬如俚俗医师,不由经论,直授方药,以之疗病,非不或中,至于遇病辄应,悬断死生,则与知经学古者不可同日语矣。世人徒见其有一至之功,或捷于古人,因谓《难经》不学而可,岂不误哉!《楞伽》义趣幽眇,文字简古,读者或不能句,而况遗文以得义,忘义以了心者乎?此其所以寂寥于是,几废而仅存也。

太子太保乐全先生张公安道,以广大心,得清净觉。庆历中尝为滁州,至一僧舍,偶见此经,入手恍然,如获旧物,开卷未终,夙障冰解,细视笔画,手迹宛然,悲喜太息,从是悟入。常以经首四偈,发明心要。轼游于公之门三十年矣,今年二月,过南都,见公于私第。公时年七十九,幻灭都尽,慧光浑圜;而轼亦老于忧患,百念灰冷。公以为可教者,乃授此经,且以钱三十万,使印施于江淮间。而金山长老佛印大师了元曰:"印施有尽,若书而刻之则无尽。"轼乃为书之,而元使其侍者晓机走钱塘,求善工刻之板,遂以为金山常住。元丰八年九月日,朝奉郎、新差知登州军州兼管内劝农事、骑都尉、借绯苏轼书。卷六六

书《金光明经》后

轼之幼子过,其母同安郡君王氏讳闰之,字季章,享年四十有六。以元祐八年八月一日卒于京师,殡于城西惠济院。过未免丧,而从轼迁于惠州,日以远去其母之殡为恨也。念将祥除,无以申罔极之痛,故亲书《金光明经》四卷,手自装治,送虔州崇庆禅院新经藏中,欲以资其母之往生也。泣而言于轼曰:"书经之劳微矣,不足以望丰报。要当口诵而心通,手书而身履之,乃能感通佛祖,升济

神明。而小子愚冥，不知此经皆真实语耶？抑寓言也？当云何见云何行？"轼曰："善哉问也。吾常闻之张文定公安道曰：'佛乘无大小，言亦非虚实，顾我所见如何耳。'万法一致也，我若有见，寓言即是实语；若无所见，实寓皆非。故《楞严经》云：'若一众生未成佛，终不于此取涅槃。若诸菩萨急于度人，不急于成佛，尽三界众生皆成佛已，我乃涅槃。若诸菩萨觉知此身，无始以来，皆众生相。冤亲拒受，内外障护，即卵生相。坏彼成此，损人益己，即胎生相。爱染留连，附记有无，即湿生相。一切勿变，为己主宰，即化生相。此四众生相者，与我流转，不觉不知，勤苦修行，幻力成就。则此四相，伏我诸根，为涅槃相。以此成佛，无有是处。此二菩萨，皆是正见。'乃知佛语，非寓非实。今汝若能为流水长者，以大愿力象取无碍法水，以救汝流浪渴涸之鱼。又能观诸世间，虽甚可爱，而虚幻无实，终非我有者，汝即舍离，如萨埵王子舍身。虽甚可恶，而业所驱迫，深可怜悯者，汝即布施，如萨埵王子施虎。行此舍施，如饥就食，如渴求饮，则道可得，佛可成，母可拔也。"过再拜稽首，愿书其末。绍圣二年八月一日。卷六六

《金刚经》跋尾

闻昔有人，受持诸经，摄心专妙。常以手指，作捉笔状，于虚空中，写诸经法。是人去后，此写经处，自然严净，雨不能湿。凡见闻者，孰不赞叹：此希有事。有一比丘，独抚掌言：惜此藏经，止有半藏。乃知此法，有一念在，即为尘劳。而况可以，声求色见。今此长者，谭君文初，以念亲故，示入诸相。取黄金屑，书《金刚经》，以四句偈，悟入本心，灌流诸根，六尘清净。方此之时，不见有经，

而况其字。字不可见，何者为金。我观谭君，孝慈忠信，内行纯备。以是众善，庄严此经，色相之外，炳然焕发。诸世间眼，不具正见，使此经法，缺陷不全。是故我说，应如是见。东坡居士，说是法已，复还其经。卷六六

书苏李诗后

此李少卿赠苏子卿之诗也。予本不识陈君式，谪居黄州，倾盖如故。会君式罢去，而余久废作诗，念无以道离别之怀，历观古人之作，辞约而意尽者，莫如李少卿赠苏子卿之篇，书以赠之。春秋之时，三百六篇皆可以见志，不必己作也。卷六七

书鸡鸣歌

余来黄州，闻黄人二三月皆群聚讴歌，其词固不可分，而其音亦不中律吕，但宛转其声，往反高下，如鸡唱尔。与庙堂中所闻鸡人传漏，微有相似，但极鄙野耳。《汉官仪》："宫中不畜鸡，汝南出长鸣鸡，卫士候朱雀门外，专传鸡鸣。"又应劭曰："今《鸡鸣歌》也。"《晋太康地道记》曰："后汉固始、鲖阳、公安、细阳四县，卫士习此曲于阙下歌之，今《鸡鸣歌》是也。"颜师古不考本末，妄破此说。余今所闻，岂亦《鸡鸣》之遗声乎？土人谓之山歌云。卷六七

记《阳关》第四声

旧传《阳关》三叠，然今歌者，每句再叠而已，通一首言之，又

是四叠。皆非是。或每句三唱,以应三叠之说,则丛然无复节奏。余在密州,有文勋长官,以事至密,自云得古本《阳关》,其声宛转凄断,不类向之所闻,每句皆再唱,而第一句不叠。乃知唐本三叠盖如此。及在黄州,偶读乐天《对酒》诗云:"相逢且莫推辞醉,新唱《阳关》第四声。"注:"第四声:'劝君更尽一杯酒。'"以此验之,若第一句叠,则此句为第五声矣,今为第四声,则第一不叠审矣。_卷

<small>卷六七</small>

书孟东野诗

元丰四年,与马梦得饮酒黄州东禅。醉后,诵孟东野诗云:"我亦不笑原宪贫。"不觉失笑。东野何缘笑得原宪?遂书此以赠梦得。只梦得亦未必笑得东野也。<small>卷六七</small>

题孟郊诗

孟东野作《闻角》诗云:"似开孤月口,能说落星心。"今夜闻崔诚老弹《晓角》,始觉此诗之妙。<small>卷六七</small>

书渊明《饮酒》诗后

"颜生称为仁,荣公言有道。屡空不获年,长饥至于老。虽留身后名,一生亦枯槁。死去何所知,称心固为好。客养千金躯,临化消其宝。裸葬何必恶,人当解意表。"此渊明《饮酒》诗也。正饮酒中,不知何缘记得此许多事。元丰五年三月三日,子瞻与客饮

酒,客令书此诗,因题其后。卷六七

书渊明羲农去我久诗

余闻江州东林寺有陶渊明诗集,方欲遣人求之,而李江州忽送一部遗予,字大纸厚,甚可喜也。每体中不佳,辄取读,不过一篇,惟恐读尽,后无以自遣耳。卷六七

题渊明诗　一

陶靖节云:"平畴返远风,良苗亦怀新。"非古之偶耕植杖者,不能道此语,非余之世农,亦不能识此语之妙也。卷六七

题渊明诗　二

"秋菊有佳色,裛露掇其英。泛此无忧物,远我遗世情。一觞聊独进,杯尽壶自倾。日入群动息,飞鸟趋林鸣。啸傲东窗下,聊复得此生。"靖节以无事自适为得此生,则凡役于物者,非失此生耶? 卷六七

题渊明《咏二疏》诗

此渊明《咏二疏》也。渊明未尝出,二疏既出而知返,其志一也。或以谓既出而返,如从病得愈,其味胜于初不病。此惑者颠倒见耳。卷六七

题渊明《饮酒》诗后

"采菊东篱下，悠然见南山。"因采菊而见山，境与意会，此句最有妙处。近岁俗本皆作"望南山"，则此一篇神气都索然矣。古人用意深微，而俗士率然妄以意改，此最可疾。近见新开韩、柳集，多所刊定，失真者多矣。卷六七

题《文选》

舟中读《文选》，恨其编次无法，去取失当。齐、梁文章衰陋，而萧统尤为卑弱，《文选引》斯可见矣。如李陵、苏武五言，皆伪而不能去。观《渊明集》，可喜者甚多，而独取数首。以知其余人忽遗者甚多矣。渊明《闲情赋》，正所谓《国风》好色而不淫，正使不及《周南》，与屈、宋所陈何异？而统乃讥之，此乃小儿强作解事者。元丰七年六月十一日书。卷六七

题鲍明远诗

舟中读鲍明远诗，有字谜三首。"飞泉仰流"者，旧说是"井"字。一云"《乾》之一九，只（隻）立无耦，坤之六二，宛然双（雙）宿"，是"桑"字。一云"头如刀，尾如钩，中间横广，四角六抽，右畔负两刃，左边属双牛"，当是"龟（龜）"字也。卷六七

书谢瞻诗

李善注《文选》，本末详备，极可喜。所谓五臣者，真俚儒之荒陋者也。而世以为胜善，亦谬矣。谢瞻《张子房》诗曰："苛慝暴三殇。"此礼所谓上中下三殇，言暴秦无道，戮及孥稚也。而乃引"苛政猛于虎，吾父吾子吾夫皆死于是"，谓夫与父为殇。此岂非俚儒之荒陋者乎？诸如此甚多，不足言，故不言。卷六七

题蔡琰传

刘子玄辨《文选》所载李陵《与苏武书》非西汉文，盖齐、梁间文士拟作者也。予因悟陵与武赠答五言，亦后人所拟。今日读《列女传》蔡琰二诗，其词明白感慨，颇类世所传《木兰诗》，东京无此格也。建安七子，犹涵养圭角，不尽发见，况伯喈女乎？又琰之流离，必在父死之后。董卓既诛，伯喈乃遇祸。今此诗乃云为董卓所驱虏入胡，尤知其非真也。盖拟作者疏略，而范晔荒浅，遂载之本传，可以一笑也。卷六七

书《文选》后

五臣注《文选》，盖荒陋愚儒也。今日读嵇中散《琴赋》云："间辽故音庳，弦长故徽鸣。"所谓庳者，犹今俗云敜声也，两弦之间，远则有敜，故云"间辽则音庳"。徽鸣者，今之所谓泛声也，弦虚而不按，乃可泛，故云"弦长则徽鸣"也。五臣皆不晓，妄注。又云："《广陵》《止息》，《东武》《太山》，《飞龙》《鹿鸣》，《鹍鸡》《游

弦》。"中散作《广陵散》,一名《止息》,特此一曲尔,而注云"八曲"。其他浅妄可笑者极多,以其不足道,故略之。聊举此,使后之学者,勿凭此愚儒也。五臣既陋甚,至于萧统,亦其流耳。宋玉《高唐神女赋》,自"玉曰唯唯"以前皆赋,而统谓之序,大可笑。相如赋首有子虚、乌有、亡是三人论难,岂亦序耶? 其他谬陋不一,聊举其一耳。卷六七

题温庭筠湖阴曲后

元丰五年,轼谪居黄州。芜湖东承天院僧蕴湘,因通直郎刘君谊,以书请于轼,愿书此词而刻诸石,以为湖阴故事。而鄂州太守陈君瀚为致其书,且助之请。七年六月二十三日,舟过芜湖,乃书以遗湘,使刻之。汝州团练副使员外置苏轼书。卷六七

书李白《十咏》

过姑孰堂下,读李白《十咏》,疑其语浅陋。见孙邈,云闻之王安国,此乃李赤诗,秘阁下有赤集,此诗在焉,白集中无此。赤见《柳子厚集》,自比李白,故名赤,卒为厕鬼所惑而死。今观此诗,止如此,而以比白,则其人心恙已久,非特厕鬼之罪。卷六七

书李白集

今太白集中,有《归来乎》《笑矣乎》及《赠怀素草书》数诗,决非太白作。盖唐末五代间贯休、齐己辈诗也。余旧在富阳,见国

清院太白诗,绝凡;近过彭泽唐兴院,又见太白诗,亦非是。良由太白豪俊,语不甚择,集中往往有临时率然之句,故使妄庸辈敢尔。若杜子美,世岂复有伪撰者耶? _{卷六七}

记太白诗 一

"湘中老人读黄老,手援紫蕌坐碧草。春至不知湘水深,日暮忘却巴陵道。"唐末有见人作此诗者,词气殆是李谪仙。余在都下,见有人携一纸文书,字则颜鲁公也,墨迹如未干,纸亦新健。其首两句云:"朝披梦泽云,笠钓青茫茫。"此语亦非太白不能道也。

卷六七

记太白诗 二

"人生烛上花,光灭巧妍尽。春风绕树头,日与化工进。惟知雨露贪,不念零落近。昔我飞骨时,惨见当途坟。青松霭明霞,缥缈上下村。既死明月魄,无彼玻璃魂。念此一脱洒,长啸登昆仑。醉着鸾凤衣,星斗俯可扪。""朝披云梦泽,笠钓青茫茫。寻丝得双鲤,中有三元章。篆字若丹蛇,逸势如飞翔。归来问天姥,妙义不可量。金刀割青素,灵文烂煌煌。燕服十二镮,想见仙人房。暮跨紫鳞去,海气侵肌凉。龙子喜变化,化作梅花妆。遗我累累珠,靡靡明月光。劝我穿绛缕,系作裙间珰。揖余以辞去,谈笑闻余香。"余顷在京师,有道人相访,风骨甚异,语论不凡。自云:"常与物外诸公往还。"口诵此二篇,云:"东华上清监清逸真人李太白作也。"

卷六七

书学太白诗

李白诗飘逸绝尘，而伤于易。学之者又不至，玉川子是也，犹有可观者。有狂人李赤，乃敢自比谪仙，准律，不应从重。又有崔颢者，曾未及豁达李老，作《黄鹤楼》诗，颇类上士游山水，而世俗云李白，盖当与徐凝一场决杀也。醉中聊为一笑。　卷六七

书诸集伪谬

唐末五代，文章衰尽，诗有贯休，书有亚栖，村俗之气，大率相似。如苏子美家收张长史书云："隔帘歌已俊，对坐貌弥精。"语既凡恶，而字无法，真亚栖之流。近见曾子固编《太白集》，自谓颇获遗亡，而有《赠怀素草书歌》及《笑矣乎》数首，皆贯休以下词格。二人皆号有识知者，故深可怪。如白乐天《赠徐凝》、退之《赠贾岛》之类，皆世俗无知者所托，尤不足多怪。　卷六七

书诸集改字

近世人轻以意改书，鄙浅之人，好恶多同，故从而和之者众，遂使古书日就讹舛，深可忿疾。孔子曰："吾犹及史之阙文也。"自余少时，见前辈皆不敢轻改书，故蜀本大字书皆善本。蜀本《庄子》云："用志不分，乃疑于神。"此与《易》"阴疑于阳"、《礼》"使人疑汝于夫子"同。今四方本皆作"凝"。陶潜诗："采菊东篱下，悠然见南山。"采菊之次，偶然见山，初不用意，而境与意会，故可喜也。今皆作"望南山"。杜子美云："白鸥没浩荡，万里谁能

驯?"盖灭没于烟波间耳。而宋敏求谓余云:"鸥不解'没',改作'波'。"二诗改此两字,便觉一篇神气索然也。_{卷六七}

书退之诗

韩退之《游青龙寺》诗,终篇言赤色,莫晓其故。尝见小说,郑虔寓青龙寺,贫无纸,取柿叶学书。九月,柿叶赤而实红,退之诗乃寓此也。_{卷六七}

记退之抛青春句

韩退之诗曰:"百年未满不得死,且可勤买抛青春。"《国史补》云:"酒有郢之富春,乌程之若下春,荥阳之土窟春,富平之石冻春,剑南之烧春。"杜子美亦云:"闻道云安曲米春,才倾一盏便醺人。"近世裴铏作《传奇》,记裴航事,亦有酒名松醪春。乃知唐人名酒多以"春",则"抛青春"亦必酒名也。_{卷六七}

辩杜子美杜鹃诗

南都王谊伯《书江滨驿垣》,谓子美诗历五季兵火,舛缺离异,虽经其祖父公所理,尚有疑阙者。谊伯谓"西川有杜鹃,东川无杜鹃,涪万无杜鹃,云安有杜鹃",盖是题下注。断自"我昔游锦城"为首句。谊伯误矣。且子美诗,备诸家体,非必牵合程度侃侃然者也。是篇句落处,凡五杜鹃,岂可以文害辞、辞害意耶?原子美之意,类有所感,托物以发者也,亦六义之比兴、《离骚》之法欤?按

《博物志》,杜鹃生子,寄之他巢,百鸟为饲之。胡江东所谓"杜宇曾为蜀帝王,化禽飞去旧城荒"是也。且禽鸟至微,犹知有尊,故子美云:"重是古帝魂。"又云:"礼若奉至尊。"子美盖讥当时之刺史,有不禽鸟若也。唐自明皇已后,天步多棘,刺史能造次不忘于君者,可一二数也。严武在蜀,虽横敛刻薄,而实致职以资中原,是"西川有杜鹃"。其不虔王命,负固以自抗,擅军旅,绝贡赋,如杜克逊在梓州,为朝廷西顾忧,是"东川无杜鹃"耳。至于涪、万、云安刺史,微不可考。凡其尊君者为有也,怀贰者为无也,不在夫杜鹃之真有无也。谊伯以为来东川,闻杜鹃声繁而急,乃始疑子美诗跋嚏纸上语,又云子美不应叠用韵,何耶?子美自我作古,叠用韵,无害于为诗。仆所见如此。谊伯博学强辩,殆必有以折衷之。卷六七

记子美《八阵图》诗

仆尝梦见一人,云是杜子美,谓仆:"世多误解予诗。《八阵图》云:'江流石不转,遗恨失吞吴。'世人皆以谓先主、武侯欲与关羽复仇,故恨不能灭吴,非也。我意本谓吴、蜀唇齿之国,不当相图。晋之所以能取蜀者,以蜀有吞吴之意,此为恨耳。"此理甚近。然子美死近四百年,犹不忘诗,区区自明其意者,此真书生习气也。

卷六七

文集卷八十七

书子美《自平》诗

杜子美诗云："自平宫中吕太一。"世莫晓其义，而妄者至以为唐时有自平宫。偶读《玄宗实录》，有中官吕太一叛于广南。杜诗盖云自平宫中吕太一，故下有南海收珠之句。见书不广而以意改文字，鲜不为人所笑也。卷六七

书子美云安诗

"两边山木合，终日子规啼。"此老杜云安县诗也。非亲到其处，不知此诗之工。卷六七

书子美《骢马行》

余在岐下，见秦州进一马，鬃如牛，领下垂胡侧立，颠倒毛生肉端。蕃人云："此肉鬃马也。"乃知《邓公骢马行》云"肉骢碨礧连钱动"，当作"骎"。卷六七

书子美黄四娘诗

子美诗云："黄四娘家花满蹊，千朵万朵压枝低。留连戏蝶时时舞，自在娇莺恰恰啼。"东坡云：此诗虽不甚佳，可以见子美清狂野逸之态，故仆喜书之。昔齐鲁有大臣，史失其名；黄四娘独何人哉，而托此诗以不朽，可以使览者一笑。卷六七

书子美《屏迹》诗

"用拙存吾道，幽居近物情。桑麻深雨露，燕雀半生成。村鼓时时急，渔舟个个轻。杖藜从白首，心迹喜双清。晚起家何事，无营地转幽。竹光团野色，山影漾江流。废学从儿懒，长贫任妇愁。百年浑得醉，一月不梳头。"子瞻云："此东坡居士之诗也。"或者曰："此杜子美《屏迹》诗也，居士安得窃之？"居士曰："夫禾麻谷麦，起于神农、后稷。今家有仓廪，不予而取辄为盗，被盗者为失主。若必从其初，则农、稷之物也。今考其诗，字字皆居士实录，是则居士诗也，子美安得禁吾有哉！"卷六七

记子美陋句

"减米散同舟，路难思共济。向来云涛盘，众力亦不细。呀帆忽遇眠，飞橹本无蒂。得失瞬息间，致远疑恐泥。百虑视安危，分明曩贤计。兹理庶可广，拳拳期勿替。"杜甫诗固无敌，然自"致远"以下句，真村陋也。此取其瑕疵，世人雷同，不复讥评，过矣！然亦不能掩其善也。卷六七

记子美逸诗

《闻惠子过东溪》诗云："惠子白驴瘦，归溪唯病身。皇天无老眼，空谷滞斯人。岩密松花熟，山杯竹叶春。柴门了无事，黄绮未称臣。"此一篇，予与刘斯立得之于管城人家叶子册中，题云《杜员外诗集》，名甫字东美。其余诸篇，语多不同。如"故园杨柳今摇落，安得愁中却尽生"之类也。凤翔魏起兴叔云："天兴人掘得此诗石刻，与此少异：'岩密松花古，村醪竹叶春。柴门了生事，园绮未称臣。'"卷六七

评子美诗

子美自比稷与契，人未必许也。然其诗云："舜举十六相，身尊道益高。秦时用商鞅，法令如牛毛。"此自是契、稷辈人口中语也。又云："知名未足称，局促商山芝。"又云："王侯与蝼蚁，同尽随丘墟。愿闻第一义，回向心地初。"乃知子美诗外尚有事在也。卷六七

书子美《忆昔》诗

《忆昔》诗云："关中小儿坏纪纲。"谓李辅国也。"张后不乐上为忙。"谓肃宗张皇后也。"为留猛士守未央。"谓郭子仪夺兵柄入宿卫也。卷六七

杂书子美诗

《悲陈陶》云："四万义军同日死。"此房琯之败也。《唐书》作"陈涛邪"，不知孰是？时琯临败，犹欲持重有所伺，而中人邢延恩促战，遂大败。故次篇《悲青坂》云："焉得附书与我军，留待明年莫仓卒。"《北征》诗云："桓桓陈将军，仗钺奋忠烈。"此谓陈玄礼也。玄礼佐玄宗平内难，又从幸蜀，首建诛杨国忠之策。《洗兵马行》："张公一生江海客，身长九尺须眉苍。"此张镐也。明皇虽诛萧至忠，然常怀之。侯君集云"蹭蹬至此"，至忠亦蹭蹬者耶？故子美亦哀之，云："赫赫萧京兆，今为时所怜。"《后出塞》云："我本良家子，出师亦多门。将驱益愁思，身废不足论。跃马二十年，恐辜明主恩。坐见幽州骑，长驱河洛昏。中夜间道归，故里但空村。恶名幸脱免，穷老无儿孙。"详味此诗，盖禄山反时，其将校有脱身归国而禄山杀其妻子者，不知其姓名，可恨也。卷六七

书柳公权联句

贵公子雪中饮，醉余，倚槛向风，曰："爽哉！快哉！"左右有泣者。公子惊问之，曰："吾父昔以爽亡。"楚襄王登台，有风飒然而至，王曰："快哉此风！寡人与庶人共之者耶？"宋玉讥之曰："此独大王之雄风耳，庶人安得而有之？"不知者以为谄也，知之者以为讽也。唐文宗诗曰："人皆苦炎热，我爱夏日长。"柳公权续之曰："熏风自南来，殿阁生微凉。"惜乎！时无宋玉在其傍也。卷六七

书韩定辞马郁诗

韩定辞，不知何许人，为镇州王镕书记，聘燕。帅刘仁恭舍于宾馆，命幕客马郁延接。马有诗赠韩曰："燧林芳草绵绵思，尽日相逢陟丽谯。别后巇嶮山上望，羡君时复见王乔。"郁诗虽清秀，然意在试其学问。韩即席酬之："崇霞台上神仙客，学辨痴龙艺更多。盛德好将银管述，丽辞堪与雪儿歌。"坐中宾客靡不钦讶，称为妙句，然疑其"银管"之僻也。他日郁从容问韩以"雪儿""银管"之事。韩曰："昔梁元帝为湘东王时，好学著书，常记录忠臣义士及文章之美者。笔有三品，或以金、银饰，或用斑竹为管。忠孝全者，用金管书之；德行清粹者，用银管书之；文章赡丽者，用斑竹管书之。故湘东王之誉振于江表。雪儿，李密之爱姬，能歌舞。每见宾僚文章有奇丽中意者，即付雪儿协音律歌之。"又问"痴龙"出自何处？曰："洛下有洞穴，曾有人误坠其中，因行数里，渐见明旷，见有宫殿、人物，凡九处。又有大羊，羊髯有珠，人取食之。不知何所。后出，以问张华。华曰：'此地仙九馆也，大羊名痴龙耳。'"定辞复问郁："巇嶮山今当在何处？"郁曰："此隋郡之故事，何谦逊而下问？"由是两相悦服，结交而去。卷六七

书李主诗

"心事数茎白发，生涯一片青山。空林有雪相待，古路无人自还。"李主好书神仙隐遁之词，岂非遭离世故，欲脱世网而不得者耶？卷六七

书柳子厚诗

仆自东武适文登，并海行数日，道傍诸峰，真若剑铓。诵柳子厚诗，知海山多尔耶？子柳子云："海上尖峰若剑铓，秋来处处割人肠。若为化作身千亿，遍上峰头望故乡。"卷六七

题柳子厚诗　一

柳子厚诗云："鹤鸣楚山静。"又云："隐忧倦永夜。"东坡曰：子厚此诗，远出灵运上。卷六七

题柳子厚诗　二

诗须要有为而作，用事当以故为新，以俗为雅。好奇务新，乃诗之病。柳子厚晚年诗，极似陶渊明，知诗病者也。卷六七

书子厚梦得造语

子厚《记》云："每风自四山而下，震动大木，掩冉众草，纷红骇绿，翁葧芗气。"柳子厚、刘梦得皆善造语，若此句，殆入妙矣。梦得云："水禽嬉戏，引吭伸翮，纷惊鸣而决起，拾彩翠于沙砾。"亦妙语也。卷六七

评韩柳诗

柳子厚诗在陶渊明下,韦苏州上。退之豪放奇险则过之,而温丽靖深不及也。所贵乎枯澹者,谓其外枯而中膏,似澹而实美,渊明、子厚之流是也。若中边皆枯澹,亦何足道? 佛云:"如人食蜜,中边皆甜。"人食五味,知其甘苦者皆是,能分别其中边者,百无一二也。卷六七

书子厚诗

柳子厚诗云:"盛时一失贵反贱,桃笙葵扇安敢当。"不知桃笙为何物。偶阅《方言》:"簟,宋、魏之间谓之笙。"乃悟桃笙以桃竹为簟也。梁简文《答湘南王献簟书》云:"五离九折,出桃枝之翠笋。"乃谓桃枝竹簟也。桃竹出巴、渝间,杜子美有《桃竹杖歌》。卷六七

书乐天香山寺诗

白乐天为王涯所谗,谪江州司马。甘露之祸,乐天在洛,适游香山寺,有诗云:"当君白首同归日,是我青山独往时。"不知者以乐天为幸之,乐天岂幸人之祸者哉? 盖悲之也。卷六七

书常建诗

常建诗云:"竹径通幽处,禅房花木深。"欧阳公最爱重,以为

不可及。此语诚可人意,然于公何足道! 岂非厌饫刍豢,反思螺蛤耶? 卷六七

书韩李诗

元祐六年八月十五日,与柳展如饮酒,一杯便醉,作字数纸。书李太白诗云:"遗我鸟迹书,飘然落岩间。其字乃上古,读之了不闲。"戏谓柳生,李白尚气,乃自招不识字,可一大笑。不如韩愈倔强,云"我宁屈曲自世间,安能随汝巢神仙"也。卷六七

录陶渊明诗

"清晨闻扣门,倒裳自往开。问子为谁与? 田父有好怀。壶浆远见候,疑我与时乖。褴缕茅檐下,未足为高栖。一世皆尚同,愿君汩其泥。深感父老言,禀气寡所谐。纡辔诚可学,违己谁非迷。且共欢此饮,吾驾不可回。"此诗叔弼爱之,予亦爱之。予尝有云:言发于心而冲于口,吐之则逆人,茹之则逆予。以谓宁逆人也,故卒吐之。与渊明诗意不谋而合,故并录之。卷六七

书渊明诗

"种豆南山下,草盛豆苗稀。侵晨理荒秽,带月荷锄归。道狭草木长,夕露沾我衣。衣沾不足惜,但使愿无违。"览渊明此诗,相与太息。噫嘻! 以夕露沾衣之故而犯所愧者多矣。元祐九年正月十六日,李端叔、王幾仁、孙子发皆在。东坡记。卷六七

书渊明《乞食》诗后

渊明得一食,至欲以冥谢主人,此大类丐者口颊也。哀哉哀哉! 非独余哀之,举世莫不哀之也。饥寒常在身前,声名常在身后,二者不相待,此士之所以穷也。卷六七

书渊明《饮酒》诗后

《饮酒》诗云:"客养千金躯,临化消其宝。"宝不过躯,躯化则宝已矣。人言靖节不知道,吾不信也。卷六七

书渊明诗 一

孔文举云:"坐上客常满,樽中酒不空。吾无事矣。"此语甚得酒中趣。及见渊明云:"偶有佳酒,无夕不倾,顾影独尽,悠然复醉。"便觉文举多事矣。卷六七

书渊明诗 二

陶诗云:"但恐多谬误,君当恕醉人。"此未醉时说也,若已醉,何暇忧误哉! 然世人言醉时是醒时语,此最名言。张安道饮酒初不言盏数,少时与刘潜、石曼卿饮,但言当饮几日而已。欧公盛年时,能饮百盏,然常为安道所困。圣俞亦能饮百许盏,然醉后高叉手而语弥温谨。此亦知其所不足而勉之,非善饮者。善饮者,澹然与平时无少异也。若仆者,又何其不能饮! 饮一盏而醉,醉中味与

数君无异,亦所羡尔。卷六七

书薛能茶诗

唐人煎茶用姜。故薛能诗云:"盐损添常戒,姜宜着更夸。"据此,则又有用盐者矣。近世有用此二物者,辄大笑之。然茶之中等者,用姜煎信佳也,盐则不可。卷六七

书乐天诗

"一山门作两山门,两寺元从一寺分。东涧水流西涧水,南山云起北山云。前台花发后台见,上界钟清下界闻。遥想高僧行道处,天香桂子落纷纷。"唐韬光禅师自钱塘天竺来住此山,乐天守苏日,以此诗寄之。庆历中,先君游此山,犹见乐天真迹。后四十七年,轼南迁过虔,复经此寺,徒见石刻而已。绍圣元年八月十七日。卷六七

论董秦

玉川子《月蚀》诗云:"岁星主福德,官爵奉董秦。忍使黔娄生,覆尸无衣巾。"详味此句,则董秦当是无功而享厚禄者。董秦,本忠臣也。天宝末骁将,屡立战功。虽粗暴,亦颇知忠义。代宗时,吐蕃犯阙,征兵。秦即日赴难。或劝择日,答曰:"君父在难,乃择日耶?"后卒污朱泚伪命,诛。考其终始,非无功而享厚禄者。不知玉川子何以有此句?绍圣元年十一月二十三日。卷六七

书日月蚀诗

玉川子作《月蚀》诗，以为蚀月者，月中之虾蟆也。梅圣俞作《日蚀》诗云："食日者三足乌。"此固因俚说以寓其意也。《战国策》曰："日月晖于外，其贼在内。"则俚说亦当矣。_{卷六七}

书卢仝诗

卢仝诗云："何时得去禁酒国。"吾今谪岭南，万户酒家有一婢，昔尝为酒肆，颇能伺候冷暖。自今当不乏酒，可以日饮无何，其去禁酒国矣。_{卷六七}

书渊明东方有一士诗后

"东方有一士，被服常不完。三旬九遇食，十年著一冠。辛苦无此比，常有好容颜。我欲观其人，晨去越河关。青松夹路生，白云宿檐端。知我故来意，取琴为我弹。上弦惊别鹤，下弦操孤鸾。愿留就君住，从今至岁寒。"此东方一士，正渊明也。不知从之游者谁乎？若了得此一段，我即渊明，渊明即我也。绍圣二年二月十一日，东坡居士饮醉食饱，默坐思无邪斋，兀然如睡。既觉，写渊明诗一首，示儿子过。_{卷六七}

书渊明《酬刘柴桑》诗

自夏历秋，毒热七八十日不解，炮灼理极，意谓不复有清凉时。今日忽凄风微雨,遂御夹衣,顾念兹岁,屈指可尽。陶彭泽云:"今我不为乐,知有来岁不?"此言真可为惕然也。_{卷六七}

书柳子厚南涧诗

"秋气集南涧,独游亭午时。回风一萧索,林影久参差。始至若有得,稍深遂忘疲。羁禽响幽谷,寒藻舞沦漪。去国魂已游,怀人泪空垂。孤生易为感,末路少所宜。寂寞竟何事,迟回只自知。谁欤后来者,当与此心期。"柳子厚南迁后诗,清劲纡余,大率类此。绍圣三年三月六日。_{卷六七}

对韩柳诗

韩退之诗云:"水作青罗带,山为碧玉簪。"柳子厚诗云:"海上群山若剑铓,秋来处处割愁肠。"陆道士云:"二公当时不相计会,好做成一属对。"东坡为之对云:"系闷岂无罗带水,割愁还有剑铓山。"此可编入诗话也。_{卷六七}

书李峤诗

"昔时青楼对歌舞,今日黄埃聚荆棘。山川满目泪沾衣,富贵荣华能几时。不见只今汾水上,惟有年年秋雁飞。"李峤诗也。盖当时未有太白、子美,故峤辈得称雄耳。其遭离世故,不得不尔。雨中闻铃,且犹涕下,峤诗可不如撼铃耶? 以此论工拙,殆未可也。
_{卷六七}

书贺遂亮诗

"意气百年内，平生一寸心。欲交天下士，未面已虚襟。君子重名义，直道冠衣簪。风云何可托，怀抱自然深。落霞净霜景，坠叶下枫林。若上南登岸，希访北山岑。"此贺遂亮《赠韩思彦》诗也。《成都学馆记》，遂亮撰，颜有意书。书、词皆奇雅有法。尝患不见遂亮他文，偶因读《国史补》，得此诗，乃为录之。卷六七

书董京诗

《晋史》：董京字威辇，作诗答孙子荆，其略曰："玄鸟纤幕，而不被害。鸣隼远巢，咸以欲死。眄彼梁鱼，逡巡倒尾。沉吟不决，忽焉失水。嗟乎！鱼鸟相与，万世而不悟。以我观之，乃明其故。焉知不有达人，深穆其度。亦将窥我，鞏蹙而去。"京之意盖曰：以鱼鸟自观，虽万世而不悟其非也，我所以能知鱼鸟之非者，以我不与鱼鸟同所恶也。彼达人者，不与我同欲恶，则其观我之所为，亦欲如我之观鱼鸟矣。京，得道人也，哀世俗不晓其语，故粗为说之。戊寅九月八日，读《隐逸传》。卷六七

书杜子美诗

"崔郎忧病士，书信有柴胡。饮子频通汗，怀君想报珠。亲知天畔少，药味峡中无。归楫生衣卧，春鸥洗翅呼。酒闻上急水，旱作耻平途。万里皇华使，为僚记腐儒。"此杜子美诗也。沈佺期《回波》诗云："姓名虽蒙齿录，袍笏未易牙绯。"子美用"饮子"对

"怀君",亦"齿录""牙绯"之比也。广州舶信到,得柴胡等药,偶录此诗遣闷。己卯正月十三日,久旱,微雨阴霼,未快。_{卷六七}

书唐太宗诗

唐太宗作诗至多,亦有徐、庾风气,而世不传,独于《初学记》时时见之。_{卷六七}

书韦苏州诗

世传王子敬帖,有"黄柑三百颗"之语。此帖乃在刘景文处。景文死,不知今在谁家矣。韦苏州有诗云:"书后欲题三百颗,洞庭须待满林霜。"盖苏州亦见此帖也。余亦尝有诗与景文云:"君家子敬十六字,气压邺侯三万签。"_{卷六七}

书杜子美诗后

"夔州处女发半华,四十五十无夫家。更遭丧乱嫁不售,一生抱恨长咨嗟。土风坐男使女立,男当门户女出入。十有八九负薪归,卖薪得钱当供给。至老双鬟只垂颈,野花山叶银钗并。筋力登危集市门,死生射利兼盐井。面妆手饰杂啼痕,地褊衣寒困石根。若道巫山女粗丑,何得此有昭君村?"海南亦有此风。每诵此诗,以谕父老,然亦未易变其俗也。元符二年闰九月十七日。_{卷六七}

书司空图诗

司空图表圣自论其诗，以为得味于味外。"绿树连村暗，黄花入麦稀"，此句最善。又云："棋声花院静，幡影石坛高。"吾尝游五老峰，入白鹤院，松阴满庭，不见一人，惟闻棋声，然后知此句之工也，但恨其寒俭有僧态。若杜子美云："暗飞萤自照，水宿鸟相呼。四更山吐月，残夜水明楼。"则才力富健，去表圣之流远矣。　卷六七

书郑谷诗

郑谷诗云："江上晚来堪画处，渔人披得一蓑归。"此村学中诗也。柳子厚云："千山鸟飞绝，万径人踪灭。扁舟蓑笠翁，独钓寒江雪。"人性有隔也哉！殆天所赋，不可及也已。　卷六七

文集卷八十八

书王梵志诗

王梵志诗云："城外土馒头，馅草在城里。每人吃一个，莫嫌无滋味。"已且为馅草，当使谁食之？为易其后两句，云："预先着酒浇，图教有滋味。"_{卷六七}

书柳子厚诗

柳柳州《酬娄秀才寓居开元寺早秋病中见寄》："客有故园思，潇湘生夜愁。病依居士室，梦绕羽人丘。味道怜知止，遗名得自求。壁空残月曙，门掩候虫秋。谬委双金重，难征杂佩酬。碧霄无柱路，徒此助离忧。"元符己卯十一月十九日，忽得龙川信，寄此纸，试书此篇。_{卷六七}

书柳子厚诗后

元符己卯闰九月，琼士姜君来儋耳，日与予相从。至庚辰三月，乃归。无以赠行，书柳子厚《饮酒》《读书》二诗，以见别意。子归，吾无以遣，独此二事，日相与往还耳。二十一日书。_{卷六七}

记永叔评孟郊诗

欧阳永叔尝云："孟东野诗'鬓边虽有丝，不堪织寒衣'，就使堪织，能得多少?"卷六七

书太白广武战场诗

昔先友史经臣彦辅谓余："阮籍登广武而叹曰：'时无英雄，使竖子成名。'岂谓沛公竖子乎?"余曰："非也，伤时无刘、项也。竖子者，指魏、晋间人耳。"其后，余游京口甘露寺，有孔明、孙权、梁武、李德裕之遗迹。余感之，因题诗，其略曰："四雄皆龙虎，遗迹了未刭。方其盛壮时，争夺肯少安。废兴属造物，迁逝谁控抟。况彼妄庸子，而欲事所难。聊兴广武叹，不待雍门弹。"则犹此意也。今日读李白《广武古战场》诗云："沉湎呼竖子，狂言非至公。"乃知李白亦误认嗣宗语，与先友之意无异也。嗣宗虽放荡，本有意于世，以魏、晋间多故，一放于酒耳，何至以沛公为竖子乎? 卷六七

书退之诗

退之诗云："我生之辰，月宿南斗。"乃知退之得磨蝎为身宫，而仆乃以磨蝎为命。平生多得谤誉，殆是同病也。卷六七

书黄鲁直诗后 一

读鲁直诗，如见鲁仲连、李太白，不敢复论鄙事。虽若不入

用,亦不无补于世也。卷六七

书黄鲁直诗后　二

鲁直诗文,如蝤蛑、江瑶柱,格韵高绝,盘飧尽废。然不可多食,多食则发风动气。卷六七

书陆道士诗

陆道士惟忠,字子厚,眉山人。好丹药,通术数,能诗,萧然有出尘之姿。久客江南,无知之者。予昔在齐安,盖相从游,因是谒子由高安,子由大赏其诗。会吴远游之过彼,遂与俱来惠州,出此诗。卷六七

书诸公送周梓州诗后

予自元祐之初,备位从官,日与正孺游。三年,予既有江海之意,而正孺亦慨然有归欤之叹,遂请梓州,得之。予时以诗送行,有"扫棠阴""踵画像"之语。旋出领杭州二年,还朝,老病日加,方上章请郡,曰:"正孺已及瓜矣,盍往代之,遂归老眉山乎?"或曰:"不可,梓人之安正孺甚矣,其去正孺,如去父母,子其忍夺之!"乃止,不敢乞。梓人愿复借留正孺数年,诏许之。而大丞相吕公典领实录,见熙宁中正孺为御史时所言事,叹曰:"君子哉,斯人也!"因言于上,除正孺直秘阁。士大夫以才能论议,取合一时可也,使人于十年之后,徐观其所为,心服而无异议;我亦无愧,难矣! 正孺有书

来,欲刻诸公送行诗于石,求予为跋尾,乃记所闻以遗之,且使梓人知予前诗卒章之意,未始一日忘也。 卷六七

书游汤泉诗后

余之所闻汤泉七,其五则今三子之所游,与秦君之赋所谓匡庐、汝水、尉氏、骊山,其二则余之所见凤翔之骆谷与渝州之陈氏山居也。皆弃于穷山之中,山僧野人之所浴,麋鹿猿猱之所饮,惟骊山当往来之冲,华堂玉甃,独为胜绝。然坐明皇之累,为杨、李、禄山所污,使口舌之士,援笔唾骂,以为亡国之余,辱莫大焉。今惠济之泉,独为三子者咏叹如此,岂非所寄僻远,不为当途者所恩,而后得为高人逸士、与世异趣者之所乐乎? 或曰:明皇之累,杨、李、禄山之污,泉岂知恶? 然则幽远僻陋之叹,亦非泉之所病也。泉固无知于荣辱,特以人意推之,可以为抱器适用而不择所处者之戒。元丰元年十月五日。 卷六七

书黄子思诗集后

予尝论书,以谓锺、王之迹,萧散简远,妙在笔画之外。至唐颜、柳,始集古今笔法而尽发之,极书之变,天下翕然以为宗师,而锺、王之法益微。至于诗亦然。苏、李之天成,曹、刘之自得,陶、谢之超然,盖亦至矣。而李太白、杜子美以英玮绝世之姿,凌跨百代,古今诗人尽废,然魏、晋以来高风绝尘,亦少衰矣。李、杜之后,诗人继作,虽间有远韵,而才不逮意,独韦应物、柳宗元发纤秾于简古,寄至味于澹泊,非余子所及也。唐末司空图,崎岖兵乱之间,而诗文高

雅，犹有承平之遗风。其论诗曰："梅止于酸，盐止于咸。饮食不可无盐、梅，而其美常在咸酸之外。"盖自列其诗之有得于文字之表者二十四韵，恨当时不识其妙。予三复其言而悲之。闽人黄子思，庆历、皇祐间号能文者。予尝闻前辈诵其诗，每得佳句妙语，反复数四，乃识其所谓。信乎表圣之言，美在咸酸之外，可以一唱而三叹也。予既与其子幾道、其孙师是游，得窥其家集。而子思笃行高志，为吏有异材，见于墓志详矣，予不复论，独评其诗如此。卷六七

跋文忠公送惠勤诗后

始予未识欧公，则已见其诗矣。其后屡见公，得勤之为人，然犹未识勤也。熙宁辛亥，余出倅钱塘，过汝阴见公，屡属余致谢勤。到官不及月，以腊日见勤于孤山下，则余诗所谓"孤山孤绝谁肯庐，道人有道山不孤"者也。其明年闰七月，公薨于汝阴，而勤亦退老于孤山下，不复出游矣。又明年六月六日，偶至勤舍，出此诗，盖公之真迹，读之流涕，而勤请余题其后云。卷六八

书赠法通师诗

"欲识当年杜伯升，飘然云水一孤僧。若教俯首随缰锁，料得而今似我能。"仆偶云："通师子不脱屣场屋，今何为乎？"柳子玉云；"不过似我能。"因戏作此诗。熙宁七年二月日。卷六八

题鲜于子骏八咏后

　　始予过益昌，子骏始漕利路。其后八年，予守胶西，而子骏始移漕京东。自朝廷更法以来，奉法之吏，尤难其人。刻急则伤民，宽厚则废法，二者其理难通；而山峡地瘠，民贫役重，其推行为尤难。子骏世家南隆，亲族故人，散处所部，以亲则害法，以法则伤恩，二者其势难全。是三难者萃于子骏，而子骏为之九年，其声蔼然，闻之四方。上不害法，下不伤民，中不废亲，自讲议措置至于立法定制，皆成于其手。吏民举欣欣然，而子骏亦自治园囿亭榭，赋诗饮酒，雍容有余，如异时为监司者。君子以是知其贤。子骏以其所作八咏寄余。余甚爱其诗，欲作而不可及。乃书其末，以遗益昌之人，使刻于石，以无忘子骏之德。卷六八

记子由诗

　　八月四日与子由同来，留小诗三首："葱蒨门前路，行穿翠密中。却来堂上看，岩谷意无穷。""夭矫庭中柏，枯枝鹊踏消。瘦皮缠鹤骨，高顶转龙腰。""窈窕山头井，泉通伏涧清。欲知深几许，听放辘轳声。"子由和云："岩峣山上寺，近在古城中。苦恨河流远，长教眼力穷。""盘曲山前路，流年向此消。兴亡须一吊，范叟卧山腰。""孤绝山南寺，僧居无限清。不知行道处，空听暮钟声。"子由诗过吾远甚。熙宁十年八月四日，子瞻。卷六八

书诸公送凫绎先生诗后

凫绎先生既殁三十余年，轼始从其子复游，虽不识其人，而得其为人。先生为阆中主簿，以诗饯行者凡二十余人，皆一时豪杰名胜之流。自景祐至今，凡四十余年，而凋丧殆尽，独张君宗益在耳。怀先生之盛德，想诸贤之遗烈；悼岁月之不居，感人事之屡变。故书其末，使后生想见其风流云耳。_{卷六八}

题文潞公诗

《送时郎中》诗云："一从辞画省，涪岁守坤维。久浃于藩任，常分乃睿思。六条遵汉寄，千里奉尧咨。按部壶浆拥，行春茜斾随。握兰班已峻，拔薤化方施。吏服蒲鞭耻，童怀竹马期。不藏金似粟，倾降雨如丝。每见求民瘼，宁闻拾路遗。责躬还掩阁，察吏更褰帷。好续循良传，宜刊德政碑。奸邪随草靡，权黠望风移。渤海绳皆治，葵丘戍及期。佩牛登富庶，负虎变淳熙。云路征贤日，星郎拱极时。将升严助室，暂辍阮咸麾。挽邓舟停水，思何咏载岐。鱼城初解印，凤阙即移墀。曲榭青云路，离筵白纻词。缛簪萦别恨，金酒折芳枝。从此三巴俗，多吟蔽芾诗。"轼尝得闻潞公之语矣，其雄才远度，固非小子所能窥测，至于学问之富，自汉以来，出入驰骋，略无遗者；下逮曲技小数，靡不究悉，虽笃学专门之师，莫能与之较。然世不以此称公，岂勋德所掩覆故耶？今观其幼时诗，精审研密，句句皆有所考，盖其积之也久矣。元丰二年二月二十九日书。_{卷六八}

自记吴兴诗

仆游吴兴,有《游飞英寺》诗云:"微雨止还作,小窗幽更妍。盆山不见日,草木自苍然。"非至吴越,不见此景也。 卷六八

记所作诗

吾有诗云:"日日出东门,步寻东城游。城门抱关卒,怪我此何求。吾亦无所求,驾言写我忧。"章子厚谓参寥曰:"前步而后驾,何其上下纷纷也?"仆闻之曰:"吾以尻为轮,以神为马,何曾上下乎?"参寥曰:"子瞻文过有理,似孙子荆。子荆曰:'所以枕流,欲洗其耳,所以漱石,欲砺其齿。'" 卷六八

书曹希蕴诗

近世有妇人曹希蕴者,颇能诗,虽格韵不高,然时有巧语。尝作《墨竹》诗云:"记得小轩岑寂夜,月移疏影上东墙。"此语甚工。
卷六八

记郭震诗

蜀人任介、郭震、李畋,皆博学能诗,晓音律,相与为莫逆之交,游荡不羁,礼法之士鄙之。然皆才识过人。李顺之将乱,震游成都东郊,忽赋诗曰:"今日出东郊,东郊好春色。青青原上草,莫教征马食。"遂走京师上书,言蜀将乱,不报。期年,其言乃效。震竟

不仕;介为陕西一幕官而死;畋稍达,仕至尚书郎。震将死,其友往问之,侧卧欹枕而言。其友曰:"子且正身。"震笑曰:"此行岂可复替名哉!"虽平生谈谐之余习,然亦足以见其临死而不乱也。_{卷六八}

评杜默诗

石介作《三豪》诗,略云:"曼卿豪于诗,永叔豪于文,杜默字师雄者豪于歌也。"永叔亦赠默云:"赠之《三豪》篇,而我滥一名。"默之歌,少见于世,初不知之。后闻其篇,云"学海波中老龙,圣人门前大虫",皆此等语。甚矣! 介之无识也。永叔不欲嘲笑之者,此公恶争名,且为介讳也。吾观杜默豪气,正是京东学究饮私酒食瘴死牛肉,饱后所发者也。作诗狂怪,至庐仝、马异极矣,若更求奇,便作杜默。_{卷六八}

书狄遵度诗

"佳城郁郁颓寒烟,饥雏乳兽号荒阡。夜卧北斗寒挂枕,霜拱木落雁横天。浮云西去不复返,落日东逝随长川。乾坤未死吾尚在,肯与蟪蛄论大年。"狄遵度自儿童已能属文,落落有声。年十六,一夕,梦子美诵平生所为诗,皆集中所无者,觉而记两句,后遂续之云耳。_{卷六八}

题子明诗后

吾兄子明,旧能饮酒,至二十蕉叶,乃稍醉。与之同游者,眉之蟇颐山观侯老道士,歌讴而饮。方是时,其豪气逸韵,岂知天地之大、秋毫之小耶? 不见十五年,乃以刑名政事著闻于蜀,非复昔日之子明也。偓安节自蜀来,云子明饮酒不过三蕉叶。吾少年望见酒盏而醉,今亦能三蕉叶矣。然旧学消亡,夙心扫地,枵然为世之废物矣。乃知二者有得必有丧,未有两获者也。卷六八

题和王巩六诗后

仆文章虽不逮冯衍,而慨慷大节乃不愧此翁。衍逢世祖英睿好士,而独不遇,流离摈逐,与仆相似。而衍妻悍妒甚,仆少此一事,故有“胜敬通”之句。卷六八

题陈吏部诗后

故三司副使吏部陈公,轼不及见其人。然少时所识一时名卿胜士,多推尊之。迩来前辈凋丧略尽,能称诵公者,渐不复见,得其绪言遗事,皆当记录宝藏,况其文章乎? 公之孙师仲,录公之诗二十五篇以示轼。三复太息,以想见公之大略云。元丰四年十一月廿二日,眉阳苏轼。卷六八

书赠陈季常诗

余谪黄州,与陈慥季常往来,每过之,辄作“汁”字韵诗一篇。季常不禁杀,故以此讽之。季常既不复杀,而里中皆化之,至有不食肉者。皆云“未死神已泣”,此语使人凄然也。卷六八

书遵师诗

游汤泉，览留题百余篇，独爱遵师一偈，云："禅庭谁作石龙头，龙口汤泉沸不休。直待众生尘垢尽，我方清冷混常流。"戏作一绝答云："石龙有口口无根，自在流泉谁吐吞。若信众生本无垢，此泉何处觅寒温。"元丰七年五月十三日。卷六八

书葛道纯诗后

"淙流绝壁散，灵烟翠洞深。岩际松风清，飘飘洒尘襟。观萝玩猿鸟，解组傲园林。茶果邀真侣，觞酌洽同心。旷岁怀兹赏，行春始重寻。聊将横吹笛，一写山水音。"与高安葛格道纯同游庐山简寂观，道纯诵此诗，请书之石。元丰七年五月十九日，汝州团练副使苏轼和仲。卷六八

书子由金陵天庆观诗

"兴废不可必，冶城今静祠。松声闻道路，竹色净轩墀。江近风云改，庭深草木滋。孤坟吊遗直，铭暗闵元规。"元丰三年四月，家弟子由过此留诗，七年七月十六日，为书之壁。卷六八

书子由绝胜亭诗

"夜郎秋涨水连空，上有虚亭缥缈中。山满长天宜落日，江吹旷野作惊风。爨烟惨淡浮前浦，渔艇纵横逐钓筒。未省岳阳何似

此,应须子细问南公。"蜀州新建绝胜亭,舍弟十九岁作。 _{卷六八}

跋翰林钱公诗后

轼龆龀入乡校,即诵公诗,今得观其遗迹,幸矣。元丰八年正月二十日。 _{卷六八}

题别子由诗后

"先君昔爱洛城居,我今亦过嵩山麓。水南卜筑吾岂敢,试向伊川买修竹。又闻缑山好泉眼,傍市穿林泻水玉。想见茅檐照水开,两翁相对清如鹄。"元丰七年,余自黄迁汝,往别子由于筠,作数诗留别,此其一也。其后虽不过洛,而此意未忘,因康君郎中归洛,书以赠之。元祐元年三月十六日,轼书。 _{卷六八}

跋欧阳寄王太尉诗后

"丰乐坡前一醉翁,余龄有几百忧攻。平生自恃心无愧,直道诚知世不容。换骨莫求丹九转,荣名何待禄千钟。明年今日如寻我,颍水东西问老农。"此欧阳文忠公寄太尉懿敏王公诗。轼与公之子定国、定国侄孙子发、张彦若同游宝梵。定国诵此诗,以遗诗人戴仲达。仲达,尝从文忠公者也。元祐元年四月,门生苏轼书。

_{卷六八}

书黄鲁直诗后

每见鲁直诗文，未尝不绝倒。然此卷语妙，殆非悠悠者所识，能绝倒者也，是可人。元祐元年八月二十二日，与定国、子由同观。卷六八

记董传论诗

故人董传善论诗。予尝云："杜子美不免有凡语。'已知仙客意相亲，更觉良工心独苦'，岂非凡语耶？"传笑曰："此句殆为君发。凡人用意深处，人罕能识，此所以为独苦，岂独画哉！"卷六八

书参寥论杜诗

参寥子言："老杜诗云：'楚江巫峡半云雨，清簟疏帘看弈棋。'此句可画，但恐画不就尔。"仆言："公禅人，亦复爱此绮语耶？"寥云："譬如不事口腹人，见江瑶柱，岂免一朵颐哉！"卷六八

记少游论诗文

秦少游言："人才各有分限。杜子美诗冠古今，而无韵者殆不可读。曾子固以文名天下，而有韵者辄不工。此未易以理推之也。"卷六八

题李伯祥诗

眉山矮道士李伯祥好为诗,诗格亦不甚高,往往有奇语。如"夜过修竹寺,醉打老僧门"之句,皆可爱也。余幼时学于道士张易简观中,伯祥与易简往来,尝叹曰:"此郎君贵人也。"不知其何以知之。卷六八

书绿筠亭诗

"爱竹能延客,求诗剩挂墙。风梢千纛乱,日影万夫长。谷鸟惊棋响,山蜂识酒香。只应陶靖节,解听北窗凉。"清献先生尝求东坡居士作绿筠亭诗,曰:"此吾乡人梁处士之居也。"后二十五年,乃见处士之子琯,请书此本。绍圣二年四月十三日。卷六八

题王晋卿诗后

晋卿为仆所累,仆既谪齐安,晋卿亦贬武当。饥寒穷困,本书生常分,仆处不戚戚固宜。独怪晋卿以贵公子罹此忧患,而不失其正,诗词益工,超然有世外之乐,此孔子所谓"可与久处约长处乐"者。元祐元年九月八日。卷六八

文集卷八十九

书黄泥坂词后

余在黄州,大醉中作此词,小儿辈藏去稿,醒后不复见也。前夜与黄鲁直、张文潜、晁无咎夜坐。三客翻倒几案,搜索箧笥,偶得之。字半不可读,以意寻究,乃得其全。文潜喜甚,手录一本遗余,持元本去。明日得王晋卿书,云:"吾日夕购子书不厌。近又以三缣博两纸。子有近书,当稍以遗我,毋多费我绢也。"乃用澄心堂纸、李承晏墨,书此遗之。元祐元年十一月二十一日。卷六八

题《憩寂图》诗 并鲁直跋

元祐元年正月十二日,苏子瞻、李伯时为柳仲远作《松石图》。仲远取杜子美诗"松根胡僧憩寂寞,庞眉皓首无住着。偏袒右肩露双脚,叶里松子僧前落"之句,复求伯时画此数句,为《憩寂图》。子由题云:"东坡自作苍苍石,留取长松待伯时。只有两人嫌未足,兼收前世杜陵诗。"因次其韵云:"东坡虽是湖州派,竹石风流各一时。前世画师今姓李,不妨题作辋川诗。"文与可尝云:"老夫墨竹一派,近在徐州。"吾竹虽不及,石似过之。此一卷公案,不可不令鲁直下一句。

或言:子瞻不当目伯时为前身画师,流俗人不领,便是诗

病。伯时一丘一壑，不减古人，谁当作此痴计。子瞻此语是真相知。鲁直书。卷六八

题张安道诗后

"因嗟萍梗才名客，自叹匏瓜老病身。一榻从兹还倚壁，不知重扫待何人。"元丰三年，家弟子由谪官筠州，张安道口占此诗为别，已而涕下。安道平生未尝出涕向人也。元祐六年十二月薨于南都。将属纩，问后事，但言伸意子瞻兄弟。是月十一日，举哀荐福禅院，录此诗留院中。卷六八

书张芸叟诗

张舜民芸叟，邠人也。通练西事，稍能诗。从高遵裕西征回，途中作诗二绝。一云："灵州城下千株柳，总被官军斫作薪。他日玉关归去路，将何攀折赠行人？"一云："青铜峡里韦州路，十去从军九不回。白骨似沙沙似雪，将军休上望乡台。"为转运判官李察所奏，贬郴州监税。舜民言："官军围灵武不下，粮尽而退。西人从城上大呼：'官军汉人兀撩否'？或仰而答曰：'兀撩。'城上皆大笑。西人谓惭为兀撩也。"卷六八

书试院中诗

元祐三年二月二十一日，领贡举事，辟李伯时为考校官。三月初，考校既毕，待诸厅参会，故数往诣伯时。伯时苦水悸，悃悃不

欲食，作欲骣马以排闷。黄鲁直诗先成，遂得之。鲁直诗云："仪鸾供帐饔虮行，翰林湿薪爆竹声，风帘官烛泪纵横。木穿石盘未渠透，坐窗不遨令人瘦，贫马百啮逢一豆。眼明见此玉花骢，径思着鞭随诗翁，城西野桃寻小红。"子瞻次韵云："少年鞍马勤远行，夜闻啮草风雨声，见此忽思短策横。千里故纸钻未透，那更陪君作诗瘦，不如芋魁归饭豆。门前欲嘶御史骢，诏恩三日休老翁，羡君怀中双橘红。"蔡天启、晁无咎、舒尧文、廖明略皆继，此不能尽录。予又戏作绝句："竹头抢地风不举，文书堆案睡自语。看马欲骣顿风尘，亦思归家洗袍裤。"伯时笑曰："有顿尘马欲入笔。"疾取纸来写之后。三月六日所作皆是也。眉山苏轼书。卷六八

书鬼仙诗

"忽然湖上片云飞，不觉中流雨湿衣。折得荷花浑忘却，空将荷叶盖头归。"

"江上樯竿一百尺，山中楼台十二重。山僧楼上望江上，遥指樯竿笑杀侬。"

"湘中老人读黄老，手援紫虇坐碧草。春至不知湘水深，日暮忘却巴陵道。"

"爷娘送我青枫根，不记青枫几回落。当时手刺衣上花，今日为灰不堪着。"

"蒲口潮来初渺漫，莲舟溶漾采花难。芳心不惬空归去，会待潮平更折看。"

"酒尽君莫沽，壶倾我当发。城市多嚣尘，还山弄明月。"

"卜得上峡日，秋江风浪多。巴陵一夜雨，肠断木兰歌。"

"寒草白露里,乱山明月中。是夕苦吟罢,寒烛与君同。"

元祐三年二月二十一日夜,与鲁直、寿朋、天启会于伯时斋舍。此一卷,皆仙鬼作,或梦中所作也。又记《太平广记》中,有人为鬼物所引入墟墓,皆华屋洞户,忽为劫墓者所惊,出,遂失所见,但云:"芜花半落,松风晚清。"吾每爱此两句,故附之书末。卷六八

记白鹤观诗

昔游忠州白鹤观,壁上高绝处,有小诗,不知何人题也。诗云:"仙人未必皆仙去,还在人间人不知。手把白髦从两鹿,相逢聊问姓名谁。"卷六八

记关右壁间诗

"欲挂衣冠神武门,先寻水竹渭南村。却将旧斩楼兰剑,买得黄牛教子孙。"余旧见此诗于关右壁间,爱之,不知何人诗也。卷六八

记西邸诗

余官凤翔,见村邸壁上书此数句,爱而诵之。云:"人间有漏仙,兀兀三杯醉。世上无眼禅,昏昏一枕睡。虽然没交涉,其奈略相似。相似尚如此,何况真个是。"卷六八

书出局诗

"急景归来早，浓阴晚不开。倾杯不能饮，待得卯君来。"今日局中早出，阴晦欲雪，而子由在户部晚出，作此数句。忽记十年前在彭城时，王定国来相过，留十余日，还南都。时子由为宋幕，定国临去，求家书，仆醉不能作，独以一绝与之。云："王郎西去路漫漫，野店无人霜月寒。泪湿粉笺书不得，凭君送与卯君看。"卯君，子由小名也。今日情味虽差胜彭城，然不若同归林下，夜雨对床，乃为乐耳。元祐三年十月二十三日。卷六八

评诗人写物

诗人有写物之功。"桑之未落，其叶沃若。"他木殆不可以当此。林逋《梅花》诗云："疏影横斜水清浅，暗香浮动月黄昏。"决非桃、李诗。皮日休《白莲》诗云："无情有恨何人见，月晓风清欲堕时。"决非红莲诗。此乃写物之功。若石曼卿《红梅》诗云："认桃无绿叶，辨杏有青枝。"此至陋诗，盖村学中体也。元祐三年十二月六日，书付过。卷六八

评七言丽句

七言之伟丽者，杜子美云："旌旗日暖龙蛇动，宫殿风微燕雀高""五更晓角声悲壮，三峡星河影动摇"，尔后寂寞无闻焉。直至欧阳永叔"沧波万古流不尽，白鹤双飞意自闲""万马不嘶听号令，诸蕃无事乐耕耘"，可以并驱争先矣。轼亦云："令严钟鼓三更月，

野宿貔貅万灶烟。"又云:"露布朝驰玉关塞,捷书夜到甘泉宫。"亦庶几焉尔。_{卷六八}

读文宗诗句

"人皆苦炎热,我爱夏日长。薰风自南来,殿阁生微凉。"世未有续之者。予亦有诗云:"卧闻疏响梧桐雨,独咏微凉殿阁风。"_{卷六八}

书辩才次韵参寥诗

"岩栖木食已幡然,交旧何人慰眼前。素与昼公心印合,每思秦子意珠圆。当年步月来幽谷,柱杖穿云冒夕烟。台阁山林本无异,故应文字未离禅。"辩才作此诗时,年八十一矣。平生不学作诗,如风吹水,自成文理。而参寥与吾辈诗,乃如巧人织绣耳。_{卷六八}

书参寥诗

仆在黄州,参寥自吴中来访,馆之东坡。一日,梦见参寥所作诗,觉而记其两句云:"寒食清明都过了,石泉槐火一时新。"后七年,仆出守钱塘,而参寥始卜居西湖智果院。院有泉,出石缝间,甘冷宜茶。寒食之明日,仆与客泛湖,自孤山来谒参寥,汲泉钻火,烹黄蘗茶,忽悟所梦诗,兆于七年之前。众客皆惊叹,知传记所载,非虚语也。元祐五年二月二十七日,眉山苏轼书并题。_{卷六八}

记谢中舍诗

寇元弼言："去岁徐州倅李陶，有子年十七八，素不甚作诗，忽咏《落花》诗云：'流水难穷目，斜阳易断肠。谁同研光帽，一曲舞《山香》。'父惊问之，若有物凭附者，自云是谢中舍。问研光帽事，云：'西王母宴群仙，有舞者戴研光帽，帽上簪花，舞《山香》一曲，未终，花皆落云。'"卷六八

书苏子美金鱼诗

旧读苏子美《六和寺》诗云："松桥待金鱼，竟日独迟留。"初不喻此语。及倅钱塘，乃知寺后池中有此鱼如金色也。昨日复游池上，投饼饵，久之，乃略出，不食，复入，不可复见。自子美作诗，至今四十余年。子美已有"迟留"之语，苟非难进易退而不妄食，安能如此寿耶！卷六八

题张子野诗集后

张子野诗笔老妙，歌词乃其余技耳。《湖州西溪》云："浮萍破处见山影，小艇归时闻草声。"与余和诗云："愁似鳏鱼知夜永，懒同胡蝶为春忙。"若此之类，皆可以追配古人。而世俗但称其歌词。昔周昉画人物，皆入神品，而世俗但知有周昉士女，皆所谓"未见好德如好色者"欤？元祐五年四月二十一日。卷六八

书所和回先生诗

回先生诗云："西邻已富忧不足，东老虽贫乐有余。白酒酿来因好客，黄金散尽为收书。"东坡居士和云："世俗何知贫是病，神仙可学道之余。但知白酒留佳客，不问黄公觅素书。"熙宁元年八月十九日，有道人过沈东老饮酒，用石榴皮写句壁上，自称回山人。东老送之出门，至石桥上。先渡桥数十步，不知其所往。或曰："此吕先生洞宾也。"七年，仆过晋陵，见东老之子偕，道其事。时东老既没三年矣，为和此诗。其后十六年，复与偕相遇钱塘，更为书之。偕字君与，有文行，世其家云。元祐五年五月二十五日，东坡先生书。卷六八

记里舍联句

幼时，里人程建用、杨尧咨、舍弟子由会学舍中，天雨，联句六言。程云："庭松偃仰如醉。"杨即云："夏雨凄凉似秋。"余云："有客高吟拥鼻。"子由云："无人共吃馒头。"坐皆绝倒。今四十余年矣！卷六八

题凤山诗后

杨君诗，殊有可观之言，长韵尤可喜，然求免于寒苦而不可得。悲夫，此道之不售于世也久矣！卷六八

题欧阳公送张著作诗后

诗中虽不著岁月，有"厌京已弄春"之语，是则自洛还馆中未久，去夷陵之行无几矣。元祐六年，东坡居士观于汝南东阁。<small>卷六八</small>

书颍州祷雨诗

元祐六年十月，颍州久旱，闻颍上有张龙公神祠，极灵异，乃斋戒，遣男迨与州学教授陈履常往祷之。迨亦颇信道教，沐浴斋居而往。明日，当以龙骨至，天色少变。二十六日，会景贶、履常、二欧阳，作诗云："后夜龙作云，天明雪填渠。梦回闻剥啄，谁呼赵陈予？"景贶拊掌曰："句法甚新，前此未有此法。"季默曰："有之。长官请客，吏请客目，曰'主簿、少府、我'，即此语也。"相与笑语。至三更归时，星斗灿然，就枕未几，而雨已鸣檐矣。至朔旦日作，五人者复会于郡斋。既感叹龙公之威德，复嘉诗语之不谬。季默欲书之，以为异日一笑。是日，景贶出迨诗云："吾侪归卧髀骨裂，会友携壶劳行役。"仆笑曰："是男也，好勇过我。"<small>卷六八</small>

书李简夫诗集后

孔子不取微生高，孟子不取於陵仲子，恶其不情也。陶渊明欲仕则仕，不以求之为嫌，欲隐则隐，不以去之为高；饥则扣门而乞食，饱则鸡黍以延客。古今贤之，贵其真也。李公简夫以文学政事有闻于天圣以来，而谢事退居于嘉祐之末，熙宁之初。平生不眩于声利，不戚于穷约，安于所遇而乐之终身者，庶几乎渊明之真也。

熙宁三年,轼始过陈,欲求见公,而公病矣。后二十年,得其手录诗七十篇于其孙公辅。读之,太息曰:"君子哉若人,今亡矣夫!"元祐六年十二月初四日。卷六八

题梅圣俞诗后

"驿使前时走马回,北人初识越人梅。清香莫把酴醾比,只欠溪头月下杯。"梅二丈长身秀眉,大耳红颊,饮酒过百盏,辄正坐高拱,此其醉也。吾虽后辈,犹及与之周旋。览其亲书诗,如见其抵掌谈笑也。元祐七年七月二十二日。卷六八

跋再送蒋颖叔诗后

颖叔未有帅洮之命,作扈驾诗,轼和之,有"游魂"之句,遂成吟谶。正月十六日,偶谒钱穆父,作小诗写之扇上。颖叔、穆父、仲至皆和,轼亦再赋。请颖叔收此扇与此轴,旋复迎劳,吾诗之必谶也。卷六八

记宝山题诗

予昔在钱塘,一日,昼寝于宝山僧舍,起,题其壁云:"七尺顽躯走世尘,十围便腹贮天真。此中空洞全无物,何止容君数百人。"其后,有数小子亦题名壁上,见者乃谓予诮之也。周伯仁所谓君者,乃王茂弘之流,岂此等辈哉!世子多讳,盖僭者也。吾尝作《李太白真赞》,云:"生平不识高将军,手污吾足乃敢嗔。"吾今复

书此者,欲使后之小人少知自揆也。卷六八

书石芝诗后

中山教授马君,文登人也。盖尝得石芝食之,故作此诗,同赋一篇。目昏不能多书,令小儿执笔,独题此数字。卷六八

书蜀僧诗

王中令既平蜀,捕逐余寇,与部队相远。饥甚,入一村寺中。主僧醉甚,箕踞,公怒,欲斩之。僧应对不惧,公奇而赦之,问求蔬食。僧对曰:"有肉无蔬。"公益奇之。馈以蒸猪头,食之甚美。公喜,问僧:"止能饮酒食肉耶,抑有他技也?"僧自言:"能为诗。"公命赋蒸豚,操笔立成云:"觜长毛短浅含膘,久向山中食药苗。蒸处已将蕉叶裹,熟时兼用杏浆浇。红鲜雅称金盘钉,软熟真堪玉箸挑。若把毡根来比并,毡根自合吃藤条。"公大喜,与紫衣师号。元祐九年二月十三日,偶与公之玄孙讷道此,因记之。卷六八

书彭城观月诗

"暮云收尽溢清寒,银汉无声转玉盘。此生此夜不长好,明月明年何处看?"余十八年前中秋夜,与子由观月彭城,作此诗,以《阳关》歌之。今复此夜,宿于赣上,方迁岭表,独歌此曲,聊复书之,以识一时之事。殊未觉有今夕之悲,悬知有他日之喜也?卷六八

记乐天西掖通东省诗

元祐元年，予为中书舍人。时执政患本省事多漏泄，欲以舍人厅后作露篱，禁同省往来。予白执政："应须简要清通，何必树篱插棘？"诸公笑而止。明年，竟作之。暇日，偶读乐天集，有云："西省北院，新构小亭，种竹开窗，东通骑省。与李常侍隔窗小饮，作诗。"乃知唐时得西掖作窗以通东省，而今日本省不得往来，可叹也！ 卷六八

书润州道上诗

"行歌野哭两堪悲，远火低星渐向微。病眼不眠非守岁，乡音无伴苦思归。重衾脚冷知霜重，新沐头轻感发稀。只有残灯不嫌客，孤舟一夜许相依。"仆时三十九岁，润州道中值除夜而作。后二十年，在惠州守岁，录付过。 卷六八

书李主词

"三十余年家国，数千里地山河。几曾惯干戈！一旦归为臣虏，沉腰潘鬓消磨。最是苍皇辞庙日，教坊犹奏别离歌。挥泪对宫娥。"后主既为樊若水所卖，举国与人，故当恸哭于九庙之外，谢其民而后行，顾乃挥泪宫娥，听教坊离曲哉！ 卷六八

题《秧马歌》后 一

惠州博罗县令林君抃，勤民恤农，仆出此歌以示之。林君喜

甚，躬率田者制作阅试，以谓背虽当如覆瓦，然须起首尾如马鞍状，使前却有力。今惠州民皆已施用，甚便之。念浙中稻米几半天下，独未知为此，而仆又有薄田在阳羡，意欲以教之。适会衢州进士梁君瑄过我而西，乃得指示，口授其详，归见张秉道，可备言范式尺寸及乘驭之状，仍制一枚，传之吴人。因以教阳羡儿子，尤幸也。本欲作秉道书，又懒，此间诸事，可问梁君具详也。试更以示西湖智果妙总禅师参寥子，以发万里一笑，尤佳也。绍圣二年四月二十二日，轼书。卷六八

题《秧马歌》后　二

林博罗又云："以榆枣为腹患其重，当以栀木，则滑而轻矣。"又云："俯伛秧田，非独腰脊之苦，而农夫例于胫上打洗秧根，积久皆至疮烂。今得秧马，则又于两小颊子上打洗，又完其胫矣。"卷六八

题《秧马歌》后　三

翟东玉将令龙川，从予求秧马式而去。此老农之事，何足云者？然已知其志之在民也。愿君以古人为师，使民不畏吏，则东作西成，不劝而自力。是家赐之牛，而人予之种，岂特一秧马之比哉！卷六八

题《秧马歌》后　四

吾尝在湖北，见农夫用秧马行泥中，极便。顷来江西，作《秧

马歌》以教，人罕有从者。近读《唐书·回鹘部族黠戛斯传》，其人以木马行水上，以板荐之，以曲木支腋下，一蹴辄百余步，意殆与秧马类软？聊复记之，异日详问其状，以告江南人也。卷六八

书陆道士诗

江南人好作盘游饭，鲊脯脍炙无不有，然皆埋之饭中。故里谚云："撅得窖子。"罗浮颖老取凡饮食杂烹之，名谷董羹，坐客皆称善。诗人陆道士，遂出一联句云："投醪谷董羹锅里，撅窖盘游饭碗中。"东坡大喜，乃为录之，以付江秀才收，为异时一笑。吴子野云："此羹可以浇佛。"翟夫子无言，但咽唾而已。丙子十二月八日。卷六八

记刘景文诗

刘季孙景文，平之子也。慷慨奇士，博学能诗。仆荐之，得隰州以殁，哀哉！尝有诗寄仆曰："四海共知霜鬓满，重阳能插菊花无？"死之日，家无一钱，但有书三万轴，画数百幅耳。卷六八

文集卷九十

书刘景文诗后

景文有英伟气，如三国时士陈元龙之流。读此诗，可以想见其人。以中寿没于隰州，哀哉哀哉！昙秀，学道离爱人也，然常出其诗，与余相对泣下。丁丑正月六日，谨题。卷六八

书昙秀诗

予在广陵，与晁无咎、昙秀道人同舟送客山光寺。客去，予醉卧舟中。昙秀作诗云："扁舟乘兴到山光，古寺临流胜气藏。惭愧南风知我意，吹将草木作天香。"予和云："闲里清游借隙光，醉时真境发天藏。梦回拾得吹来句，十里南风草木香。"予昔对欧阳文忠公诵文与可诗云："美人却扇坐，羞落庭下花。"公云："此非与可诗。世间元有此句，与可拾得耳。"后三年，秀来惠州见予，偶记此事。卷六八

记虏使诵诗

昔余与北使刘霄会食。霄诵仆诗云："'痛饮从今有几日，西轩月色夜来新。'公岂不饮者耶？"虏亦喜吾诗，可怪也。卷六八

书迈诗

儿子迈，幼时尝作《林檎》诗，云："熟颗无风时自脱，半腮迎日斗先红。"于等辈中，亦号有思致者。今已老，无他技，但亦时出新句也。尝作酸枣尉，有诗云："叶随流水归何处，牛载寒鸦过别村。"亦可喜也。卷六八

书韩魏公黄州诗后

黄州山水清远，土风厚善，其民寡求而不争，其士静而文，朴而不陋。虽闾巷小民，知尊爱贤者，曰："吾州虽远小，然王元之、韩魏公，尝辱居焉。"以夸于四方之人。元之自黄迁蕲州，没于蕲。然世之称元之者，必曰黄州，而黄人亦曰"吾元之也"。魏公去黄四十余年，而思之不忘，至以为诗。夫贤人君子，天之所以遗斯民，天下之所共有，而黄人独私以为宠，岂其尊德乐道，独异于他邦也欤？抑二公与此州之人有宿昔之契？不可知也。元之为郡守，有德于民，民怀之不忘也固宜。魏公以家艰，从其兄居耳，民何自知之？《诗》云："有匪君子，如金如锡，如圭如璧。"金锡圭璧之所在，瓦石草木被其光泽矣，何必施于用？奉议郎孙贲公素，黄人也，而客于公。公知之深，盖所谓教授书记者也。而轼亦公之门人，谪居于黄五年，治东坡，筑雪堂，盖将老焉，则亦黄人也。于是相与摹公之诗而刻之石，以为黄人无穷之思。而吾二人者，亦庶几托此以不忘乎？元丰七年十月二十六日，汝州团练副使苏轼记。卷六八

记参寥诗

　　昨夜梦参寥师手携一轴诗见过。觉而记其《饮茶》诗两句云："寒食清明都过了，石泉槐火一时新。"梦中问："火固新矣，泉何故新？"答云："俗以清明淘井。"当续成一诗，以记其事。卷六八

书王太尉送行诗后

杜 衍	贾 黯	宋敏求	司马光	王安石
苏 涣	王 畴	邵 亢	元 绛	王纯臣
吕夏卿	张 瓌	何 涉	谢仲弓	陈 洙
胡 恢	王举正	赵 槩	张 揆	曾公亮
王 珪	王 洙	曾公定	胡 宿	范 镇
李复圭	张 刍	吴幾复	范百之	晁仲衍
石扬休	李 绚	宋敏修	右三十三人	
丁 度	郭 劝	齐 廓	马仲甫	令狐挺
施昌言	吕居简	孙 沔	刘 瑾	冯 浩
黄 灏	韩 铎	李师中	辛若渝	李寿朋
刘 参	张师中	李 先	楚 泰	洪 亶
周延隽	钱延年	解宾王	黄从政	孟 询
阎 颙	谢 徽	张 孜	吴可幾	范宽之
张中庸	鲍 光	闵从周	右三十三人	

　　《送行诗》上下二卷，凡六十有六人。庆历、皇祐间，朝廷号称多士，故光禄卿、赠太尉王公挂冠归江陵，作诗纪行者，多一时之杰。呜呼！唐虞之际，于斯为盛，非独以见王公取友之端，亦足以

知朝廷得士之美也。昔柳宗元记其先友六十七人于墓碑之阴,考之于史,卓然知名者盖二十人。宗元曰:"先君之所友,天下之善士举集焉。"余于王公亦云。元符元年十月初七日。卷六八

跋黔安居士渔父词

鲁直作此词,清新婉丽。问其得意处,自言以水光山色,替却玉肌花貌,此乃真得渔父家风也。然才出"新妇矶",又入"女儿浦",此渔父无乃大澜浪乎?卷六八

记临江驿诗

"淮西功业冠吾唐,吏部文章日月光。千载断碑人脍炙,不知世有段文昌。""李白当年流夜郎,中原无复汉文章。纳官赎罪人何在?志士临风泪数行。"绍圣间临江军驿壁上得此诗,不知谁氏子作也。卷六八

记沿流馆诗

"帘卷窗穿户不扃,隙尘风叶乱纵横。幽人睡足谁呼觉,欹枕床前有月明。"绍圣间,人得此诗于沿流馆中,不知何人诗也。今录之,以益箧笥之藏。卷六八

书罗浮五色雀诗

罗浮有五色雀,以绛羽为长,余皆从之东西。俗云:"有贵人

入山则出。"余安道有诗云:"多谢珍禽不随俗,谪官犹作贵人看。"余过南华亦见之。海南人则谓之凤皇,云:"久旱而见则雨,潦则反是。"及谪儋耳,亦尝集于城南所居。余今日游进士黎威家,又集庭下,锵然和鸣,回翔久之。余举酒嘱之:"汝若为余来者,当再集也。"已而果然。<small>卷六八</small>

书秦少游挽词后

庚辰岁六月二十五日,予与少游相别于海康,意色自若,与平日不少异。但自作挽词一篇,人或怪之。予以谓少游齐死生,了物我,戏出此语,无足怪者。已而北归,至藤州,以八月十二日卒于光化亭上。呜呼,岂亦自知当然者耶!乃录其诗云。<small>卷六八</small>

书圣俞赠欧阳阀诗后

"客心如萌芽,忽与春风动。又随落花飞,去作江南梦。我家无梧桐,安可久留凤?凤栖在桂林,乌哺不得共。无忘桂枝荣,举酒一以送。"右宛陵先生梅圣俞诗。先君与圣俞游时,余与子由年甚少,世未有知者,圣俞极称之。家有老人泉,圣俞作诗曰:"泉上有老人,隐见不可常。苏子居其间,饮水乐未央。泉中若有鱼,与子同倘徉。泉中苟无鱼,子特玩沧浪。岁月不知老,家有雏凤凰。百鸟戢羽翼,不敢呈文章。去为仲尼叹,出为盛时翔。方今天子圣,无滞彼泉傍。"圣俞没,今四十年矣。南迁过合浦,见其门人欧阳晦夫,出所为送行诗。晦夫年六十六,予尚少一岁,须鬓皆皓然,固穷亦略相似。于是执手大笑,曰:"圣俞之所谓凤者,例皆如是哉!"天下皆言圣俞以诗穷,吾二人者又穷于圣俞,可不大笑乎?
元符三年月日书。卷六八

书王公峡中诗刻后

轼蜀人,往来古信州,山川草木,可以默数。老病流落,无复
归日,冥蒙奄霭,时发于梦想而已。庚辰岁,蒙恩移永州,过南海,
见部刺史王公进叔,出先太尉峡中石刻诸诗。反复玩味,则赤甲、
白盐、滟滪、黄牛之状,凛然在人目中矣。十月十六日轼书。卷六八

书石曼卿诗笔后

范文正公《祭曼卿文》,其略曰:"曼卿之才,大而无媒。不登公
卿,善人是哀。曼卿之诗,气豪而奇。大爱杜甫,酷能似之。曼卿之
笔,颜筋柳骨。散落人间,宝为神物。曼卿之心,浩然无机。天地一
醉,万物同归。不见曼卿,忆兮如生。希世之人,死为神明。"方此
时,世未有言曼卿为神仙事。后十余年,乃有芙蓉之说。不知文正
公偶然之言乎?抑亦有以知之也?元符三年十月十六日书。卷六八

书冯祖仁父诗后

国家承平百余年,岭海间学者彬彬出焉。时余襄公既没,未
有甚显者,岂张九龄、姜公辅独出于唐乎?真阳冯氏,多贤有文者。
河源令齐参祖仁出其先君子诗七篇,灿然有唐人风,方知祖仁之
贤,盖有自云。元符三年十二月十九日。卷六八

书程全父诗后

读其诗,知其为君子。如天俅,岂易得哉?予识之于罪谪之中,不独无以发扬其人,适足以污累之。乃书以属过子,善藏之,异时必有知此子者。元符三年十二月日。<small>卷六八</small>

书苏养直诗

"属玉双飞水满塘,菰蒲深处浴鸳鸯。白蘋满棹归来晚,秋着芦花一岸霜。""扁舟系岸依林樾,萧萧两鬓吹华发。万事不理醉复醒,长占烟波弄明月。"此篇若置在太白集中,谁复疑其非也?乃吾宗养直所作《清江曲》云。建中靖国元年三月二日。<small>卷六八</small>

书秦少游词后

少游昔在处州,尝梦中作词云:"山路雨添花,花动一山春色。行到小溪深处,有黄鹂千百。飞云当面化龙蛇,夭矫转空碧。醉卧古藤阴下,了不知南北。"供奉官俣君沔居湖南,喜从迁客游,尤为吕元钧所称。又能诵少游事甚详,为余道此词,至流涕。乃录本,使藏之。建中靖国元年三月二十一日。<small>卷六八</small>

题杨朴妻诗

真宗东封还,访天下隐者,得杞人杨朴,能为诗。召对,自言不能。上问临行有人作诗送否?朴言:"无有。惟臣妻一绝云:'且休落魄贪杯酒,更莫猖狂爱咏诗。今日捉将官里去,这回断送老头皮。'"上大笑,放还山,命其子一官就养。余在湖州,坐作诗追赴诏狱,妻子送余出门,皆哭,无以语之。顾老妻曰:"子独不能如杨处士妻,作一诗送我乎?"妻不觉失笑。予乃出。又昔年过洛,见李公耒之,言杨朴妻赠行一绝,因览魏处士诗。偶复记之。_{卷六八}

书章詧诗

章詧,字隐之。本闽人,迁于成都数世矣。善属文,不仕。晚用太守王素荐,赐号冲退处士。一日,梦有人寄书召之,云东岳道士书也。明日,与李士宁游青城,濯足水中,哈谓士宁曰:"脚踏西溪流去水。"士宁答曰:"手持东岳送来书。"詧大惊,不知其所自来也。未几,詧果死。其子祀,亦逸民举,仕一命乃死。士宁,蓬州人也。语默不常,或以为得道者,百岁乃绝。尝见余于成都,曰:"子甚贵,当策举首。"已而果然。_{卷六八}

书过送昙秀诗后

"三年避地少经过,十日论诗喜琢磨。自欲灰心老南岳,犹能茧足慰东坡。来时野寺无鱼鼓,去后闲门有雀罗。从此期师真似月,断云时复挂星河。"仆在广陵作诗送昙秀云:"老芝如云月,炯炯时一出。"今昙秀复来惠州见余,余病,已绝不作诗。儿子过粗能搜句,时有可观,此篇殆咄咄逼老人矣。特为书之,以满行囊。丁丑正月二十一日。_{卷六八}

书欧阳公黄牛庙诗后

右欧阳文忠公为峡州夷陵令日所作《黄牛庙》诗也。轼尝闻之于公："予昔以西京留守推官为馆阁较勘,时同年丁宝臣元珍适来京师,梦与予同舟溯江,入一庙中,拜谒堂下。予班元珍下,元珍固辞,予不可。方拜时,神像为起,鞠躬堂上,且使人邀予上,耳语久之。元珍私念,神亦如世俗,待馆阁乃尔异礼耶？既出门,见一马,只耳。觉而语予,固莫识也。不数日,元珍除峡州判官。已而,余亦贬夷陵令,日与元珍处,不复记前梦云。一日,与元珍溯峡谒黄牛庙,入门惘然,皆梦中所见。予为县令,固班元珍下,而门外镌石为马,缺一耳。相视大惊,乃留诗庙中,有'石马系祠门'之句,盖私识其事也。"元丰五年,轼谪居黄州,宜都令朱君嗣先见过,因语峡中山水,偶及之。朱君请书其事与诗："当刻石于庙,使人知进退出处,皆非人力。如石马一耳,何与公事？而亦前定,况其大者。公既为神所礼,而犹谓之淫祀,以见其直气不阿如此。"感其言有味,故为录之。正月二日,眉山苏轼书。卷六八

记梦诗文

昨夜欲晓,梦客有携诗文见过者。觉而记其一诗云："道恶贼其身,忠先爱厥亲。谁知畏九折,亦自是忠臣。"又有数句若铭赞者,云："道之所以成,不害其耕。德之所以不修,以贼其牛。"元丰七年三月十一日。卷六八

记梦中句

昨日梦人告我云："知真飧佛寿，识妄吃天厨。"余甚领其意。或曰："真即飧佛寿，不妄吃天厨。"余曰："真即是佛，不妄即是天，何但飧而吃之乎？"其人甚可余言。卷六八

书清泉寺词

黄州东南三十里，为沙湖，亦曰螺师店。余将买田其间，因往相田。得疾，闻麻桥人庞安时善医而聋，遂往求疗。安时虽聋，而颖悟过人，以指画字，不尽数字，辄了人深意。余戏之云："余以手为口，君以眼为耳。皆一时异人也。"疾愈，与之同游清泉寺。寺在蕲水郭门外二里许，有王逸少洗笔泉，水极甘。下临兰溪，溪水西流。余作歌云："山下兰芽短浸溪，松间沙路净无泥。萧萧暮雨子规啼。谁道人生难再少？君看流水尚能西。休将白发唱黄鸡。"是日，极饮而归。卷六八

自记庐山诗

仆初入庐山，山谷奇秀，平日所未见，殆应接不暇，遂发意不欲作诗。已而见山中僧俗，皆云苏子瞻来矣，不觉作一绝，云："芒鞋青竹杖，自挂百钱游。可怪深山里，人人识故侯。"既而哂前言之谬，复作两绝句，云："青山若无素，偃蹇不相亲。要识庐山面，他年是故人。"又云："自昔怀清赏，神游杳霭间。如今不是梦，真个在庐山。"是日有以陈令举《庐山记》见寄者，且行且读，见其中有

云徐凝、李白之诗,不觉失笑。开先寺主求诗,为作一绝云:"帝遣银河一派垂,古来唯有谪仙词。飞流溅沫知多少,不与徐凝洗恶诗。"往来山南北十余日,以为胜绝不可胜谈,择其尤者,莫如漱玉亭、三峡桥,故作二诗。最后与总老同游西林,又作一绝,云:"横看成岭侧成峰,到处看山了不同[①]。不识庐山真面目,只缘身在此山中。"仆庐山之诗,尽于此矣。　卷六八

书子由梦中诗

元丰八年正月旦日,子由梦李士宁相过,草草为具。梦中赠一绝句,云:"先生惠然肯见客,旋买鸡豚旋烹炙。人闲饮酒未须嫌,归去蓬莱却无吃。"明年闰二月六日,为予道之。书以遗迟云。卷六八

记鬼诗

秦太虚言:"宝应民有以嫁娶会客者。酒半,客一人径起出门。主人追之,客若醉甚,将赴水者。主人急持之,客曰:'妇人以诗招我,其词云:"长桥直下有兰舟,破月冲烟任意游。金玉满堂何所用?争年少去来休。"苍黄就之,不知其为水也。'"然客竟亦无他。夜会说鬼,参寥举此,聊为记之。卷六八

---

① 到处看山了不同:《诗集》卷二十三作"远近高低各不同"。

题张白云诗后

张俞少愚，西蜀隐君子也。与予先君游，居岷山下白云溪，自号白云居士。本有经世志，特以自重难合，故老死草野，非槁项黄馘盗名者也。偶游西湖静轩，见其遗句，怀仰其人，命寺僧刻之。元祐五年九月五日。卷六八

记黄州对月诗

仆在徐州，王子立、子敏皆馆于官舍，而蜀人张师厚来过。二王方年少，吹洞箫，饮酒杏花下。明年，余谪居黄州，对月独饮，尝有诗云：“去年花落在徐州，对月酾歌美清夜。今年黄州见花发，小院闭门风露下。”盖忆与二王饮时也。张师厚久已死，今年子立复为古人，哀哉！卷六八

书黄州诗记刘原父语

昔为凤翔幕官，过长安，见刘原父，留吾剧饮数日。酒酣，谓吾曰：“昔陈季弼告陈元龙曰：‘闻远近之论，谓明府骄而自矜。’元龙曰：‘夫闺门雍穆，有德有行，吾敬陈元方兄弟。渊清玉洁，有礼有法，吾敬华子鱼。清修疾恶，有识有义，吾敬赵元达。博闻强记，奇逸卓荦，吾敬孔文举。雄姿杰出，有王霸之略，吾敬刘玄德。所敬如此，何骄之有？余子琐琐，亦安足录哉！’”因仰天太息。此亦原父之雅趣也。吾后在黄州，作诗云：“平生我亦轻余子，晚岁人谁念此翁。”盖记原父语也。原父既没久矣，尚有贡父在，每与语，强人意，今复死矣。何时复见此俊杰人乎？悲夫！卷六八

文集卷九十一

书摹本《兰亭》后

"外寄所托"改作"因寄","于今所欣"改作"向之","岂不哀哉"改作"痛哉","良可悲"改作"悲夫","有感于斯"改作"斯文"。凡涂两字,改六字,注四字。"曾不知老之将至",误作"僧","已为陈迹",误作"以","亦犹今之视昔",误作"由"。旧说此文字有重者,皆构别体,而"之"字最多,今此"之"字颇有同者。又尝见一本,比此微加楷,疑此起草也,然放旷自得不及此本远矣。子由自河朔持归,宝月大师惟简请其本,令左绵僧意祖摹刻于石。治平四年九月十五日。卷六九

题《兰亭记》

真本已入昭陵,世徒见此而已。然此本最善。日月愈远,此本当复缺坏,则后生所见,愈微愈疏矣。卷六九

题逸少帖

逸少为王述所困,自誓去官,超然于事物之外。尝自言:"吾当卒以乐死。"然欲一游岷岭,勤勤如此,而至死不果。乃知山水

游放之乐，自是人生难必之事，况于市朝眷恋之徒，而出山林独往之言，固已疏矣。卷六九

题《遗教经》

仆尝见欧阳文忠公云："《遗教经》非逸少笔。"以其言观之，信若不妄。然自逸少在时，小儿乱真，自不解辨，况数百年后传刻之余，而欲必其真伪，难矣。顾笔画精稳，自可为师法。卷六九

题《笔阵图》 王晋卿所藏

笔墨之迹，托于有形，有形则有弊。苟不至于无，而自乐于一时，聊寓其心，忘忧晚岁，则犹贤于博弈也。虽然，不假外物而有守于内者，圣贤之高致也。惟颜子得之。卷六九

题二王书

笔成冢，墨成池，不及羲之即献之。笔秃千管，墨磨万铤，不作张芝作索靖。卷六九

题晋人帖

唐太宗购晋人书，自二王以下，仅千轴。《兰亭》以玉匣葬昭陵，世无复见，其余皆在秘府。至武后时，为张易之兄弟所窃，后遂流落人间，多在王涯、张延赏家。涯败，为军人所劫，剥去金玉轴，

而弃其书。余尝于李都尉玮处，见晋人数帖，皆有小印"涯"字，意其为王氏物也。有谢尚、谢鲲、王衍等帖，皆奇；而夷甫独超然如群鹤耸翅，欲飞而未起也。<small>卷六九</small>

题萧子云帖

萧子云尝答敕云："臣昔不能赏拔，随时所贵，规模子敬，多历年所。年二十六，著《晋史》，至《二王列传》，欲作论学隶法，言不尽意，遂不能成，略指论飞白一事而已。十许年，乃见敕旨《论书》一卷，商略笔法，洞微字体，始变子敬，全范元常。逮迩以来，自觉功进。"文见《梁书》本传。今阁下法帖十卷中，有卫夫人与一僧书，班班取子云此文，其伪妄无疑也。<small>卷六九</small>

跋褚薛临帖

王会稽父子书存于世者，盖一二数。唐人褚、薛之流，硬黄临放，亦足为贵。<small>卷六九</small>

辨法帖

辨书之难，正如听响、切脉，知其美恶则可，自谓必能正名之者，皆过也。今官本十卷法帖中，真伪相杂至多。逸少部中有"出宿饯行"一帖，乃张说文。又有"不具，释智永白"者，亦在逸少部中，此最疏谬。余尝于秘阁观墨迹，皆唐人硬黄上临本，惟《鹅群》一帖，似是献之真笔。后又于李玮都尉家见谢尚、王衍等数人书，超

然绝俗。考其印记,王涯家本。其他但得唐人临本,皆可蓄。卷六九

辨官本法帖　并以下十篇皆官本法帖

此卷有云:"伯赵鸣而戒晨,爽鸠习而扬武。"此张说送贾至文也。乃知法帖中真伪相半。卷六九

疑二王书

梁武帝使殷铁石临右军书,而此帖有"与铁石共书"语,恐非二王书。字亦不甚工,览者可细辨也。卷六九

题逸少书　一

此卷有永"足下还来"一帖。其后云"不具,释智永白",而云逸少书。余观其语云"谨此代申"。唐末以来,乃有此等语,而书至不工,乃流俗伪造永禅师书耳。卷六九

题逸少书　二

逸少谓此郡难治,云:"吾何故舍逸而就劳。"当是为怀祖所检察耳。卷六九

题逸少书　三

《兰亭》《乐毅》《东方先生》三帖，皆妙绝。虽摹写屡传，犹有昔人用笔意思。比之《遗教经》，则有间矣。元丰二年上巳日写。_{卷六九}

题子敬书

子敬虽无过人事业，然谢安欲使书宫殿榜，竟不敢发口。其气节高逸，有足嘉者。此书一卷，尤可爱。_{卷六九}

题卫夫人书

卫夫人书既不甚工，语意鄙俗，而云"奉敕（勑）"。"敕（勑）"字从力，"馆（舘）"字从舍，皆流俗所为耳。_{卷六九}

题山公启事帖

此卷有山公启事，使人爱玩，尤不与他书比。然吾尝怪山公荐阮咸之清正寡欲，咸之所为，可谓不然者矣。意以谓心迹不相关，此最晋人之病也。_{卷六九}

题卫恒帖

恒，卫瓘子。本传有《论书势》四篇，其词极美，其后与瓘同遇害云。_{卷六九}

题唐太宗帖

太宗忮暴如此，至于妻子间，乃有"忌欲均死"之语，固牵于爱者也。 _{卷六九}

题萧子云书

唐太宗评萧子云书云："行行如萦春蚓，字字若绾秋蛇。"今观其遗迹，信虚得名耳。 _{卷六九}

跋庾征西帖

吴道子始见张僧繇画，曰："浪得名耳。"已而坐卧其下，三日不能去。庾征西初不服逸少，有家鸡野鹜之论，后乃叹其为伯英再生。今观其石，不逮子敬甚远，正可比羊欣耳。 _{卷六九}

题法帖

"宰相安和，殷生无恙。"宰相当是简文帝，殷生即浩也耶？
杜庭之书，为世所贵重，乃不编入，何也？ _{卷六九}

题晋武书

昨日阁下见晋武帝书，甚有英伟气。乃知唐太宗书，时有似之。鲁君之宋，呼于垤泽之门，门者曰："此非吾君也，何其声之似

吾君也!"居移气,养移体,信非虚语矣。<small>卷六九</small>

题羊欣帖

此帖在王文惠公家,轼得其摹本于公之子错,以遗吴兴太守孙莘老,使刻石置墨妙亭中。<small>卷六九</small>

书逸少《竹叶帖》

王逸少《竹叶帖》,长安水丘氏传宝之,今不知所在。三十年前,见其摹本于雷寿。<small>卷六九</small>

跋卫夫人书

此书近妄庸,人传作卫夫人书耳。晋人风流,岂尔恶耶? <small>卷六九</small>

跋桓元子书

"蜀平,天下大庆,东兵安其理,当早一报此。桓元子书。""蜀平",盖讨谯纵时也。仆喜临之,人间当有数百本也。<small>卷六九</small>

跋叶致远所藏永禅师千文

永禅师欲存王氏典刑,以为百家法祖,故举用旧法,非不能出新意求变态也,然其意已逸于绳墨之外矣。云下欧、虞,殆非至论。

若复疑其临放者，又在此论下矣。_{卷六九}

跋王巩所收藏真书

僧藏真书七纸，开封王君巩所藏。君侍亲平凉，始得其二，而两纸在张邓公家。其后，冯公当世又获其三。虽所从分异者不可考，然笔势奕奕，七纸意相属也。君，邓公外孙，而与当世相善，乃得而合之。余尝爱梁武帝评书善取物象，而此公尤能自誉，观者不以为过，信乎其书之工也。然其为人傥荡，本不求工，所以能工。此如没人之操舟，无意于济否，是以覆却万变，而举止自若。其近于有道者耶？ _{卷六九}

题颜公书画赞

颜鲁公平生写碑，惟《东方朔画赞》为清雄，字间栉比，而不失清远。其后见逸少本，乃知鲁公字字临此书，虽小大相悬，而气韵良是。非自得于书，未易为言此也。_{卷六九}

题鲁公帖

观其书，有以得其为人，则君子小人必见于书，是殆不然。以貌取人，且犹不可，而况书乎？吾观颜公书，未尝不想见其风采，非徒得其为人而已，凛乎若见其诮卢杞而叱希烈，何也？其理与韩非窃斧之说无异。然人之字画工拙之外，盖皆有趣，亦有以见其为人邪正之粗云。_{卷六九}

题《鲁公放生池碑》

湖州有《颜鲁公放生池碑》，载其所上肃宗表云："一日三朝，大明天子之孝；问安侍膳，不改家人之礼。"鲁公知肃宗有愧于是也，故以此谏。孰谓公区区于放生哉！ 卷六九

题鲁公书草

昨日，长安安师文出所藏颜鲁公与定襄郡王书草数纸，比公他书尤为奇特。信手自然，动有姿态，乃知瓦注贤于黄金，虽公犹未免也。 卷六九

书张少公判状

张旭为常熟尉，有父老诉事，为判其状，欣然持去。不数日，复有所诉，亦为判之。他日复来。张甚怒，以为好讼。叩头曰："非敢讼也。诚见少公笔势殊妙，欲家藏之尔。"张惊问其详，则其父盖天下工书者也。张由此尽得笔法之妙。古人得笔法有所自，张以剑器，容有是理；雷太简乃云闻江声而笔法进，文与可亦言见蛇斗而草书长，此殆谬矣。 卷六九

书张长史草书

张长史草书必俟醉，或以为奇，醒即天真不全。此乃长史未妙，犹有醉醒之辨。若逸少，何尝寄于酒乎？仆亦未免此事。 卷六九

跋怀素帖

怀素书极不佳，用笔意趣，乃似周越之险劣。此近世小人所作也，而尧夫不能辨，亦可怪矣。_{卷六九}

跋王荆公书

荆公书得无法之法，然不可学，学之则无法。故仆书，尽意作之，似蔡君谟；稍得意，似杨风子；更放，似言法华。_{卷六九}

跋胡霈然书匣后

唐文皇好逸少书，故其子孙及当时士人争学二王笔法，至开元、天宝间尤盛。而胡霈然最为工妙，以宗盟覆有家藏也。_{卷六九}

跋咸通湖州剌史牒

唐人以身言书判取士，故人人能书。此牒近时待诏所不及，况州镇书史乎？元符三年十月十六日。_{卷六九}

书太宗皇帝《急就章》

轼近至终南太平宫，得观三圣遗迹，有太宗书《急就章》一卷，为妙绝。自古英主少有不工书。鲁君之宋，呼于垤泽之门，守者曰："非吾君也，何其声之似我君也？"轼于书亦云。_{卷六九}

书所作字后

献之少时学书，逸少从后取其笔而不可，知其长大必能名世。仆以为不然。知书不在于笔牢，浩然听笔之所之而不失法度，乃为得之。然逸少所以重其不可取者，独以其小儿子用意精至，猝然掩之，而意未始不在笔。不然，则是天下有力者莫不能书也。治平甲辰十月二十七日，自岐下罢，过谒石才翁，君强使书此数幅。仆岂晓书？而君最关中之名书者，幸勿出之，令人笑也。轼书。卷六九

书王石草书

王正甫、石才翁对韩公草书。公言："二子一似向马行头吹笛。"座客皆不晓。公为解之："若非妙手，不敢向马行头吹也。"熙宁元年十二月晦书。卷六九

题蔡君谟帖

慈雅游北方十七年而归，退老于孤山下，盖十八年矣。平生所与往还，略无在者。偶出蔡公书简观之，反复悲叹。耆老凋丧，举世所惜，慈雅之叹，盖有以也。卷六九

跋蔡君谟书海会寺记

君谟写此时，年二十八。其后三十二年，当熙宁甲寅，轼自杭来临安借观，而君谟之没已六年矣。明师之齿七十有四，耳益聪，

目益明,寺益完壮。竹林桥上,暮山依然,有足感叹者。因师之行,又念竹林桥看暮山,乃人间绝胜之处,自驰想耳。卷六九

论君谟书

欧阳文忠公论书云:"蔡君谟独步当世。"此为至论。言君谟行书第一,小楷第二,草书第三。就其所长而求其所短,大字为小疏也。天资既高,辅以笃学,其独步当世,宜哉!近岁论君谟书者,颇有异论,故特明之。卷六九

跋君谟飞白

物一理也,通其意,则无适而不可。分科而医,医之衰也;占色而画,画之陋也。和、缓之医,不别老少;曹、吴之画,不择人物。谓彼长于是则可也,曰能是不能是则不可。世之书,篆不兼隶,行不及草,殆未能通其意者也。如君谟,真、行、草、隶,无不如意,其遗力余意,变为飞白,可爱而不可学。非通其意,能如是乎?卷六九

跋君谟书赋

余评近岁书,以君谟为第一,而论者或不然,殆未易与不知者言也。书法当自小楷出,岂有正未能而以行、草称也?君谟年二十九而楷法如此,知其本末矣。卷六九

跋君谟书

仆论书以君谟为当世第一,多以为不然,然仆终守此说也。卷
六九

题李十八净因杂书

刘十五论李十八草书,谓之"鹦哥娇"。意谓鹦鹉能言,不过
数句,大率杂以鸟语。十八其后稍进,以书问仆,近日比旧如何。
仆答云:"可作秦吉了也。"然仆此书自有"公在乾侯"之态也。子
瞻书。卷六九

跋董储书　一

董储郎中,密州安丘人,能诗,有名宝元、庆历间。其书尤工,
而人莫知。仆以为胜西台也。卷六九

跋董储书　二

密州董储亦能书,近岁未见其比,然人犹以为不然;仆固非善
书者,而世称之。以是知是非之难齐也。卷六九

跋文与可草书

李公择初学草书,所不能者,辄杂以真、行。刘贡父谓之"鹦

哥娇"。其后稍进,问仆:"吾书比来何如?"仆对:"可谓秦吉了矣。"与可闻之大笑。是日,坐人争索与可草书,落笔如风,初不经意。刘意谓鹦鹉之于人言,止能道此数句耳。十月一日。_{卷六九}

评草书

书初无意于佳,乃佳尔。草书虽是积学乃成,然要是出于欲速。古人云"匆匆不及,草书",此语非是。若"匆匆不及",乃是平时亦有意于学。此弊之极,遂至于周越、仲翼,无足怪者。吾书虽不甚佳,然自出新意,不践古人,是一快也。_{卷六九}

论书

书必有神、气、骨、肉、血,五者阙一,不为成书也。_{卷六九}

题醉草

吾醉后能作大草,醒后自以为不及。然醉中亦能作小楷,此乃为奇耳。_{卷六九}

题七月二十日帖

江左僧宝索靖七月二十日帖。仆亦以是日醉书五纸。细观笔迹,与二妙为三。每纸皆记年月。是岁熙宁十年也。_{卷六九}

跋杨文公书后

杨文公相去未久，而笔迹已难得，其为人贵重如此。岂以斯人之风流不可复见故耶？元丰戊午四月十六日题。 _{卷六九}

跋杜祁公书

正献公晚乃学草书，遂为一代之绝。公书政使不工，犹当传世宝之，况其清闲妙丽，得昔人风气如此耶？ _{卷六九}

跋陈隐居书

陈公密出其祖隐居先生之书相示。轼闻之，蔡君谟先生之书，如三公被衮冕立玉墀之上。轼亦以为学先生之书，如马文渊所谓学龙伯高之为人也。书法备于正书，溢而为行、草，未能正书而能行、草，犹未尝庄语而辄放言，无是道也。 _{卷六九}

文集卷九十二

跋欧阳文忠公书

欧阳文忠公用尖笔干墨,作方阔字,神采秀发,膏润无穷。后人观之,如见其清眸丰颊,进趋裕如也。卷六九

跋欧阳家书

此欧阳文忠公与其弟侄家书也。元丰二年四月十二日,苏轼题。卷六九

跋陈氏欧帖

右陈敏善所藏欧公帖。轼闻公之幼子季默编公之笺牍为一集。此数帖,尤有益于世者,当录以寄季默也。卷六九

跋钱君倚书《遗教经》

人貌有好丑,而君子小人之态不可掩也;言有辩讷,而君子小人之气不可欺也;书有工拙,而君子小人之心不可乱也。钱公虽不

学书，然观其书，知其为挺然忠信礼义人也。轼在杭州，与其子世雄为僚，因得观其所书《佛遗教经》刻石，峭峙有不回之势。孔子曰："仁者其言也讱。"今君倚之书，盖讱云。卷六九

书章郇公写《遗教经》

章文简公楷法尤妙，足以见前人笃实谨厚之余风也。卷六九

跋所书《清虚堂记》

世多藏予书者，而子由独无有。以求之者众，而子由亦以余书为可以必取，故每以与人不惜。昔人求书法，至刿心呕血而不获；求安心法，裸雪没腰，仅乃得之。今子由既轻以余书予人可也，又以其微妙之法言不待愤悱而发，岂不过哉！然王君之为人，盖可与言此者。他人当以余言为戒。卷六九

跋所书《摩利支经》后

侄安节于元丰庚申六月大水中，舟行下峡，常持此经，得脱险难。明年十二月，至黄州见轼，乞写此本持归蜀。眉阳苏轼书。卷六九

评杨氏所藏欧蔡书

自颜、柳氏没，笔法衰绝，加以唐末丧乱，人物凋落磨灭，五代

文采风流，扫地尽矣。独杨公凝式笔迹雄杰，有二王、颜、柳之余，此真可谓书之豪杰，不为时世所汩没者。国初，李建中号为能书，然格韵卑浊，犹有唐末以来衰陋之气，其余未见有卓然追配前人者。独蔡君谟书，天资既高，积学深至，心手相应，变态无穷，遂为本朝第一。然行书最胜，小楷次之，草书又次之，大字又次之，分、隶小劣。又尝出意作飞白，自言有翔龙舞凤之势，识者不以为过。欧阳文忠公书，自是学者所共仪刑，庶几如见其人者。正使不工，犹当传宝，况其精勤敏妙，自成一家乎？杨君畜二公书，过黄州，出以相示，偶为评之。卷六九

杂评

杨凝式书，颇类颜行。李建中书，虽可爱，终可鄙；虽可鄙，终不可弃。李国士本无所得，舍险瘦，一字不成。宋宣献书，清而复寒，正类李留台重而复寒，俱不能济所不足。苏子美兄弟，俱太俊，非有余，乃不足也。蔡君谟为近世第一，但大字不如小字，草不如真，真不如行也。卷六九

王文甫达轩评书

唐末五代文章卑陋，字画随之。杨公凝式笔为雄，往往与颜、柳相上下，甚可怪也。今世多称李建中、宋宣献，此二人书，仆所不晓。宋寒而李俗，殆是浪得名。惟近日蔡君谟，天资既高，而学亦至，当为本朝第一。卷六九

书赠王文甫

　　王文甫好典买古书画诸物。今日自言典两端砚及陈归圣篆字,用钱五千。余请攀归圣例,每日持一两纸,只典三百文。文甫言:"甚善。"川僧清悟在旁,知状。卷六九

书赠王十六　一

　　王十六秀才禹锡,好蓄余书,相从三年,得两牛腰。既入太学,重不可致,乃留文甫许分遗。然缄锁牢甚,文甫云:"相与有瓜葛,那得尔耶?"卷六九

书赠王十六　二

　　十六及第,当以凤砵风字大砚与之。请文甫收此为据。十六及第,当以石绿天猊为仆作利市也。卷六九

记潘延之评予书

　　潘延之谓子由曰:"寻常于石刻见子瞻书,今见真迹,乃知为颜鲁公不二。"尝评鲁公书与杜子美诗相似,一出之后,前人皆废。若予书者,乃似鲁公而不废前人者也。卷六九

书赠徐大正 一

此蔡公家赐纸也。建安徐大正得之于公之子毂,来求东坡居士草书。居士既醉,为作此数纸。卷六九

书赠徐大正 二

得之,天下奇男子也。世未有用之者。然丈夫穷达,固自有时耶? 卷六九

书赠徐大正 三

江湖间,有鸟鸣于四五月,其声若云"麦熟即快活"。今年二麦如云,此鸟不妄言也。卷六九

书赠徐大正 四

或问东坡草书。坡云:"不会。"进云:"学人不会?"坡云:"则我也不会。"卷六九

跋李康年篆《心经》后

江夏李君康年,好古博学,而小篆尤精。以私忌日篆《般若心经》,为其亲追福,而求余为跋尾。余闻此经虽不离言语文字,而欲以文字见、欲以言语求则不可得。篆画之工,盖亦无施于此,况所

谓跋尾者乎？然人之欲荐其亲，必归于佛。而作佛事，当各以其所能。虽画地聚沙，莫不具足，而况篆字之工若此者耶？独恐观者以字法之工，便作胜解。故书其末，普告观者，莫作是念。元丰五年十二月十三日。_{卷六九}

跋文与可论草书后

留意于物，往往成趣。昔人有好草书，夜梦则见蛟蛇纠结。数年，或昼日见之，草书则工矣。而所见亦可患。与可之所见，岂真蛇耶？抑草书之精也？予平生好与与可剧谈大噱，此语恨不令与可闻之，令其捧腹绝倒也。_{卷六九}

跋草书后

仆醉后，乘兴辄作草书十数行。觉酒气拂拂，从十指间出也。
_{卷六九}

跋先君与孙叔静帖　_{并书}

嘉祐、治平间，先君编修《太常因革礼》。在京师学者，多从讲问。而孙叔静兄弟，皆笃学能文，先君亟称之。先君既殁十有八年，轼谪居于黄，叔静自京师过蕲，枉道过轼，出先君手书以相示。轼请受而藏之，叔静不可，遂归之。先君平生往还书疏，多口占以授子弟，而此独其真迹，信于叔静兄弟厚善也耶？元丰六年七月十五日，轼记。_{卷六九}

跋先君书送吴职方引

先伯父及第吴公榜中,而轼与其子子上再世为同年,契故深矣。始先君家居,人罕知之者。公携其文至京师,欧阳文忠公始见而知之。公与文忠交盖久,故文忠谪夷陵时,赠公诗有"落笔妙天下"之语。轼自黄迁于汝,舟过慈湖,子上昆仲出此文相示,乃泣而书之。元丰七年四月十四日,轼谨记。<small>卷六九</small>

跋蔡君谟书

仆尝论君谟书为本朝第一,议者多以为不然。或谓君谟书为弱,此殊非知书者。若江南李主,外托劲险而中实无有,此真可谓弱者。世以李主为劲,则宜以君谟为弱也。元丰八年七月四日。<small>卷六九</small>

记与君谟论书

作字要手熟,则神气完实而有余韵,于静中自是一乐事。然常患少暇,岂于其所乐常不足耶?自苏子美死,遂觉笔法中绝。近年蔡君谟独步当世,往往谦让,不肯主盟。往年,予尝戏谓君谟,言学书如溯急流,用尽气力,船不离旧处。君谟颇诺,以谓能取譬。今思此语已四十余年,竟如何哉? <small>卷六九</small>

跋范文正公帖

轼自省事,便欲一见范文正公,而终不可得。览其遗迹,至于泫

然。"人之云亡，邦国殄瘁"，可不哀哉！元丰八年九月一日。_{卷六九}

题陈履常书

　　此书既以遗荆州李翘叟，继而亡其本。后从翘叟借来誊本，辄为役夫盗去，卖与龙安寺千部院僧。盗事觉，追取得之，后归翘叟。翘叟屡来索此卷，云："恐为人盗去。"予谓不然，乃果见盗。夫不疑于物，物亦诚焉。翘叟一动其心，遂果致盗。孔子曰："苟子之不欲，虽赏之不窃。"诚然哉！_{卷六九}

题颜长道书

　　故人杨元素、颜长道、孙莘老，皆工文而拙书，或不可识，而孙莘老尤甚。不论他人，莘老徐观之，亦自不识也。三人相见，辄以此为叹。今皆为陈迹，使人哽噎。_{卷六九}

跋秦少游书

　　少游近日草书，便有东晋风味，作诗增奇丽。乃知此人不可使闲，遂兼百技矣。技进而道不进，则不可。少游乃技道两进也。_{卷六九}

跋黄鲁直草书

　　草书只要有笔，霍去病所谓"不至学古兵法"者为过之。鲁直书。

去病穿城蹴鞠，此正不学古兵法之过也。学即不是，不学亦不可。子瞻书。卷六九

跋鲁直为王晋卿小书《尔雅》

鲁直以平等观作欹侧字，以真实相出游戏法，以磊落人书细碎事，可谓三反。卷六九

跋王晋卿所藏《莲华经》 经七卷，如箸粗

凡世之所贵，必贵其难。真书难于飘扬，草书难于严重，大字难于结密而无间，小字难于宽绰而有余。今君所藏，抑又可珍：卷之盈握，沙界已周；读未终篇，目力可废。乃知蜗牛之角可以战蛮触，棘刺之端可以刻沐猴。嗟叹之余，聊题其末。卷六九

书杜介求字

杜幾先以此纸求余书，云："大小不得过此。"且先于卷首自写数字。其意不问工拙，但恐字大费纸，不能多耳。严子陵若见，当复有卖菜之语。无以惩其失言，当干没此纸也。卷六九

书赠宗人镕

宗人镕贫甚，吾无以济之。昔年尝见李驸马璋以五百千购王

夷甫帖，吾书不下夷甫，而其人则吾之所耻也。书此以遗生，不得五百千，勿以予人。然事在五百年外，价直如是，不亦钝乎？然吾佛一坐六十小劫，五百年何足道哉！东坡居士。卷六九

戏书赫蹏纸

此纸可以镵钱祭鬼。东坡试笔，偶书其上。后五百年，当成百金之直。物固有遇不遇也。卷六九

自评字

昨日见欧阳叔弼。云："子书大似李北海。"予亦自觉其如此。世或以谓似徐书者，非也。卷六九

跋太宗皇帝御书历子

京朝官中选三十人充知州，而赐以御书历子。臣得此，可以为荣矣。而审官任其事，盖犹有古者选部激浊扬清之风也。非太宗皇帝知钱若水之深，若水亦自信不疑，则三十人者独获此赐，其能使人心服而无疑乎？元祐四年四月十九日，龙图阁直学士臣轼书。卷六九

跋焦千之帖后

欧阳文忠公言"焦子皎洁寒泉冰"者，吾友伯强也。泰民徐君，

济南之老先生也。钱岊仲盖尝师之,以伯强与泰民往还书疏相示。伯强之没,盖十年矣,览之怅然。元祐五年二月十五日书。卷六九

题刘景文所收欧阳公书

处处见欧阳文忠书,厌轩冕思归而不可得者,十常八九。乃知士大夫进易而退难,可以为后生汲汲者之戒。元祐五年三月八日,偶与杨次公同过刘景文,景文出此书。仆与次公,皆文忠客也。次公又效其抵掌谈笑,使人感叹不已。卷六九

题欧阳帖

欧阳公书,笔势险劲,字体新丽,自成一家。然公墨迹自当为世所宝,不待笔画之工也。文忠公得谢,其喜如此。以是知士非进身之难,乞身之难也。卷六九

跋刘景文欧公帖

此数十纸,皆文忠公冲口而出,纵手而成,初不加意者也。其文采字画,皆有自然绝人之姿,信天下之奇迹也。元祐四年九月十九日,苏轼书。卷六九

题苏才翁草书

才翁草书真迹,当为历世之宝。然《李白草书歌》,乃唐末五

代效禅月而不及者。云"笺麻绢素排数箱",村气可掬也。卷六九

题所书《东海若》后

轼久欲书柳子厚所作《东海若》一篇刻之石,置之净住院无量寿佛堂中。元祐六年二月九日,与海陵曹辅、开封刘季孙、永嘉侯临会堂下,遂书以遗僧从本,使刻之。卷六九

题所书《归去来辞》后

毛国镇从予求书,且曰:"当于林下展玩。"故书陶潜《归去来》以遗之。然国镇岂林下人也哉!譬如今之纨扇,多画寒林雪竹,当世所难得者,正使在庙堂之上,尤可观也矣! 卷六九

题张乖崖书后

以宽得爱,爱止于一时;以严得畏,畏止于力之所及。故宽而见畏,严而见爱,皆圣贤之难事而所及者远矣。张忠定公治蜀,用法之严,似诸葛孔明。诸葛孔明与公遗爱皆至今,盖尸而祝之,社而稷之。元祐六年闰八月十三日,过陈,见公之曾孙祖。以轼蜀人,德公宜深,故出公遗墨,求书其后。卷六九

跋勾信道郎中集朝贤书《夹颂金刚经》

乙巳至今二十八年,书经三十二人,逝者几三之二矣。梦幻

之喻,非虚言也。惟一念归向之善,历劫不坏。在在处处,常为善友。元祐七年正月二十二日。卷六九

跋旧与辩才书

轼平生与辩才道眼相照之外,缘契冥符者多矣。始以五年九月三十日入山,相对终日,留此数纸。明年是日在颍州作书与之,有"少留山中,勿便归安养"之语,而师寔以是日化去。又明年,其徒惟楚携此轴来,为一太息。五月十一日书。卷六九

跋陈莹中题朱表臣欧公帖

美哉!莹中之言也。仲尼之存,或削其迹,梦奠之后,履藏千载。文忠公《读石守道文集》,有云:"后世苟不公,至今无圣贤。"公殁之后二十余年,憎爱乃衰,议论乃公,亦何待后世乎?绍圣元年五月书。卷六九

书王奥所藏太宗御书后

日行于天,委照万物之上,光气所及,或流为庆云,结为丹砂,初岂有意哉!太宗皇帝以武功定祸乱,以文德致太平,天纵之能,溢于笔墨,摛藻尺素之上,弄翰团扇之中,散流人间者几何矣!而三槐王氏,得之为多,子孙世守之,遂为希代之宝。文正之孙、懿敏之子奥出以示,臣轼敬拜手稽首,书其后。卷六九

书张长史书法

　　世人见古有见桃花悟道者,争颂桃花,便将桃花作饭吃。吃此饭五十年,转没交涉。正如张长史见担夫与公主争路,而得草书之法。欲学长史书,日就担夫求之,岂可得哉? 卷六九

文集卷九十三

书《归去来辞》赠契顺

余谪居惠州，子由在高安，各以一子自随。余分寓许昌、宜兴，岭海隔绝。诸子不闻余耗，忧愁无聊。苏州定慧院学佛者卓契顺谓迈曰："子何忧之甚？惠州不在天上，行即到耳，当为子将书问之。"绍圣三年三月二日，契顺涉江度岭，徒行露宿，僵仆瘴雾，黧面茧足以至惠州，得书径还。余问其所求，答曰："契顺惟无所求，而后来惠州。若有所求，当走都下矣。"苦问不已，乃曰："昔蔡明远，鄱阳一校耳，颜鲁公绝粮江淮之间，明远载米以周之。鲁公怜其意，遗以尺书，天下至今知有明远也。今契顺虽无米与公，然区区万里之勤，傥可以援明远例，得数字乎？"余欣然许之。独愧名节之重，字画之好，不逮鲁公，故为书渊明《归去来辞》以遗之。庶几契顺托此文以不朽也。卷六九

跋所赠昙秀书

昙秀来惠州见东坡。将去，坡曰："山中人见公还，必求土物，何以与之？"秀曰："鹅城清风，鹤岭明月，人人送与，只恐他无着处。"坡曰："不如将几纸字去，每人与一纸。但向道：此是言法华书，里头有灾福。"卷六九

题所书《宝月塔铭》

予撰《宝月塔铭》，使澄心堂纸，鼠须笔，李庭珪墨，皆一代之选也。舟师不远万里，来求予铭，予亦不孤其意。绍圣三年正月十二日，东坡老人书。_{卷六九}

书《天蓬咒》

绍圣三年端午，惠州道士邹葆光云："今日今月皆甲午，而午时当庚甲合。人之遇此也难，请书《天蓬神咒》。"予嘉其意，乃为斋戒书之。_{卷六九}

跋山谷草书

昙秀来海上，见东坡，出黔安居士草书一轴，问："此书如何？"坡云："张融有言：'不恨臣无二王法，恨二王无臣法。'吾于黔安亦云。他日，黔安当捧腹轩渠也。"丁丑正月四日。_{卷六九}

跋希白书

希白作字，自有江左风味，故长沙法帖，比淳化待诏所摹为胜。世俗不察，争访阁本，误矣。此逸少一卷为尤妙。庚辰七夕，合浦官舍借观。_{卷六九}

题自作字

东坡平时作字,骨撑肉,肉没骨,未尝作此瘦妙也。宋景文公自名其书"铁线",若东坡此帖,信可谓云尔已矣。元符三年九月二十四日,游三州岩回,舟中书。_{卷六九}

书舟中作字

将至曲江,船上滩欹侧,撑者百指,篙声石声荦然。四顾皆涛濑,士无人色,而吾作字不少衰,何也? 吾更变亦多矣,置笔而起,终不能一事,孰与且作字乎? _{卷六九}

书沈辽智静大师影堂铭

邻舍有睿达,寺僧不求其书,而独求予。非惟不敬东家,亦有不敬西家耶? _{卷六九}

论沈辽米芾书

自君谟死后,笔法衰绝。沈辽少时,本学其家传师者,晚乃讳之,自云学子敬。病其似传师也,故出私意新之,遂不如寻常人。近日米芾行书,王巩小草,亦颇有高韵,虽不逮古人,然亦必有传于世也。_{卷六九}

跋所书《圜通偈》

轼迁岭海七年，每遇私忌，斋僧供佛，多不能如旧。今者北归，舟行豫章、彭蠡之间，遇先妣成国太夫人程氏忌日，复以阻风滞留，斋荐尤不严。且敬写《楞严经》中文殊师利法王所说《圜通偈》一篇，少伸追往之怀。行当过庐山，以施山中有道者。建中靖国元年四月八日书。卷六九

跋欧阳文公书

贺下不贺上，此天下通语。士人历官一任，得外无官谤，中无所愧于心，释肩而去，如大热远行，虽未到家，得清凉馆舍，一解衣漱濯，已足乐矣。况于致仕而归，脱冠佩，访林泉，顾平生一无可恨者，其乐岂可胜言哉！余出入文忠门最久，故见其欲释位归田，可谓切矣。他人或苟以藉口，公发于至情，如饥者之念食也，顾势有未可者耳。观与仲仪书，论可去之节三，至欲以得罪、病告去。君子之欲退，其难如此，可以为欲进者之戒。卷六九

书《篆髓》后

荥阳郑惇方，字希道，作《篆髓》六卷，《字义》一篇。凡古今字说，班、扬、贾、许、二李、二徐之学，其精者皆在。间有未尽，傅以新意，然皆有所考本，不用意断曲说，其疑者盖阙焉。凡学术之邪正，视其为人。郑君，信厚君子也，其言宜可信。余尝论学者之有《说文》，如医之有《本草》，虽草木金石，各有本性，而医者用之，所

配不同,则寒温补泻之效,随用各别。而自汉以来,学者多以一字考经,字同义异,皆欲一之,雕刻采绘,必成其说。是以六经不胜异说,而学者疑焉。孔子曰:"夫闻也者,色取仁而行违,居之不疑。"则闻为小人。而《诗》曰:"允矣君子,展也大成。之子于征,有闻无声。"则闻为君子。又曰:"君子周而不比。"则比为恶。而《易》曰:"地上有水,比。以建万国、亲诸侯。"则比为善。有子曰:"知和而和,不以礼节之,亦不可行也。"则所谓和者,同而已矣。而孔子曰:"君子和而不同。"若此者多矣。丧欲速贫,死欲速朽,此以八字成文,然犹不可一,曰言各有当也,而况欲以一字一之耶? 余爱郑君之学简而通,故私附其后。 卷六九

书唐氏六家书后

永禅师书,骨气深稳,体兼众妙,精能之至,反造疏淡。如观陶彭泽诗,初若散缓不收,反覆不已,乃识其奇趣。今法帖中有云"不具,释智永白"者,误收在逸少部中,然亦非禅师书也。云"谨此代申",此乃唐末五代流俗之语耳,而书亦不工。欧阳率更书,妍紧拔群,尤工于小楷,高丽遣使购其书。高祖叹曰:"彼观其书,以为魁梧奇伟人也。"此非知书者。凡书象其为人。率更貌寒寝,敏悟绝人,今观其书,劲崄刻厉,正称其貌耳。褚河南书,清远萧散,微杂隶体。古之论书者,兼论其平生,苟非其人,虽工不贵也。河南固忠臣,但有谮杀刘洎一事,使人怏怏。然余尝考其实,恐刘洎末年褊忿,实有伊、霍之语,非谮也。若不然,马周明其无此语,太宗独诛洎而不问周,何哉? 此殆天后朝许、李所诬,而史官不能辨也。张长史草书,颓然天放,略有点画处,而意态自足,号称神逸。

今世称善草书者或不能真、行，此大妄也。真生行，行生草；真如立，行如行，草如走，未有未能行立而能走者也。今长安犹有长史真书《郎官石柱记》，作字简远，如晋、宋间人。颜鲁公书雄秀独出，一变古法，如杜子美诗，格力天纵，奄有汉、魏、晋、宋以来风流，后之作者，殆难复措手。柳少师书，本出于颜，而能自出新意，一字百金，非虚语也。其言心正则笔正者，非独讽谏，理固然也。世之小人，书字虽工，而其神情终有睢盱侧媚之态，不知人情随想而见，如韩子所谓窃斧者乎，抑真尔也？然至使人见其书而犹憎之，则其人可知矣。余谪居黄州，唐林夫自湖口以书遗余，云："吾家此六人书，子为我略评之而书其后。"林夫之书过我远矣，而反求于予，何哉？此又未可晓也。元丰四年五月十一日，眉山苏轼书。卷六九

书若逵所书经后

怀楚比丘示我若逵所书二经。经为几品，品为几偈，偈为几句，句为几字，字为几画，其数无量。而此字画，平等若一，无有高下、轻重、大小。云何能一？以忘我故。若不忘我，一画之中，已现二相，而况多画。如海上沙，是谁磋磨，自然匀平，无有粗细；如空中雨，是谁挥洒，自然萧散，无有疏密。咨尔楚、逵，若能一念，了是法门，于刹那顷，转八十藏，无有忘失，一句一偈。东坡居士，说是法已，复还其经。元祐七年四月二十五日。卷六九

书孙元忠所书《华严经》后

余闻世闻凡富贵人及诸天龙鬼神具大威力者，修无上道难，

造种种福业易。所发菩提心,旋发旋忘,如饱满人,厌弃饮食。所作福业,举意便成,如一滴水,流入世间,即为江河。是故佛说此等,真可畏怖,一念差失,万劫堕坏,一切龙服,地行天飞,佛在依佛,佛成依僧,皆以是故。维镇阳平山子龙,灵变莫测,常依觉实,二大比丘。有大檀越,孙温靖公,实能致龙,与相宾友。曰雨曰霁,惟公所欲。公之与此,二大比丘,及此二龙,必同事佛,皆受佛记。故能于未来世,各以愿力,而作佛事。观公奏疏,本欲为龙作庙,又恐血食,与龙增业,故上乞度僧,以奉祠宇。公之爱龙,如爱其身,只令作福,不令造业。若推此心,以及世间,待物如我,等我如物。予知此人,与佛无二,觉既圆寂,公亦弃世。其子元忠,为公亲书《华严经》八十卷,累万字,无有一点一画见怠堕相。人能摄心,一念专静,便有无量感应。而元忠此心尽八十卷,终始若一。予知诸佛,悉已见闻,若以此经,置此山中,则公与二士若龙,在在处处,皆当相见,共度众生,无有穷尽。而元忠与予,亦当与焉。 卷六九

题凤翔东院王画壁

嘉祐癸卯上元夜,来观王维摩诘笔。时夜已阑,残灯耿然,画僧踽踽欲动,恍然久之。 卷七〇

书摩诘《蓝田烟雨图》

味摩诘之诗,诗中有画;观摩诘之画,画中有诗。诗曰:"蓝溪白石出,玉川红叶稀。山路元无雨,空翠湿人衣。"此摩诘之诗。或曰非也,好事者以补摩诘之遗。 卷七〇

跋文与可墨竹

昔时，与可墨竹，见精缣良纸，辄愤笔挥洒，不能自已。坐客争夺持去，与可亦不甚惜。后来见人设置笔砚，即逡巡避去。人就求索，至终岁不可得。或问其故。与可曰："吾乃者学道未至，意有所不适，而无所遣之，故一发于墨竹，是病也。今吾病良已，可若何？"然以余观之，与可之病，亦未得为已也，独不容有不发乎？余将伺其发而掩取之。彼方以为病，而吾又利其病，是吾亦病也。熙宁庚戌七月二十一日，子瞻。 _{卷七〇}

书通叔篆

李元直，长安人。其先出于唐让帝。学篆书数十年，覃思甚苦，晓字法，得古意。用秃锋笔，纵手疾书，初不省度。见余所藏与可墨竹，求题其后。因戏书此数百言。通叔其字云。 _{卷七〇}

书李将军《三鬃马图》

唐李将军思训作《明皇摘瓜图》。嘉陵山川，帝乘赤骠，起三鬃，与诸王及嫔御十数骑，出飞仙岭下。初见平陆，马皆若惊，而帝马见小桥，作徘徊不进状。不知三鬃谓何？后见岑嘉州诗有《卫节度赤骠歌》云："赤髯胡雏金剪刀，平明剪出三鬃高。"乃知唐御马多剪治，而三鬃其饰也。 _{卷七〇}

书吴道子画后

　　智者创物，能者述焉，非一人而成也。君子之于学，百工之于技，自三代历汉至唐而备矣。故诗至于杜子美，文至于韩退之，书至于颜鲁公，画至于吴道子，而古今之变、天下之能事毕矣。道子画人物，如以灯取影，逆来顺往，旁见侧出，横斜平直，各相乘除，得自然之数，不差毫末。出新意于法度之中，寄妙理于豪放之外，所谓游刃余地，运斤成风，盖古今一人而已。余于他画，或不能必其主名，至于道子，望而知其真伪也。然世罕有真者，如史全叔所藏，平生盖一二见而已。元丰八年十一月七日书。卷七〇

书李伯时《山庄图》后

　　或曰："龙眠居士作《山庄图》，使后来入山者信足而行，自得道路，如见所梦，如悟前世。见山中泉石草木，不问而知其名；遇山中渔樵隐逸，不名而识其人。此岂强记不忘者乎？"曰："非也。画日者常疑饼，非忘日也。醉中不以鼻饮，梦中不以趾捉，天机之所合，不强而自记也。居士之在山也，不留于一物，故其神与万物交，其智与百工通。虽然，有道有艺，有道而不艺，则物虽形于心，不形于手。吾尝见居士作华严相，皆以意造，而与佛合。佛菩萨言之，居士画之，若出一人，况自画其所见者乎？"卷七〇

书朱象先画后

　　松陵人朱君象先，能文而不求举，善画而不求售。曰："文以

达吾心,画以适吾意而已。"昔阎立本始以文学进身,卒蒙画师之耻。或者以是为君病,余以谓不然。谢安石欲使王子敬书太极殿榜,以韦仲将事讽之。子敬曰:"仲将,魏之大臣,理必不尔。若然者,有以知魏德之不长也。"使立本如子敬之高,其谁敢以画师使之? 阮千里善弹琴,无贵贱长幼皆为弹,神气冲和,不知向人所在。内兄潘岳使弹,终日达夜无忤色,识者知其不可荣辱。使立本如千里之达,其谁能以画师辱之? 今朱君无求于世,虽王公贵人,其何道使之! 遇其解衣盘礴,虽余亦得攫攘其旁也。元祐五年九月十八日,东坡居士书。卷七〇

题赵岐屏风与可竹

与可所至,诗在口,竹在手。来京师不及岁,请郡还乡,而诗与竹皆西矣。一日不见,使人思之。其面目严冷,可使静险躁,厚鄙薄。今相去数千里,其诗可求,其竹可乞,其所以静、厚者不可致,此予所以见竹而叹也。卷七〇

跋蒲传正燕公山水

画以人物为神,花、竹、禽、鱼为妙,宫室、器用为巧,山水为胜。而山水以清雄奇富、变态无穷为难。燕公之笔,浑然天成,粲然日新,已离画工之度数而得诗人之清丽也。熙宁六年六月六日。卷七〇

跋文勋扇画

旧闻吴道子画《西方变相》，观者如堵。道子作佛圆光，风落电转，一挥而成。尝疑其不然。今观安国作方界，略不抒思，乃知传者之不谬。卷七〇

跋吴道子《地狱变相》

道子，画圣也。出新意于法度之内，寄妙理于豪放之外，盖所谓游刃余地，运斤成风者耶？观《地狱变相》，不见其造业之因，而见其受罪之状，悲哉，悲哉！能于此间一念清净，岂无脱理！但恐如路傍草，野火烧不尽，春风吹又生耳。元丰六年七月十日，齐安临皋亭借观。卷七〇

跋与可纡竹

纡竹生于陵阳守居之北崖，盖岐竹也。其一未脱籜，为蝎所伤；其一困于嵌岩，是以为此状也。吾亡友文与可为陵阳守，见而异之，以墨图其形。余得其摹本，以遗玉册官祁永，使刻之石，以为好事者动心骇目诡特之观，且以想见亡友之风节，其屈而不挠者，盖如此云。卷七〇

书黄筌画雀

黄筌画飞鸟，颈足皆展。或曰："飞鸟缩颈则展足，缩足则展

颈,无两展者。"验之,信然。乃知观物不审者,虽画师且不能,况其大者乎? 君子是以务学而好问也。_{卷七〇}

书戴嵩画牛

蜀中有杜处士,好书画,所宝以百数。有戴嵩《牛》一轴,尤所爱,锦囊玉轴,常以自随。一日曝书画,有一牧童见之,拊掌大笑,曰:"此画斗牛也。牛斗,力在角,尾搐入两股间。今乃掉尾而斗,谬矣。"处士笑而然之。古语有云:"耕当问奴,织当问婢。"不可改也。_{卷七〇}

跋赵云子画

赵云子画,笔略到而意已具,工者不能。然托于椎陋,以戏侮来者,此柳下惠之不恭,东方朔之玩世,滑稽之雄乎? 或曰:"云子盖度世者。"蜀人谓狂云犹曰风云耳。_{卷七〇}

跋艾宣画

金陵艾宣画翎毛花竹,为近岁之冠。既老,笔迹尤奇,虽不复精匀,而气格不凡。今尚在,然眼昏,不能复运笔矣。尝见此物,各为赋一首云。_{卷七〇}

书画壁易石

灵壁出石，然多一面。刘氏园中砌台下，有一株独巉然，反覆可观，作麋鹿宛颈状。东坡居士欲得之，乃画临华阁壁，作丑石风竹。主人喜，乃以遗予。居士载归阳羡。元丰八年四月六日。卷七〇

书陈怀立传神

传神之难在于目。顾虎头云："传神写照，都在阿堵中，其次在颧颊。"吾尝于灯下顾见颊影，使人就壁画之，不作眉目，见者皆失笑，知其为吾也。目与颧颊似，余无不似者，眉与鼻口，盖可增减取似也。传神与相一道，欲得其人之天，法当于众中阴察其举止。今乃使具衣冠坐注视一物，彼敛容自持，岂复见其天乎？凡人，意思各有所在，或在眉目，或在鼻口。虎头云："颊上加三毛，觉精采殊胜。"则此人意思，盖在须颊间也。优孟学孙叔敖抵掌谈笑，至使人谓死者复生，此岂能举体皆似耶？亦得其意思所在而已。使画者悟此理，则人人可谓顾、陆。吾尝见僧惟真画曾鲁公，初不甚似。一日，往见公，归而喜甚，曰："吾得之矣！"乃于眉后加三纹，隐约可见，作仰首上视，眉扬而额蹙者，遂大似。南都人陈怀立传吾神，众以为得其全者。怀立举止如诸生，萧然有意于笔墨之外者也，故以所闻者助发之。卷七〇

跋《画苑》

君厚《画苑》，处不充箧笥，出不汗牛马，明窗净几，有坐卧之

安,高堂素壁,无舒卷之劳。而人物禽鱼之变态,山川草木之奇姿,粲然陈前,亦好事者之一适也。元祐二年二月八日平叔借观。子瞻书。 卷七〇

跋宋汉杰画

仆曩与宋复古游,见其画潇湘晚景,为作三诗,其略云:"径遥趋后崦,水会赴前溪。"复古云:"子亦善画也耶?"今其犹子汉杰,亦复有此学。假之数年,当不减复古。元祐三年四月五日书。 卷七〇

又跋汉杰画山　一

唐人王摩诘、李思训之流,画山川峰麓,自成变态,虽萧然有出尘之姿,然颇以云物间之。作浮云杳霭,与孤鸿落照,灭没于江天之外,举世宗之,而唐人之典刑尽矣!近岁惟范宽稍存古法,然微有俗气。汉杰此山,不古不今,稍出新意,若为之不已,当作着色山也。 卷七〇

又跋汉杰画山　二

观士人画,如阅天下马,取其意气所到。乃若画工,往往只取鞭策皮毛槽枥刍秣,无一点俊发,看数尺许便卷。汉杰真士人画也。 卷七〇

跋李伯时《卜居图》

定国求余为写杜子美《寄赞上人诗》，且令李伯时图其事，盖有归田意也。余本田家，少有志丘壑，虽为缙绅，奉养犹农夫。然欲归者盖十年，勤请不已，仅乃得郡。士大夫逢时遇合，至卿相如反掌，惟归田古今难事也。定国识之。吾若归田，不乱鸟兽，当如陶渊明。定国若归，豪气不除，当如谢灵运也。 卷七〇

文集卷九十四

跋李伯时《孝经图》

观此图者,易直子谅之心,油然生矣。笔迹之妙,不减顾、陆。至第十八章,人子之所不忍者,独寄其仿佛。非有道君子不能为,殆非顾、陆之所及。卷七○

跋卢鸿学士《草堂图》

此唐卢丞相、段文昌本,今在内侍都知刘君元方家。元祐三年七月,予馆伴北使于都亭驿,刘以示予,为赋此篇。迨、过、远来省,书令同作。卷七○

跋南唐《挑耳图》

王晋卿尝暴得耳聋,意不能堪,求方于仆。仆答之云:"君是将种,断头穴胸,当无所惜,两耳堪作底用,割舍不得?限三日疾去,不去,割取我耳。"晋卿洒然而悟。三日,病良已,以颂示仆云:"老坡心急频相劝,性难只得三日限。我耳已较君不割,且喜两家总平善。"今见定国所藏《挑耳图》,云得之晋卿,聊识此事。元祐六年八月二日,轼书。卷七○

跋《摘瓜图》

元稹《望云骓歌》云："明皇当时无此马,不免骑驴来幸蜀。"信如稹言,岂有此权奇蹀躞、与嫔御摘瓜山谷间,如思训之图乎?然禄山之乱,崔图在蜀,储设甚备;"骑驴",当时虚语耳。卷七〇

书唐名臣像

李卫公言"唐俭辈不足惜",观其容貌,殆非所谓名下无虚士。卷七〇

书许道宁画

泰人有屈鼎笔者,许道宁之师。善分布涧谷,间见屈曲之状,然有笔而无思致,林木皆晻霭而已。道宁气格似过之,学不及也。卷七〇

书黄鲁直画跋后三首

远近景图

舟未行而风作,固不当行;若中途遇风,不尽力牵挽以投浦岸,当何之耶? 鲁直怪舟师不善预相风色可也,非画师之罪。绍圣二年正月十一日,惠州思无邪斋书。卷七〇

北齐校书图

画有六法，赋彩拂澹其一也，工尤难之。此画本出国手，止用墨笔，盖唐人所谓粉本。而近岁画师乃为赋彩，使此六君子者，皆涓然作何郎傅粉面，故不为鲁直所取，然其实善本也。绍圣二年正月十二日，思无邪斋书。卷七〇

右军斫脍图

谢安石人物为江左第一，然其为政，殊未可逸少意，作书讯消，殆欲痛哭，此所谓"君子爱人以德"者。以纸五十万与桓温，何足道！此乃史官之陋，而鲁直亦云尔，何哉？书生见五十万纸，足了一世，举以与人，真异事耳。本传又云："兰亭之会，或以比金谷，而以逸少比季伦。逸少闻之甚喜。"金谷之会，皆望尘之友也。季伦之于逸少，如鸥鸢之于鸿鹄，尚不堪作奴，而以自比，决是晋、宋间妄语。史官许敬宗，真人奴也，见季伦金多，以为贤于逸少。今鲁直又怪画师不能得逸少高韵，岂不难哉！余在惠州，徐彦和寄此画，求余跋尾，书此以发千里一笑。绍圣二年正月十二日，东坡居士书。卷七〇

跋《醉道士图》

仆素不喜酒，观正父《醉士图》，以甚畏执杯持耳翁也。子瞻书。卷七〇

再跋《醉道士图》

熙宁元年十二月二十九日，再过长安，会正父于毋清臣家。

再观《醉士图》，见子厚所题，知其为予噱也。持耳翁余固畏之，若子厚，乃求其持而不得者。他日再见，当复一噱。时与清臣、尧夫、子由同观。子瞻书。 卷七〇

题真一酒诗后

予作蜜酒，格味与真一相乱。每米一斗，用蒸饼面二两半，如常法取醅液，再入蒸饼面一两酿之。三日尝看，味当极辣且硬，且以二斗米炊饭投之，若甜软，则每投更入面与饼各半两。又二日，再投而熟。全在酿者斟酌损益也。入少水为妙。《增刊校正王状元集注分类东坡先生诗》卷二四《蜜酒歌》注文

书柳文《瓶赋》后

汉黄门郎扬雄作《酒箴》，以讽谏成帝。其文为酒客难法度士，譬之于物，曰："子犹瓶矣。观瓶之居，居井之眉。处高临深，动常近危。酒醪不入口，臧水满怀。不得左右，牵于缧徽。一旦更碍，为甃所轠。身提黄泉，骨肉为泥。自用如此，不如鸱夷。鸱夷滑稽，腹如大壶。尽日盛酒，人复借酤。常为国器，托于属车。出入两宫，经营公家。由是言之，酒何过乎！"或曰：柳子厚《瓶赋》，拾《酒箴》而作。非也。子云本以讽谏，设问以见意耳，当复有答酒客语。而陈孟公不取，故史略之，子厚盖补亡耳。然子云论屈原、伍子胥、晁错之流，皆以不智讥之；而子厚以瓶为智，几于信道知命者，子云不及也。子云临忧患，颠倒失据，而子厚尤不足观，二人当有愧于斯文也耶！元祐六年六月二十七日。《河东先生集》附录

引说先友记

　　昔柳子厚记其先友六十七人于其墓碑之阴。考之于《传》，卓然知名者盖二十人。子厚曰："先君之所友，天下之善士举集焉。"

　　袁　高：恕己子，《唐·传》第四十五卷。

　　姜公辅：七十七。

　　齐　映：七十五。

　　严　郢：七十。

　　穆　赞：举子，弟质，八十八。

　　裴　枢：六十五。

　　杜黄裳：九十四。

　　杨　凭：弟凝，八十五。

　　李　鄘：七十一。

　　梁　肃：一百二十七《文艺传》中。

　　韩　愈：一百一。

　　许孟容：八十七。

　　袁　滋：七十六。

　　卢　群：七十二。

　　郑余庆：九十。

　　奚　陟：八十九。

　　卢景亮：八十九。

　　杨於陵：八十八。

　　高　郢：九十。

　　柳　登：芳子，弟冕，五十七。《河东先生集》附录

自跋《石恪三笑图赞》

近于士人家,见石恪画此图,三人皆大笑,至于冠服衣履手足皆有笑态。其后三小童,罔测所谓,亦复大笑。世间侏儒观优,而或问其所见,则曰:"长者岂欺我哉!"此画正类此。写呈钦之兄,想亦当捧腹绝倒,抚掌胡卢,冠缨索绝也。《重编东坡先生外集》卷二三

自跋《南屏激水偈》

熙宁中作此偈,以示用文阇黎。后十六年,再过南屏,复录以示云玩上座。元祐四年九月望日。《重编东坡先生外集》卷二二

辩曾参说

孔子曰:"参乎,吾道一以贯之。"曾子曰:"唯。"子出。门人曰:"何谓也?"曰:"夫子之道,忠恕而已矣。"师弟子答问,未尝不"唯",而曾子之"唯",独记于《论语》。一"唯"之外,口耳俱丧,而门人方欲问其所谓,此系风捕影之流也,何足实告哉!《经进东坡文集事略》卷五七

自书《庄子》二则跋

南窗无事,因偶书《南华》二则。轼。《晚香堂苏帖》

自跋《胜相院经藏记》

予夜梦宝月索此文，既觉，已三鼓。引纸信笔，一挥而成。元丰三年九月十二日四鼓书。《经进东坡文集事略》卷五四《胜相院经藏记》郎晔注引

自跋《石恪画维摩赞》《鱼枕冠颂》

仆在黄冈时，戏作此等语十数篇，渐复忘之。元祐三年八月廿九日，同僚早出，独坐玉堂，忽忆此二首，聊复录之。翰林学士眉山苏轼记。《三希堂法帖》

自跋《洞庭春色赋》《中山松醪赋》

始，安定郡王以黄柑酿酒，名之曰"洞庭春色"。其犹子德麟，得之以饷余，戏为作赋。后余为中山守，以松节酿酒，复为赋之。以其事同而文类，故录为一卷。绍圣元年闰四月廿一日，将适岭表，遇大雨，留襄邑，书此。东坡居士记。《三希堂法帖》

题赠黎子云《千文》后

登临览观之乐，山川风物之美，将归老于故丘，布衣幅巾，从邦君于其上，酒酣乐作，援笔而赋之。以颂黎侯之遗爱，尚未晚也。轼。《大观录》卷五

《醉翁亭记》书后跋

庐陵先生以庆历八年三月己未刻石亭上。字画褊浅，恐不能传远，滁人欲改刻大字久矣。元祐六年，轼为颍州，而开封刘君季孙自高邮来，过滁，滁守河南王君诏请以滁人之意，求书于轼。轼于先生为门下士，不可以辞。十一月乙未。《金石续编》卷一五

跋杨文公与王魏公帖

夜得一士，旦而告人，察其情，若喜不寐者。蒋氏不知何从得之，在其孙彝处也。世言文公为魏公客，公经国大谋，人所不知者，独文公得与。观此帖，不特见文公好贤乐士之急。且得一士，必亟告之，其补于公者，固亦多矣。片纸折封，尤见前人至诚相与，简易平实，不为虚文，安得复有隐情不尽、不得已而苟从者？皆可为后法也。《避暑录话》卷下

题陶靖节《归去来辞》后

予久有陶彭泽赋《归去来辞》之愿而未能，兹复有岭南之命，料此生难遂素志。舟中无事，倚原韵，用鲁公书法，为此长卷，不过暂舒胸中结滞，敢云与古人并驾寰区也耶！东坡居士轼并识。《古缘萃录》卷一

题杜子美《桤木》诗后

蜀中多桤木,读如敧仄之"敧",散材也,独中薪耳。然易长,三年乃拱。故子美诗云:"饱闻桤木三年大,为致溪边十亩阴。"凡木所芘,其地则瘠。惟桤不然,叶落泥水中辄腐,能肥田,甚于粪壤,故田家喜种之。得风,叶声发发,如白杨也。"吟风"之句,尤为纪实云。笼竹,亦蜀中竹名也。《三希堂法帖》

书柳子厚《觉衰》诗

戊寅十二月十四日,试新端砚,书柳子厚《觉衰》一首。《宝真斋法书赞》卷一二

书柳子厚《渔翁》诗

诗以奇趣为宗,反常合道为趣。熟味此诗,有奇趣,然其尾两句,虽不必亦可。《河东先生集》卷四三《渔翁》诗注引

题子由《萧丞相楼诗》赠王文玉

元丰三年五月,家弟子由过池,元发令作此诗,到黄为轼诵之也。七年六月,轼从文玉兄登斯楼,因为录出,赠文玉。时子由在筠州,将复过此。汝州团练副使苏轼书。《宝真斋法书赞》卷一二

书次韵王晋卿送梅花一首后

仆去黄州五周岁矣，饮食梦寐，未尝忘之。方请江湖一郡。书此一诗，寄王文父、子辩兄弟，亦请一示李乐道也。《三希堂法帖》

跋自书诗

与可寄此黄素一书，求余自书近日□作，乃为书此七首以遗之。元丰□年□月十七日[①]，彭城守□逍遥堂记。《西楼帖》

书上清词后

嘉祐八年冬，轼佐凤翔幕，以事□上清太平宫[②]，屡谒真君，敬撰此词。仍邀家弟辙同赋。其后廿四年，承事郎薛君绍彭为监宫，请书此二篇，将刻之石。元祐二年二月廿八日记。《金石萃编》卷一

书太白诗卷

元祐八年七月十日，丹元复传此二诗。《大观录》卷五

花蕊夫人《宫词》跋

熙宁五年，奉诏定秦、楚、蜀三家所献书可入馆者，令令史李

---

① "元丰□"之"□"：当为"戊"字。
② □：疑为"至"字。

希颜料理之。中有蜀花蕊夫人《宫词》，独斥去不取。予观其词甚奇，与王建无异。嗟乎！夫人当去古之时而能振大雅之余韵，没其传不可也。因录其尤者，刻诸□[①]，识者览之。东坡居士识。《晚香堂苏帖》

---

①□:似当为"石"字。

文集卷九十五

书寄蔡子华诗后

王十六秀才将归蜀，云："子华宣德蔡丈，见托求诗。"梦中为作四句，觉而成之。以寄子华，仍请以示杨君素、王庆源二老人。元祐五年二月七日。《注东坡先生诗》卷二八《寄蔡子华》引

书荆公暮年诗

荆公暮年，诗始有合处。五字最胜，二韵小诗次之，七言诗终有晚唐气味。如平甫七字，复为佳耳。《侯鲭录》卷七

书《和王晋卿题李伯时画马》《戏书李伯时画骏马好头赤》《次韵黄鲁直观李伯时画马》后

此诗，余以元祐三年戊辰任翰林学士，在贡举试院中作也。谪居惠州无事，因书于卷末装池。轼。五月二日。《苏黄墨宝》

题和张子野见奇诗后

仆昔为通守此州,初入寿星寺,怅然如旧游也。后为密州,张子野以诗见寄,答之云尔。元祐五年十月二十九日,苏轼记。《洞霄诗集》卷二

题登望祢亭诗

仆在彭城,大水后,登望祢亭,偶留此诗,已而忘之。其后,徐人有诵之者。徐思之,乃知其为仆诗也。《苏文忠诗合注》卷一五《登望祢亭》引施注

题《与崔诚老》诗

夜来一笑之欢,岂可多得? 今日雪堂得无少寂寞耶? 往安州玉泉一酌,果子少许,夜琴一弄,谁与者,莫是木上座否? 小诗漫往。《重编东坡先生外集》卷六《送酒与崔诚老》诗附录

奉和程正辅表兄一字韵诗跋

此诗幸勿示人。人不知吾侪游戏三昧,或以为诟病也。《重编东坡先生外集》卷九

自题出颖口初见淮山诗

余年三十六,赴杭倅过寿,作此诗。今五十九,南迁至虔,烟雨凄然,颇有当年气象也。《注东坡先生诗》卷三《出颖口初见淮山是日至寿州》注文

题柳耆卿《八声甘州》

世言柳耆卿曲俗,非也。如《八声甘州》云:"霜风凄紧,关河冷落,残照当楼。"此语于诗句,不减唐人高处。《侯鲭录》卷七

书赠徐信

尝见王平甫自负其《甘露寺》诗:"平地风烟飞白鸟,半山云水卷苍藤。"余应之曰:"神情全在'卷'字上,但恨'飞'字不称耳。"平甫沉吟久之,请余易。余遂易之以"横"字,平甫叹服。大抵作诗当日煅月炼,非欲夸奇斗异,要当淘汰出合用事。建中靖国元年正月三日甲子,玉局老书。《东坡诗话录》卷下引《遗珠》

书付过

秦少游、张文潜,才识学问,为当世第一,无能优劣二人者。少游下笔精悍,心所默识而口不能传者,能以笔传之;然而气韵雄拔,疏通秀朗,当推文潜。二人皆辱与余游,同升而并黜。有自雷州来者,递至少游所惠书诗累幅。近居蛮夷得此,如在齐闻《韶》

也。汝可记之，忽忘吾言。《曲洧旧闻》卷五

跋追和违字韵诗示过

戊寅上元，在儋耳，过子夜出，余独守舍，作"违"字韵。今庚辰上元，已再期矣，家在惠州白鹤峰下。过子不眷妇子，从余此来，其妇亦笃孝，怅然感之，故和前篇，有"石建""姜庞"之句。又复悼怀同安君，末章故复有"牛衣"之句，悲君亡而喜余存也。书以示过，看余面，勿复感怀。《新增校正王状元集注分类东坡先生诗》卷六《追和戊寅岁上元》诗末引次公注

书周韶

杭州营籍周韶，多蓄奇茗。尝与君谟斗，胜之。韶又知作诗。子容过杭，述古饮之，韶泣求落籍。子容曰："可作一绝。"韶援笔立成，曰："陇上巢空岁月惊，忍看回首自梳翎。开笼若放雪衣女，长念《观音般若经》。"韶时有服，衣白，一座嗟叹，遂落籍。同辈皆有诗送之，二人者最善。胡楚云："淡妆轻素鹤翎红，移入朱栏便不同。应笑西园桃与李，强匀颜色待秋风。"龙靓云："桃花流水本无尘，一落人间几度春。解佩暂酬交甫意，濯缨还作武陵人。"固知杭人多慧也。《侯鲭录》卷七

跋蔡君谟天际乌云诗卷

"天际乌云含雨重，楼前红日照山明。嵩阳居士今何在？青

眼看人万里情。"此蔡君谟《梦中》诗也。仆在钱唐,一日,谒陈述古,邀余饮堂前小阁中。壁上小诗一绝,君谟真迹也:"绰约新娇生眼底,侵寻旧事上眉尖。问君别后愁多少,得似春潮夜夜添。"又有人和云:"长垂玉箸残妆脸,肯为金钗露指尖。万斛闲愁何日尽,一分真态更难添。"二诗皆可观,后诗不知谁作也。《珊瑚网·书录》卷四

题王羲之敬和帖　一

元素将还翰苑,子瞻欲赴高密,与宝臣同来游法会,至言师舍同观。熙宁七年九月十七日题。《珊瑚网·书录》卷一

题王羲之敬和帖　二

元祐四年七月廿五日,复至法会。言公化去已七年矣! 见其小师微,惘然如梦耳。子瞻书。《珊瑚网·书录》卷一

题陆柬之临摹帖

观兰亭五言,江左风流,萧然在目,笔迹古雅,亦近二王,然少杂奇险,岂陆君所摹耶! 博陵用吉得之卢家阿姑,非大姓故家莫能有此也。元丰八年二月十二日,眉阳苏轼书。是年十一月十八日,辙过泗州,尝观。《兰亭考》卷五

论沈传师书

传师虽学二王笔法，后欲破之自立，乃伤，变主者也。近世人多学传师，又不至，但有小人跳篱蓦圈脚手，令人可憎，世人皆学，何哉？《侯鲭录》卷七

论书

遇天色明暖，笔砚和畅，便宜作草书数纸。非独以适吾意，亦使百年之后，与我同病者，有以发之也。张长史、怀素得草书三昧，圣宋文物之盛，未有以嗣之。惟蔡君谟颇有法度，然而未放，止与东坡相上下耳。《曲洧旧闻》卷五

书米元章藏帖

吾尝疑米元章用笔妙一时，而所藏书真伪相半。元祐四年六月十二日，与章致平同过元章。致平谓："吾公尝见亲发锁，两手提书，去人丈余，近辄掣去者乎？"元章笑，遂出二王、长史、怀素辈十许帖子，然后知平时所出，皆苟以适众目而已。《稗海》本《东坡志林》卷八

题大江东去后

久不作草书，适□醉走笔，觉酒气勃勃，纷然□出也。东坡醉笔。《宋拓苏长公雪堂帖》

题蔡君谟诗草

此蔡君谟《梦中》诗,真迹在济明家,笔力遒劲。元祐五年十月四日。《苏文忠公诗编注集成总案》引石刻

书《黄庭经》跋

成都道士蹇拱辰翊之葆光法师将归庐山,东坡居士苏轼子瞻为书《黄庭内景经》一卷,龙眠居士李公麟伯时为画经相赠之。元祐三年九月二十二日。《山谷外集诗注》卷一七《次韵子瞻书〈黄庭经〉尾付蹇道士》注文

跋欧阳文忠公小草

文忠小草《秋声赋》《归雁亭诗》,当为希世珍藏,而思仲乃得之老人家箱箧间,以苴藉线纩者。荆山之人,以玉抵鹊,非虚言也。《游宦纪闻》卷一〇

自书《归去来兮辞》及自作后

久不作小楷,今日忽书此一纸于长兴舟中。元祐四年八月六日,东坡居士。《晚香堂苏帖》

跋某人帖　一

章子厚有唐人石刻本，与此无异，而字画加丰腴。乃知石刻常患瘦耳。元祐四年十月二十五日，子瞻。《景苏图帖》

跋某人帖　二

吕梦得承事，年八十三，读书作诗，手不废卷。室如悬磬，但贮古今书帖而已。作诗以示慈云老师。《景苏园帖》

跋内教博士水墨《天龙八部图》卷

此吴道子本深爱之，故为后人所爱也。予钦吴道子画鬼神人物，得面目之新意，穷手足之变态；尤妙于旁见侧出曲折长短之势，精意考之，不差毫毛，其粗可言者如此。至其神妙自然使人喜愕者，固不可言也。今长安雷氏所藏，乃其真迹。世称道子，至以为画圣，不如此，不称其名。人多假其名氏者。观此，乃知其非是。旧说狗马难于鬼神，此非至论。鬼神非人所见，然其步趋动作，要以人理考之，岂可欺哉！难易在工拙，不在所画。工拙之中，又有格焉。画虽工而格卑，不害为庸品。熙宁三年正月廿二日，赵郡苏轼子瞻书。《式古堂书画汇考》卷八

书自作木石

东坡居士移守文登，五日而去官。眷恋山海之胜，与同僚饮

酒日宾楼上。酒酣，作此木石一纸，投笔而叹，自谓此来之绝。河内史全叔取而藏之。《稗海》本《东坡志林》卷六

题洋川公家藏古今画册

高堂素壁，无舒卷之劳；明窗净几，有坐卧之安。《夷坚志》卷二

临筼筜图并题

石室先生戏墨，苏轼临。是日试廷珪墨。元祐元年十月廿三日。《式古堂书画汇考》卷一三

题崔白布袋真仪

熙宁间，画公崔白示余布袋真仪。其笔清而尤古，妙乃过吴矣。元祐三年七月一日，眉山苏轼记。《山左金石志》卷一七

跋晁无咎藏画马

晁无咎所藏野马八，出没山谷间，意象惨淡，如柳子厚所云"风鬃雾鬣，千里相角"。然笔法相疏，当是有远韵人而不甚工者。元祐三年，宋遐叔、张文潜同观。《河东先生集》附录

题燕文贵山水卷

轼通守钱塘日,与方外师游,借此画逾年。将去郡,乃题其后归之。今十六年矣。师云字为人窃去,复为书此。元祐四年十二月四日。《庚子销夏记》卷八

跋阁右相洪崖仙图卷

洪崖先生,不知何许人也。姓张名蕴,字藏真。风神秀逸,志趣闲雅,仙书秘典,九经诸史,无所不通。开元中已千岁矣,盖古之高仙。明皇仰其神异,累诏不赴。多游终南、泰华,或往青城、王屋,与东罗二大师为侣。每述金丹华池之事,易形炼丹之术,人莫究其微妙焉。先生戴乌帽,衣红蕉葛衫,乌犀带,短鞠靴。仆五人,名状各怪,曰橘、术、粟、葛、拙。有白驴曰雪精,日行千里。复有随身之用白藤笠、六角扇、木如意、筇竹杖,长盈壶,常满杯自然流酌。每跨驴领仆,游于市廛,酒酤,笑傲自若。明皇诏图其像,庶朝夕得瞻观之。元祐四年,东坡苏轼书。《式古堂书画汇考》卷八

竹枝自题

云阳友旧最善墨竹,与仆别几岁月矣。余在钱唐,邀于长青阁小饮,作此竹枝奉赠,不知云阳以为何如也?《珊瑚网·书录》卷二

题李伯时临刘商《观弈图》

余所藏刘商《观弈图》，由唐迄今二百年，绢素剥烂，粉墨萧瑟。伯时为余临之，茅君篆勒之，皆绝笔也。噫！刘商之画，非伯时则失其真；伯时之笔，非茅生则不能寿。茅生之名，岂以余言而遂传欤？眉阳苏轼谨题。《珊瑚网·书录》卷二

李伯时画像跋

初，李伯时画予真，且自画其像，故赞云"殿以二士"。已而黄鲁直与家弟子由皆署语其后，故伯时复写二人，而以葆光为导，皆山中人也。轼书。《戏鸿堂法书》卷二

题画赞 （残）

画赞世多本，惟德州者第一。君所藏又为德州第一。《渭南文集》卷二九《跋东方朔画赞》

文集卷九十六

书《大方广圆觉修多罗了义经》

亡室王氏，年二十七岁，七月三十日生，乙巳五月二十八日卒。至九月初九日，百日斋设，轼为自书此经，以赠净因大觉禅师，庶用追荐。赵郡苏轼记。

《太上玄灵北斗本命延生真经注解》后序

盖闻昊天皇皇，至高至邈，无梯可以倚其上，无路可以达其中；大道默默，至幽至玄，无计可以度其元，无方可以测其理。于是以善为升天之径，以经为入道之门。善则通于云衢，经则露其隐奥。则非善乃天之无路，则非经乃道之无门。是故立经度死，垂教开生，而况厥恩莫大乎经也，其福莫大乎善也夫！圣人垂经，则有恩而无；凡夫奉善，则无福而有。因心以作，所由生也。若得遇玄文，空披视已，不戒不奉，匪究匪穷，何异有患求医，唯诵验而不饵于药？恐刑开律，但解科而罔戒于非。思之矣。然而览之，岂可获其济也？凡有得遇，可戒奉之，庶乎俾寒狱之冰消，使火山之焰息可得。蓬宫阆苑，注籍得道之名；幽府罗酆，落部拘囚之目。咸拯识灵，同登道岸。余行微性戆，不愧聱言，谬作叹文，标其经阕。眉山苏轼序。正统道藏本《太上玄灵北斗本命延生真经注解》

题《潭州石刻法帖》第九卷后

谢安问献之："君书何如尊公？"答曰："故自不同。"安曰："外人不尔。"曰："人那得知！"《容斋四笔》卷一〇

跋王元甫《景阳井》诗

余闻江南王元甫、郭功甫皆有诗名。余南归过九江，因道士胡洞微求谒之。元甫云："吾不见士大夫五十年矣。"《能改斋漫录》卷一一

题欣济桥

晋周孝侯斩蛟之桥。刻石道傍。崇宁禁锢，沉石水中，不知所在。《游宦纪闻》卷七

跋姜君弼课策

云兴天际，欻然车盖。凝眝未瞬，弥漫霮䨴。惊雷出火，乔木糜碎，殷地熟空，万夫皆废。雷练四坠，日中见沫。移晷而收，野无完块。《齐东野语》卷一〇

跋自书《赤壁》二赋

元丰甲子，余居黄五稔矣，盖将终老焉。近有移汝之命，作诗

留别雪堂邻里二三君子,独潘邠老与弟大观,复求书《赤壁》二赋。余欲为书《归去来辞》,大观砉石欲并得焉。余性不耐小楷,强应其意。然迟余行数日矣。苏轼书。《八琼室金石补正》卷一〇八

跋自书《后赤壁赋》

黄州少西山麓,斗入江中,石色如丹。传云曹公败处所谓赤壁者。或曰非也。时曹公败归,由华容路,路多泥泞,使老弱先行,践之而过,曰:"刘备智过人而见事迟。华容夹道皆葭苇,使纵火,则吾无遗类矣。"今赤壁少西对岸即华容镇,庶几是也。然岳州复有华容县,未知孰是。《经进东坡文集事略》卷一《后赤壁赋》注文引

题自画竹赠方竹逸

昔岁,余尝偕方竹逸寻净因观长老,至其东斋小阁中。壁有与可所画竹石,其根茎脉缕,牙角节叶,无不臻理,非世之工人所能者。与可论画竹木,于形既不可失,而理更当知,生死、新老、烟云、风雨,必曲尽真态,合于天造,厌于人意。而形理两全,然后可言晓画,非达才明理,不能辨论也。今竹逸求余画竹,因安袭与可法则为之,并书旧事以赠。元丰五年八月四日,眉山苏轼。《六砚斋三笔》卷一

书快哉亭石

昨日与数客饮,至醉,今日病酒,书以醉。轼。时元祐六年三月四日也。《六砚斋三笔》卷二

题孙仲谋千山竞秀卷

孙仲谋作此卷,终不去拔刀砍柴时手段,叙列八法,以示己能。复云"多江南佳丽之气",则江南固佳丽地,仲谋腕不能出之。复有"作者"一语,其自谓也。无怪老瞒临江作欣羡语。即此一事,非老瞒所能也。余常见老瞒书,终逊于彼,故并及之,岂弗具能为仲谋师耶,善别者能言之耳。眉山苏轼。《十百斋书画录》卯集

自跋诗文卷

轼老矣,年来薄有诗文数十卷,收纳罂中,幸未散失,此外百无一营。入山采药,追随异人,以□扶老□□风雨阖门,怡然清卧而已。雪霁清浅,发于梦想,此间但有荒山大江,修竹古木。偶饮□酒□曳□□脚下,不知近远,亦旷然天真,与武林□游等也。《巴慰祖摹古帖》

终局帖

丈夫功名在晚节者甚多,如国手棋,不须大段用意,终局便须胜也。轼。《秦邮帖》

观自在菩萨如意陀罗尼自跋

元丰四年二月二十七日,责授黄州团练副使眉山苏轼书,以赠宣城广教模上人。嘉庆二十年刻《宁国府志》卷二〇

吴氏族谱序

　　泰伯之德，钟于先生。弃国如遗，委蜕而行。坐阅春秋，九五之二。古之真人，有化无死。苏轼拜。抄本《吴氏族谱》卷首

文集卷九十七

省试刑赏忠厚之至论

尧、舜、禹、汤、文、武、成、康之际,何其爱民之深,忧民之切,而待天下之以君子长者之道也!有一善,从而赏之,又从而咏歌嗟叹之,所以乐其始而勉其终。有一不善,从而罚之,又从而哀矜惩创之,所以弃其旧而开其新。故其吁俞之声,欢休惨戚,见于虞、夏、商、周之书。成、康既没,穆王立,而周道始衰。然犹命其臣吕侯,而告之以祥刑。其言忧而不伤,威而不怒,慈爱而能断,恻然有哀怜无辜之心,故孔子犹取焉。

《传》曰:"赏疑从与,所以广恩也;罚疑从去,所以慎刑也。"当尧之时,皋陶为士,将杀人,皋陶曰"杀之"三,尧曰"宥之"三,故天下畏皋陶执法之坚,而乐尧用刑之宽。四岳曰"鲧可用",尧曰"不可,鲧方命圮族",既而曰"试之"。何尧之不听皋陶之杀人,而从四岳之用鲧也?然则圣人之意,盖亦可见矣。

《书》曰:"罪疑惟轻,功疑惟重,与其杀不辜,宁失不经。"呜呼!尽之矣。可以赏,可以无赏,赏之过乎仁;可以罚,可以无罚,罚之过乎义。过乎仁,不失为君子;过乎义,则流而入于忍人。故仁可过也,义不可过也。古者赏不以爵禄,刑不以刀锯。赏以爵禄,是赏之道,行于爵禄之所加,而不行于爵禄之所不加也。刑之以刀锯,是刑之威,施于刀锯之所及,而不施于刀锯之所不及也。

先王知天下之善不胜赏,而爵禄不足以劝也,知天下之恶不胜刑,而刀锯不足以裁也,是故疑则举而归之于仁。以君子长者之道待天下,使天下相率而归于君子长者之道,故曰:忠厚之至也。

《诗》曰:"君子如祉,乱庶遄已。君子如怒,乱庶遄沮。"夫君子之已乱,岂有异术哉? 制其喜怒,而无失乎仁而已矣。《春秋》之义,立法贵严,而责人贵宽。因其褒贬之义以制赏罚,亦忠厚之至也。 卷二

御试重巽以申命论

昔圣人之始画卦也,皆有以配乎物者也。巽之配于风者,以其发而有所动也;配于木者,以其仁且顺也。夫发而有所动者,不仁则不可以久,不顺则不可以行;故发而仁,动而顺,而巽之道备矣。圣人以为不重,则不可以变,故因而重之,使之动而能变,变而不穷,故曰:"重巽以申命。"言天子之号令,如此而后可也。

天地之化育,有可以指而言者,有不可以求而得者。今夫日,皆知其所以为暖;雨,皆知其所以为润;雷霆,皆知其所以为震;雪霜,皆知其所以为杀。至于风,悠然布于天地之间,来不知其所自,去不知其所入。嘘而炎,吹而泠,大而鼓乎大山乔岳之上,细而入乎窍空䆘屋之下。发达万物,而天下不以为德;摧拔草木,而天下不以为怒。故曰:天地之化育,有不可求而得者。此圣人之所法以令天下之术也。

圣人在上,天下之民,各得其职。士者皆曰"吾学而仕",农者皆曰"吾耕而食",工者皆曰"吾作而用",贾者皆曰"吾负而贩",不知圣人之制命令,以鼓舞通变其道,而使之安乎此也。圣人之在

上也,天下可由而不可知,可言而不可议,盖得乎《巽》之道也。易者,圣人之动,而卦者,动之时也。《蛊》之象曰:"先甲三日,后甲三日。"而《巽》之九五亦曰:"先庚三日,后庚三日。"而说者谓甲、庚皆所以申命,而先后者,慎之至也。圣人悯斯民之愚,而不忍使之遽陷于罪戾也,故先三日而令之,后三日而申之,不从而后诛,盖其用心之慎也。以至神之化令天下,使天下不测其端;以至详之法晓天下,使天下明知其所避。天下不测其端,而明知其所避,故靡然相率而不敢议也。上令而下不议,下从而上不诛,顺之至也。故曰:重巽之道,上下顺也。 卷二

学士院试孔子从先进论

君子之欲有为于天下,莫重乎其始进也。始进以正,犹且以不正继之,况以不正进者乎!古之人有欲以其君王者也,有欲以其君霸者也,有欲以强其国者也,是三者,其志不同,故其术有浅深,而其成功有巨细。虽其终身之所为不可逆知,而其大节必见于其始进之日。何者?其中素定也。未有进以强国而能霸者也,未有进以霸而能王者也。伊尹之耕于有莘之野也,其心固曰:使吾君为尧舜之君,而吾民为尧舜之民也。以伊尹为以滋味说汤者,此战国之策士以己度伊尹也,君子疾之。管仲见桓公于累囚之中,其所言者,固欲合诸侯、攘夷狄也。管仲度桓公足以霸,度其身足以为霸者之佐,是故上无侈说,下无卑论。古之人其自知明也如此。商鞅之见孝公也,三说而后合。甚矣!鞅之怀诈挟术以欺其君也。彼岂不自知其不足以帝且王哉?顾其刑名惨刻之学,恐孝公之不能从,是故设为高论以炫之。君既不能是矣,则举其国惟吾之所欲

为。不然，岂其负帝王之略，而每见辄变以徇人乎？商鞅之不终于秦也，是其进之不正也。

圣人则不然，其志愈大，故其道愈高；其道愈高，故其合愈难。圣人视天下之不治，如赤子之在水火也。其欲得君以行道，可谓急矣。然未尝以难合之故而少贬焉者，知其始于少贬，而其渐必至陵迟而大坏也。故曰："先进于礼乐，野人也；后进于礼乐，君子也。如用之，则吾从先进。"孔子之世，其诸侯卿大夫，视先王之礼乐，犹方圆冰炭之不相入也。进而先之以礼乐，其不合必矣。是人也，以道言之，则圣人也；以世言之，则野人也。若夫君子之急于有功者则不然。其未合也，先之以世俗之所好，而其既合也，则继以先王之礼乐。其心则然，然其进不正，未有能继以正者也。故孔子不从。而孟子亦曰："枉尺直寻者，以利言也。如以利，则枉寻直尺而利，亦可为欤？"君子之得其君也，既度其君，又度其身。君能之而我不能，不敢进也；我能之而君不能，不可为也。不敢进而进，是易其君；不可为而为，是轻其身。是二人者，皆有罪焉。

故君子之始进也，曰："君苟用我矣，我且为是。君曰能之，则安受而不辞；君曰不能，天下其独无人乎！"至于人君亦然，将用是人也，则告之以己所欲为，要其能否而责成焉。其曰"姑用之而试观之者"，皆过也。后之君子，其进也无所不至，惟恐其不合也，曰："我将权以济道。"既而道卒不行焉，则曰："吾君不足以尽我也。"始不正其身，终以谤其君。是人也，自以为君子，而孟子之所谓贼其君者也。 卷二

学士院试《春秋》定天下之邪正论

　　为《穀梁》者曰："成天下之事业，定天下之邪正，莫善于《春秋》。"请因其说而极言之。夫《春秋》者，礼之见于事业者也。孔子论三代之盛，必归于礼之大成，而其衰，必本于礼之渐废。君臣、父子、上下，莫不由礼而定其位；至以为有礼则生，无礼则死。故孔子自少至老，未尝一日不学礼，而不治其他；以之出入周旋，乱臣强君莫能加焉。知天下莫之能用也，退而治其纪纲条目，以遗后世之君子，则又以为不得亲见于行事，有其具而无其施设措置之方，于是因鲁史记为《春秋》，一断于礼。凡《春秋》之所褒者，礼之所与也，其所贬者，礼之所否也。《记》曰：礼者，所以别嫌、明疑、定犹豫也，而《春秋》一取断焉。故凡天下之邪正，君子之所疑而不能决者，皆至于《春秋》而定。非定于《春秋》，定于礼也。故太史公曰："《春秋》者，礼义之大宗也。为人君父而不知《春秋》者，前有谗而不见，后有贼而不知。为人臣子而不知《春秋》者，守经事而不知其宜，遭变事而不知其权。夫礼义之失，至于君不君，臣不臣，父不父，子不子，其意皆以为善，为之而不知其义，是以被之空言而不敢辞。"

　　夫邪正之不同也，不啻若黑白。使天下凡为君子者皆如颜渊，凡为小人者皆如桀、跖，虽微《春秋》，天下其孰疑之？天下之所疑者，邪正之间也。其情则邪，而其迹若正者有之矣；其情以为正，而不知其义以陷于邪者有之矣。此《春秋》之所以丁宁反覆于其间也。宋襄公，疑于仁者也；晋荀息，疑于忠者也。襄公不修德，而疲弊其民以求诸侯，此其心岂汤武之心也哉？而独至于战，则曰"不禽二毛，不鼓不成列"。非有仁者之素，而欲一旦窃取其名以欺后世，苟《春秋》不为正之，则世之为仁者相率而为伪也。故其书曰："冬十一月乙巳朔，宋公及楚人战于泓，宋师败绩。"《春秋》之书战，未有若此其详也。君子以为其败固宜，而无有隐讳不忍之辞焉。荀息之事君也，君存不能正其过，没又成其邪志而死焉。荀息而为忠，则凡忠于盗贼、死于私昵者皆忠也，而可乎？故其书曰："及其大夫荀息。"不然，则荀息，孔父之徒也，而可名哉！　卷二

儒者可与守成论 以下二首俱程试

圣人之于天下也，无意于取也。譬之江海，百谷赴焉；譬之麟凤，鸟兽萃焉；虽欲辞之，岂可得哉？禹治洪水，排万世之患，使沟壑之地，疏为桑麻，鱼鳖之民，化为衣冠。契为司徒而五教行，弃为后稷而烝民粒，世济其德。至于汤武，拯涂炭之民而置之于仁寿之域，故天下相率而朝之。此三圣人者，盖推之而不可去，逃之而不能免者也。于是益修其政，明其教，因其民，不易其俗。以是得之，以是守之，传数十世，而民不叛。岂有二道哉！

周室既衰，诸侯并起，力征争夺者，天下皆是也。德既无以相过，则智胜而已矣，智既无以相倾，则力夺而已矣。至秦之乱，则天下荡然，无复知有仁义矣。汉高帝以三尺剑，起布衣，五年而并天下。虽稍辅以仁义，然所用之人，常先于智勇，所行之策，常主于权谋，是以战必胜，攻必取。天下既平，思所以享其成功而安于无事，以为子孙无穷之计，而武夫谋臣，举非其人，莫与为者。故陆贾讥之曰："陛下以马上得之，岂可以马上治之！"叔孙通亦曰："儒者难以进取，可与守成。"于是酌古今之宜，与礼乐之中，取其简而易知，近而易行者，以为朝觐会同冠昏丧祭一代之法。虽足以传数百

年,上下相安,然终不若三代圣人取守一道,源深而流长也。

夫武夫谋臣,譬之药石,可以伐病,而不可以养生;儒者譬之五谷,可以养生,而不可以伐病。宋襄公争诸侯,不擒二毛,小鼓不成列,以败于泓,身夷而国蹙。此以五谷伐病者也。秦始皇焚《诗》《书》,杀豪杰,东城临洮,北筑辽水,民不得休息,传之二世,宗庙芜灭。此以药石养生者也。善夫! 贾生之论曰:"仁义不施,而攻守之势异也。"夫世俗不察,直以攻守为二道。故具论三代以来所以取守之术,使知禹、汤、文、武之盛德,亦儒者之极功,而陆贾、叔孙通之流,盖儒术之粗也。 卷二

物不可以苟合论

昔者圣人之将欲有为也,其始必先有所甚难,而其终也至于久远而不废。其成之也难,故其败之也不易。其得之也重,故其失之也不轻。其合之也迟,故其散之也不速。夫圣人之所为详于其始者,非为其始之不足以成,而忧其终之易败也。非为其始之不足以得,而忧其终之易失也。非为其始之不足以合,而忧其终之易散也。天下之事,如是足以成矣,如是足以得矣,如是足以合矣,而必曰未也,又从而节文之,绸缪委曲而为之表饰,是以至于今不废。及其后世,求速成之功,而倦于迟久,故其欲成也止于其足以成,欲得也止于其足以得,欲合也止于其足以合。而其甚者,又不能待其足。其始不详,其终将不胜弊。呜呼! 此天下治乱、享国长短之所从出欤?

圣人之始制为君臣、父子、夫妇、朋友也,坐而治政,奔走而执事,此足以为君臣矣。圣人惧其相易而至于相陵也,于是为之车服

采章以别之，朝觐位著以严之。名非不相闻也，而见必以赞；心非不相信也，而入必以籍。此所以久而不相易也。杖屦以为安，饮食以为养，此足以为父子矣。圣人惧其相袭而至于相怨也，于是制为朝夕问省之礼，左右佩服之饰。族居之为欢，而异宫以为别。合食之为乐，而异膳以为尊。此所以久而不相袭也。生以居于室，死以葬于野，此足以为夫妇矣。圣人惧其相狎而至于相离也，于是先之以币帛，重之以媒妁。不告于庙，而终身以为妾。昼居于内，而君子问其疾。此所以久而不相狎也。安居以为党，急难以相救，此足以为朋友矣。圣人惧其相渎而至于相侮也，于是戒其群居嬉游之乐，而严其射享饮食之节。足非不能行也，而待摈相之诏礼；口非不能言也，而待绍介之传命。此所以久而不相渎也。

天下之祸，莫大于苟可以为而止。夫苟可以为而止，则君臣之相陵，父子之相怨，夫妇之相离，朋友之相侮久矣。圣人忧焉，是故多为之饰。《易》曰："藉用白茅，无咎。苟错诸地而可矣，藉之用茅，何咎之有？"此古之圣人所以长有天下，而后世之所谓迂阔也。又曰："嗑者，合也。物不可以苟合，故受之以《贲》。"尽矣。卷二

王者不治夷狄论　以六首俱秘阁试

夷狄不可以中国之治治也，譬若禽兽然，求其大治，必至于大乱。先王知其然，是故以不治治之。治之以不治者，乃所以深治之也。《春秋》书"公会戎于潜"，何休曰："王者不治夷狄。录戎，来者不拒，去者不追也。"夫天下之至严，而用法之至详者，莫过于《春秋》。凡《春秋》之书公、书侯、书字、书名，其君得为诸侯，其臣得为大夫者，举皆齐、晋也；不然，则齐、晋之与国也。其书州、

书国、书氏、书人,其君不得为诸侯,其臣不得为大夫者,举皆秦、楚也;不然,则秦、楚之与国也。夫齐、晋之君所以治其国家、拥卫天子而爱养百姓者,岂能尽如古法哉?盖亦出于诈力而参之以仁义,是亦未能纯为中国也。秦、楚者,亦非独贪冒无耻、肆行而不顾也,盖亦有秉道行义之君焉,是秦、楚亦未至于纯为夷狄也。齐、晋之君不能纯为中国,而《春秋》之所予者常向焉。有善则汲汲而书之,惟恐其不得闻于后世;有过则多方而开赦之,惟恐其不得为君子。秦、楚之君,未至于纯为夷狄,而《春秋》之所不予者常在焉。有善则累而后进,有恶则略而不录,以为不足录也。是非独私于齐、晋,而偏疾于秦、楚也。以见中国之不可以一日背,而夷狄之不可以一日向也。其不纯者,足以寄其褒贬,则其纯者可知矣。故曰:天下之至严,而用法之至详者,莫如《春秋》。

夫戎者,岂特如秦、楚之流入于戎狄而已哉!然而《春秋》书之曰"公会戎于潜",公无所贬而戎为可会,是独何欤?夫戎之不能以会礼会公,亦明矣!此学者之所以深疑而求其说也。故曰:"王者不治夷狄,录戎,来者不拒,去者不追也。"夫以戎狄之不可以化诲怀服也,彼其不悍然执兵以与我从事于边鄙,则已幸矣,又况乎知有所谓会者而欲行之,是岂不足以深嘉其意乎?不然,将深责其礼,彼将有所不堪而发其愤怒,则其祸大矣。仲尼深忧之,故因其来而书之以"会",曰:若是足矣。是将以不治深治之也。由是观之,《春秋》之疾戎狄者,非疾纯戎狄者,疾夫以中国而流入于戎狄者也。卷二

刘恺丁鸿孰贤论

　　君子之为善，非特以适己自便而已。其取于人也，必度其人之可以与我也；其予人也，必度其人之可以受于我也。我可以取之，而其人不可以与我，君子不取。我可以予之，而其人不可受，君子不予。既为己虑之，又为人谋之，取之必可予，予之必可受。若己为君子而使人为小人，是亦去小人无几耳。东汉刘恺让其弟封而诏听之。丁鸿亦以阳狂让其弟，而其友人鲍骏责之以义，鸿乃就封。其始，自以为义而行之，其终也，知其不义而复之。以其能复之，知其始之所行非诈也，此范氏之所以贤鸿而下恺也。其论称太伯、伯夷未始有其让也。故太伯称至德，伯夷称贤人。及后世徇其名而昧其致，于是诡激之行兴矣。若刘恺之徒让其弟，使弟受非服而己受其名，不已过乎？丁鸿之心，主于忠爱，何其终悟而从义也。范氏之所贤者，固已得之矣，而其未尽者，请得毕其说。

　　夫先王之制，立长所以明宗，明宗所以防乱，非有意私其长而沮其少也。天子与诸侯皆有太祖，其有天下、有一国，皆受之太祖，而非己之所得专有也。天子不敢以其太祖之天下与人，诸侯不敢以其太祖之国与人，天下之通义也。夫刘恺、丁鸿之国，不知二子所自致耶？将亦受之其先祖耶？受之其先祖，而传之于所不当立之人，虽其弟之亲，与涂人均耳。夫吴太伯、伯夷，非所以为法也，太伯将以成周之王业，而伯夷将以训天下之让，而为是诡时特异之行，皆非所以为法也。今刘恺举国而让其弟，非独使弟受非服之为过也，将以坏先王防乱之法，轻其先祖之国，而独为是非常之行；考之以礼，绳之以法，而恺之罪大矣。然汉世士大夫多以此为名者，安、顺、桓、灵之世，士皆反道矫情，以盗一时之名。盖其弊始于西汉之世。韦玄成以侯让其兄,而为世主所贤,天下高之,故渐以成俗。履常而蹈易者,世以为无能而摈之。则丁鸿之复于中道,尤可以深嘉而屡叹也。 卷二

礼义信足以成德论

有大人之事,有小人之事。愈大则身愈逸而责愈重,愈小则身愈劳而责愈轻。綦大而至天子,綦小而至农夫,各有其分,不可乱也。责重者不可以不逸,不逸,则无以任天下之重。责轻者不可以不劳,不劳,则无以逸夫责重者。二者譬如心之思虑于内,而手足之动作步趋于外也。是故不耕而食,不蚕而衣,君子不以为愧者,所职大也。自尧舜以来,未之有改。后世学衰而道弛,诸子之智,不足以见其大,而窃见其小者之一偏,以为有国者皆当恶衣粝食,与农夫并耕而治,一人之身,而自为百工。盖孔子之时则有是说矣。夫樊迟亲受业于圣人,而犹惑于是说,是以区区焉欲学稼于孔子。孔子知是说之将蔓延于天下也,故极言其大,而深折其词。以为:“上好礼,则民莫敢不敬;上好义,则民莫敢不服;上好信,则民莫敢不用情。夫如是,则四方之民襁负其子而至矣,安用稼?”而解者以为礼义与信足以成德。夫樊迟之所为汲汲于学稼者,何也?是非以谷食不足而民有苟且之心以慢其上为忧乎?非以人君独享其安荣而使民劳苦独贤为忧乎?是非以人君不身亲之则空言不足劝课百姓为忧乎?是三忧者,皆世俗之私忧过计也。君子以礼治天下之分,使尊者习为尊,卑者安为卑,则夫民之慢上者,非所忧也;君子以义处天下之宜,使禄之一国者,不自以为多,抱关击柝者,不自以为寡,则夫民之劳苦独贤者,又非所忧也;君子以信一天

下之惑，使作于中者必形于外，循其名者必得其实，则夫空言不足以劝课者，又非所忧也。此三者足以成德矣。故曰：三忧者，皆世俗之私忧过计也。卷二

形势不如德论

《传》有之："天时不如地利，地利不如人和。"此言形势之不如德也。而吴起亦云："在德不在险。"太史公以为形势虽强，要以仁义为本。儒者之言兵，未尝不以藉其口矣。请拾其遗说而备论之。

凡形势之说有二。有以人为形势者，三代之封诸侯是也。天子之所以系于天下者，至微且危也。相须而合，合而不去，则为君臣，其善可得而赏，其恶可得而罚，其谷米可得而食，其功力可得而役使。当此之时，君臣之势甚固。及其一旦溃然而去，去而不返，则为寇仇。强者起而见攻，智者起而见谋，彷徨回顾，而不知其所恃。当是时，君臣之势甚危。先王知其固之不足恃，而危之不可以忽也，故大封诸侯，错置亲贤，以示天下形势。刘颂所谓"善为国者，任势而不任人。郡县之察，小政理而大势危；诸侯为邦，近多违而远虑固"。此以人为形势者也。然周之衰也，诸侯肆行而莫之禁，自平王以下，其去亡无几也。是则德衰，而人之形势不足以救也。有以地为形势者，秦、汉之建都是也。秦之取天下，非天下心服而臣之也。较之以富，搏之以力，而犹不服，又以诈囚其君、虏其将，然后仅得之。今之臣服而朝贡，皆昔之暴骨于原野之子孙也。则吾安得泰然而长有之！汉之取天下，虽不若秦之暴，然要之皆不本于仁义也。当此之时，不大封诸侯，则无以答功臣之望；诸侯大而京师不安，则其势不得不以关中之固而临之。此虽尧、舜、汤、

武,亦不能使其德一日而信于天下,荀卿所谓合其参者。此以地为形势者也。然及其衰也,皆以大臣专命,危自内起,而关中之形势,曾不及施,此亦德衰而地之形势不能救也。夫三代、秦、汉之君,虑其后世而为之备患者,不可谓不至矣,然至其亡也,常出于其所不虑。此岂形势不如德之明效欤?《易》曰:"神而明之,存乎其人。"人存则德存,德存则无诸侯而安、无障塞而固矣。 卷二

文集卷九十八

礼以养人为本论

三代之衰，至于今且数千岁，豪杰有意之主，博学多识之臣，不可以胜数矣。然而礼废乐坠，则相与咨嗟发愤而卒于无成者，何也？是非其才之不逮，学之不至，过于论之太详，畏之太甚也。夫礼之初，缘诸人情，因其所安者而为之节文。凡人情之所安而有节者，举皆礼也，则是礼未始有定论也；然而不可以出于人情之所不安，则亦未始无定论也。执其无定以为定论，则涂之人皆可以为礼。今儒者之论则不然，以为礼者，圣人之所独尊，而天下之事最难成者也。牵于繁文而拘于小说，有毫毛之差，则终身以为不可。论明堂者，惑于《考工》《吕令》之说；议郊庙者，泥于郑氏、王肃之学。纷纷交错者，累岁而不决，或因而遂罢，未尝有一人果断而决行之。此皆论之太详而畏之太甚之过也。

夫礼之大意，存乎明天下之分，严君臣、笃父子、形孝弟而显仁义也。今不幸去圣人远，有如毫毛不合于三代之法，固未害其为明天下之分也，所以严君臣、笃父子、形孝弟而显仁义者，犹在也。今使礼废而不修，则君臣不严，父子不笃，孝弟不形，仁义不显，反不足重乎？昔者西汉之书，始于仲舒，而至于刘向，悼礼乐之不兴，故其言曰："礼以养人为本。如有过差，是过而养人也。刑罚之过，或至杀伤。然有司请定法令，笔则笔，削则削，而至礼乐则不敢。

是敢于杀人,而不敢于养人也。"而范晔以为"乐非夔、襄而新音代作,律谢皋、苏而制令呕易"。而至于礼,独何难欤?夫法者,末也。又加以惨毒繁难,而天下常以为急。礼者,本也。又加以和平简易,而天下常以为缓。如此而不治,则又从而尤之曰"是法未至也",则因而急之。甚矣!人之惑也。平居治气养生,宣故而纳新,其行之甚易,其过也无大患,然皆难之而不为。悍药毒石,以搏去其疾,则皆为之。此天下之公患也。呜呼!王者得斯说而通之,礼乐之兴,庶乎有日矣。卷二

《既醉》备五福论

君子之所以大过人者,非以其智能知之,强能行之也;以其功兴而民劳,与之同劳,功成而民乐,与之同乐,如是而已矣。富贵安逸者,天下之所同好也,然而君子独享焉。享之而安,天下以为当然者,何也?天下知其所以富贵安逸者,凡以庇覆我也。贫贱劳苦者,天下之所同恶也,而小人独居焉。居之而安,天下以为当然者,何也?天下知其所以贫贱劳苦者,凡以生全我也。夫然,故独享天下之大利而不忧,使天下为己劳苦而不怍,耳听天下之备声,目视天下之备色。而民犹以为未也,相与祷祠而祈祝曰:使吾君长有吾国也。又相与咏歌而称颂之,被于金石,溢于竹帛,使其万世而不忘也。呜呼!彼君子者,独何修而得此于民哉?岂非始之以至诚,中之以不欲速,而终之以不懈欤?视民如视其身,待其至愚者如其至贤者,是谓至诚。至诚无近效,要在于自信而不惑,是谓不欲速。不欲速则能久,久则功成,功成则易懈,君子济之以恭,是谓不懈。行此三者,所以得之于民也。三代之盛,不能加毫末于此矣。

《既醉》者，成王之诗也。其序曰："《既醉》，太平也。醉酒饱德，人有士君子之行焉。"而说者以为是诗也，实具五福。其诗曰"君子万年"，寿也；"介尔景福"，富也；"室家之壸"，康宁也；"昭明有融"，攸好德也；"高朗令终"，考终命也。凡言此者，非美其有是五福也，美其全享是福，兼有是乐，而天下安之，以为当然也。夫诗者，不可以言语求而得，必将深观其意焉。故其讥刺是人也，不言其所为之恶，而言其爵位之尊、车服之美而民疾之，以见其不堪也。"君子偕老，副笄六珈""赫赫师尹，民具尔瞻"是也。其颂美是人也，不言其所为之善，而言其冠佩之华、容貌之盛而民安之，以见其无愧也。"缁衣之宜兮，敝，予又改为兮""服其命服，朱芾斯皇"是也。故《既醉》者，非徒享是五福而已，必将有以致之。不然，民将盼盼焉疾视而不能平，又安能独乐乎？是以孟子言王道不言其他，而独言民之闻其作乐、见其田猎而欣欣者，此可谓知本矣。卷二

中庸论上

甚矣！道之难明也。论其著者，鄙滞而不通；论其微者，汗漫而不可考。其弊始于昔之儒者求为圣人之道而无所得，于是务为不可知之文，庶几乎后世之以我为深知之也。后之儒者，见其难知，而不知其空虚无有，以为将有所深造乎道者，而自耻其不能，则从而和之曰"然"。相欺以为高，相习以为深，而圣人之道，日以远矣。

自子思作《中庸》，儒者皆祖之以为性命之说。嗟夫！子思者，岂亦斯人之徒欤？盖尝试论之。夫《中庸》者，孔氏之遗书而不完者也，其要有三而已矣。三者是周公、孔子之所从以为圣人，而其虚词蔓延，是儒者之所以为文也。是故去其虚词，而取其三。

其始论诚明之所入,其次论圣人之道所从始,推而至于其所终极,而其卒乃始内之于《中庸》。盖以为圣人之道,略见于此矣。《记》曰:"自诚明谓之性,自明诚谓之教。诚则明矣,明则诚矣。"夫诚者,何也?乐之之谓也。乐之则自信,故曰诚。夫明者,何也?知之之谓也。知之则达,故曰明。夫惟圣人,知之者未至,而乐之者先入;先入者为主,而待其余,则是乐之者为主也。若夫贤人,乐之者未至,而知之者先入;先入者为主,而待其余,则是知之者为主也。乐之者为主,是故有所不知,知之未尝不行。知之者为主,是故虽无所不知,而有所不能行。子曰:"知之者,不如好之者;好之者,不如乐之者。"知之者与乐之者,是贤人、圣人之辨也。好之者,是贤人之所由以求诚者也。君子之为学,慎乎其始。何则?其所先入者,重也。知之多而未能乐焉,则是不如不知之愈也。人之好恶,莫如好色而恶臭,是人之性也。好善如好色,恶恶如恶臭,是圣人之诚也。故曰"自诚明谓之性"。孔子盖长而好学,适周观礼,问于老聃、师襄之徒,而后明于礼乐。五十而后读《易》,盖亦有晚而后知者。然其所先得于圣人者,是乐之而已。孔子厄于陈、蔡之间,问于子路、子贡,二子不悦,而子贡又欲少贬焉。是二子者,非不知也,其所以乐之者未至也。且夫子路能死于卫,而不能不愠于陈、蔡,是岂其知之罪耶?故夫弟子之所为从孔子游者,非专以求闻其所未闻,盖将以求乐其所有也。明而不诚,虽挟其所有,怅怅乎不知所以安之;苟不知所以安之,则是可与居安,而未可与居忧患也。夫惟忧患之至,而后诚明之辨乃可以见。由此观之,君子安可以不诚哉! 卷二

中庸论中

君子之欲诚也，莫若以明。夫圣人之道，自本而观之，则皆出于人情。不循其本，而逆观之于其末，则以为圣人有所勉强力行，而非人情之所乐者。夫如是，则虽欲诚之，其道无由。故曰"莫若以明"，使吾心晓然，知其当然，而求其乐。

今夫五常之教，惟礼为若强人者。何则？人情莫不好逸豫而恶劳苦，今吾必也使之不敢箕踞，而磬折百拜以为礼；人情莫不乐富贵而羞贫贱，今吾必也使之不敢自尊，而揖让退抑以为礼。用器之为便，而祭器之为贵；亵衣之为便，而衮冕之为贵；哀欲其速已，而伸之三年，乐欲其不已，而不得终日。此礼之所以为强人而观之于其末者之过也。盍亦反其本而思之？今吾以为磬折不如立之安也，而将惟安之求，则立不如坐，坐不如箕踞，箕踞不如偃仆；偃仆而已，则将裸袒而不顾。苟为裸袒而不顾，则吾无乃亦将病之？夫岂独吾病之，天下之匹夫匹妇莫不病之也。苟为病之，则是其势将必至于磬折而百拜。由此言也，则是磬折而百拜者，生于不欲裸袒之间而已也。夫岂惟磬折百拜，将天下之所谓强人者，其皆必有所从生也。辨其所从生，而推之至于其所终极，是之谓明。

故《记》曰："君子之道，费而隐。夫妇之愚，可以与知焉。及其至也，虽圣人有所不知焉。夫妇之不肖，可以能行焉。及其至也，虽圣人有所不能焉。"君子之道，推其所从生而言之，则其言约，约则明；推其逆而观之，故其言费，费则隐。君子欲其不隐，是故起于夫妇之有余，而推之至于圣人之所不及。举天下之至易，而通之于至难，使天下之安其至难者，与其至易无以异也。

孟子曰："箪食豆羹，得之则生，不得则死。呼尔而与之，行道之人弗受；蹴尔而与之，乞人不屑也。万钟则不辨礼义而受之，万钟于我何加焉！向为身死而不受，今为朋友妻妾之奉而为之，此之谓失其本心。"且万钟之不受，是王公大人之所难，而以行道乞人之所不屑而较其轻重，是何以异于匹夫匹妇之所能行，通而至于圣人之所不及？故凡为此说者，皆以求安其至难，而务欲诚之者也。天下之人，莫不欲诚，而不得其说。故凡此者，诚之说也。卷二

中庸论下

夫君子虽能乐之，而不知中庸，则其道必穷。《记》曰："君子遵道而行，半途而废，吾弗能已矣。"君子非其信道之不笃也，非其力行之不至也，得其偏而忘其中，不得终日安行乎通涂，夫虽欲不废，其可得耶？《记》曰："道之不行也，我知之矣。贤者过之，不肖者不及也。"以为过者之难欤？复之中者之难欤？宜若过者之难也。然天下有能过而未有能中，则是复之中者之难也。

《记》曰："天下国家可均也，爵禄可辞也，白刃可蹈也，中庸不可能也。"既不可过，又不可不及，如斯而已乎？曰：未也。孟子曰："执中为近之。执中无权，犹执一也。"《书》曰："不协于极，不罹于咎，皇则受之。"又曰："会其有极，归其有极。"而《记》曰："君子之中庸也，君子而时中。"皇极者，有所不极，而会于极。时中者，有所不中，而归于中。吾见中庸之至于此而尤难也，是故有小人之中庸焉。有所不中，而归于中，是道也，君子之所以为时中，而小人之所以为无忌惮。《记》曰："小人之中庸也，小人而无忌惮也。"

嗟夫！道之难言也。有小人焉，因其近似而窃其名，圣人忧

思恐惧，是故反覆而言之不厌。何则？是道也，固小人之所窃以自便者也。君子见危则能死，勉而不死，以求合于中庸；见利则能辞，勉而不辞，以求合于中庸。小人贪利而苟免，而亦欲以中庸之名私自便也。此孔子、孟子之所为恶乡原也。一乡皆称原人焉，无所往而不为原人，同乎流俗，合乎污世，曰："古之人，行何为踽踽凉凉，生斯世也，善斯可矣。"以古之人为迂，而以今世之所善为足以已矣，则是不亦近似于中庸耶？故曰："恶紫，恐其乱朱也；恶莠，恐其乱苗也。"何则？恶其似也。信矣！中庸之难言也。君子之欲从事乎此，无循其迹而求其味，则几矣。《记》曰："人莫不饮食也，鲜能知味也。"_{卷二}

文集卷九十九

论好德锡之福

昔圣人既陈五常之道，而病天下不能万世而常行也，故为之大中之教曰："贤者无所过，愚者无所不及，是之谓皇极。"极之于人也，犹方之有矩也，犹圆之有规也，皆有以绳乎物者也。圣人安焉而入乎其中，贤者俯而就之，愚者跂而及之。圣人以为俯与跂者，皆非其自然，而犹有以强之者。故于皇极之中，又为之言曰："苟有过与不及，而要其终可以归皇极之道者，是皇极而已矣。"故《洪范》曰："凡厥庶民，有猷有为有守，汝则念之；不协于极，不罹于咎，皇则受之。"又悲天下有为善之心而不得为善之利也，有求中之志而不知求中之道也，故又为之言曰："而康而色，曰予攸好德，汝则锡之福，时人斯其惟皇之极。"圣人之待天下如此其广也，其诱天下之人，不忍使之至于罪戾，如此其勤且备也。天下未有好德之实，而自言曰"予攸好德"，圣人以为是亦有好德之心矣，故受而爵禄之。天下之为善而未协于中也，则受而教诲之。又恐夫民之愚而不我从也，故逊其言、卑其色以下之。如是而不从，然后知其终不可以教诲矣。故又为之言曰："凡厥正人，既富方穀，汝弗能使有好于而家，时人斯其辜。于其无好德，汝虽锡之福，其作汝用咎。"且夫其始也，恐天下之人有可以至于皇极之道，而上之人不诱而教诲之也，故曰"予攸好德，汝则锡之福"。其终也，恐天下之以虚言而取其爵禄也，故曰"于其无好德，汝虽锡之福，其作汝用咎"。盖圣人之用心，忧其始之不幸，而惧其终之至于侥幸也。故其言如此之详备。

夫君子小人，不可以一道待也。故皇极之中，有待小人之道，不协于极，而犹受之。至于待君子之道，何其责之深也！曰："无偏无党，无反无侧，无有作好，无有作恶，而后可以合于皇极。"然则先王御天下之术，盖用此欤？ 卷三

论郑伯克段于鄢　隐元年

《春秋》之所深讥、圣人之所哀伤而不忍言者三：晋赵鞅帅师纳卫世子蒯聩于戚，齐国夏、卫石曼姑帅师围戚，而父子之恩绝；公与夫人姜氏遂如齐，而夫妇之道丧；郑伯克段于鄢，而兄弟之义亡。此三者，天下之大戚也。夫子伤之，而思其所以至此之由，故其言尤为深且远也。且夫蒯聩之得罪于灵公，逐之可也，逐之而立其子，是召乱之道也。使辄上之不得从王父之言，下之不得从父之令者，灵公也。故书曰"晋赵鞅帅师纳卫世子蒯聩于戚"。蒯聩之不去世子者，是灵公不得乎逐之之道。灵公何以不得乎逐之之道？逐之而立其子也。鲁桓公千乘之君，而陷于一妇人之手，夫子以为文姜之不足讥，而伤乎桓公制之不以渐也，故书曰"公与夫人姜氏遂如齐"，言其祸自公作也。段之祸生于爱，郑庄公之爱其弟也，足以杀之耳。孟子曰："舜封象于有庳，使之源源而来，不及以政。"孰知夫舜之爱其弟之深，而郑庄公贼之也。当太叔之据京城，取廪延以为己邑，虽舜复生，不能全兄弟之好，故书曰"郑伯克段于鄢"，而不曰"郑伯杀其弟段"；以为当斯时，虽圣人亦杀之而已矣。夫

妇、父子、兄弟之亲，天下之至情也，而相残之祸至如此，夫岂一日之故哉！《穀梁》曰："克，能也。能，杀也。不言杀，见段之有徒众也。段不称弟，不称公子，贱段而甚郑伯也。于鄢，远也。犹曰取之其母之怀中而杀之云尔，甚之也。然则为郑伯宜奈何？缓追逸贼，亲亲之道也。"呜呼！以兄弟之亲，至交兵而战，固亲亲之道绝已久矣。虽缓追逸贼，而其存者几何？故曰：于斯时也，虽圣人亦杀之而已矣。然而圣人固不使至此也。《公羊传》曰："母欲立之，已杀之，如勿与而已矣。"而又区区于当国内外之言，是何思之不远也？《左氏》以为："段不弟，故不称弟；如二君，故曰克；称郑伯，讥失教。"求圣人之意，若《左氏》，可以有取焉。 卷三

论郑伯以璧假许田　桓元年

郑伯以璧假许田，先儒之论多矣，而未得其正也。先儒皆知夫《春秋》立法之严，而不知其甚宽且恕也；皆知其讥不义，而不知其讥不义之所由起也。

"郑伯以璧假许田"者，讥隐而不讥桓也。始其谋以周公之许田而易泰山之祊者，谁也？受泰山之祊而入之者，谁也？隐既已与人谋而易之，又受泰山之祊而入之，然则为桓公者，不亦难乎！夫子知桓公之无以辞于郑也，故讥隐而不讥桓。何以言之？《隐·八年》书曰"郑伯使宛来归祊"；又曰"庚寅，我入祊"。"入祊"云者，见鲁之果入泰山之祊也。则是隐公之罪既成而不可变矣。故《桓·元年》书曰"郑伯以璧假许田"而已。夫许田之入郑，犹祊之入鲁也。书鲁之入祊，而不书郑之入许田，是不可以不求其说也。"郑伯使宛来归祊""庚寅我入祊"，见郑之来归而鲁之入之也。

"郑伯以璧假许田"者,见郑之来请,不见鲁之与之也。见郑之来请而不见鲁之与之者,见桓公之无以辞于郑也。呜呼!作而不义,使后世无以辞焉,则夫子之罪隐深矣。

夫善观《春秋》者,观其意之所向而得之,故虽夫子之复生,而无以易之也。《公羊》曰:"曷为系之许?近许也,讳取周田也。"《穀梁》曰:"假不言以,以,非假也。非假而曰假,讳易地也。"《春秋》之所为讳者三:为尊者讳敌,为亲者讳败,为贤者讳过。鲁,亲者也,非败之为讳,而取易之为讳,是夫子之私鲁也。　卷三

论取郜大鼎于宋　桓二年

孔子何为而作《春秋》哉?举三代全盛之法,以治侥幸苟且之风,而归之于至正而已矣。三代之盛时,天子秉至公之义,而制诸侯之予夺,故勇者无所加乎怯,弱者无所畏乎强,匹夫怀璧而千乘之君莫之敢取焉。此王道之所由兴也。周衰,诸侯相并,而强有力者制其予夺,邾、莒、滕、薛之君,惴惴焉保其首领之不暇,而齐、晋、秦、楚有吞诸侯之心。孔子慨然叹曰:"久矣!诸侯之恣行也。后世将有王者作而不遇焉,命也。"故《春秋》之法,皆所以待后世王者之作而举行之也。钟鼎龟玉,天子之所以分诸侯,使诸侯相传而世守也。

《桓·二年》:"取郜大鼎于宋。戊申,纳于太庙。"且夫鼎也,不幸使齐挈而有之,是齐鼎也,是百传而不易,未可知也。仲尼曰:不然。是鼎也,何为而在鲁之太庙?曰:取之宋。宋安得之?曰:取之郜。故书曰"郜鼎"。郜之得是鼎也,得之天子。宋以不义取之,而又以与鲁也。后世有王者作,举《春秋》之法而行之,鲁将归

之宋，宋将归之郜，而后已也。昔者子路问孔子所以为政之先？子曰："必也正名乎！"故《春秋》之法，尤谨于正名，至于一鼎之微而不敢忽焉。圣人之用意，盖深如此。

夫以区区之鲁无故而得器，是召天下之争也。楚王求鼎于周，王曰："周不爱鼎。恐天下以器仇楚也。"鼎入宋而为宋，入鲁而为鲁，安知夫秦、晋、齐、楚之不动其心哉！故书曰"郜鼎"，明鲁之不得，有以塞天下之争也。《穀梁传》曰："纳者，内弗受也。"以为周公不受也。又曰："号从中国，名从主人。"而《左氏》记臧哀伯之谏。愚于《公羊》有取焉，曰："器从名，地从主人。宋始以不义取之，故谓之'郜鼎'。至于地之与人则不然，俄而可以为其有矣。"善乎斯言，吾有取之。卷三

论齐侯卫侯胥命于蒲　桓三年

荀卿有言曰："《春秋》善胥命，《诗》非屡盟，其心一也。"敢试论之。

谨按《桓·三年》书"齐侯、卫侯，胥命于蒲"，说《春秋》者均曰"近正"。所谓"近正"者，以其近古之正也。古者相命而信，约言而退，未尝有歃血之盟也。今二国之君，诚信协同，约言而会，可谓近古之正者已。何以言之？《春秋》之时，诸侯竞骛，争夺日寻，拂违王命，糜烂生聚，前日之和好，后日之战攻，曾何正之尚也？观二国之君胥命于蒲，自时厥后，不相侵伐，岂与夫前日之和好、后日之战攻者班也！故圣人于《春秋》，止一书"胥命"而已。荀卿谓之善者，取诸此也。

然则齐也，卫也，圣人果善之乎？曰：非善也，直讥尔。曷讥

尔？讥其非正也。《周礼》大宗伯掌六礼，以诸侯见王为文，乃有春朝、夏宗、秋觐、冬遇、时会、众同之法，言诸侯非此六礼，罔得逾境而出矣。不识齐、卫之君，以春朝相命而出耶？以夏宗相命而出耶？或以秋觐相命而出耶？以冬遇相命而出耶？抑以时会相命而出耶？众同相命而出耶？非春朝、夏宗、秋觐、冬遇、时会、众同而出，则私相为会耳。私相为会，匹夫之举也。以匹夫之举，而谓之正，其可得乎？宜乎圣人大一王之法而诛之也。然而圣人之意，岂独诛齐、卫之君而已哉！所以正万世也。荀卿不原圣人书经之法，而徒信传者之说，以谓"《春秋》善胥命"，失之远矣。且《春秋》二百四十二年间，诸侯之贤者，固亦鲜矣，奚待于齐、卫之君而善其胥命耶？信斯言也，则奸人得以劝也。未尝闻圣人作《春秋》而劝奸人也。　卷三

论禘于太庙用致夫人　僖八年

甚哉！去圣之久远，三《传》纷纷之不同，而莫或折之也。"禘于太庙，用致夫人"。《左氏》曰："禘而致哀姜，非礼也。凡夫人不薨于寝，不殡于庙，不赴于同，不祔于姑，则弗致也。"《公羊》曰："夫人何以不氏？讥以妾为妻也。盖聘于楚而胁于齐媵女之先至者也。"《穀梁》曰："成风也。言夫人而不言氏姓，非夫人也；立妾之词，非正也。夫人之，我可以不夫人乎？夫人卒葬之，我可以不卒葬之乎？一则以宗庙临之而后贬焉，一则以外之弗夫人而见正焉。"

三家之说，《左氏》疏矣。夫人与公，一体也。有曰公曰夫人，既葬，公以谥配公，夫人以谥配氏，此其不易之例也。盖有既葬称

谥,而不称夫人者矣。天王使宰咺来归惠公仲子之赗,秦人来归僖公成风之襚,而未有不称谥而称夫人也。《公羊》之说,又非人情,无以信于后世。以齐、楚之强,齐能胁鲁,使以其媵女为夫人,而楚乃肯安然使其女降为妾哉? 此甚可怪也。且夫成风之为夫人,非正也。《春秋》以为非正而不可以废焉,故与之不足之文而已矣。方其存也,不可以不称夫人而去其氏;及其没也,不可以不称谥而去其夫人,皆所以示不足于成风也。况乎禘周公而"用致"焉,则其罪固已不容于贬矣。故《公羊》曰:"用者,不宜用者也;致者,不宜致者也。禘用致夫人,非礼也。"卷三

论闰月不告朔犹朝于庙 文六年

《春秋》之文同,其所以为文异者,君子观其意之所在而已矣。先儒之论"闰月不告朔"者,牵乎"犹朝于庙"之说,而莫能以自解也。《春秋》之所以书"犹"者二:曰如此而"犹"如此者,甚之之词也;"辛巳,有事于太庙,仲遂卒于垂。壬午,犹绎"是也。曰不如此而"犹"如此者,幸之之词也;"不郊,犹三望""闰月不告朔,犹朝于庙"是也。

夫子伤周道之残缺,而礼乐文章之坏也,故区区焉掇拾其遗亡,以为其全不可得而见矣,得见一二斯可矣。故书曰"犹朝于庙"者,伤其不告朔而幸其犹朝于庙也。夫子之时,告朔之礼亡矣,而有饩羊者存焉。夫子犹不忍去,以志周公之典,则其朝于庙者,乃不如饩羊之足存欤!《公羊传》曰:"曷为不言告朔? 天无是月也。"《穀梁传》曰:"闰月者,附月之余日也。天子不以告朔,而丧事不数也。"而皆曰"犹者,可以已也",是以其幸之之词而为甚

之之词，宜其为此异端之说也。且夫天子诸侯之所为告朔听政者，以为天欤？为民欤？天无是月而民无是月欤？彼其孝子之心，不欲因闰月以废丧纪，而人君乃欲假此以废政事欤？

夫周礼乐之衰，岂一日之故！有人焉开其端而莫之禁，故其渐遂至于扫地而不可救。《文·十六年》："夏六月，公四不视朔。"《公羊传》曰："公有疾也。何言乎公有疾不视朔？自是公无疾不视朔也。"故夫有疾而不视朔者，无疾而不视朔之原也；闰月而不告朔者，常月而不告朔之端也。圣人忧焉，故谨而书之，所以记礼之所由废也。《左氏传》曰："闰以正时，时以作事，事以厚生，生民之道于是乎在。不告闰朔，弃时政也，何以为民？"而杜预以为"虽朝于庙，则如勿朝"，以释经之所书"犹"之意，是亦曲而不通矣。

卷三

论用郊 　成十七年

先儒之论，或曰鲁郊，僭也；《春秋》讥焉，非也。鲁郊僭也，而《春秋》之所讥者，当其罪也。赐鲁以天子之礼乐者，成王也；受天子之礼乐者，伯禽也。《春秋》之讥鲁郊也，上则讥成王，次则讥伯禽。成王、伯禽不见于《春秋》，而夫子无所致其讥也。无所致其讥而不讥焉，《春秋》之所以求信于天下也。夫以鲁而僭天子之郊，其罪恶如此之著也。夫子以为无所致其讥而不讥焉，则其讥之者，固天下之所用而信之也。

郊之书于《春秋》者，其类有三：书卜郊不从乃免牲者，讥卜常祀而不讥郊也；鼷鼠食郊牛角，郊牛之口伤改卜牛者，讥养牲之不谨而不讥郊也；书四月、五月、九月郊者，讥郊之不时而不讥郊也。

非卜常祀、非养牲之不谨、非郊之不时则不书,不书,则不讥也。禘于太庙者,为致夫人而书也。有事于太庙者,为仲遂卒而书也。《春秋》之书郊者,犹此而已。故曰:不讥郊也。

郊祀者,先王之大典,而夫子不得见之于周也。故因鲁之所有天子之礼乐,而记郊之变焉耳。《成·十七年》:"九月,辛丑用郊。"《公羊传》曰:"用者,不宜用者也,九月非所用郊也。"《穀梁传》曰:"夏之始犹可以承春,以秋之末承春之始,盖不可矣。"且夫郊未有至九月者也。曰"用"者,著其不时之甚也。杜预以为"用郊从史文",或说"用然后郊"者,皆无取焉。　卷三

论会于澶渊宋灾故　襄三十年

春秋之时,忠信之道缺,大国无厌而小国屡叛,朝战而夕盟,朝盟而夕会,夫子盖厌之矣。观周之盛时,大宗伯所制朝觐、会同之礼,各有远近之差,远不至于疏而相忘,近不至于数而相渎。春秋之际,何其乱也!故曰:春秋之盟,无信盟也;春秋之会,无义会也。虽然,纷纷者,天下皆是也。夫子将讥之,而以为不可以胜讥之也,故择其甚者而讥焉。桓二年会于稷,以成宋乱。襄三十年会于澶渊,宋灾故。皆以深讥而切责之也。

《春秋》之书会多矣,书其所会而不书其所以会;书其所以会,桓之稷、襄之澶渊而已矣。宋督之乱,诸侯将讨之,桓公平之,不义孰甚焉!宋之灾,诸侯之大夫会,以谋归其财,既而无归,不信孰甚焉!非不义不信之甚,《春秋》之讥不至于此也。《左氏》之论,得其正矣。皆诸侯之大夫,而书曰某人某人会于澶渊,宋灾故,尤之也;不书鲁大夫,讳之也。

　　且夫见邻国之灾，匍匐而救之者，仁人君子之心也。既言而忘之，既约而背之，委巷小人之事也。故书其始之为君子仁人之心，而后可以见后之为委巷小人之事。《春秋》之意，盖明白如此。而《公羊传》曰："会未有言其所为者，此言其所为何？录伯姬也。"且《春秋》为女子之不得其所而死，区区焉为人之死录之，是何夫子之志不广也！《穀梁》曰："不言灾故，则无以见其为善。澶渊之会，中国不侵夷狄，夷狄不入中国，无侵伐八年，善之也，晋赵武、楚屈建之力也。"如《穀梁》之说，宋之盟可谓善矣，其不曰息兵故，何也？呜呼！《左氏》得其正矣。卷三

论黑肱以滥来奔　昭三十一年

　　诸侯之义，守先君之封土，而不敢有失也，守天子之疆界，而不敢有过也。故夫以力而相夺，以兵而相侵者，《春秋》之所谓暴君也。侵之虽不以兵，夺之虽不以力，而得之不义者，《春秋》之所谓污君也。郑伯以璧假许田，晋侯使韩穿来言汶阳之田归之于齐，此诸侯之以不义而取鲁田者也。邾庶其以漆闾丘来奔，莒牟夷以防兹来奔，黑肱以滥来奔，此鲁之以不义而取诸侯之田者也。诸侯以不义而取鲁田，鲁以不义而取诸侯之田，皆不容于《春秋》者也。

　　夫子之于庶其、牟夷、黑肱也责之薄，而于鲁也罪之深。彼其窃邑叛君为穿窬之事，市人屠沽且羞言之，而安足以重辱君子之讥哉！夫鲁，周公之后，守天子之东藩，招聚小国叛亡之臣，与之为盗窃之事，孔子悲伤而悼痛之，故于三叛之人，具文直书而无隐讳之词，盖其罪鲁之深也。先儒之说，区区于叛人之过恶，其论固已狭矣。且夫《春秋》岂为穿窬窃盗之人而作哉？使天下之诸侯，皆莫

肯容夫如此之人,而穿窬盗窃之事,将不禁而自绝,此《春秋》之所以用意于其本也。《左氏》曰:"或求名而不得,或欲盖而名彰。书齐豹盗三叛人名。"而《公羊》之说,最为疏谬,以为叔术之后而通滥于天下,故不系黑肱于邾。呜呼! 谁谓孔子而贤叔术耶? 盖尝论之。黑肱之不系邾也,意其若栾盈之不系于晋欤? 栾盈既奔齐,而还入曲沃以叛,故书曰"栾盈入于晋"。黑肱或者既绝于邾,而归窃其邑以叛欤? 当时之简牍既亡,其详不可得而闻矣。然以类而求之,或亦然欤?《穀梁》曰:"不言邾,别乎邾也;不言滥子,非天子之所封也。"此尤迂阔而不可用矣。 卷三

论春秋变周之文 何休解

三家之传,迂诞奇怪之说,《公羊》为多,而何休又从而附成之。后之言《春秋》者,黜周王鲁之学与夫谶纬之书者,皆祖《公羊》。《公羊》无明文,何休因其近似而附成之。愚以为何休,《公羊》之罪人也。凡所谓《春秋》变周之文从商之质者,皆出于何氏,愚未尝观焉。"滕侯、薛侯来朝""齐侯使其弟年来聘",何休曰:"质家亲亲。故先滕侯而加录齐侯之母弟。"且夫亲亲者,周道也。先宗盟而后异姓者,周制也。"郑忽出奔卫",《公羊传》曰:"忽何以名? 春秋伯、子、男一也,词无所贬。"何休曰:"商爵三等,春秋变周五等之爵而从焉。"《记》曰:"诸侯失地名。"而文十二年"郕伯来奔",《公羊》亦曰:"何以不名? 兄弟词也。"忽之出奔,其为失国,岂不甚明,而《春秋》独无贬焉。虽然,《公羊》何为而为此说也?《春秋》未逾年之君皆称子,而忽独不然,此《公羊》之所以为此说也。且《春秋》之书,夫岂一概? 卫宣未葬,而嗣子称侯以出

会,书曰"及宋公卫侯燕人战"。郑忽外之无援,内之无党,一夫作难,奔走无告,郑人贱之,故赴以名,书曰"郑忽出奔卫"。卫侯未逾年之君也,郑忽亦未逾年之君也,因其自侯而侯之,因其自名而名之,皆所以变常而示讥也。且夫以例而求《春秋》者,乃愚儒之事也。孔子行夏之时,乘殷之辂,服周之冕,又曰:"郁郁乎文哉!吾从周。"由此观之,夫子皆有取于三代,而周居多焉。况乎采周公之集以作《春秋》,而曰变周之文者,吾不信也。 卷三

宋襄公论

鲁僖公二十二年"冬十一月,己巳朔,宋公及楚人战于泓,宋师败绩。"苏子曰:《春秋》书战,未有若此之严而尽也。宋公,天子之上公;宋,先代之后,于周为客。天子有事膰焉,有丧拜焉,非列国诸侯之所敢敌也,而曰"及楚人战于泓"。楚,夷狄之国;人,微者之称。以天子之上公,而当夷狄之微者,至于败绩,宋公之罪,盖可见矣。而《公羊传》以为文王之战不过此,学者疑焉,故不可以不辩。

宋襄公非独行仁义而不终者也,以不仁之资,盗仁者之名尔。齐宣有牵牛而过堂下者,曰:"牛何之?"曰:"将以衅钟。"王曰:"舍之,吾不忍其觳觫,若无罪而就死地。"夫舍一牛,于德未有所损益者,而孟子与之以王。所谓以不忍人之心,行不忍人之政,三代之所共也,而宋襄公执鄫子用于次睢之社。君子杀一牛犹不忍,而宋公戕一国君若犬豕然,此而忍为之,天下孰有不忍者耶? 泓之役,身败国衄,乃欲以不重伤、不禽二毛欺诸侯。人能绖其兄之臂以取食,而能忍饥于壶餐者,天下知其不情也。襄公能忍于鄫子,而不

忍于重伤二毛,此岂可谓其情也哉?桓、文之师,存亡继绝,犹不齿于仲尼之门,况用人于夷鬼以求霸,而谓王者之师,可乎?使鄫子有罪而讨之,虽声于诸侯而戮于社,天下不以为过。若以喜怒兴师,则秦穆公获晋侯,且犹释之,而况敢用诸淫昏之鬼乎?以愚观之,宋襄公,王莽之流。襄公以诸侯为可以名得,王莽以天下为可以文取也。其得丧小大不同,其不能欺天下则同也。其不鼓不成列,不能损襄公之虐;其抱孺子而泣,不能盖王莽之篡。使莽无成,则宋襄公。使襄公之得志,亦一莽也。

古人有言:"图王不成,其弊犹足以霸。"襄公行王者之师,犹足以当桓公之师,一战之余,救死扶伤不暇。此独妄庸耳。齐桓、晋文得管仲、子犯而兴,襄公有一子鱼不能用,岂可同日而语哉!自古失道之君,如是者多矣,死而论定,未有如宋襄公之欺于后世者也。 卷三

秦始皇帝论

昔者生民之初,不知所以养生之具,击搏挽裂,与禽兽争一旦之命,惴惴焉朝不谋夕,忧死之不给,是故巧诈不生,而民无知。然圣人恶其无别,而忧其无以生也,是以作为器用,耒耜、弓矢、舟车、网罟之类,莫不备至,使民乐生便利,役御万物而适其情,而民始有以极其口腹耳目之欲。器利用便而巧诈生,求得欲从而心志广,圣人又忧其桀猾变诈而难治也,是故制礼以反其初。礼者,所以反本复始也。圣人非不知箕踞而坐,不揖而食,便于人情而适于四体之安也。将必使之习为迂阔难行之节,宽衣博带,佩玉履舄,所以回翔容与而不可以驰骤。上自朝廷,而下至于民,其所以视听其耳目

者,莫不近于迂阔。其衣以黼黻文章,其食以笾豆簠簋,其耕以井田,其进取选举以学校,其治民以诸侯。嫁娶死丧莫不有法,严之以鬼神,而重之以四时,所以使民自尊而不轻为奸。故曰:礼之近于人情者,非其至也。周公、孔子所以区区于升降揖让之间,丁宁反覆而不敢失坠者,世俗之所谓迂阔,而不知夫圣人之权固在于此也。自五帝、三代,相承而不敢破。

至秦有天下,始皇帝以诈力而并诸侯,自以为智术之有余,而禹、汤、文、武之不知出此也。于是废诸侯、破井田,凡所以治天下者,一切出于便利,而不耻于无礼,决坏圣人之藩墙,而以利器明示天下。故自秦以来,天下惟知所以求生避死之具,而以礼者为无用赘疣之物。何者? 其意以为生之无事乎礼也。苟生之无事乎礼,则凡可以得生者,无所不为矣。呜呼! 此秦之祸,所以至今而未息欤?

昔者始有书契,以科斗为文,而其后始有规矩摹画之迹,盖今所谓大小篆者,至秦而更以隶。其后日以变革,贵于速成而从其易。又创为纸,以易简策。是以天下簿书符檄,繁多委压,而吏不能究,奸人有以措其手足。如使今世而尚用古之篆书简策,则虽欲繁多,其势无由。由此观之,则凡所以便利天下者,是开诈伪之端也。嗟乎! 秦既不可及矣,苟后之君子欲治天下,而惟便利之求,则是引民而日趋于诈也。悲夫! 卷三

文集卷一百

汉高帝论

有进说于君者，因其君之资而为之说，则用力寡矣。人唯好善而求名，是故仁义可以诱而进，不义可以劫而退。

若汉高帝，起于草莽之中，徒手奋呼而得天下，彼知天下之利害与兵之胜负而已，安知所谓仁义者哉？观其天资，固亦有合于仁义者，而不喜仁义之说，此如小人终日为不义，而至以不义说之，则亦怫然而怒。故当时之善说者，未尝敢言仁义与三代礼乐之教，亦惟曰如此而为利，如此而为害，如此而可，如此而不可，然后高帝择其利与可者而从之，盖亦未尝迟疑。

天下既平，以爱故欲易太子，大臣叔孙通、周昌之徒力争之，不能得，用留侯计仅得之。盖读其书至此，未尝不太息，以为高帝最易晓者，苟有以当其心，彼无所不从；盍亦告之以吕后、太子从帝起于布衣以至于定天下，天下望以为君，虽不肖，而大臣心欲之，如百岁后，谁肯北面事戚姬子乎？所谓爱之者，只以祸之。嗟夫！无有以奚齐、卓子之所以死为高帝言者欤？叔孙通之徒，不足以知天下之大计，独有废嫡立庶之说，而欲持此以却之，此固高帝之所轻为也。人固有所不平，使如意为天子，惠帝为臣，绛、灌之徒，圜视而起，如意安得而有之？孰与其全安而不失为王之利也？如意之为王，而不免于死，则亦高帝之过矣。不少抑远之，以泄吕后不平之气，而又厚封焉，其为计不已疏乎？或曰：吕后强悍，高帝恐其为变，故欲立赵王。此又不然。自高帝之时而言之，计吕后之年，当死于惠帝之手。吕后虽悍，亦不忍夺之其子以与侄。惠帝既死，而吕后始有邪谋，此出于无聊耳，而高帝安得逆知之！

且夫事君者，不能使其心知其所以然而乐从吾说，而欲以势夺之，亦已危矣。如留侯之计，高帝顾戚姬，悲歌而不忍，特以其势不得不从，是以犹欲区区为赵王计，使周昌相之，此其心犹未悟，以为一强项之周昌，足以抗吕氏而捍赵王，不知周昌激其怒而速之死耳。古之善原人情而深识天下之势者，无如高帝，然至此而惑，亦无有以告之者。悲夫！　卷三

魏武帝论

世之所谓智者，知天下之利害，而审乎计之得失，如斯而已矣。此其为知，犹有所穷。唯见天下之利而为之，唯其害而不为，则是有时而穷焉，亦不能尽天下之利。古之所谓大知者，知天下利害得失之计，而权之以人。是故有所犯天下之至危，而卒以成大功者，此以其人权之。轻敌者败，重敌者无成功，何者？天下未尝有百全之利也。举事而待其百全，则必有所格。是故知吾之所以胜人，而人不知其所以胜我者，天下莫能敌之。昔者晋荀息知虞公必不能用宫之奇，齐鲍叔知鲁君必不能用施伯，薛公知黥布必不出于上策，此三者，皆危道也，而直犯之，彼不知用其所长，又不知出吾之所忌，是故可以冒害而就利。

自三代之亡，天下以诈力相并，其道术政教无以相过，而能者得之。当汉氏之衰，豪杰并起而图天下，二袁、董、吕，争为强暴，而

孙权、刘备，又已区区于一隅，其用兵制胜，固不足以敌曹氏，然天下终于分裂，讫魏之世而不能一。盖尝试论之。魏武长于料事，而不长于料人。是故有所重发而丧其功，有所轻为而至于败。刘备有盖世之才，而无应卒之机。方其新破刘璋，蜀人未附，一日而四五惊，斩之不能禁。释此时不取，而其后遂至于不敢加兵者终其身。孙权勇而有谋，此不可以声势恐喝取也。魏武不用中原之长，而与之争于舟楫之间，一日一夜行三百里以争利。犯此二败以攻孙权，是以丧师于赤壁，以成吴之强。且夫刘备可以急取，而不可以缓图；方其危疑之间，卷甲而趋之，虽兵法之所忌，可以得志。孙权者，可以计取，而不可以势破也，而欲以荆州新附之卒，乘胜而取之。彼非不知其难，特欲侥幸于权之不敢抗也。此用之于新造之蜀，乃可以逞。故夫魏武重发于刘备而丧其功，轻为于孙权而至于败。此不亦长于料事而不长于料人之过欤？嗟夫！事之利害，计之得失，天下之能者举知之；知之而不能权之以人，则亦纷纷焉或胜或负，争为雄强，而未见其能一也。卷三

伊尹论

办天下之大事者，有天下之大节者也。立天下之大节者，狭天下者也。夫以天下之大而不足以动其心，则天下之大节有不足立，而大事有不足办者矣。今夫匹夫匹妇皆知洁廉忠信之为美也，使其果洁廉而忠信，则其智虑未始不如王公大人之能也，惟其所争者止于箪食豆羹，而箪食豆羹足以动其心，则宜其智虑之不出乎此也。箪食豆羹，非其道不取，则一乡之人莫敢以不正犯之矣。一乡之人莫敢以不正犯之，而不能办一乡之事者，未之有也。推此而

上，其不取者愈大，则其所办者愈远矣。让天下与让箪食豆羹，无以异也；治天下与治一乡，亦无以异也。然而不能者，有所蔽也。天下之富，是箪食豆羹之积也；天下之大，是一乡之推也。非千金之子，不能运千金之资。贩夫贩妇得一金而不知其所措，非智不若，所居之卑也。

　　孟子曰："伊尹耕于有莘之野，非其道也，非其义也，虽禄之天下，弗受也。"夫天下不能动其心，是故其才全。以其全才而制天下，是故临大事而不乱。古之君子，必有高世之行，非苟求为异而已。卿相之位，千金之富，有所不屑，将以自广其心，使穷达利害不能为之芥蒂，以全其才，而欲有所为耳。后之君子，盖亦尝有其志矣，得失乱其中，而荣辱夺其外，是以役役至于老死而不暇，亦足悲矣！孔子叙《书》至于舜、禹、皋陶相让之际，盖未尝不太息也。夫以朝廷之尊，而行匹夫之让，孔子安取哉？取其不汲汲于富贵，有以大服天下之心焉耳。夫太甲之废，天下未尝有是，而伊尹始行之，天下不以为惊；以臣放君，天下不以为僭；既放而复立，太甲不以为专。何则？其素所不屑者，足以取信天下也。彼其视天下眇然不足以动其心，而岂忍以废放其君求利也哉？后之君子，蹈常而习故，惴惴焉惧不免于天下，一为希阔之行，则天下群起而诮之。不知求其素，而以为古今之变，时有所不可者，亦已过矣夫。卷三

周公论

　　论周公者多异说，何也？周公居礼之变，而处圣人之不幸，宜乎说者之异也。凡周公之所为，亦不得已而已矣。若得已而不已，则周公安得而为之？成王幼，不能为政，周公执其权，以王命赏罚

天下,是周公不得已者,如此而已。

今儒者曰:周公践天子之位,称王而朝诸侯,则是岂不可以已耶?《书》曰:"周公位冢宰,正百工。群叔流言。"又曰:"召公为保,周公为师,相成王,为左右,召公不说。"又曰"周公曰""王若曰",则是周公未尝践天子之位而称王也。周公称王,则成王宜何称,将亦称王耶?将不称耶?不称,则是废也;称王,则是二王也。而周公将何以安之?孔子曰:"必也正名乎!"儒者之患,患在于名实之不正。故亦有以文王为称王者,是以圣人为后世之僭君急于为王者也。天下虽乱,有王者在,而己自王,虽圣人不能以服天下。昔高帝击灭项籍,统一四海,诸侯大臣,相率而帝之,然且辞以不德。惟陈胜、吴广,乃嚣嚣乎急于自王。而谓文王亦为之耶?武王伐商,师渡孟津,会于牧野,其所以称先君之命命于诸侯者,盖犹曰"文考"而已。至于《武成》,既以柴望告天,百工奔走,受命于周,而后其称曰"我文考文王,克成厥勋"。由此观之,则是武王不敢一日妄尊其先君,而况于文王之自王乎?《诗》曰:"虞芮质厥成,文王蹶厥生。"是亦追称而已。《史记》曰:"姬乎采芑,归乎田成子。"夫田常之时,安知其为成子而称之!故凡以文王、周公为称王者,皆过也,是资后世之篡君而为之藉也。陈贾问于孟子曰:"周公使管叔监商,管叔以商叛。知而使之,是不仁;不知,是不智。"孟子曰:"周公,弟也。管叔,兄也。周公之过,不亦宜乎!"从孟子之说,则是周公未免于有过也。夫管、蔡之叛,非逆也,是其智不足以深知周公而已矣。周公之诛,非疾之也,其势不得不诛也。故管、蔡非所谓大恶也。兄弟之亲,而非有大恶,则其道不得不封。管、蔡之封,武王之世也;武王之世,未知有周公、成王之事。苟无周公、成王之事,则管、蔡何从而叛?周公何从而诛之?故曰:"周公

居礼之变，而处圣人之不幸也。"卷三

管仲论

　　尝读《周官》《司马法》，得军旅什伍之数。其后读管夷吾书，又得管子所以变周之制。盖王者之兵，出于不得已，而非以求胜敌也，故其为法，要以不可败而已。至于桓、文，非决胜无以定霸，故其法在必胜。繁而曲者，所以为不可败也；简而直者，所以为必胜也。周之制，万二千五百人而为军。万之有二千，二千之有五百，其数奇而不齐，唯其奇而不齐，是以知其所以为繁且曲也。今夫天度三百六十，均之十二辰，辰得三十者，此其正也；五日四分之一者，此其奇也。使天度而无奇，则千载之日，虽妇人孺子，皆可以坐而计。唯其奇而不齐，是故巧历有所不能尽也。圣人知其然，故为之章、会、统、元，以尽其数，以极其变。《司马法》曰："五人为伍，五伍为队，万二千五百人而为军二百五十，十取三焉而为奇，其余七以为正。四奇四正，而八阵生焉。"夫以万二千五百人而均之八阵之中，宜其有奇而不齐者。是以多为之曲折，以尽其数，以极其变，钩联蟠踞，各有条理。故三代之兴，治其兵农军赋，皆数十百年而后得志于天下。自周之亡，秦、汉阵法不复三代。其后，诸葛孔明独识其遗制，以为可用以取天下，然相持数岁，魏人不敢决战，而孔明亦卒无尺寸之功。岂八阵者，先王所以为不可败，而非以逐利争胜者耶！

　　若夫管仲之制其兵，可谓截然而易晓矣。三分其国，以为三军。五人为轨，轨有长。十轨为里，里有司。四里为连，连有长。十连为乡，乡有乡良人。三乡一帅。万人而为一军。公将其一，高子、国子将其二。三军三万人。如贯绳,如画棋局,疏畅洞达,虽有智者,无所施其巧。故其法令简一,而民有余力以致其死。昔者读《左氏春秋》,以为丘明最好兵法。盖三代之制,至于列国犹有存者,以区区之郑,而鱼丽、鹅鹳之阵,见于其书。及至管仲相桓公,南伐楚,北伐孤竹,九合诸侯,威震天下,而其军垒阵法,不少概见者,何哉? 盖管仲欲以岁月服天下,故变古司马法而为是简略速胜之兵,是以莫得而见其法也。其后吴、晋争长于黄池,王孙雒教夫差以三万人压晋垒而阵,百人为行,百行为阵,阵皆彻行,无有隐蔽。援枹而鼓之,勇怯尽应,三军皆哗,晋师大骇,卒以得志。由此观之,不简而直,不可以决胜。深惟后世不达繁简之宜,以取败亡,而三代什伍之数,与管子所以治齐之兵者,虽不可尽用,而其近于繁而曲者以之固守,近于简而直者以之决战,则庶乎其不可败而有所必胜矣。 卷三

士燮论

料敌势强弱,而知师之胜负,此将帅之能也。不求一时之功,爱君以德,而全其宗嗣,此社稷之臣也。鄢陵之役,楚晨压晋师而陈。诸将请从之,范文子独不欲战。晋卒败楚,楚子伤目,子反殒命。范文子疑若懦而无谋者矣。然不及一年,三郤诛,厉公弑,胥童死,栾书、中行偃几不免于祸。晋国大乱,鄢陵之功,实使之然也。

有非常之人,然后有非常之功。非常之功,圣人所甚惧也。夜光之珠,明月之璧,无因而至前,匹夫犹或按剑,而况非常之功乎! 故圣人必自反曰:此天之所以厚于我乎? 抑天之祸余也? 故

虽有大功,而不忘戒惧。中常之主,锐于立事,忽于天成,日寻干戈而残民以逞。天欲全之,则必折其萌芽,挫其锋芒,使其知所悔。天欲亡之,以美利诱之以得志,使之有功以骄士,玩于寇仇,而侮其民人。至于亡国杀身而不悟者,天绝之也。呜呼! 小民之家,一朝而获千金,非有大福,必有大咎。何则? 彼之所获者,终日勤劳,不过数金耳。所得者微,故所用者狭。无故而得千金,岂不骄其志而丧其所守哉!

由是言之,有天下者,得之艰难,则失之不易;得之既易,则失之亦然。汉高皇帝之得天下,亲冒矢石,与秦、楚争,转战五年,未尝得志。既定天下,复有平城之围。故终其身不事远略,民亦不劳。继之文、景不言兵。唐太宗举晋阳之师,破窦建德,虏王世充,所过者下,易于破竹。然天下始定,外攘四夷,伐高昌,破突厥,终其身师旅不解,几至于乱者,以其亲见取天下之易也。故兵之胜负,不足以为国之强弱,而足以为治乱之兆。盖有战胜而亡,有败而兴者矣。会稽之栖,而勾践以霸;黄池之会,而夫差以亡。有以使之也夫! 昔虢公败戎于桑田,晋卜偃知其必亡,曰:“是天夺之鉴而益其疾也。”晋果灭虢。此范文子所以不得不谏。谏而不纳,而又有功,敢逃其死哉! 使其不死,则厉公逞志,必先图于范氏,赵盾之事可见矣。赵盾虽免于死,而不免于恶名,则范文子之智,过于赵宣子也远矣。卷三

孙武论上

古之善言兵者,无出于孙子矣。利害之相权,奇正之相生,战守攻围之法,盖以百数,虽欲加之而不知所以加之矣。然其所

短者,智有余而未知其所以用智,此岂非其所大阙欤？夫兵无常形,而逆为之形;胜无常处,而多为之地。是以其说屡变而不同,纵横委曲,期于避害而就利,杂然举之,而听用者之自择也。是故不难于用,而难于择。择之为难者,何也？锐于西而忘于东,见其利而不见其所穷,得其一说而不知其又有一说也。此岂非用智之难欤？

夫智,本非所以教人,以智而教人者,是君子之急于有功也。变诈泪其外,而无守于其中,则是五尺童子皆欲为之。使人勇而不自知,贪而不顾,以陷于难,则有之矣。深山大泽,有天地之宝,无意于宝者得之。操舟于河,舟之逆顺,与水之曲折,忘于水者见之。是故惟天下之至廉为能贪,惟天下之至静为能勇,惟天下之至信为能诈。何者？不役于利也。夫不役于利,则其见之也明。见之也明,则其发之也果。古之善用兵者,见其害而后见其利,见其败而后见其成。其心闲而无事,是以若此明也。不然,兵未交而先志于得,则将临事而惑,虽有大利,尚安得而见之？若夫圣人则不然。居天下于贪,而自居于廉,故天下之贪者,皆可得而用;居天下于勇,而自居于静,故天下之勇者,皆可得而役;居天下于诈,而自居于信,故天下之诈者皆可得而使。天下之人欲有功于此,而即以此自居,则功不可得而成。是故君子居晦以御明,则明者毕见;居阴以御阳,则阳者毕赴。夫然后孙子之智,可得而用也。

《易》曰:"介于石,不终日。贞吉。"君子方其未发也,介然如石之坚,若将终身焉者;及其发也,不终日而作。故曰:不役于利,则其见之也明;见之也明,则其发之也果。今夫世俗之论则不然,曰:兵者,诡道也。非贪无以取,非勇无以得,非诈无以成,廉静而信者,无用于兵者也。嗟夫! 世俗之说行,则天下纷纷乎如鸟兽之

相搏，婴儿之相击，强者伤，弱者废，而天下之乱何从而已乎！　卷三

孙武论下

夫武，战国之将也，知为吴虑而已矣。是故以将用之则可，以君用之则不可。今其书十三篇，小至部曲营垒刍粮器械之间，而大不过于攻城拔国用间之际，盖亦尽于此矣。天子之兵，天下之势，武未及也。其书曰："将能而君不御者胜。"为君而言者，有此而已。

窃以为天子之兵，莫大于御将。天下之势，莫大于使天下乐战而不好战。夫天下之患，不在于寇贼，亦不在于敌国，患在于将帅之不力，而以寇贼敌国之势内邀其君。是故将帅多而敌国愈强，兵加而寇贼愈坚。敌国愈强而寇贼愈坚，则将帅之权愈重；将帅之权愈重，则爵赏不得不加。夫如此，则是盗贼为君之患，而将帅利之；敌国为君之仇，而将帅幸之。举百倍之势，而立毫芒之功，以藉其口，而邀利于其上。如此而天下不亡者，特有所待耳。

昔唐之乱，始于明皇，自肃宗复两京，而不能乘胜并力尽取河北之盗。德宗收洺博，几定魏地，而不能斩田悦于孤穷之中。至于宪宗，天下略平矣，而其余孽之存者，终不能尽去。夫唐之所以屡兴而终莫之振者，何者？将帅之臣，养寇以自封也。故曰：天子之兵，莫大于御将。御将之术，开之以其所利，而授之以其所忌。如良医之用药，乌喙蝮蝎，皆得自效于前，而不敢肆其毒。何者？授之以其所畏也。宪宗将讨刘辟，以为非高崇文则莫可用，而刘澭者，崇文之所忌也，故告之曰："辟之不克，将澭实汝代。"是以崇文决战，不旋踵擒辟。此天子御将之法也。

夫使天下乐战而不好战者，何也？天下不乐战，则不可与从

事于危；好战，则不可与从事于安。昔秦人之法，使吏士自为战，战胜而利归于民，所得于敌者，即以有之。使民之所以养生送死者，非杀敌无由取也。故其民以好战并天下，而亦以亡。夫始皇虽已堕名城，杀豪杰，销锋镝，而民之好战之心，嚣然其未已也，是故不可与休息而至于亡。若夫王者之兵，要在于使之知爱其上而仇其敌，使之知其上之所以驱之于战者，凡皆以为我也。是以乐其战而甘其死。至于其战也，务胜敌而不务得财；其赏也，发公室而行之于庙。使其利不在于杀人，是故其民不志于好战。夫然后可以作之于安居之中，而休之于争夺之际。可与安，可与危，而不可与乱。此天下之势也。卷三

子思论

　　昔者夫子之文章，非有意于为文，是以未尝立论也。所可得而言者，唯其归于至当，斯以为圣人而已矣。夫子之道，可由而不可知，可言而不可议。此其不争为区区之论，以开是非之端，是以独得不废，以与天下后世为仁义礼乐之主。夫子既没，诸子之欲为书以传于后世者，其意皆存乎为文，汲汲乎惟恐其泯没而莫吾知也，是故皆喜立论，论立而争起。自孟子之后，至于荀卿、扬雄，皆务为相攻之说，其余不足数者，纷纭于天下。嗟夫！夫子之道，不幸而有老聃、庄周、杨朱、墨翟、田骈、慎到、申不害、韩非之徒，各持其私说以攻乎其外，天下方将惑之，而未知其所适从；奈何其弟子门人，又内自相攻而不决。千载之后，学者愈众，而夫子之道益晦而不明者，由此之故欤？昔三子之争，起于孟子。孟子曰："人之性善。"是以荀子曰："人之性恶。"而扬子又曰："人之性，善恶混。"

孟子既已据其善,是故荀子不得不出于恶。人之性有善恶而已,二子既已据之,是以扬子亦不得不出于善恶混也。为论不求其精,而务以为异于人,则纷纷之说,未可以知其所止。

且夫夫子未尝言性也,盖亦尝言之矣,而未有必然之论也。孟子之所谓性善者,皆出于其师子思之书。子思之书,皆圣人之微言笃论。孟子得之而不善用之,能言其道而不知其所以为言之名,举天下之大,而必之以性善之论,昭昭乎自以为的于天下,使天下之过者,莫不欲援弓而射之。故夫二子之为异论者,皆孟子之过也。若夫子思之论则不然,曰:"夫妇之愚,可以与知焉;及其至也,虽圣人亦有所不知焉。夫妇之不肖,可以能行焉;及其至也,虽圣人亦有所不能焉。"圣人之道,造端乎夫妇之所能行,而极乎圣人之所不能知。造端乎夫妇之所能行,是以天下无不可学;而极乎圣人之所不能知,是以学者不知其所穷。夫如是,则恻隐足以为仁,而仁不止于恻隐;羞恶足以为义,而义不止于羞恶。此不亦孟子之所以为性善之论欤? 子思论圣人之道出于天下之所能行,而孟子论天下之人皆可以行圣人之道。此无以异者。而子思取必于圣人之道,孟子取必于天下之人,故夫后世之异议皆出于孟子。而子思之论,天下同是而莫或非焉,然后知子思之善为论也。卷三

孟子论

昔者仲尼自卫反鲁,网罗三代之旧闻,盖经礼三百,曲礼三千,终年不能究其说。夫子谓子贡曰:"赐,尔以吾为多学而识之者欤? 非也,予一以贯之。"天下苦其难而莫之能用也,不知夫子之有以贯之也。是故尧、舜、禹、汤、文、武、周公之法度礼乐刑政,与

当世之贤人君子百氏之书,百工之技艺,九州之内,四海之外,九夷八蛮之事,荒忽诞谩而不可考者,杂然皆列乎胸中,而有卓然不可乱者,此固有以一之也。是以博学而不乱,深思而不惑,非天下之至精,其孰能与于此?

盖尝求之于六经,至于《诗》与《春秋》之际,而后知圣人之道,始终本末,各有条理。夫王化之本,始于天下之易行。天下固知有父子也,父子不相贼,而足以为孝矣。天下固知有兄弟也,兄弟不相夺,而足以为悌矣。孝悌足而王道备,此固非有深远而难见、勤苦而难行者也。故《诗》之为教也,使人歌舞佚乐,无所不至,要在于不失正焉而已矣。虽然,圣人固有所甚畏也。一失容者,礼之所由废也;一失言者,义之所由亡也。君臣之相攘,上下之相残,天下大乱,未尝不始于此道。是故《春秋》力争于毫厘之间,而深明乎疑似之际,截然其有所必不可为也。不观于《诗》,无以见王道之易;不观于《春秋》,无以知王政之难。

自孔子没,诸子各以所闻著书,而皆不得其源流,故其言无有统要。若孟子,可谓深于《诗》而长于《春秋》者矣。其道始于至粗,而极于至精,充乎天地,放乎四海,而毫厘有所必计。至宽而不可犯,至密而不可察者,此其中必有所守,而后世或未之见也。且孟子尝有言矣:"人能充其无欲害人之心,而仁不可胜用也;人能充其无欲为穿窬之心,而义不可胜用也。士未可以言而言,是以言餂之也;可以言而不言,是以不言餂之也。是皆穿窬之类也。"唯其不为穿窬也,而义至于不可胜用。唯其未可以言而言、可以言而不言也,而其罪遂至于穿窬。故曰:其道始于至粗,而极于至精。充乎天地,放乎四海,而毫厘有所必计。呜呼! 此其所以为孟子欤! 后之观孟子者,无观之他,亦观诸此而已矣。 卷三

文集卷一百一

乐毅论

自知其可以王而王者，三王也；自知其不可以王而霸者，五霸也。或者之论曰："图王不成，其弊犹可以霸。"呜呼！使齐桓、晋文而行汤、武之事，将求亡之不暇，虽欲霸，可得乎？夫王道者，不可以小用也。大用则王，小用则亡。昔者徐偃王、宋襄公尝行仁义矣，然终以亡其身、丧其国者，何哉？其所施者，未足以充其所求也。故夫有可以得天下之道，而无取天下之心，乃可与言王矣。范蠡、留侯，虽非汤、武之佐，然亦可谓刚毅果敢，卓然不惑，而能有所必为者也。观吴王困于姑苏之上，而求哀请命于勾践，勾践欲赦之，彼范蠡者独以为不可，援桴进兵，卒刎其颈。项籍之解而东，高帝亦欲罢兵归国，留侯谏曰："此天亡也，急击勿失。"此二人者，以为区区之仁义，不足以易吾之大计也。嗟夫！乐毅战国之雄，未知大道，而窃尝闻之，则足以亡其身而已矣。论者以为燕惠王不肖，用反间，以骑劫代将，卒走乐生。此其所以无成者，出于不幸，而非用兵之罪。然当时使昭王尚在，反间不得行，乐毅终亦必败。何者？燕之并齐，非秦、楚、三晋之利。今以百万之师攻两城之残寇，而数岁不决，师老于外，此必有乘其虚者矣。诸侯乘之于内，齐击之于外，当此时，虽太公、穰苴不能无败。然乐毅以百倍之众，数岁而不能下两城者，非其智力不足，盖欲以仁义服齐之民，故不忍急攻而至于此也。夫以齐人苦湣王之暴,乐毅苟退而休兵,治其政令,宽其赋役,反其田里,安其老幼,使齐人无复斗志,则田单者独谁与战哉!奈何以百万之师,相持而不决,此固所以使齐人得徐而为之谋也。当战国时,兵相吞者,岂独在我?以燕、齐之众压其城而急攻之,可灭此而后食,其谁曰不可!呜呼!欲王则王,不王则审所处,无使两失焉而为天下笑也。　卷四

荀卿论

尝读《孔子世家》,观其言语文章,循循莫不有规矩,不敢放言高论,言必称先王,然后知圣人忧天下之深也。茫乎不知其畔岸,而非远也;浩乎不知其津涯,而非深也。其所言者,匹夫匹妇之所共知;而所行者,圣人有所不能尽也。呜呼!是亦足矣。使后世有能尽吾说者,虽为圣人无难;而不能者,不失为寡过而已矣。子路之勇,子贡之辩,冉有之智,此三者,皆天下之所谓难能而可贵者也。然三子者,每不为夫子之所悦。颜渊默然不见其所能,若无以异于众人者,而夫子亟称之。且夫学圣人者,岂必其言之云尔哉,亦观其意之所向而已。夫子以为后世必有不能行其说者矣,必有窃其说而为不义者矣。是故其言平易正直,而不敢为非常可喜之论,要在于不可易也。

昔者常怪李斯事荀卿,既而焚灭其书,大变古先圣王之法,于其师之道,不啻若寇仇。及今观荀卿之书,然后知李斯之所以事秦者,皆出于荀卿,而不足怪也。荀卿者,喜为异说而不让,敢为高论而不顾者也。其言愚人之所惊,小人之所喜也。子思、孟轲,世之所谓贤人君子也。荀卿独曰:“乱天下者,子思、孟轲也。”天下

之人如此其众也,仁人义士如此其多也,荀卿独曰:"人性恶。桀、纣,性也;尧、舜,伪也。"由是观之,意其为人,必也刚愎不逊,而自许太过。彼李斯者,又特甚者耳。今夫小人之为不善,犹必有所顾忌,是以夏、商之亡,桀、纣之残暴,而先王之法度、礼乐、刑政,犹未至于绝灭而不可考者,是桀、纣犹有所存而不敢尽废也。彼李斯者,独能奋而不顾,焚烧夫子之六经,烹灭三代之诸侯,破坏周公之井田,此亦必有所恃者矣。彼见其师历诋天下之贤人,自是其愚,以为古先圣王皆无足法者。不知荀卿特以快一时之论,而荀卿亦不知其祸之至于此也。其父杀人报仇,其子必且行劫。荀卿明王道,述礼乐,而李斯以其学乱天下,其高谈异论有以激之也。孔、孟之论,未尝异也,而天下卒无有及者。苟天下果无有及者,则尚安以求异为哉! 卷四

韩非论

圣人之所为恶夫异端尽力而排之者,非异端之能乱天下,而天下之乱所由出也。昔周之衰,有老聃、庄周、列御寇之徒,更为虚无淡泊之言,而治其猖狂浮游之说,纷纭颠倒,而卒归于无有。由其道者,荡然莫得其当,是以忘乎富贵之乐,而齐乎死生之分,此不得志于天下,高世远举之人,所以放心而无忧。虽非圣人之道,而其用意,固亦无恶于天下。

自老聃之死百余年,有商鞅、韩非著书,言治天下无若刑名之贤。及秦用之,终于胜、广之乱。教化不足,而法有余,秦以不祀,而天下被其毒。后世之学者,知申、韩之罪,而不知老聃、庄周之使然。何者? 仁义之道,起于夫妇、父子、兄弟相爱之间;而礼法刑政

之原，出于君臣上下相忌之际。相爱则有所不忍，相忌则有所不敢。夫不敢与不忍之心合，而后圣人之道得存乎其中。今老聃、庄周论君臣、父子之间，泛泛乎若萍浮于江湖而适相值也。夫是以父不足爱，而君不足忌。不忌其君，不爱其父，则仁不足以怀，义不足以劝，礼乐不足以化。此四者皆不足用，而欲置天下于无有。夫无有，岂诚足以治天下哉？商鞅、韩非求为其说而不得，得其所以轻天下而齐万物之术，是以敢为残忍而无疑。今夫不忍杀人而不足以为仁，而仁亦不足以治民，则是杀人不足以为不仁，而不仁亦不足以乱天下。如此，则举天下唯吾之所为，刀锯斧钺，何施而不可！昔者夫子未尝一日敢易其言，虽天下之小物，亦莫不有所畏。今其视天下眇然若不足为者，此其所以轻杀人欤？

太史迁曰："申子卑卑，施于名实。韩子引绳墨，切事情，明是非，其极惨核少恩，皆原于道德之意。"尝读而思之，事固有不相谋而相感者，庄、老之后，其祸为申、韩。由三代之衰至于今，凡所以乱圣人之道者，其弊固已多矣，而未知其所终，奈何其不为之所也！ 卷四

留侯论

古之所谓豪杰之士者，必有过人之节。人情有所不能忍者，匹夫见辱，拔剑而起，挺身而斗，此不足为勇也。天下有大勇者，卒然临之而不惊，无故加之而不怒，此其所挟持者甚大，而其志甚远也。

夫子房受书于圯上之老人也，其事甚怪，然亦安知其非秦之世有隐居子者出而试之？观其所以微见其意者，皆圣贤相与警戒

之义。而世不察，以为鬼物，亦已过矣。且其意不在书。当韩之亡，秦之方盛也，以刀锯鼎镬待天下之士，其平居无罪夷灭者，不可胜数，虽有贲、育，无所复施。夫持法太急者，其锋不可犯，而其势未可乘。子房不忍忿忿之心，以匹夫之力，而逞于一击之间。当此之时，子房之不死者，其间不能容发，盖亦已危矣。千金之子，不死于盗贼。何者？其身之可爱，而盗贼之不足以死也。子房以盖世之才，不为伊尹、太公之谋，而特出于荆轲、聂政之计，以侥幸于不死，此固圯上之老人所为深惜者也。是故倨傲鲜腆而深折之。彼其能有所忍也，然后可以就大事。故曰：孺子可教也。

楚庄王伐郑，郑伯肉袒牵羊以逆。庄王曰："其君能下人，必能信用其民矣。"遂舍之。勾践之困于会稽而归，臣妾于吴者，三年而不倦。且夫有报人之志，而不能下人者，是匹夫之刚也。夫老人者，以为子房才有余，而忧其度量之不足，故深折其少年刚锐之气，使之忍小忿而就大谋。何则？非有平生之素，卒然相遇于草野之间，而命以仆妾之役，油然而不怪者，此固秦皇之所不能惊，而项籍之所不能怒也。观夫高祖之所以胜，而项籍之所以败者，在能忍与不能忍之间而已矣。项籍唯不能忍，是以百战百胜而轻用其锋。高祖忍之，养其全锋而待其弊，此子房教之也。当淮阴破齐而欲自王，高祖发怒，见于词色。由此观之，犹有刚强不忍之气，非子房，其谁全之？太史公疑子房以为魁梧奇伟，而其状貌乃如妇人女子，不称其志气。呜呼，此其所以为子房欤！ 卷四

贾谊论

非才之难，所以自用者实难。惜乎！贾生王者之佐，而不能

自用其才也！夫君子之所取者远，则必有所待；所就者大，则必有所忍。古之贤人，皆有可致之才，而卒不能行其万一者，未必皆其时君之罪，或者其自取也。愚观贾生之论，如其所言，虽三代何以远过？得君如汉文，犹且以不用死。然则是天下无尧、舜，终不可以有所为耶？仲尼圣人，历试于天下，苟非大无道之国，皆欲勉强扶持，庶几一日得行其道。将之荆，先之以子夏，申之以冉有。君子之欲得其君，如此其勤也。孟子去齐，三宿而后出昼，犹曰"王其庶几召我"。君子之不忍弃其君，如此其厚也。公孙丑问曰："夫子何为不豫？"孟子曰："方今天下，舍我其谁哉！而吾何为不豫？"君子之爱其身，如此其至也。夫如此而不用，然后知天下之果不足与有为，而可以无憾矣。若贾生者，非汉文之不用生，生之不能用汉文也。

夫绛侯亲握天子玺而授之文帝，灌婴连兵数十万，以决刘、吕之雄雌，又皆高帝之旧将，此其君臣相得之分，岂特父子骨肉手足哉！贾生，洛阳之少年，欲使其一朝之间尽弃其旧而谋其新，亦已难矣。为贾生者，上得其君，下得其大臣，如绛、灌之属，优游浸渍而深交之，使天子不疑，大臣不忌，然后举天下而唯吾之所欲为，不过十年，可以得志。安有立谈之间，而遽为人痛哭哉？观其过湘，为赋以吊屈原，纡郁愤闷，趯然有远举之志，其后卒以自伤哭泣，至于夭绝。是亦不善处穷者也。夫谋之一不见用，安知终不复用也？不知默默以待其变，而自残至此。呜呼！贾生志大而量小，才有余而识不足也。

古之人有高世之才，必有遗俗之累，是故非聪明睿哲不惑之主，则不能全其用。古今称苻坚得王猛于草茅之中，一朝尽斥去其旧臣，而与之谋。彼其匹夫，略有天下之半，其以此哉？愚深悲贾生之志，故备论之。亦使人君得如贾谊之臣，则知其有狷介之操，一不见用，则忧伤病沮，不能复振；而为贾生者，亦慎其所发哉！

卷四

晁错论

天下之患，最不可为者，名为治平无事，而其实有不测之忧。坐观其变，而不为之所，则恐至于不可救。起而强为之，则天下狃于治平之安，而不吾信。唯仁人君子豪杰之士，为能出身为天下犯大难，以求成大功。此固非勉强期月之间，而苟以求名者之所能也。天下治平，无故而发大难之端，吾发之，吾能收之，然后有以辞于天下。事至而循循焉欲去之，使他人任其责，则天下之祸，必集于我。

昔者晁错尽忠为汉，谋弱山东之诸侯，山东诸侯并起，以诛错为名。而天子不察，以错为说。天下悲错之以忠而受祸，而不知错之有以取之也。古之立大事者，不唯有超世之才，亦必有坚忍不拔之志。昔禹之治水，凿龙门，决大河而放之海。方其功之未成也，盖亦有溃冒冲突可畏之患，唯能前知其当然，事至不惧，而徐为之所，是以得至于成功。夫以七国之强而骤削之，其为变岂足怪哉！错不于此时捐其身，为天下当大难之冲，而制吴、楚之命，乃为自全之计，欲使天子自将，而己居守。且夫发七国之难者谁乎？己欲求其名，安所逃其患？以自将之至危，与居守之至安，己为难首，择其至安，而遗天子以其至危，此忠臣义士所以愤惋而不平者也。当此之时，虽无袁盎，错亦不免于祸。何者？己欲居守，而使人主自将，以情而言，天子固已难之矣，而重违其议，是以袁盎之说，得行于其间。使吴、楚反，错以身任其危，日夜淬砺，东向而待之，使不至于累其君，则天子将恃之以为无恐，虽有百袁盎，可得而间哉？嗟夫！世之君子，欲求非常之功，则无务为自全之计。使错自将而击吴楚，未必无功。唯其欲自固其身，而天子不悦，奸臣得以乘其隙。错之所以自全者，乃其所以自祸欤！ 卷四

霍光论

古之人，惟汉武帝号知人。盖其平生所用文武将帅、郡国边鄙之臣、左右侍从、阴阳律历博学之士，以至钱谷小吏、治刑狱、使绝域者，莫不获尽其才而各当其处。然此犹有所试，其功效著见，天下之所共知而信者。至于霍光，先无尺寸之功，而才气术数，又非有以大过于群臣，而武帝擢之于稠人之中，付以天下后世之事。而霍光又能忘身一心，以辅幼主。处于废立之际，其举措甚闲而不乱。此其故何也？

夫欲有所立于天下，击搏进取以求非常之功者，则必有卓然可见之才，而后可以有望于其成。至于捐社稷、托幼子，此其难者，不在乎才，而在乎节，不在乎节，而在乎气。天下固有能办其事者矣，然才高而位重，则有侥幸之心，以一时之功，而易万世之患。故曰"不在乎才，而在乎节"。古之人有失之者，司马仲达是也。天下亦有忠义之士，可托以死生之间，而不忍负者矣。然狷介廉洁，不为不义，则轻死而无谋；能杀其身，而不能全其国。故曰"不在乎节，而在乎气"。古之人有失之者，晋荀息是也。夫霍光者，才不足而节气有余，此武帝之所为取也。《书》曰："如有一介臣，断断兮无他技。其心休休焉，其如有容。人之有技，若己有之。人之彦

圣,其心好之,不啻若自其口出,是能容之。以保我子孙黎民。"嗟夫!此霍光之谓欤?使霍光而有他技,则其心安能休休焉容天下之才,而乐天下之彦圣,不忌不克,若自己出哉!

才者,争之端也。夫惟圣人在上,驱天下之人各走其职,而争用其所长。苟以人臣之势,而居于廊庙之上,以捍卫幼冲之君,而以其区区之才,与天下争能,则奸臣小人有以乘其隙而夺其权矣。霍光以匹夫之微而操生杀之柄,威盖人主,而贵震于天下。其所以历事三主而终其身天下莫与争者,以其无他技,而武帝亦以此取之欤? 卷四

扬雄论

昔之为性论者多矣,而不能定于一。始孟子以为善,而荀子以为恶,扬子以为善恶混。而韩愈者又取夫三子之说,而折之以孔子之论,离性以为三品,曰:"中人可以上下,而上智与下愚不移。"以为三子者,皆出乎其中,而遗其上下。而天下之所是者,于愈之说为多焉。嗟夫!是未知乎所谓性者,而以夫才者言之。

夫性与才相近而不同,其别不啻若白黑之异也。圣人之所与小人共之,而皆不能逃焉,是真所谓性也。而其才固将有所不同。今夫木,得土而后生,雨露风气之所养,畅然而遂茂者,是木之所同也,性也。而至于坚者为毂,柔者为轮,大者为楹,小者为桷。桷之不可以为楹,轮之不可以为毂,是岂其性之罪耶?天下之言性者,皆杂乎才而言之,是以纷纷而不能一也。孔子所谓中人可以上下,而上智与下愚不移者,是论其才也。而至于言性,则未尝断其善恶,曰"性相近也,习相远也"而已。韩愈之说,则又有甚者,离性

以为情,而合才以为性,是故其论终莫能通。彼以为性者,果泊然而无为耶,则不当复有善恶之说。苟性而有善恶也,则夫所谓情者,乃吾所谓性也。人生而莫不有饥寒之患,牝牡之欲,今告乎人曰:饥而食,渴而饮,男女之欲,不出于人之性也,可乎?是天下知其不可也。圣人无是,无由以为圣。而小人无是,无由以为恶。圣人以其喜怒哀惧爱恶欲七者御之而之乎善,小人以是七者御之而之乎恶。由此观之,则夫善恶者,性之所能之,而非性之所能有也。且夫言性者,安以其善恶为哉!虽然,扬雄之论,则固已近之。曰:"人之性善恶混。修其善则为善人,修其恶则为恶人。"此其所以为异者,唯其不知性之不能以有夫善恶,而以为善恶之皆出乎性也而已。

夫太古之初,本非有善恶之论,唯天下之所同安者,圣人指以为善,而一人之所独乐者,则名以为恶。天下之人,固将即其所乐而行之,孰知夫圣人唯其一人之独乐不能胜天下之所同安,是以有善恶之辨。而诸子之意,将以善恶为圣人之私说,不已疏乎?而韩愈又欲以书传之所闻昔人之事迹,而折夫三子之论,区区乎以后稷之岐嶷,文王之不勤,瞽、鲧、管、蔡之迹而明之!圣人之论性也,将以尽万物之理,与众人之所共知者,以折天下之疑。而韩愈欲以一人之才,定天下之性,且其言曰:"今之言性者,皆杂乎佛、老。"愈之说,以为性之无与乎情,而喜怒哀乐皆非性者,是愈流入于佛、老而不自知也。 卷四

诸葛亮论

取之以仁义,守之以仁义者,周也。取之以诈力,守之以诈力

者，秦也。以秦之所以取取之，以周之所以守守之者，汉也。仁义诈力杂用以取天下者，此孔明之所以失也。

曹操因衰乘危，得逞其奸，孔明耻之，欲信大义于天下。当此时，曹公威震四海，东据许、兖，南牧荆、豫，孔明之恃以胜之者，独以其区区之忠信，有以激天下之心耳。夫天下廉隅节概慷慨死义之士，固非心服曹氏也，特以威劫而强臣之，闻孔明之风，宜其千里之外有响应者。如此则虽无措足之地，而天下固为之用矣。且夫杀一不辜而得天下，有所不为，而后天下忠臣义士乐为之死。刘表之丧，先主在荆州，孔明欲袭杀其孤，先主不忍也。其后刘璋以好逆之至蜀，不数月，扼其吭，拊其背，而夺之国。此其与曹操异者几希矣。曹、刘之不敌，天下之所共知也。言兵不若曹操之多，言地不若曹操之广，言战不若曹操之能，而有以一胜之者，区区之忠信也。孔明迁刘璋，既已失天下义士之望，乃始治兵振旅，为仁义之师，东向长驱，而欲天下响应，盖亦难矣。曹操既死，子丕代立，当此之时，可以计破也。何者？操之临终，召丕而属之植，未尝不以谭、尚为戒也。而丕与植，终于相残如此。此其父子兄弟且为寇仇，而况能以得天下英雄之心哉！此有可间之势，不过捐数十万金，使其大臣骨肉内自相残，然后举兵而伐之。此高祖所以灭项籍也。孔明既不能全其信义，以服天下之心，又不能奋其智谋，以绝曹氏之手足，宜其屡战而屡却哉！故夫敌有可间之势而不间者，汤、武行之为大义，非汤、武而行之为失机。此仁人君子之大患也。吕温以为孔明承桓、灵之后，不可强民以思汉，欲其播告天下之民，且曰"曹氏利汝吾事之，害汝吾诛之"。不知蜀之与魏，果有以大过之乎！苟无以大过之，而又决不能事魏，则天下安肯以空言竦动哉？呜呼！此书生之论，可言而不可用也。 卷四

韩愈论

圣人之道,有趋其名而好之者,有安其实而乐之者。珠玑犀象,天下莫不好。奔走悉力,争斗夺取,其好之不可谓不至也。然不知其所以好之之实。至于粟米蔬肉,桑麻布帛,天下之人内之于口,而知其所以为美;被之于身,而知其所以为安。此非有所役乎其名也。韩愈之于圣人之道,盖亦知好其名矣,而未能乐其实。何者?其为论甚高,其待孔子、孟轲甚尊,而拒杨、墨、佛、老甚严。此其用力,亦不可谓不至也。然其论至于理而不精,支离荡佚,往往自叛其说而不知。

昔者宰我、子贡、有若更称其师,以为生民以来未有如夫子之盛,虽尧、舜之贤,亦所不及。其尊道好学,亦已至矣。然而君子不以为贵,曰:宰我、子贡、有若,智足以知圣人之污而已矣,若夫颜渊,岂亦云尔哉?盖亦曰"夫子循循焉善诱人"。由此观之,圣人之道,果不在于张而大之也。韩愈者,知好其名,而未能乐其实者也。愈之《原人》曰:"天者,日月星辰之主也。地者,山川草木之主也。人者,夷狄禽兽之主也。主而暴之,不得其为主之道矣。是故圣人一视而同仁,笃近而举远。"夫圣人之所为异乎墨者,以其有别焉耳。今愈之言曰"一视而同仁",则是以待人之道待夷狄,待夷狄之道待禽兽也,而可乎?教之使有能,化之使有知,是待人之仁也。不薄其礼而致其情,不责其去而厚其来,是待夷狄之仁也。杀之以时,而用之有节,是待禽兽之仁也。若之何其一之?儒、墨之相戾,不啻若胡越,而其疑似之间,相去不能以发。宜乎愈之以为一也。孔子曰:"泛爱众而亲仁。"仁者之为亲,则是孔子不兼爱也。"祭如在,祭神如神在。"神不可知,而祭者之心,以为如其存焉，则是孔子不明鬼也。儒者之患，患在于论性，以为喜怒哀乐皆出于情，而非性之所有。夫有喜有怒，而后有仁义；有哀有乐，而后有礼乐。以为仁义礼乐皆出于情而非性，则是相率而叛圣人之教也。老子曰：“能婴儿乎？”喜怒哀乐，苟不出乎性而出乎情，则是相率而为老子之婴儿也。儒者或曰《老》《易》，夫《易》，岂老子之徒欤？而儒者至有以老子说《易》，则是离性以为情者，其弊固至此也。嗟夫！君子之为学，知其人之所长而不知其蔽，岂可谓善学耶？卷四

文集卷一百二

思治论

方今天下何病哉？其始不立,其卒不成,惟其不成,是以厌之而愈不立也。凡人之情,一举而无功则疑,再则倦,三则去之矣。今世之士,所以相顾而莫肯为者,非其无有忠义慷慨之志也,又非其才术谋虑不若人也。患在苦其难成而不复立,不知其所以不成者,罪在于不立也。今立而成矣。

今世有三患而终莫能去,其所从起者,则五六十年矣。自宫室祷祠之役兴,钱币茶盐之法坏,加之以师旅,而天下常患无财。五六十年之间,下之所以游谈聚议,而上之所以变政易令以求丰财者,不可胜数矣,而财终不可丰。自澶渊之役,北虏虽求和,而终不得其要领,其后重之以西羌之变,而边陲不宁,二国益骄。以战则不胜,以守则不固,而天下常患无兵。五六十年之间,下之所以游谈聚议,而上之所以变政易令以求强兵者,不可胜数矣,而兵终不可强。自选举之格严,而吏拘于法,不志于功名,考功课吏之法坏,而贤者无所劝,不肖者无所惧,而天下常患无吏。五六十年之间,下之所以游谈聚议,而上之所以变政易令以求择吏者,不可胜数矣,而吏终不可择。财之不可丰,兵之不可强,吏之不可择,是岂真不可耶？故曰:其始不立,其卒不成,惟其不成,是以厌之而愈不立也。夫所贵于立者,以其规摹先定也。古之君子,先定其规摹,而后从事，故其应也有候，而其成也有形，众人以为是汗漫不可知，而君子以为理之必然，如炊之无不熟，种之无不生也。是故其用力省而成功速。

昔者子太叔问政于子产。子产曰："政如农功。日夜以思之，思其始而图其终，朝夕而行之，行无越思，如农之有畔。"子产以为不思而行，与凡行而出于思之外者，如农之无畔也，其始虽勤，而终必弃之。今夫富人之营宫室也，必先料其赀财之丰约，以制宫室之大小。既内决于心，然后择工之良者，而用一人焉，必告之曰："吾将为屋若干，度用材几何？役夫几人？几日而成？土石材苇，吾于何取之？"其工之良者必告之曰："某所有木，某所有石，用材役夫若干，某日而成。"主人率以听焉。及期而成，既成而不失当，则规摹之先定也。今治天下则不然。百官有司，不知上之所欲为也，而人各有心。好大者欲王，好权者欲霸，而偷者欲休息。文吏之所至，则治刑狱，而聚敛之臣，则以货财为急。民不知其所适从也。及其发一政，则曰：姑试行之而已。其济与否，固未可知也。前之政未见其利害，而后之政复发矣。凡今之所谓新政者，听其始之议论，岂不甚美而可乐哉？然而布出于天下，而卒不知其所终。何则？其规摹不先定也。用舍系于好恶，而废兴决于众寡。故万全之利，以小不便而废者有之矣；百世之患，以小利而不顾者有之矣。所用之人无常责，而所发之政无成效。此犹适千里不赍粮而假丐于涂人；治病不知其所当用之药，而百药皆试，以侥幸于一物之中。欲三患之去，不可得也。

昔者太公治齐，周公治鲁，至于数十世之后，子孙之强弱，风俗之好恶，皆可得而逆知之。何者？其所施专一，则其势固有以使之也。管仲相桓公，自始为政而至于霸，其所施设，皆有方法。及其成功,皆知其所以然。至今可覆也。咎犯之在晋,范蠡之在越,文公、勾践尝欲用其民,而二臣皆以为未可,及其以为可用也,则破楚灭吴,如寄诸其邻而取之。此无他,见之明而策之熟也。夫今之世,亦与明者熟策之而已。士争言曰:如是而财可丰,如是而兵可强,如是而吏可择。吾从其可行者而规摹之,发之以勇,守之以专,达之以强,日夜以求合于其所规摹之内,而无务出于其所规摹之外。其人专,其政一,然而不成者,未之有也。财之不丰,兵之不强,吏之不择,此三者,存亡之所从出,而天下之大事也。夫以天下之大事,而有一人焉,独擅而兼言之,则其所以治此三者之术,其得失固未可知也。虽不可知,而此三者决不可不治者可知也。

　　是故不可以无术。其术非难知而难听,非难听而难行,非难行而难收。孔子曰:“好谋而成。”使好谋而不成,不如无谋。盖世有好剑者,聚天下之良金,铸之三年而成,以为吾剑天下莫敌也,剑成而狠戾缺折不可用。何者?是知铸而不知收也。今世之举事者,虽其甚小,而欲成之者常不过数人,欲坏之者常不可胜数。可成之功常难形,若不可成之状常先见。上之人方且眩瞀而不自信,又何暇及于收哉!古之人,有犯其至难而图其至远者,彼独何术也?且非特圣人而已。商君之变秦法也,攖万人之怒,排举国之说,势如此其逆也。苏秦之为从也,合天下之异以为同,联六姓之疏以为亲,计如此其迂也。淮阴侯请于高帝,求三万人,愿以北举燕、赵,东击齐,南绝楚之粮道,而西会于荥阳。耿弇亦言于世祖,欲先定渔阳,取涿郡,还收富平而东下齐,世祖以为落落难合。此皆越人之都邑而谋人国,功如此其疏也,然而四子者行之若易然。出于其口,成于其手,以为既已许吾君,则亲挈而还之。今吾以自有之天下,而行吾所得为之事,其事又非有所拂逆于天下之意也,非有所待于人而后具也,如有财而自用之,有子而自教之耳。然而政出于天下,有出而无成者,五六十年于此矣。是何也?意者知出而不知收欤?非不知收,意者汗漫而无所收欤?故为之说曰:先定其规摹而后从事。先定者,可以谋人。不先定者,自谋常不给,而况于谋人乎!

且今之世俗,则有所可患者:士大夫所以信服于朝廷者不笃,而皆好议论以务非其上,使人眩于是非,而不知其所从。从之,则事举无可为者;不从,则其所行者常多故而易败。夫所以多故而易败者,人各持其私意以贼之,议论胜于下,而幸其无功者众也。富人之谋利也常获,世以为福,非也。彼富人者,信于人素深,而服于人素厚,所为而莫或害之,所欲而莫或非之,事未成而众已先成之矣。夫事之行也有势,其成也有气。富人者,乘其势而袭其气也。欲事之易成,则先治其所以信服天下者。天下之事,不可以力胜,力不可胜,则莫若从众。从众者,非从众多之口,而从其所不言而同然者,是真从众也。众多之口非果众也,特闻于吾耳而接于吾前,未有非其私说者也。于吾为众,于天下为寡。彼众之所不言而同然者,众多之口,举不乐也。以众多之口所不乐,而弃众之所不言而同然,则乐者寡而不乐者众矣。古之人,常以从众得天下之心,而世之君子,常以从众失之。不知夫古之人,其所从者,非从其口,而从其所同然也。何以明之?世之所谓逆众敛怨而不可行者,莫若减任子。然不顾而行之者五六年矣,而天下未尝有一言。何则?彼其口之所不乐,而心之所同然也。从其所同然而行之,若犹有言者,则可以勿恤矣。

故为之说曰:发之以勇,守之以专,达之以强。苟知此三者,非独为吾国而已,虽北取契丹可也。 卷四

正统论三首 _{至和二年作}

总论一

正统者何耶？名耶？实耶？正统之说曰："正者，所以正天下之不正也；统者，所以合天下之不一也。"不幸有天子之实，而无其位，有天子之名，而无其德，是二人者立于天下，天下何正何一，而正统之论决矣。正统之为言，犹曰有天下云尔。人之得此名，而又有此实也，夫何议。天下固有无其实而得其名者，圣人于此不得已焉，而不以实伤名。而名卒不能伤实，故名轻而实重。不以实伤名，故天下不争。名轻而实重，故天下趋于实。天下有不肖而曰吾贤者矣，未有贱而曰吾贵者也。天下之争，自贤不肖始。圣人忧焉，不敢以乱贵贱，故天下知贤之不能夺贵。天下之贵者，圣人莫不从而贵之，恃有贤不肖存焉。轻以与人贵，而重以与人贤。天下然后知贵之不如贤，知贤之不能夺贵，故不争。知贵之不如贤，故趋于实。使天下不争而趋于实，是亦足矣。正统者，名之所在焉而已。名之所在，而不能有益乎其人，而后名轻。名轻而后实重。吾欲重天下之实，于是乎始轻正统。听其自得者十，曰：尧、舜、夏、商、周、秦、汉、晋、隋、唐。予其可得者六，以存教：曰魏、梁、后唐、晋、汉、周。使夫尧、舜、三代之所以为贤于后世之君者，皆不在乎正统。故后世之君，不以其道而得之者，亦无以为尧、舜、三代之比。于是乎实重。_{卷四}

辩论二

正统之论，起于欧阳子，而霸统之说，起于章子。二子之论，吾与欧阳子，故不得不与章子辨，以全欧阳子。欧阳子之说全，而吾之说又因以明。

章子之说曰:"进秦梁,得而未善也。进魏,非也。"是章子未知夫名实之所在也。夫所谓正统者,犹曰有天下云尔。正统者,果名也? 又焉实之知? 视天下之所同君而加之,又焉知其他? 章子以为,魏不能一天下,不当与之统。夫魏虽不能一天下,而天下亦无有如魏之强者;吴虽存,非两立之势,奈何不与之统? 章子之不绝五代也,亦徒以为天下无有与之敌者而已。今也绝魏,魏安得无辞哉! 正统者,恶夫天下之无君而作也。故天下虽不合于一,而未至乎两立者,则君子不忍绝之于无君。且夫德同而力均,不臣焉可也。今以天下不幸而不合于一,德既无以相过,而弱者又不肯臣乎强,于是焉而不与之统,亦见其重天下之不幸,而助夫不臣者也。

章子曰:"乡人且耻与盗者偶,圣人岂得与篡君同名哉?"吾将曰:是乡人与是为盗者,民则皆民也,士则皆士也,大夫则皆大夫也,则亦与之皆坐乎! 苟其势不得不与之皆坐,则乡人何耻耶? 圣人得天下,篡君亦得天下,顾其势不得不与之皆坐,圣人何耻耶? 吾将以圣人耻夫篡君,而篡君又焉能耻圣人哉!

章子曰:"君子大居正,而以不正人居之,是正不正之相去未能相远也。"且章子之所谓正者,何也? 以一身之正为正耶? 以天下有君为正耶? 一身之正,是天下之私正也。天下有君,是天下之公正也。吾无取乎私正也。天下无君,篡君出而制天下。汤武既没,吾安所取正哉! 故篡君者,亦当时之正而已。

章子曰:"祖与孙虽百岁,而子五十,则子不得为寿。汉与晋虽得天下,而魏不能一,则魏不得为有统。"吾将曰:其兄四十而死,则其弟五十为寿。弟为寿乎其兄,魏为有统乎当时而已。章子比之妇谓舅嬖妾为姑。吾将曰:舅则以为妻,而妇独奈何不以为姑乎？以妾为妻者，舅之过也。妇谓之姑，盖非妇罪也。举天下而授之魏、晋，是亦汉、魏之过而已矣。与之统者，独何罪乎！

虽然，欧阳子之论，犹有异乎吾说者。欧阳子之所与者，吾之所与也；欧阳子之所以与之者，非吾之所以与之也。欧阳子重与之，而吾轻与之。且其言曰："秦、汉而下，正统屡绝，而得之者少。以其得之者少，故其为名甚尊而重也。"呜呼！吾不善夫少也。幸而得之者少，故有以尊重其名；不幸而皆得，欧阳子其敢有所不与耶？且其重之，则其施于篡君也，诚若过然，故章子有以启其说。夫以文王而终身不得，以魏、晋、梁而得之，果其为重也，则文王将有愧于魏、晋、梁焉。必也使夫正统者，不得为圣人之盛节，则得之为无益。得之为无益，故虽举而加之篡君，而不为过。使夫文王之所不得，而魏、晋、梁之所得者，皆吾之所轻者也，然后魏、晋、梁无以愧文王，而文王亦无所愧于魏、晋、梁焉。卷四

辩论三

始终得其正，天下合于一，是二者，必以其道得之耶？亦或不以其道得之耶？病乎或者之不以其道得之也，于是乎举而归之名。欧阳子曰皆正统，是以名言者也。章子曰正统，又曰霸统，是以实言者也。欧阳子以名言而纯乎名，章子以实言而不尽乎实。

章子之意，以霸统重其实，而不知实之轻自霸统始。使天下之名皆不得过乎实者，固章子意也。天下之名果不过乎实也，则吾以章子为过乎圣人。圣人不得已则不能以实伤名，而章子则能之。且吾岂不知居得其正之为正，如魏受之于汉，晋受之于魏。不如至公大义之为正也哉！盖亦有不得已焉耳。如章子之说，吾将求其备。尧、舜以德，三代以德与功，汉、唐以功，秦、隋、后唐、晋、汉、周

以力，晋、梁以弑。不言魏者，因章子之说而与之辨。以实言之，则德与功不如德，功不如德与功，力不如功，弑不如力。是尧、舜而下得统者，凡更四不如，而后至于晋、梁焉。而章子以为天下之实，尽于其正统霸统之间矣。欧阳子纯乎名，故不知实之所止。章子杂乎实，故虽晋、梁弑君之罪，天下所不容之恶，而其实反不过乎霸。彼其初得正统之虚名，而不测其实罪之所至也。章子则告之曰："尔，霸者也。"夫以弑君得天下而不失为霸，则章子之说，固便乎篡者也。夫章子岂曰弑君者其实止乎霸也哉！盖已举其实而著之名，虽欲复加之罪，而不可得也。夫王者没而霸者有功于天下，吾以为在汉、唐为宜。必不得已而秦、隋、后唐、晋、汉、周得之，吾犹有憾焉，奈何其举而加之弑君之人乎？呜呼！吾不惜乎名而惜乎实也。霸之于王也，犹兄之于父也。闻天下之父尝有曰尧者，而曰必尧而后父，少不若尧而降为兄，则瞽、鲧惧至仆妾焉。天下将有降父而至于仆妾者，无怪也。从章子之说者，其弊固至乎此也。

故曰：莫若纯乎名。纯乎名，故晋、梁之得天下，其名曰正统；而其弑君之实，惟天下后世之所加，而吾不为之齐量焉。于是乎晋、梁之恶不胜诛于天下。实于此反不重乎？章子曰："尧、舜曰帝，三代曰王，夏曰氏，商、周曰人。古之人轻重其君有是也。"以为其霸统之说。夫执圣人之一端以藉其口，夫何说而不可！吾亦将曰：孔子删书，而虞、夏、商、周皆曰书，汤、武王、伯禽、秦穆公皆曰誓。以为吾皆曰正统之说，其谁曰不可？圣人之于实也，不伤其名而后从之。帝亦天子也，王亦天子也，氏亦人也，人亦氏也，夫何名之伤！若章子之所谓霸统者，伤乎名而丧乎实者也。卷四

大臣论上

以义正君而无害于国，可谓大臣矣。

天下不幸而无明君，使小人执其权，当此之时，天下之忠臣义士莫不欲奋臂而击之。夫小人者，必先得于其君而自固于天下，是故法不可击。击之而不胜身死，其祸止于一身；击之而胜，君臣不相安，天下必亡。是以《春秋》之法，不待君命而诛其侧之恶人，谓之叛。晋赵鞅入于晋阳以叛是也。世之君子，将有志于天下，欲扶其衰而救其危者，必先计其后而为可居之功，其济不济，则命也。是故功成而天下安之。今夫小人，君不诛而吾诛之，则是侵君之权，而不可居之功也。夫既已侵君之权，而能北面就人臣之位，使君不吾疑者，天下未尝有也。

国之有小人，犹人之有瘿。人之瘿必生于颈而附于咽，是以不可去。有贱丈夫者，不胜其忿而决去之，夫是以去疾而得死。汉之亡，唐之灭，由此之故也。自桓、灵之后至于献帝，天下之权归于内竖，贤人君子，进不容于朝，退不容于野，天下之怒，可谓极矣。当此之时，议者以为天下之患独在宦官，宦官去则天下无事。然窦武、何进之徒击之不胜，止于身死，袁绍击之而胜，汉遂以亡。唐之衰也，其迹亦大类此。自辅国、元振之后，天子之废立，听于宦官。当此之时，士大夫之论，亦惟宦官之为去也。然而李训、郑注、元载之徒，击之不胜，止于身死，至于崔昌遐击之而胜，唐亦以亡。方其未去也，是累然者瘿而已矣，及其既去，则溃裂四出，而继之以死。何者？此侵君之权，而不可居之功也。且为人臣而不顾其君，捐其身于一决，以快天下之望，亦已危矣。故其成则为袁，为崔，败则为何、窦，为训、注。然则忠臣义士，亦奚取于此哉！夫窦武、何进之

亡,天下悲之,以为不幸。然亦幸而不成,使其成也,二子者将何以居之? 故曰:以义正君,而无害于国,可谓大臣矣。卷四

大臣论下

天下之权,在于小人,君子之欲击之也,不亡其身,则亡其君。然则是小人者,终不可去乎? 闻之曰:迫人者,其智浅;迫于人者,其智深。非才有不同,所居之势然也。古之为兵者,围师勿遏,穷寇勿迫,诚恐其知死而致力,则虽有众无所用之。故曰:"同舟而遇风,则吴、越可使相救如左右手。"小人之心,自知其负天下之怨,而君子之莫吾赦也,则将日夜为计,以备一旦卒然不可测之患,今君子又从而疾恶之,是以其谋不得不深,其交不得不合。交合而谋深,则其致毒也忿戾而不可解。故凡天下之患,起于小人,而成于君子之速之也。小人在内,君子在外;君子为客,小人为主。主未发而客先焉,则小人之词直,而君子之势近于不顺。直则可以欺众,而不顺则难以令其下。故昔之举事者,常以中道而众散,以至于败,则其理岂不甚明哉? 若夫智者则不然。内以自固其君子之交,而厚集其势;外以阳浮而不逆于小人之意,以待其间。宽之使不吾疾,狃之使不吾虑,啖之以利以昏其智,顺适其意以杀其怒。然后待其发而乘其隙,推其坠而挽其绝。故其用力也约,而无后患。莫为之先,故君不怒而势不逼。如此者,功成而天下安之。

今夫小人急之则合,宽之则散,是从古以然也。见利不能不争,见患不能不避,无信不能不相诈,无礼不能不相渎,是故其交易间,其党易破也。而君子不务宽之以待其变,而急之以合其交,亦已过矣。君子小人,杂居而未决,为君子之计者,莫若深交而无为。

苟不能深交而无为，则小人倒持其柄而乘吾隙。昔汉高之亡，以天下属平、勃。及高后临朝，擅王诸吕，废黜刘氏。平日纵酒无一言，及用陆贾计，以千金交欢绛侯，卒以此诛诸吕，定刘氏。使此二人者而不相能，则是将相相攻之不暇，而何暇及于刘、吕之存亡哉！

故其说曰：将相和调，则士豫附。士豫附，则天下虽有变而权不分。呜呼！知此，其足以为大臣矣夫！　卷四

续欧阳子朋党论

欧阳子曰："小人欲空人之国，必进朋党之说。"呜呼！国之将亡，此其征欤？祸莫大于权之移人，而君莫危于国之有党。有党则必争，争则小人者必胜，而权之所归也，君子安得不危哉！何以言之？君子以道事君，人主必敬之而疏。小人唯予言而莫予违，人主必狎之而亲。疏者易间，而亲者难睽也。而君子者，不得志则奉身而退，乐道不仕。小人者，不得志则徼幸复用，唯怨之报，此其所以必胜也。

盖尝论之：君子如嘉禾也，封殖之甚难，而去之甚易；小人如恶草也，不种而生，去之复蕃。世未有小人不除而治者也，然去之为最难。斥其一则援之者众，尽其类则众之致怨也深。小者复用而肆威，大者得志而窃国。善人为之扫地，世主为之屏息。譬断蛇不死，刺虎不毙，其伤人则愈多矣。齐田氏、鲁季孙是已。齐、鲁之执事，莫非田、季之党也，历数君不忘其诛，而卒之简公弑，昭、哀失国。小人之党，其不可除也如此。而汉党锢之狱，唐白马之祸，忠义之士，斥死无余。君子之党，其易尽也如此。使世主知易尽者之可戒，而不可除者之可惧，则有瘳矣。且夫君子者，世无若是之多

也。小人者，亦无若是之众也。凡才智之士，锐于功名而嗜于进取者，随所用耳。孔子曰："仁者安仁，智者利仁。"未必皆君子也。冉有从夫子则为门人之选，从季氏则为聚敛之臣。唐柳宗元、刘禹锡使不陷叔文之党，其高才绝学，亦足以为唐名臣矣。昔栾怀子得罪于晋，其党皆出奔，乐王鲋谓范宣子曰："盍反州绰、邢蒯？勇士也。"宣子曰："彼栾氏之勇也。余何获焉！"王鲋曰："子为彼栾氏，乃亦子之勇也。"呜呼！宣子早从王鲋之言，岂独获二子之勇，且安有曲沃之变哉！愚以谓治道去泰甚耳。苟黜其首恶而贷其余，使才者不失富贵，不才者无所致憾，将为吾用之不暇，又何怨之报乎！

人之所以为盗者，衣食不足耳。农夫市人，焉保其不为盗？而衣食既足，盗岂有不能返农夫市人也哉！故善除盗者，开其衣食之门，使复其业。善除小人者，诱以富贵之道，使隳其党。以力取威胜者，盖未尝不反为所噬也。曹参之治齐曰："慎无扰狱市。"狱市，奸人之所容也。知此，亦庶几于善治矣。奸固不可长，而亦不可不容也。若奸无所容，君子岂久安之道哉！牛、李之党遍天下，而李德裕以一夫之力，欲穷其类而致之必死，此其所以不旋踵而罹仇人之祸也。奸臣复炽，忠义益衰，以力取威胜者，果不可耶！愚是以续欧阳子之说，而为君子小人之戒。卷四

文集卷一百三

屈到嗜芰论

　　屈到嗜芰，有疾，召其宗老而属之，曰："祭我必以芰。"及祥，宗老将荐芰，屈建命去之。君子曰：违而道。唐柳宗元非之曰："屈子以礼之末，忍绝其父将死之言！且《礼》有'齐之日，思其所乐，思其所嗜'。子木去芰，安得为道？"甚矣！柳子之陋也。

　　子木，楚卿之贤者也。夫岂不知为人子之道，事死如事生，况于将死丁宁之言，弃而不用，人情之所忍乎！是必有大不忍于此者而夺其情也。夫死生之际，圣人严之。薨于路寝，不死于妇人之手，至于结冠缨、启手足之末，不敢不勉。其于死生之变亦重矣。父子平日之言，可以恩掩义。至于死生至严之际，岂容以私害公乎？曾子有疾，称君子之所贵乎道者三。孟僖子卒，使其子学礼于仲尼。管仲病，劝桓公去三竖。夫数君子之言，或主社稷，或勤于道德，或训其子孙，虽所趣不同，然皆笃于大义，不私其躬也如是。今赫赫楚国，若敖氏之贤闻于诸侯，身为正卿，死不在民，而口腹是忧，其为陋亦甚矣。使子木行之，国人诵之，太史书之，天下后世不知夫子之贤，而唯陋是闻，子木其忍为此乎？故曰：是必有大不忍者而夺其情也。然《礼》之所谓"思其所乐，思其所嗜"，此言人子追思之道也。曾皙嗜羊枣，而曾子不忍食。父没而不能读父之书，母没而不能执母之器，皆人子之情自然也，岂待父母之命耶？今荐芰之事，若出于子则可，自其父命，则为陋耳。岂可以饮食之故而成父莫大之陋乎！

曾子寝疾，曾元难于易箦。曾子曰："君子之爱人也以德，细人之爱人也以姑息。"若以柳子之言为然，是曾元为孝子，而曾子顾礼之末，易箦于病革之中，为不仁之甚也。中行偃死，视不可含，范宣子盥而抚之曰："事吴敢不如事主！"犹视，栾怀子曰："主苟终，所不嗣事于齐者，有如河。"乃瞑。呜呼！范宣子知事吴为忠于主，而不知报齐以成夫子忧国之美，其为忠则大矣。古人以爱恶比之美疢药石，曰："石犹生我。疢之美者，其毒滋多。"由是观之，柳子之爱屈到，是疢之美。子木之违父命，药石也哉！　卷四

上初即位论治道二首　代吕申公

道德

人君以至诚为道，以至仁为德。守此二言，终身不易，尧、舜之主也。至诚之外，更行他道，皆为非道；至仁之外，更作他德，皆为非德。

何谓至诚？上自大臣，下至小民，内自亲戚，外至四夷，皆推赤心以待之，不可以丝毫伪也。如此，则四海之内，亲之如父子，信之如心腹，未有父子相图、心腹相欺者，如此而天下之不治，未之有也。丝毫之伪，一萌于心，如人有病，先见于脉，如人饮酒，先见于色。声色动于几微之间，而猜阻行于千里之外，强者为敌，弱者为怨，四海之内，如盗贼之憎主人，鸟兽之畏弋猎，则人主孤立而危亡至矣。何谓至仁？视臣如手足，视民如赤子，戢兵、省刑，时使、薄敛，行此六事而已矣。祸莫逆于好用兵，怨莫大于好起狱，灾莫深

于兴土功,毒莫深于夺民利。此四者,陷民之坑阱,而伐国之斧钺也。去此四者,行彼六者,而仁不可胜用矣。《传》曰:"至诚如神。"又曰:"至仁无敌。"审能行之,当获四种福。以人事言之,则主逸而国安,以天道言之,则享年永而卜世长。此必然之理,古今已试之效也。

去圣益远,邪说滋炽,厌常道而求异术,文奸言以济暴行。为申、商之学者,则曰"人主不可以不学术数"。今人主,天下之父也。为人父而用术于其子,可乎?为庄、老之学者,则曰"圣人不仁,以百姓为刍狗";欲穷兵黩武,则曰"吾以威四夷而安中国";欲烦刑多杀,则曰"吾以禁奸慝而全善人";欲虐使厚敛,则曰"吾以强兵革而诛暴乱,虽若不仁而卒归于仁"。此皆亡国之言也,秦二世、王莽尝用之矣,皆以经术附会其说。《书》曰:"惟辟作福,惟辟作威。"此言威福不可移于臣下也。欲威福不移于臣下,则莫若舍己而从众。众之所是,我则与之;众之所非,我则去之。夫众未有不公,而人君者,天下公议之主也,如此,则威福将安归乎?今之说者则不然,曰:人主不可以不作威福。于是违众而用己。己之耳目,终不能遍天下,要必资之于人。爱憎喜怒,各行其私,而浸润肤受之说行矣,然后从而赏罚之。虽名为人主之威福,而其实左右之私意也。奸人窃吾威福,而卖之于外,则权与人主侔矣。《书》曰:"威克厥爱允济,爱克厥威允罔功。"威者,畏威之谓也;爱者,怀私之谓也。管仲曰:"畏威如疾,民之上也。从怀如流,民之下也。畏威之心,胜于怀私,则事无不成。"今之说者则不然,曰:"人君当使威刑胜于惠爱。"如是,则予不如夺,生不如杀,尧不如桀,而幽、厉、桓、灵之君长有天下。此不可不辨也。 卷四

刑政

《书》曰：“临下以简，御众以宽。”此百世不易之道也。昔汉高帝约法三章，萧何定律九篇而已。至于文、景，刑措不用。历魏至晋，条目滋章，断罪所用，至二万六千二百七十二条，而奸益不胜，民无所措手足。唐及五代止用律令，国初加以注疏，情文备矣。今《编敕》续降，动若牛毛，人之耳目所不能周，思虑所不能照，而法病矣。臣愚谓当熟议而少宽之。人主前旒蔽明，黈纩塞聪，耳目所及，尚不敢尽，而况察人于耳目之外乎！今御史六察，专务钩考簿书，摘发细微，自三公九卿，救过不暇。夫详于小，必略于大，其文密者，其实必疏。故近岁以来，水旱盗贼，四民流亡，边鄙不宁，皆不以责宰相；而尚书诸曹，文牍繁重，穷日之力，书纸尾不暇。此皆苛察之过也。不可以不变。

《易》曰：“理财正辞，禁民为非曰义。”先王之理财也，必继之以正辞，其辞正则其取之也义。三代之君，食租衣税而已，是以辞正而民服。自汉以来，盐铁酒茗之禁，称贷榷易之利，皆心知其非而冒行之，故辞曲而民为盗。今欲严刑妄赏以去盗，不若捐利以予民，衣食足而盗贼自止。夫兴利以聚财者，人臣之利也，非社稷之福。省费以养财者，社稷之福也，非人臣之利。何以言之？民者国之本，而刑者民之贼。兴利以聚财，必先烦刑以贼民，国本摇矣，而言利之臣，先受其赏。近岁宫室城池之役，南蛮、西夏之师，车服器械之资，略计其费，不下五千万缗，求其所补，卒亦安在？若以此积粮，则沿边皆有九年之蓄，西夷北边，望而不敢近矣。赵充国有言：“湟中谷斛八钱。吾谓籴三百万斛，羌人不敢动矣。”不待烦刑贼民，而边鄙以安。然为人臣之计，则无功可赏。故凡人臣欲兴利而不欲省费者，皆为身谋，非为社稷计也。人主不察，乃以社稷之深

忧,而徇人臣之私计,岂不过甚矣哉! 卷四

论武王

武王克殷,以殷遗民封纣子武庚禄父,使其弟管叔鲜、蔡叔度相禄父治殷。武王崩,禄父与管、蔡作乱,成王命周公诛之,而立微子于宋。苏子曰:武王,非圣人也。昔者孔子盖罪汤、武,顾自以为殷之子孙而周人也,故不敢,然数致意焉,曰:"大哉! 巍巍乎尧、舜也。禹,吾无间然。"其不足于汤、武也,亦明矣。曰:"武尽美矣,未尽善也。"又曰:"三分天下有其二,以服事殷,周之德,其可谓至德也已矣。"伯夷、叔齐之于武王也,盖谓之弑君,至耻之不食其粟,而孔子予之。其罪武王也甚矣。此孔氏之家法也。

世之君子,苟自孔氏,必守此法。国之存亡,民之死生,将于是乎在,其孰敢不严! 而孟轲始乱之,曰:"吾闻武王诛独夫纣,未闻弑君也。"自是学者,以汤、武为圣人之正,若当然者,皆孔氏之罪人也。使当时有良史如董狐者,南巢之事,必以叛书;牧野之事,必以弑书。而汤、武仁人也,必将为法受恶。周公作《无逸》曰:"殷王中宗、高宗及祖甲,及我周文王,兹四人迪哲。"上不及汤,下不及武王,亦以是哉! 文王之时,诸侯不求而自至,是以受命称王,行天子之事。周之王不王,不计纣之存亡也。使文王在,必不伐纣。纣不见伐,而以考终,或死于乱,殷人立君以事周,命为二王后以祀殷,君臣之道,岂不两全也哉? 武王观兵于孟津而归,纣若不改过,则殷人改立君,武王之待殷,亦若是而已矣。天下无王,有圣人者出,而天下归之,圣人所不得辞也。而以兵取之,而放之,而杀之,可乎? 汉末大乱,豪杰并起,荀文若,圣人之徒也,以为非曹

操莫与定海内，故起而佐之。所以与操谋者，皆王者之事也，文若岂教操反者哉？以仁义救天下，天下既平，神器自至，将不得已而受之。不至，不取也，此文王之道，文若之心也。及操谋九锡，则文若死之。故吾尝以文若为圣人之徒者，以其才似张子房，而道似伯夷也。

杀其父，封其子，其子非人也，则可，使其子而果人也，则必死之。楚人将杀令尹子南，子南之子弃疾为王驭士，王泣而告之。既杀子南，其徒曰："行乎？"曰："吾与杀吾父，行将焉入？""然则臣王乎？"曰："弃父事仇，吾弗忍也。"遂缢而死。武王亲以黄钺斩纣，使武庚受封而不叛，岂复人也哉？故武庚之必叛，不待智者而后知也。武王之封武庚，盖亦不得已焉耳。殷有天下六百年，贤圣之君六七作，纣虽无道，其故家遗俗未尽灭也。三分天下有其二，殷不伐周，而周伐之，诛其君，夷其社稷，诸侯必有不悦者，故封武庚以慰之，此岂武王之意哉？故曰：武王非圣人也。　卷五

论养士

春秋之末，至于战国，诸侯卿相皆争养士。自谋夫说客、谈天雕龙、坚白同异之流，下至击剑、扛鼎、鸡鸣、狗盗之徒，莫不宾礼。靡衣玉食以馆于上者，何可胜数！越王勾践，有君子六千人。魏无忌、齐田文、赵胜、黄歇、吕不韦，皆有客三千人。而田文招致任侠奸人六万家于薛。齐稷下谈者亦千人。魏文侯、燕昭王、太子丹，皆致客无数。下至秦、汉之间，张耳、陈馀号多士，宾客厮养，皆天下豪俊。而田横亦有士五百人。其略见于传记者如此。度其余当倍官吏而半农夫也。此皆奸民蠹国者，民何以支，而国何以堪乎？

苏子曰:此先王之所不能免也。国之有奸,犹鸟兽之有鸷猛,昆虫之有毒螫也。区处条理,使各安其处,则有之矣,锄而尽去之,则无是道也。吾考之世变,知六国之所以久存,而秦之所以速亡者,盖出于此,不可以不察也。

夫智、勇、辩、力,此四者,皆天民之秀杰也。类不能恶衣食以养人,皆役人以自养者也。故先王分天下之富贵,与此四者共之。此四者不失职,则民靖矣。四者虽异,先王因俗设法,使出于一。三代以上,出于学;战国至秦,出于客;汉以后,出于郡县吏;魏、晋以来,出于九品中正;隋、唐至今,出于科举。虽不尽然,取其多者论之。六国之君,虐用其民,不减始皇、二世,然当是时,百姓无一人叛者,以凡民之秀杰者,多以客养之,不失职也。其力耕以奉上,皆椎鲁无能为者,虽欲怨叛,而莫为之先,此其所以少安而不即亡也。始皇初欲逐客,用李斯之言而止。既并天下,则以客为无用,于是任法而不任人,谓民可以恃法而治,谓吏不必才取,能守吾法而已。故堕名城,杀豪杰,民之秀异者散而归田亩。向之食于四公子、吕不韦之徒者,皆安归哉?不知其能槁项黄馘而老死于布褐乎?抑将辍耕叹息以俟时也?秦之乱,虽成于二世,然使始皇知畏此四人者,有以处之,使不失职,秦之亡,不至若此之速也。纵百万虎狼于山林而饥渴之,不知其将噬人,世以始皇为智,吾不信也。楚、汉之祸,生民尽矣,豪杰宜无几,而代相陈豨,从车千乘,萧、曹为政,莫之禁也。至文、景、武帝之世,法令至密矣,然吴王濞、淮南、梁王、魏其、武安之流,皆争致宾客,世主不问也。岂惩秦之祸,以为爵禄不能尽縻天下之士,故少宽之,使得或出于此也耶?若夫先王之政,则不然,曰:"君子学道则爱人,小人学道则易使也。"呜呼,此岂秦、汉之所及也哉! 卷五

论秦

秦始皇十八年取韩，二十二年取魏，二十五年取赵、取楚，二十六年取燕、取齐，初并天下。苏子曰：秦并天下，非有道也，特巧耳，非幸也。然吾以谓巧于取齐，而拙于取楚，其不败于楚者，幸也。

呜呼！秦之巧，亦创于智伯而已。魏、韩肘足接而智伯死。秦知创智伯，而诸侯终不知师魏、韩。秦并天下，不亦宜乎！齐湣王死，法章立，君王后佐之，秦犹伐齐也。法章死，王建立六年而秦攻赵，齐、楚救之。赵乏食，请粟于齐，而齐不予，秦遂围邯郸，几亡赵。赵虽未亡，而齐之亡形成矣。秦人知之，故不加兵于齐者四十余年。夫以法章之才而秦伐之，建之不才而秦不伐，何也？太史公曰："君王后事秦谨，故不被兵。"夫秦欲并天下耳，岂以谨故置齐也哉？吾故曰"巧于取齐"者，所以大慰齐之心，而解三晋之交也。齐、秦不两立，秦未尝须臾忘齐也，而四十余年不加兵者，岂其情乎！齐人不悟而与秦合，故秦得以其间取三晋。三晋亡，齐盖岌岌矣。方是时，犹有楚与燕也。三国合，犹能以拒秦。秦大出兵伐楚，伐燕，而齐不救。故二国亡，而齐亦虏。不阅岁，如晋取虞、虢也，可不谓巧乎？二国既灭，齐乃发兵守西界，不通秦使。呜呼！亦晚矣。秦初遣李信以二十万人取楚，不克，乃使王翦以六十万攻之，盖空国而战也。使齐有中主具臣，知亡之无日，而扫境以伐秦，以久安之齐，而入厌兵空虚之秦，覆秦如反掌也。吾故曰"拙于取楚"。

然则奈何？曰：古之取国者必有数。如取龁齿也，必以渐，故齿脱而儿不知。今秦易楚，以为是龁齿也可拔，遂抉其口，一拔而取之，儿必伤，吾指必啮。故秦之不亡，幸也，非数也。吴为三军，迭出以肄楚，三年而入郢。晋之平吴，隋之平陈，皆以是物也。惟苻坚不然。使坚知出此，以百倍之众，为迭出之计，虽韩、白不能支，而况谢玄、牢之之流乎！吾以是知二秦之一律也。始皇幸胜，而坚不幸耳。 卷五

论鲁隐公

鲁隐公元年，不书即位，摄也。欧阳子曰："隐公非摄也，使隐而果摄也，则《春秋》不书为公。《春秋》书为公，则隐非摄无疑也。"苏子曰：非也。《春秋》，信史也。隐摄而桓弑，著于史也详矣。周公摄而克复子者也，以周公薨，故不称王。隐公摄而不克复子者也，以鲁公薨，故称公。史有谥，国有庙，《春秋》独得不称公乎？

然则隐公之摄也，礼欤？曰：礼也。何自闻之？曰：闻之孔子。曾子问曰："君薨而世子生，如之何？"孔子曰："卿、大夫、士从摄主，北面于西阶南。"何谓摄主？曰：古者天子、诸侯、卿、大夫之世子未生而死，则其弟若兄弟之子次当立者为摄主。子生而女也，则摄主立；男也，则摄主退。此之谓摄主。古之人有为之者，季康子是也。季桓子且死，命其臣正常曰："南孺子之子，男也，则以告而立之；女也，则肥也可。"桓子卒，康子即位。既葬，康子在朝，南氏生男。正常载以如朝，告曰："夫子有遗言。命其圉臣曰：'南氏生男，则以告于君与大夫而立之。'今生矣，男也，敢告。"康子请退。康子之谓摄主，古之道也，孔子行之。

自秦、汉以来，不修是礼，而以母后摄。孔子曰："惟女子与小人为难养也。"使与闻外事且不可，曰"牝鸡之晨，惟家之索"，而况

可使摄位而临天下乎？女子为政而国安，惟齐之君王后，吾宋之曹、高、向也，盖亦千一矣。自东汉马、邓，不能无讥。而汉吕后、魏胡武灵、唐武氏之流，盖不胜其乱，王莽、杨坚遂因以易姓。由是观之，岂若摄主之庶几乎！使母后而可信也，则摄主何为而不可信。若均之不可信，则摄主取之，犹吾先君之子孙也，不犹愈于异姓之取哉！

或曰：君薨，百官总己以听于冢宰三年，安用摄主？曰：非此之谓也。嗣天子长矣，宅忧而未出令，则以礼从冢宰。若太子未生，生而弱，未能君也，则三代之礼，孔子之学，决不以天下付异姓。其付之摄主也，夫岂非礼而周公行之欤？故隐公亦摄主也。

郑玄，儒之陋者也。其传摄主也，曰："上卿代君听政者也。"使子生而女，则上卿岂继世者乎？苏子曰：摄主，先王之令典，孔子之法言也，而世不知，习见母后之摄也，而以为当然。故吾不可不论，以待后世之君子。卷五

论隐公里克李斯郑小同王允之

公子翚请杀桓公以求太宰。隐公曰："为其少故也。吾将授之矣。使营菟裘，吾将老焉。"翚惧，反谮公于桓公而杀之。苏子曰：盗以兵拟人，人必杀之。夫岂独其所拟，涂之人皆捕击之矣。涂之人与盗非仇也，以为不击，则盗且并杀己也。隐公之智，曾不若涂之人，哀哉！

隐公，惠公继室之子也。其为非嫡，与桓均耳，而长于桓。隐公追先君之志，而授国焉，可不谓仁乎？惜乎其不敏于智也。使隐公诛翚而让桓，虽夷、齐何以尚兹！骊姬欲杀申生而难里克，则施

优来之；二世欲杀扶苏而难李斯，则赵高来之。此二人之智，若出一人，而受祸亦不少异。里克不免于惠公之诛，李斯不免于二世之戮，皆无足哀者。吾独表而出之，以为世戒。君子之为仁义也，非有计于利害。然君子之所为，义利常兼，而小人反是。李斯听赵高之谋，非其本意，独畏蒙氏之夺其位，故勉而听高。使斯闻高之言，即召百官、陈六师而斩之，其德于扶苏，岂有既乎？何蒙氏之足忧！释此不为，而具五刑于市，非下愚而何？呜呼！乱臣贼子，犹蝮蛇也。其所螫草木犹足以杀人，况其所噬啮者欤？

郑小同为高贵乡公侍中，尝诣司马师。师有密疏未屏也，如厕还，问小同：“见吾疏乎？”曰：“不见。”师曰：“宁我负卿，无卿负我。”遂鸩之。王允之从王敦夜饮，辞醉先寝。敦与钱凤谋逆，允之已醒，悉闻其言，虑敦疑己，遂大吐，衣面皆污。敦果照视之，见允之卧吐中，乃已。哀哉小同！殆哉岌岌乎允之也！

孔子曰：“危邦不入，乱邦不居。”有以也夫！吾读史得鲁隐公、晋里克、秦李斯、郑小同、王允之五人，感其所遇祸福如此，故特书其事。后之君子，可以览观焉。 卷五

论管仲

郑太子华言于齐桓公，请去三族而以郑为内臣。公将许之，管仲不可。公曰：“诸侯有讨于郑，未捷。苟有衅，从之，不亦可乎？”管仲曰：“君若绥之以德，加之以训辞，而率诸侯以讨郑，郑将覆亡之不暇，岂敢不惧？若总其罪人以临之，郑有辞矣。”公辞子华，郑伯乃受盟。

苏子曰：大哉！管仲之相桓公也。辞子华之请，而不违曹沫

之盟，皆盛德之事也。齐可以王矣。恨其不学道，不自诚意正身以刑其国，使家有三归之病，而国有六嬖之祸，故桓公不王，而孔子小之。然其予之也亦至矣，曰："桓公九合诸侯，不以兵车，管仲之力也。如其仁，如其仁。"曰"仲尼之徒，无道桓、文之事者"，孟子盖过矣。

吾读《春秋》以下史，得七人焉，皆盛德之事，可以为万世法。又得八人焉，皆反是，可以为万世戒。故具论之。太公之治齐也，举贤而尚功。周公曰："后世必有篡弒之臣。"天下诵之，齐其知之矣。田敬仲之始生也，周史筮之，其奔齐也，齐懿氏卜之，皆知其当有齐国。篡弒之疑，盖萃于敬仲矣。然桓公、管仲不以是废之，乃欲以为卿，非盛德能如此乎？故吾以谓楚成王知晋之必霸，而不杀重耳；汉高祖知东南之必乱，而不杀吴王濞；晋武帝闻齐王攸之言，而不杀刘元海；苻坚信王猛，而不杀慕容垂；唐明皇用张九龄，而不杀安禄山，皆盛德之事也。而世之论者，则以谓此七人者，皆失于不杀以启乱。吾以谓不然。七人者，皆自有以致败亡，非不杀之过也。齐景公不烦刑重赋，虽有田氏，齐不可取。楚成王不用子玉，虽有晋文公，兵不败。汉景帝不害吴太子，不用晁错，虽有吴王濞，无自发。晋武帝不立孝惠，虽有刘元海，不能乱。苻坚不贪江左，虽有慕容垂，不敢叛。明皇不用李林甫、杨国忠，虽有安禄山，亦何能为？秦之由余，汉之金日磾，唐之李光弼、浑瑊之流，皆蕃种也，何负于中国哉，而独杀元海、禄山乎？且夫自今而言之，则元海、禄山，死有余罪，自当时言之，则不免为杀无罪。岂有天子杀无罪，而不得罪于天下者？上失其道，涂之人皆敌国也。天下豪奸，其可胜既乎！汉景帝以鞅鞅而杀周亚夫，曹操以名重而杀孔融，晋文帝以卧龙而杀嵇康，晋景帝亦以名重而杀夏侯玄，宋明帝以族大而杀王或,齐后主以谣言而杀斛律光,唐太宗以谶而杀李君羡,武后亦以谣言而杀裴炎。世皆以为非也。此八人者,当时之虑,岂非忧国备乱,与忧元海、禄山者同乎?久矣!世之以成败为是非也。

故凡嗜杀人者,必以邓侯不杀楚子为口实。以邓之微,无故杀大国之君,使楚人举国而仇之,其亡不愈速乎!吾以谓为天下如养生,忧国备乱如服药。养生者,不过慎起居饮食、节声色而已。节慎在未病之前,而服药在已病之后。今吾忧寒疾而先服乌喙,忧热疾而先服甘遂,则病未作而药已杀人矣。彼八人者,皆未病而服药者也。卷五

文集卷一百四

论孔子

　　鲁定公十二年，孔子言于公曰："臣无藏甲，大夫无百雉之城。"使仲由为季氏宰，将隳三都。于是叔孙氏先隳郈。季氏将隳费，公山弗狃、叔孙辄率费人袭公，公与三子入于季氏之宫。孔子命申句须、乐颀下伐之，费人北，二子奔齐。遂隳费。将隳成，公敛处父以成叛。公围成，弗克。或曰：殆哉！孔子之为政也，亦危而难成矣。孔融曰："古者王畿千里，寰内不以封建诸侯。"曹操疑其论建渐广，遂杀融。融特言之耳，安能为哉？操以为天子有千里之畿，将不利己，故杀之不旋踵。季氏亲逐昭公，公死于外，从公者皆不敢入，虽子家羁亦亡。季氏之忌克忮害如此。虽地势不及曹氏，然君臣相猜，盖不减操也。孔子安能以是时隳其名都，而出其藏甲也哉！考于《春秋》，方是时，三桓虽若不悦，然莫能违孔子也。以为孔子用事于鲁，得政与民，而三桓畏之欤？则季桓子之受女乐也，孔子能却之矣。彼妇之口，可以出走，是孔子畏季氏，季氏不畏孔子也。夫孔子盍姑修其政刑，以俟三桓之隙也哉？苏子曰：此孔子之所以圣也。

　　盖田氏、六卿不服，则齐、晋无不亡之道。三桓不臣，则鲁无可治之理。孔子之用于世，其政无急于此者矣。彼晏婴者亦知之，曰："田氏之僭，惟礼可以已之。在礼，家施不及国，大夫不收公利。"齐景公曰："善哉！吾今而后知礼之可以为国也。"婴能知之，而莫能为之。婴非不贤也，其浩然之气，以直养而无害，塞乎天地之间者，不及孔、孟也。孔子以羁旅之臣，得政期月，而能举治世之礼，以律亡国之臣，堕名都，出藏甲，而三桓不疑其害己，此必有不言而信，不怒而威者矣。孔子之圣，见于行事，至此为无疑也。婴之用于齐也，久于孔子，景公之信其臣也，愈于定公，而田氏之祸不少衰。吾是以知孔子之难也。孔子以哀公十六年卒。十四年，陈恒弑其君，孔子沐浴而朝，告于哀公，请讨之。吾是以知孔子之欲治列国之君臣，使如《春秋》之法者，至于老且死而不忘也。

或曰：孔子知哀公与三子之必不从，而以礼告也欤？曰：否。孔子实欲伐齐。孔子既告公，公曰："鲁为齐弱久矣，子之伐之，将若之何？"对曰："陈恒弑其君，民之不与者半。以鲁之众，加齐之半，可克也。"此岂礼告而已哉！哀公患三桓之逼，尝欲以越伐鲁而去之。夫以蛮夷伐国，民不与也，皋如、出公之事，断可见矣，岂若从孔子而伐齐乎？若从孔子而伐齐，则凡所以胜齐之道，孔子任之有余矣。既克田氏，则鲁之公室自张，三桓不治而自服矣。此孔子之志也。 卷五

论周东迁

太史公曰：学者皆称周伐纣，居洛邑。其实不然。武王营之，成王使召公卜居之，居九鼎焉。而周复都丰、镐。至犬戎败幽王，周乃东徙于洛。苏子曰：周之失计，未有如东迁之缪者也。

自平王至于亡，非有大无道者也。赧王之神圣，诸侯服享，然终以不振。则东迁之过也。昔武王克商，迁九鼎于洛邑，成王、周

公复增营之。周公既没，盖君陈、毕公更居焉，以重王室而已。非有意于迁也。周公欲葬成周，而成王葬之毕，此岂有意于迁哉！今夫富民之家，所以遗其子孙者，田宅而已；不幸而有败，至于乞假以生可也，然终不敢议田宅。今平王举文、武、成、康之业，而大弃之，此一败而鬻田宅者也。夏、商之王，皆五六百年，其先王之德，无以过周，而后王之败，亦不减周幽、厉，然至于桀、纣而后亡。其未亡也，天下宗之，不如东周之名存而实亡也。是何也？则不鬻田宅之效也。盘庚之迁也，复殷之旧也。古公迁于岐，方是时，周人如狄人也，逐水草而居，岂其所难哉！卫文公东徙渡河，恃齐而存耳。齐迁临淄，晋迁于绛、于新田，皆其盛时，非有所畏也。其余避寇而迁都，未有不亡。虽不即亡，未有能复振者也。

春秋之时，楚大饥，群蛮叛之，申、息之北门不启，楚人谋徙于阪高。芳贾曰：“不可。我能往，寇亦能往。”于是乎以秦人、巴人灭庸，而楚始大。苏峻之乱，晋几亡矣，宗庙宫室，尽为灰烬。温峤欲迁都豫章，三吴之豪欲迁会稽，将从之矣，独王导不可，曰：“金陵，王者之都也。王者不以丰俭移都。若弘卫文大帛之冠，何适而不可！不然，虽乐土，为墟矣。且北寇方强，一旦示弱，窜于蛮越，望实皆丧矣。”乃不果迁，而晋复安。贤哉导也！可谓能定大事矣。嗟夫！平王之初，周虽不如楚之强，顾不愈于东晋之微乎？使平王有一王导，定不迁之计，收丰镐之遗民，而修文、武、成、康之政，以形势临东诸侯，齐、晋虽强，未敢贰也，而秦何自霸哉！魏惠王畏秦，迁于大梁；楚昭王畏吴，迁于都；顷襄王畏秦，迁于陈；考烈王畏秦，迁于寿春，皆不复振，有亡征焉。东汉之末，董卓劫帝迁于长安，汉遂以亡。近世李景迁于豫章，亦亡。吾故曰：周之失计，未有如东迁之缪者也。卷五

论范蠡

越既灭吴，范蠡以为勾践为人长颈鸟喙，可与共患难，不可与同安乐，乃以其私徒属浮海而行。至齐，以书遗大夫种曰："蜚鸟尽，良弓藏；狡兔死，走狗烹，子可以去矣！"苏子曰：范蠡独知相其君而已，以吾相蠡，蠡亦鸟喙也。夫好货，天下之贱士也。以蠡之贤，岂聚敛积实者！何至耕于海滨，父子力作，以营千金，屡散而复积，此何为者哉？岂非才有余而道不足，故功成、名遂、身退，而心终不能自放者乎！使勾践有大度，能始终用蠡，蠡亦非清净无为以老于越者也。吾故曰：蠡亦鸟喙者也。鲁仲连既退秦军，平原君欲封连，以千金为寿。连笑曰："所贵于天下士者，为人排难解纷而无所取也。即有取，是商贾之事，连不忍为也。"遂去，终身不复见。逃隐于海上，曰："吾与其富贵而诎于人，宁贫贱而轻世肆志焉。"使范蠡之去如鲁仲连，则去圣人不远矣。呜呼！春秋以来，用舍进退未有如范蠡之全者也，而不足于此。吾是以累叹而深悲焉。

卷五

论伍子胥

楚平王既杀伍奢、伍尚，而伍子胥亡入吴，事吴王阖闾。及楚平王卒，子昭王立。后，子胥与孙武兴兵及唐、蔡伐楚，夹汉水而阵，楚大败。于是吴王乘胜而前，五战遂至郢。楚昭王出亡。吴兵入郢。子胥求昭王，既不得，乃掘平王墓，出其尸，鞭之五百，以报父兄之仇。苏子曰：子胥、种、蠡皆人杰，而扬雄曲士也，欲以区区之学，疵瑕此三人者。以三谏不去，鞭尸籍馆，为子胥之罪；以不强谏勾践,而栖之会稽,为种、蠡之过。雄闻古有三谏当去之说,即欲以律天下士,岂不陋哉! 三谏而去,为人臣交浅者言之,如宫之奇、泄冶乃可耳。至于子胥,吴之宗臣,与国存亡者也,去将安往哉? 百谏不听,继之以死可也。孔子去鲁,未尝一谏,又安用三! 父受诛,子复仇,礼也;生则斩首,死则鞭尸,发其至痛,无所择也。是以昔之君子,皆哀而恕之,雄独非人子乎? 至于籍馆,阖闾与群臣之罪,非子胥意也。勾践困于会稽,乃能用二子。若先战而强谏以死之,则雄又当以子胥之罪罪之矣。此皆儿童之见,无足论者。不忍三子之见诬,故为一言。卷五

论商鞅

商鞅用于秦,变法定令,行之十年,秦民大悦。道不拾遗,山无盗贼,家给人足,民勇于公战,怯于私斗,秦人富强。天子致胙于孝公,诸侯毕贺。苏子曰:此皆战国之游士邪说诡论,而司马迁暗于大道,取以为史。吾尝以为迁有大罪二,其先黄老后六经,退处士进奸雄,盖其小小者耳。所谓大罪二,则论商鞅、桑弘羊之功也。

自汉以来,学者耻言商鞅、桑弘羊,而世主独甘心焉,皆阳讳其名,而阴用其实,甚者则名实皆宗之,庶几其成功。此司马迁之罪也。秦固天下之强国,而孝公亦有志之君也,修其政刑十年,不为声色畋游之所败,虽微商鞅,有不富强乎? 秦之所以富强者,孝公敦本力穑之效,非鞅流血刻骨之功也。而秦之所以见疾于民,如豺虎毒药,一夫作难,而子孙无遗种,则鞅实使之。至于桑弘羊,斗筲之才,穿窬之智,无足言者。而迁之言曰"不加赋而上用足"。善乎! 司马光之言也,曰:"天下安有此理? 天地所生财货百物,止

有此数，不在民，则在官。譬如雨泽，夏涝则秋旱。不加赋而上用足，不过设法阴夺民利，其害甚于加赋也。"二子之名在天下如蛆蝇粪秽也，言之则污口舌，书之则污简牍。二子之术用于世者，灭国残民、覆族亡躯者相踵也。而世主独甘心焉，何哉？乐其言之便己也。

夫尧、舜、禹、汤，世主之父师也；谏臣弼士，世主之药石也；恭敬慈俭，勤劳忧畏，世主之绳约也。今使世主日临父师而亲药石、履绳约，非其所乐。故为商鞅、桑弘羊之术者，必先鄙尧笑舜而陋禹也。曰：所谓贤主者，专以天下适己而已。此世主所以人人甘心而不悟也。世有食钟乳、乌喙而纵酒色以求长年者，盖始于何晏。晏少而富贵，故服寒食散以济其欲，无足怪者。彼之所为，足以杀身灭族者，日相继也，得死于服寒食散，岂不幸哉！而吾独何为效之？世之服寒食散疽背呕血者，相踵也；用商鞅、桑弘羊之术破国亡宗者，皆是也。然而终不悟者，乐其言之美便，而忘其祸之惨烈也。_{卷五}

论封建

秦初并天下，丞相绾等言，燕、齐、荆地远，不置王无以填之，请立诸子。始皇下其议，群臣皆以为便。廷尉斯曰："周文、武所封子弟同姓甚众，然后属疏远，相攻击如仇雠，诸侯更相诛伐，天子弗能禁止。今海内赖陛下神灵一统，皆为郡县，诸子功臣，以公赋税重赏赐之，甚足易制。天下无异意，则安宁之术也。置诸侯不便。"始皇曰："天下共苦战斗不休，以有侯王。赖宗庙，天下初定，又复立国，是树兵也，而求其宁息，岂不难哉！廷尉议是。"分天下为三十六郡,郡置守、尉、监。苏子曰:圣人不能为时,亦不失时。时非圣人之所能为也,能不失时而已。

三代之兴,诸侯无罪,不可夺削,因而君之,虽欲罢侯置守,可得乎? 此所谓不能为时者也。周衰,诸侯相并,齐、晋、秦、楚皆千余里,其势足以建侯树屏,至于七国,皆称王行天子之事,然终不封诸侯,不立强家世卿者,以鲁三桓、晋六卿、齐田氏为戒也。久矣,世之畏诸侯之祸也,非独李斯、始皇知之。始皇既并天下,分郡邑,置守宰,理固当然,如冬裘夏葛,时之所宜,非人之私智独见也,所谓不失时者。而学士大夫多非之。汉高又欲立六国后,张子房以为不可,世未有非之者。李斯之论,与子房何异? 世特以成败为是非耳。高帝闻子房之言,吐哺骂郦生,知诸侯之不可复,明矣。然卒王韩、彭、英、卢,岂独高帝,子房亦与焉。故柳宗元曰:"封建,非圣人意也,势也。"

昔之论封建者,曹元首、陆机、刘颂及唐太宗时魏徵、李百药、颜师古,其后则刘秩、杜佑、柳宗元。宗元之论出,而诸子之论废矣。虽圣人复起,不能易也。故吾取其说而附益之。曰:凡有血气,必争,争必以利,利莫大于封建。封建者,争之端而乱之始也。自书契以来,臣弑其君,子弑其父,父子兄弟相贼杀,有不出于袭封而争位者乎? 自三代圣人以礼乐教化天下,至刑措不用,然终不能已篡、弑之祸。至汉以来,君臣父子相贼虐者,皆诸侯王子孙。其余卿士大夫不世袭者,盖未尝有也。近世无复封建,则此祸几绝。仁人君子,忍复开之欤? 故吾以李斯、始皇之言,柳宗元之论,当为万世法也。 卷五

论始皇汉宣李斯

秦始皇时，赵高有罪，蒙毅按之当死，始皇赦而用之。长子扶苏好直谏，上怒，使监蒙恬兵于上郡。始皇东游会稽，并海走琅琊，少子胡亥、李斯、蒙毅、赵高从。道病，使蒙毅还祷山川。未及还，上崩。李斯、赵高矫诏立胡亥，杀扶苏、蒙恬、蒙毅，卒以亡秦。苏子曰：始皇制天下轻重之势，使内外相形，以禁奸备乱者，可谓密矣。蒙恬将三十万人，威震北方，扶苏监其军，而蒙毅侍帷幄为谋臣，虽有大奸贼，敢睥睨其间哉！不幸道病，祷祠山川，尚有人也，而遣蒙毅，故高、斯得成其谋。始皇之遣毅，毅见始皇病，太子未立，而去左右，皆不可以言智。然天之亡人国，其祸败必出于智所不及。圣人为天下，不恃智以防乱，恃吾无致乱之道耳。始皇致乱之道，在用赵高。夫阉尹之祸，如毒药猛兽，未有不裂肝碎首者也。自书契以来，惟东汉吕彊、后唐张承业二人，号称良善，岂可望一二于千万，以傲必亡之祸哉？然世主皆甘心而不悔，如汉桓、灵，唐肃、代，犹不足深怪。始皇、汉宣皆英主，亦湛于赵高、恭、显之祸。彼自以为聪明人杰也，奴仆薰腐之余何能为？及其亡国乱朝，乃与庸主不异。吾故表而出之，以戒后世人主如始皇、汉宣者。

或曰：李斯佐始皇定天下，不可谓不智。扶苏，亲始皇子，秦人戴之久矣；陈胜假其名，犹足以乱天下。而蒙恬持重兵在外。使二人不即受诛，而复请之，则斯、高无遗类矣。以斯之智而不虑此，何哉？苏子曰：呜呼！秦之失道，有自来矣，岂独始皇之罪？自商鞅变法，以殊死为轻典，以参夷为常法，人臣狼顾胁息，以得死为幸，何暇复请！方其法之行也，求无不获，禁无不止，鞅自以为轶尧舜而驾汤武矣。及其出亡而无所舍，然后知为法之弊。夫岂独鞅悔之，秦亦悔之矣。荆轲之变，持兵者熟视始皇环柱而走，莫之救者，以秦法重故也。李斯之立胡亥，不复忌二人者，知法令之素行，而臣子之不敢复请也。二人之不敢复请，亦知始皇之鸷悍而不可回也。岂料其伪也哉？

周公曰："平易近民，民必归之。"孔子曰："有一言而可以终身行之者，其恕矣乎！"夫以忠恕为心，而以平易为政，则上易知而下易达，虽有卖国之奸，无所投其隙，仓卒之变无自发焉。然其令行禁止，盖有不及商鞅者矣。而圣人终不以彼易此。鞅立信于徙木，立威于弃灰，刑其亲戚师傅，积威信之极。以至始皇，秦人视其君如雷电鬼神，不可测也。古者公族有罪，三宥然后置刑。今至使人矫杀其太子而不忌，太子亦不敢请，则威信之过也。故夫以法毒天下者，未有不反中其身及其子孙者也。汉武、始皇，皆果于杀者也，故其子如扶苏之仁，则宁死而不请；如戾太子之悍，则宁反而不诉。知诉之必不察也。戾太子岂欲反者哉？计出于无聊也。故为二君之子者，有死与反而已。李斯之智，盖足以知扶苏之必不反也。吾又表而出之，以戒后世人主之果于杀者！　卷五

论项羽范增

汉用陈平计，间疏楚君臣。项羽疑范增与汉有私，稍夺其权。增大怒曰："天下事大定矣！君王自为之，愿赐骸骨归卒伍。"归未至彭城，疽发背死。苏子曰：增之去善矣，不去，羽必杀增。独恨其不早耳。

然则当以何事去？增劝羽杀沛公，羽不听，终以此失天下。当于是去耶？曰：否。增之欲杀沛公，人臣之分也，羽之不杀，犹有

君人之度也。增曷为以此去哉！《易》曰："知几其神乎？"《诗》曰："相彼雨雪，先集维霰。"增之去，当于羽杀卿子冠军时也。陈涉之得民也，以项燕、扶苏。项氏之兴也，以立楚怀王孙心；而诸侯叛之也，以弑义帝。且义帝之立，增为谋主矣，义帝之存亡，岂独为楚之盛衰，亦增之所与同祸福也。未有义帝亡而增独能久存者也。羽之杀卿子冠军也，是弑义帝之兆也。其弑义帝，则疑增之本也，岂必待陈平哉！物必先腐也，而后虫生之；人必先疑也，而后谗入之。陈平虽智，安能间无疑之主哉！吾尝论：义帝，天下之贤主也。独遣沛公入关，而不遣项羽，识卿子冠军于稠人之中，而擢以为上将，不贤而能如是乎？羽既矫杀卿子冠军，义帝必不能堪，非羽弑帝，则帝杀羽，不待智者而后知也。增始劝项梁立义帝，诸侯以此服从，中道而弑之，非增之意也。夫岂独非其意，将必力争而不听也。不用其言，而杀其所立，羽之疑增，必自是始矣。方羽杀卿子冠军，增与羽比肩而事义帝，君臣之分未定也。为增计者，力能诛羽则诛之，不能则去之，岂不毅然大丈夫也哉？增年已七十，合则留，不合则去，不以此时明去就之分，而欲依羽以成功，陋矣！虽然，增，高帝之所畏也，增不去，项羽不亡。呜呼，增亦人杰也哉！ 卷五

文集卷一百五

乃言底可绩

　　巧言令色，帝之所畏也。故以言取人，自孔子不能无失。然圣贤之在下也，其道不效于民，其才不见于行事，非言无自出之。故以言取人者，圣人之所不能免也。纳之以言，试之以功，自尧舜以来，未之有改也。尧将禅舜也，曰："询事考言，乃言底可绩。"底之为言极也。《易》曰："穷理尽性，以至于命。"可谓极矣。君子之于事物也，原其始不要其终，知其一不知其二，见其偏不见其全，则利害相夺，华实相乱，乌能得事之真、见物之情也哉！故言可听而不可行，事可行而功不可成，功可成而民不可安，是功未始成也。舜、禹、皋陶之言，皆功成而民安之者也。呜呼！极之为至德也久矣。箕子谓之皇极，子思谓之中庸。极则非中也，中则非极也，此昧者之论也。故世俗之学，以中庸为处可否之间，无过与不及之病而已，是近于乡原也。若夫达者之论则不然。曰："喜怒哀乐未发谓之中，发而皆中节谓之和。致中和，天地位焉，万物育焉。"非舜、禹、皋陶之成功，其孰能与于此哉！故愚以谓穷理尽性，然后得事之真，见物之情。以之事天则天成，以之事地则地平，以之治人则人安。此舜、禹、皋陶之言，可以底绩者也。卷六

聖谟说殄行

《书》云:"朕聖谟说殄行。"传曰:君子之所为,为可传、为可继也。凡行之不可传继者,皆殄行也。尧舜之所聖也。世衰道丧,士贵苟难而贱中庸,故邪慝者进焉。齐桓公欲用竖刁、易牙、开方三子,管仲曰:"三子者,自刑以近君,去亲杀子以求合,皆非人情,难近。"桓公不听,卒以乱齐。齐桓,贤主也;管仲,信臣也。夫以贤主而不用信臣之言,岂非三子者似忠而难知也欤? 甚矣! 似之乱真也。故曰:恶紫,谓其夺朱也;恶莠,谓其乱苗也;恶乡原,谓其乱德也。孟子忧之,故曰:"君子反经而已矣。"君子之所贵,必其可传、可继者也。是以谓之经。经者,常也。君子苟常之为贵,则彼苟难殄行,无为为之矣。苟难者无所获,殄行者无所利,则庶民并兴,巧者不能独进,拙者可以自效。吾虚心而察之,贤者可事,能者可使,而天下治矣。卷六

视远惟明听德惟聪

甚矣! 耳目之为天下祸福也。《洪范》五事,为皇极之用,治乱之所由出,狂圣之所由分,风雨之所由作,五福六极之所由致。故颜渊问仁,孔子曰:"非礼勿视,非礼勿听,非礼勿言,非礼勿动。"夫视听期于聪明而已,何与于礼? 非礼勿视,非礼勿听,是礼也,何与于仁? 曰:视听不以礼,则聪明之害物也甚于聋瞽。何以言之? 明之过也,则无所不视,掩人之私,求人之所不及;聪之过也,则无所不听,浸润之谮、肤受之诉或行焉。此其害,岂特聋瞽而已哉! 故圣人一之于礼,君臣上下,各视其所当视,各听其所当听,而仁不

可胜用也。太甲之复辟也，伊尹戒之曰：“视远惟明，听德惟聪。”何谓远？何谓德？孔子曰：“文武之道，未坠于地，在人。贤者识其大者，不贤者识其小者。”夫惟小之为知，又乌能及远哉！探夜光于东海者，不为鲵桓而回网罗；求合抱于邓林者，不以径寸而枉斧斤。苟志于远，必略近矣。故子张问明，孔子既告之以明，又告之以远。由此观之，视不及远者，不足为明也。梁惠王问利于孟子，孟子告以仁义。曰：“王何必曰利？”夫言利者，其言未必不中也，然君子不听，曰“言利者，必小人也”。听其言必行其事，行其事必近其人；小人日近，君子日疏，求国无危，不可得也。凡言苟出于利，虽中，小人也，况不中乎！苟出于德，虽失，犹君子也，况不失乎！由此观之，听不主于德者，非聪也。卷六

终始惟一时乃日新

《易》曰：“天下之动，正夫一者也。”夫动者，不安者也。夫惟不安，故求安者而托焉。惟一者为能安。天地惟能一，故万物资生焉。日月惟能一，故天下资明焉。天一于覆，地一于载，日月一于照，圣人一于仁。非有二事也。昼夜之代谢，寒暑之往来，风雨之作止，未尝一日不变也。变而不失其常，晦而不失其明，杀而不害其生，岂非所谓一者常存而不变故耶？圣人亦然。以一为内，以变为外。或曰：圣人固多变也欤？不知其一也，惟能一，故能变。伊尹戒太甲曰：“今嗣王新服厥命，惟新厥德，终始惟一，时乃日新。”新与一，二者疑若相反然。请言其辨。物之无心者必一，水与鉴是也。水、鉴惟无心，故应万物之变。物之有心者必二，目与手是也。目、手惟有心，故不自信而托于度量权衡。己且不自信，又安能应物无方，日新

其德也哉！齐人为夹谷之会，曰：孔丘，儒者也，可劫以兵。不知其戮齐优如杀犬豕。此岂有二道哉？一于仁而已矣。孟子曰："天下定于一。孰能一之？曰：不嗜杀人者。"愚故曰圣人一于仁。卷六

王省惟岁

论尧、舜之德者，必曰无为。考之于经，质之于史，尧、舜之所为，卓然有见于世者，盖不可胜计也，其曰无为，何哉？古人有言曰："除日无岁。"又曰："日一曰劳，考载曰功。"若尧、舜者，可谓功矣。岁者，月之积也；月者，日之积也。举岁则兼月，举月则兼日矣。日别而数之，则月不见；月别而数之，则岁不见。此岂日月之外，复有岁哉！日月之各一，人臣之劳也。岁之并考，人君之功也。故《书》曰："王省惟岁，卿士惟月，师尹惟日。"此上下之分，烦简之宜也。禹之平水土，稷为之殖百谷，契为之敷五教，伯夷为之典三礼，皋陶为之平五刑，羲和为之历日月。尧、舜果何为哉！今夫三百有六旬，分之以四时，配之以六甲，位之以十二字，散之以二十四气，裂之以七十二候，昼不可以并夜，寒不可以兼暑，则气果安在哉？惟其无在而不可名，寄之于人而已。不有此，所以为王省之功也。日不立则月不建，月不建则岁不成，师尹不官，则卿士不治，卿士不治，则王功废矣。故曰："庶民惟星。"星者，日月之所舍，所因以为寒暑风雨者也；民者，上之所托，所因以为号令赏罚者也。日月不自为风雨寒暑，因星而为节；君不自为号令赏罚，因民而为节。上执其要，下治其详，所谓岁月日时无易也。文王不兼庶狱，陈平不治钱谷，邴吉不问斗伤，此所为不易者也。秦皇衡石程书，光武以吏事责三公，此易岁月而乱日时者也。治乱之效，亦可以概见矣。卷六

作周恭先作周孚先

　　周之将兴，必有继天之王，建都邑，立藩辅，以定天命而宅民心，为子孙之师。亦必有命世之臣，考礼乐，修法令，以定国是而正风俗，为卿大夫之宗。然后可以世世垂拱仰成，虽有中主弱辅，而不至于乱。故曰："孺子来相宅，其大惇典商献民，乱为四方新辟，作周恭先。""予旦以多才，越御事，笃前人成烈，答其师，作周孚先。"国之所恃者，法与人也。《诗》曰："虽无老成人，尚有典刑。"故周公以谓惇典而用贤，可以定国，后之言恭者必稽焉。傅说有言："事不师古，以克永世，匪说攸闻。"今不师古，后不师今，故周公以谓我当与卿大夫士笃前人成烈，以答众心，则后之言信者必师焉。夫以成王之贤，周公之圣，其所以为后世先者，不过于恭与信而已。《诗》曰："自古在昔，先民有作。温恭朝夕，执事有恪。"闵马父曰："古之称恭者，曰自古，曰在昔，曰先民，其严如是。"愚以是知恭之大者，盖尧之允恭，孔子之温恭，非独恭世子之恭、楚共王之恭也。成王以是为后世先也，不亦宜乎。"大有上吉。履信思乎顺，又以尚贤也，是以'自天祐之，吉无不利'。"又曰："自古皆有死，民无信不立。"信之为德也，重于兵而急于食，周公以是为后世先也，不亦宜乎！ 卷六

惟圣罔念作狂惟狂克念作圣

　　毫末之木，有合抱之资；滥觞之水，有滔天之势，不可谓无是理也。理固有是，而物未必然。此众人之所以不信也。子思有言："君子之道，始于夫妇之所能，其至也，虽圣人有不能。"故孟子曰：

"人皆可以为尧舜。"人之能为尧舜，历千载而无有，故孟子之言，世未必信也。众人以迹求之，故未必信，君子以理推之，故知其有必然者矣。孔子曰："惟上智与下愚不移。"而《书》曰："惟圣罔念作狂，惟狂克念作圣。"此二言者，古今所不能一，而学者之所深疑也。请试论之。滥觞可以滔天，东海可以桑田，理有或然者。此狂圣念否之说也。江湖不可以徒涉，尺水不可以舟行，事有必然者。此愚智必然之辨也。夫言各有当也，达者不以失一害一，此之谓也。太甲既立，不明，伊尹放之。使太甲粗可以不乱者，伊尹不废也；至于废，则其狂也审矣。然卒于为商宗。周公曰："兹四人迪哲。"盖太甲与文王均焉。明皇开元之治，至于刑措，与夫三代何远？林甫之专，禄山之乱，民在涂炭，岂特狂者而已哉！由此观之，圣狂之相去，殆不容发矣。 卷六

庶言同则绎

《书》曰："出入自尔师虞，庶言同则绎。"虞之为言度也，出纳之际，庶言之所在也，必得我师焉。夫言有同异，则听者有所考：言其利也，必有为利之道；言其害也，必有致害之理。反复论辩廷议，而众决之。长者必伸，短者必屈焉；真者必遂，伪者必窒焉。故邪正之相攻，是非之相稽，非君子之所患。君子之所患者，庶言同而已。考同者莫若绎，古者谓绅绎，绅丝者必求其端，究其所终。《太甲》曰："有言逆于汝心，必求诸道；有言逊于汝志，必求诸非道。"《君陈》之所谓"绎"者，《太甲》之所谓"求"也。孙宝有言："周公大圣，召公大贤，犹不相说，著于经典，两不相损。"晋王导辅政，每与客言，举坐称善。而王述责之曰："人非尧舜，安得每事尽善！"

导亦敛衽谢之。古之君子，其畏同也如此。同而不绎，其患有不可胜言者矣。卷六

唐虞稽古建官惟百夏商官倍亦克用乂

天下之事，古略而今详，天下之官，古寡而今众。圣人非有意于其间，势则然也。火化之始，燔黍捭豚，以为靡矣。至周而醴醆之属至百二十瓮。栋宇之始，茅茨采椽，以为泰矣；至周九尺之室，山节藻梲。圣人随世而为之节文，岂得已哉！《周书》曰："唐虞稽古，建官惟百，夏商官倍，亦克用乂。"圣人不以官之众寡论治乱者，以为治乱在德，而不在官之众寡也。《礼》曰："夏后氏官五十，商二百，周三百。"与《周官》异，学者盖不取焉。夫唐虞建官百，简之至也，夏后氏安能减半而办？此理之必不然也。孔安国曰："禹、汤建官二百，不及唐虞之清要。"荣古而陋今，学者之病也。自夏、商观之，则以官百为清要。自唐虞而上云鸟纪官之世而观之，则官百为陋矣。夫岂然哉？愚闻之叔向曰："昔先王议事以制，不为刑辟。"故子产铸《刑书》，而叔向非之。夫子产之《刑书》，末世之先务也，然且得罪于叔向。是以知先王之法亦简矣。先王任人而不任法，劳于择人而佚于任使，故法可以简。法可以简，故官可以省。古人有言，省官不如省事，省事不如清心，至矣。卷六

道有升降政由俗革

武王克商，武庚禄父不诛矣，而列为诸侯。周公相成王，武庚禄父叛，殷之顽民相率为乱，不诛也，而迁之洛邑。武王、周公，其

可谓至德也已矣。曰:“群饮,汝勿佚,尽执拘以归于周,予其杀。商之工臣,乃湎于酒,勿庸杀之,姑惟教之。”非至德能如是乎?是以商之臣子心服而日化,至康王之世三十余年矣。世变风移,士君子出焉。故命毕公曰:“道有升降,政由俗革。不臧厥臧,民罔攸劝。”始则迁其顽者而教之,终则择其善者而用之。周之于商人也,可谓无负矣。夫道何常之有?应物而已矣。物隆则与之偕升,物污则与之偕降。夫政何常之有?因俗而已矣。俗善则养之以宽,俗顽则齐之以猛。自尧、舜以来,未之有改也。故齐太公因俗设教,则三月而治。鲁伯禽易俗变礼,则五月而定。三月之与五月,未足为迟速也,而后世之盛衰出焉。以伯禽之贤,用周公之训,而犹若是,苟不逮伯禽者,其变易之患,可胜言哉! 卷六

观过斯知仁矣

孔子曰:“人之过也,各于其党。观过,斯知仁矣。”自孔安国以下,解者未有得其本指者也。《礼》曰:“与仁同功,其仁未可知也。与仁同过,然后其仁可知也。”闻之于师曰:此《论语》之义疏也。请得以论其详。人之难知也,江海不足以喻其深,山谷不足以配其险,浮云不足以比其变。扬雄有言:“有人则作之,无人则辍之。”夫苟见其作,而不见其辍,虽盗跖为伯夷可也。然古有名知人者,其效如影响,其信如蓍龟,此何道也?故彼其观人也,亦多术矣。委之以利,以观其节;乘之以猝,以观其量;伺之以独,以观其守;惧之以敌,以观其气。故晋文公以壶飧得赵衰,郭林宗以破甑得孟敏,是岂一道也哉!夫与仁同功而谓之仁,则公孙之布被与子路之缊袍何异?陈仲子之螬李与颜渊之箪瓢何辨?何则?功者人

所趋也,过者人所避也。审其趋避而真伪见矣。古人有言曰:"钼麑,违命也,推其仁,可以托国。"斯其为观过知仁也欤! 卷六

君使臣以礼

　　君以利使臣,则其臣皆小人也。幸而得其人,亦不过健于才而薄于德者也。君以礼使臣,则其臣皆君子也。不幸而非其人,犹不失廉耻之士也。其臣皆君子,则事治而民安。士有廉耻,则临难不失其守。小人反是。故先王谨于礼。礼以钦为主,宜若近于弱;然而服暴者,莫若礼也。礼以文为饰,宜若近于伪;然而得情者,莫若礼也。哀公问君使臣、臣事君如之何。孔子曰:"君使臣以礼,臣事君以忠。"不有爵禄刑罚也乎? 何为其专以礼使臣也! 以爵禄而至者,贪利之人也,利尽则逝矣。以刑罚而用者,畏威之人也,威之所不及则解矣。故莫若以礼。礼者,君臣之大义也,无时而已也。汉高祖以神武取天下,其得人可谓至矣。然恣慢而侮人,洗足箕踞,溺冠跨项,可谓无礼矣。故陈平论其臣皆嗜利无耻者,以是进取可也,至于守成,则殆矣。高帝晚节不用叔孙通、陆贾,其祸岂可胜言哉! 吕后之世,平、勃背约而王诸吕,几危刘氏,以廉耻不足故也。武帝踞厕而见卫青,不冠不见汲黯。青虽富贵,不改奴仆之姿;而黯,社稷臣也,武帝能礼之而不能用,可以太息矣。卷六

以佚道使民以生道杀民

　　使民为农,民曰:"是食我之道也。"使民为兵,民曰:"是卫我之道也。"使民为城郭沟池,民曰:"是域我之道也。"虽劳而不怨

也。曰："盘庚之民,何以怨?""民可与乐成而不可与虑始,盖终于不怨也。"《诗》曰："昼尔于茅,宵尔索绹,亟其乘屋,其始播百谷。"可谓劳矣。然民岂不思之曰："上之人果谁为也哉!"若夫田猎之娱,宴好之奉,上之人所自为为之者,君子盖不以劳民也。古者水衡、少府,天子之私藏。大司农钱不以给共养劳费,共养劳费一出少府,为是也。孟子曰："以佚道使民,劳而不怨,以生道杀民,虽死不怨杀者。"以佚道使民,可也;以生道杀民,君子盖难言之。《易》曰："古之聪明睿智神武而不杀。"季康子曰："如杀无道,以就有道,何如?"孔子曰："子为政,焉用杀?"夫杀无道就有道,先王之所不免也,孔子讳之。然则杀者,君子之所难言也。 卷六

《广成子》解

黄帝立为天子,十九年,令行天下,闻广成子在于崆峒之山,故往见之。曰:"我闻吾子达于至道。敢问至道之精? 吾欲取天地之精,以佐五谷,以养民人;吾又欲官阴阳,以遂群生。为之奈何?"广成子曰:"而所欲问者,物之质也;而所欲官者,物之残也。

道固有是也,然自是为之,则道不成。得道者不问,问道者未得也。得道者无物无我,未得者固将先我而后物。夫苟得道,是我有余而物自足,岂固先之耶? 今乃舍己而问物,恶其不情也。故曰"而所欲问者,物之质也,而所欲官者,物之残也。"言其情在于己欲长生,而外托于养民人、遂群生也。夫长生不死,岂非物之实,而所谓养民人、遂群生,岂非道之余乎?

"自而治天下也,云气不待族而雨,草木不待黄而落,日月之光,益

以荒矣。

　　天作时雨,山川出云。云行雨施,而山川不以为劳者,以其不得已而后雨,非雨之也。春夏发生,秋冬黄落,而草木不以为病者,以其不得已而后落,非落之也。今云不待族而雨,草木不待黄而落,虽天地之精,不能供此有心之耗,故荒亡之符,先见于日月,以一身占之,则耳目先病矣。

“而佞人之心,翦翦者,又奚足以语至道?”

　　真人之与佞人,犹谷之与稗也。所种者谷,虽瘠土堕农,不生稗也。所种者稗,虽美田疾耕,不生谷也。今始学道,而问已不情。佞伪之种,道何从生!

黄帝退,捐天下,筑特室,席白茅,闲居三月,复往邀之。广成子南首而卧,黄帝顺下风,膝行而进,再拜稽首而问曰:“闻吾子达于至道,敢问治身奈何而可以长久?”

　　弃世独居,则先物后己之心无所复施,故其问也情。

广成子蹶然而起曰:“善哉问乎! 来,吾语汝至道。

　　广成子至此,始以道语黄帝乎? 曰:否。人如黄帝而不足以语道,则天下无足语者矣。吾观广成子之拒黄帝也,其语至道已悉矣。是以闲居三月而复往见,蹶然为之变,其受道岂始于此乎?

“至道之精,窈窈冥冥;至道之极,昏昏默默。

　　窈窈冥冥者,其状如登高望远,察千里之毫末;如临深俯幽,玩万仞之藏宝也。昏昏默默者,其状如枯木死灰,无可生可然之道也。曰:道止于此乎? 曰:此窈冥昏默之状,乃致道之方也。如指以为道,则窈冥昏默者,可得谓之道乎? 人能弃世独居,体窈冥昏默之状,以入于精极之渊,本有不得于道者也。学道者患其散且伪也，故窈窈冥冥者，所以致一也；昏昏默默者，所以全真也。

"无视无听，抱神以静。形将自正，必静必清。无劳汝形，无摇汝精，乃可以长生。目无所见，耳无所闻，心无所知，汝神将守形，形乃长生。慎汝内，闭汝外，多知为败。

自此以上，皆真实语，广成子提耳画一以教人者。无视无听，抱神以静，则无为也；心无所知，则无思也；必静必清，无劳汝形，无摇汝精，则无欲也。三者具而形神一，形神一而长生矣。内不慎，外不闭，二者不去，而形神离矣。或曰：广成子之于道，若是数数欤？曰：谷之不为稗，在种者一粒耳，何数不数之有！然力耕疾耘，不可废也。

"我为汝遂于大明之上矣，至彼至阳之原也；为汝入于窈冥之门矣，至彼至阴之原也。

窈冥昏默，长生之本。长生之本既立，亦必有坚凝之者。二者如日月水火之用。所以修炼变化，坚气而凝物者也，盖必有方矣。然皆必至其极，不极不化也。

"天地有官，阴阳有藏。

广成子以窈冥昏默立长生之本，以无思无为无欲去长生之害，又以至阴至阳坚凝之，吾事足于此矣。天地有官，自为我治之；阴阳有藏，自为我蓄之。为之者在我，成之者在彼。

"慎守汝身，物将自壮。

言长生可必也，物岂有稚而不壮者哉！

"我守其一，以处其和。故我修身二百岁矣，吾形未尝衰。"黄帝再拜稽首曰："广成子之谓天矣。"广成子曰："来，余语汝。彼其物无穷，而人皆以为终，彼其物无测，而人皆以为极。

物本无终极,其分也成也,其成也毁也。物未尝有死,故长生者物之固然,非我独能。我能守一而处和,故不见其分成与毁尔。

"得吾道者,上为皇而下为王;失吾道者,上见光而下见土。

皇者其精,王者其粗也。生者明,死者幽,幽者不知明,明者不知幽。

"今夫百昌皆生于土,而反于土。故余将去汝,入无穷之门,以游无极之野。

盖将有以示化去世形解入土之意也欤?

"吾与日月参光,吾与天地为常,当我缗乎,远我昏乎,人其尽死,而我独存乎!"

南荣趎挟三人以见老子,老子诃之,则矍然自失,人我皆丧。夫挟人以往,固非也;人我皆丧,亦非也。故学道能尽死其人独存其我者寡矣。可见、可言、可取、可去者,皆人也,非我也;不可见、不可言、不可取、不可去者,是真我也。近是则智,远是则愚,得是则得道矣。故人其尽死而我独存者,此之谓也。古今语异,吾不知"缗"之所谓也,以文意求之,其犹曰"明"也欤? 卷六

文集卷一百六

问供养三德为善 昭十二年

　　对：《易》者，圣人所以尽人情之变，而非所以求神于卜筮也。自孔子没，学者惑乎异端之说，而左丘明之论尤为可怪，使夫伏羲、文王、孔子之所尽心焉者，流而入于卜筮之事，甚可悯也。若夫季友、竖牛之事，若亲见而指言之，固君子之所不取矣。虽然，南蒯之说，颇为近正。其卦遇《坤》之《比》，而其繇曰"黄裳元吉"。"黄者，中之色也；裳者，下之饰也；元者，善之长也"。夫以中庸之道，守之以谦抑之心，而行之以体仁之德；以为文王之兆，无以过此矣。虽然，君子视其人，观其德，而吉凶生焉。故南蒯之筮也，遇《坤》之《比》，而不祥莫大焉。且夫负贩之夫，朝而作，暮而息，其望不过一金之储。使之无故而得千金，则狂惑而丧志。夫以南蒯而得文王之兆，安得不狂惑而丧志哉！故曰："供养三德为善。"又曰："参成可筮。"而南蒯无以当之，所以使后世知夫卜筮之不可恃也。穆姜筮于东宫，遇《艮》之《八》，史曰："是谓《艮》之《随》。"其繇曰"元亨利贞"，而穆姜亦知其无以当之。故左氏之论《易》，唯南蒯、穆姜之事为近正。而其余者，君子之所不取也。杜预之论得之矣，以为《洪范》稽疑之说，通龟筮以同卿士之数。学者观夫左氏之书，而正之以杜氏之说，庶乎其可也。谨对。卷六

问小雅周之衰　襄二十九年

对:《诗》之中,唯周最备,而周之兴废,于《诗》为详。盖其道始于闺门父子之间,而施及乎君臣之际,以被冒乎天下者,存乎二《南》。后稷、公刘、文、武创业之艰难,而幽、厉失道之渐,存乎二《雅》。成王纂承文、武之烈,而礼乐文章之备,存乎《颂》。其愈衰愈削而至夷于诸侯者,存乎《王·黍离》。盖周道之盛衰,可以备见于此矣。《小雅》者,言王政之小,而兼陈乎其盛衰之际者也。夫幽、厉虽失道,文、武之业未坠,而宣王又从而中兴之,故虽怨刺并兴,而未列于《国风》者,以为犹有王政存焉。故曰:《小雅》者,兼乎周之盛衰者也。昔之言者,皆得其偏,而未备也。季札观周乐,歌《小雅》,曰:"思而不贰,怨而不言,其周之衰乎?"《文中子》曰:"《小雅》乌乎衰? 其周之盛乎!"札之所谓衰者,盖其当时亲见周道之衰,而不睹乎文、武、成、康之盛也。文中子之所谓盛者,言文、武之余烈,历数百年而未忘,虽其子孙之微,而天下犹或宗周也。故曰:二子者,皆得其偏而未备也。太史公曰:"《国风》好色而不淫,《小雅》怨诽而不乱。"当周之衰,虽君子不能无怨,要在不至于乱而已。《文中子》以为周之全盛,不已过乎! 故通乎二子之说,而《小雅》之道备矣。谨对。卷六

问君子能补过　昭七年

对:甚哉! 圣人待天下之通且恕也。朝而为盗跖,暮而为伯夷,圣人不弃也。孟僖子之过也,其悔亦晚矣,虽然,圣人不弃也,曰:犹愈乎卒而不知悔者也。孟僖子之过,可悲也已。仲尼之少

也贱,天下莫知其为圣人。鲁人曰:"此吾东家丘也。"又曰:"此邹人之子也。"楚之子西,齐之晏婴,皆当时之所谓贤人君子也,其言曰:"孔丘之道,迂阔而不可用。"况夫三桓之间,而孰知夫有僖子之贤哉!僖子之病也,告其子曰:"孔丘,圣人之后也。其先正考甫,三命益恭。而弗父何以有宋而授厉公。华父督之乱无罪而绝于宋,其后必有圣人。今孔丘博学而好礼,殆其是欤?尔必往师之,以学礼。"呜呼!孔子用于鲁三月,而齐人畏其霸。以僖子之贤,而知夫子之为圣人也,使之未亡而授之以政,则鲁作东周矣。故曰孟僖子之过,可悲也已。虽然,夫子之道充乎天下者,自僖子始。敬叔学乎仲尼,请于鲁君而与之车,使适周而观礼焉,而圣人之业,然后大备。僖子之功,虽不能用之于未亡之前,而犹能救之于已没之后。左丘明惧后世不知夫僖子之功也,故丁宁而称之,以为补过之君子。昔仲虺言汤之德曰:"改过不吝。"夫以圣人而不称其无过之为能,而称其改过之为善,然则补过者,圣人之徒欤?孟僖子者,圣人之徒也。谨对。 _{卷六}

问侵伐土地分民何以明正 _{僖四年}

对:《三传》侵伐之例,非正也。《左氏》"有钟鼓曰伐,无曰侵",《公羊》"觕曰侵,精曰伐",《穀梁》"苟人民驱牛马曰侵,斩树木坏宫室曰伐"。愚以谓:有隙曰侵,有辞曰伐。齐桓公侵蔡,隙也。蔡溃,遂伐楚,辞也。司马九伐之法,负固不服则侵之,贼贤害民则伐之。然则负固不服者近乎隙,贼贤害民者近乎辞。周之衰也,诸侯相吞,而先王之疆理城郭盖坏矣,故侵伐之间,夫子尤谨而书之。盖古者有分土而无分民,诸侯之侵地者,犹不容于《春秋》，而况苞人民驱牛马哉！桓公侵蔡，不书所侵之地者，侵之无辞也。楚子入陈，乡取一人，谓之夏州。《春秋》略而不书，以谓驱民之非正也。呜呼！春秋之际，非独诸侯之相侵也。晋侯取天子之田，而阳樊之人不服。愚又知《春秋》之不忍书乎此也。谨对。

卷六

问鲁犹三望　僖三十一年　宣三年　成七年

对：先儒论书"犹"之义，可以已也。愚以为不然。《春秋》之所以书"犹"者二，曰如此而犹如此者，甚之之辞也。"公子遂如齐，至黄乃复。辛巳，有事于太庙，仲遂卒于垂。壬午，犹绎，万人去籥"是也。曰不如此而犹如此者，幸之之辞也。"闰月不告月，犹朝于庙""不郊，犹三望"是也。夫子伤周道之衰，礼乐文章之坏，而莫或救之也。故区区焉掇拾其遗亡，以为其全不可得而见矣，得见一二斯可矣，故"闰月不告月，犹朝于庙"者，悯其不告月而幸其犹朝于庙也。"不郊，犹三望"者，伤其不郊而幸其犹三望也。夫郊祀者，先王之大典，而夫子不得亲见之于周也，故因鲁之所行郊祀之礼而备言之耳。《春秋》之书"三望"者，皆为不郊而书也。或"卜郊，不从，乃免牲，犹三望"，或"郊牛之口伤，改卜牛，牛死。乃不郊，犹三望"，或"鼷鼠食郊牛角，改卜牛，鼷鼠又食其角，乃免牛。不郊，犹三望"。《穀梁传》曰："乃者，亡乎人之辞也。犹者，可以已之辞也。"且夫鲁虽不郊而犹有三望者存焉，此夫子之所以存周之遗典也。若曰"可以已"，则是周之遗典绝矣。或曰：鲁郊，僭也。而夫子何存焉？曰：鲁郊，僭也。而夫子不讥。夫子之所讥者，当其罪也。赐鲁以天子之礼乐者，成王也。受天子之礼乐者，伯禽也。《春秋》而讥鲁郊也，上则讥成王，次则讥伯禽。成王、伯禽不见于经，而夫子何讥焉？故曰"犹三望"者，所以存周之遗典也。范宁以"三望"为海、岱、淮，《公羊》以为太山、河、海，而杜预之说最备，曰："分野之星，及国中山川，皆因郊而望祭之。"此说宜可用。谨对。卷六

问鲁作丘甲 成元年

对：先王之为天下也，不求民以其所不为，不强民以其所不能，故其民优游而乐易。周之盛时，其所以赋取于民者，莫不有法，故民不告劳，而上不阙用。及其衰也，诸侯恣行，其所以赋取于民者，唯其所欲，而刑罚随之，故其民至于穷而无告。夫民之为农，而责之以工也，是犹居山者而责之以舟楫也。鲁成公作丘甲，而《春秋》讥焉。《穀梁传》曰："古者农工各有职。甲，非人人之所能为也。丘作甲，非正也。"而杜预以为古者四丘为甸，甸出长毂一乘，戎马四匹，牛十二头，甲士三人，步卒七十二人，而鲁使丘出之也。夫四丘而后为甸，鲁虽重敛，安至于四倍而取之哉！哀公用田赋，曰：二，吾犹不足。而夫子讥其残民之甚。未有四倍而取者也。且夫变古易常者，《春秋》之所讥也。故书"作三军""舍中军""初税亩""作丘甲""用田赋"者，皆所以讥政令之所由变也。而《穀梁》、杜氏之说如此之相戾，安得不辨其失而归之正哉！故愚曰《穀梁》之说是。谨对。卷六

问雩月何以为正　经之书雩者二十一,传之发

例者有三,其略见于僖十一年、成七年,其详则见
于定元年。

对:雩者,先王所以存夫爱民之心而已也。天之应乎人君者,
以其德,不以其言也。人君修其德,使之无愧乎其中,而又何祷
也! 虽然,当岁之旱也,圣王不忍安坐而视民之无告,故为之雩。
雩者,先王之所以存夫爱人之心而已也。为传者不达乎此,而为是
非纷纷之论,亦可笑矣。《穀梁传》曰:"月雩,正也。秋大雩,非正
也。冬大雩,非正也。月雩之为正,何也? 其时穷,人力尽,是月不
雨,则无及矣。雩之必待其时穷,人力尽,何也? 雩者,为旱请也。
古人之重请,以为非让也。"呜呼! 为民之父母,安视其急,而曰毛
泽未尽,人力未竭,以行其区区之让哉。愚以为凡书"雩"者,记旱
也。一月之旱,故雩书月。一时之旱,故雩书时。书雩之例,时、月
而不日。唯昭公之末年,七月,上辛,大雩。季辛,又雩。而昭公之
雩,非旱雩也。《公羊》以为又雩者,聚众以逐季氏。然则旱雩之
例,亦可见矣。《传例》曰:"凡灾异,历日者月、历月者时、历时者加
日。"又:"雩,记旱也。旱,记灾也。"故愚以此为例。谨对。卷六

问大夫无遂事　庄十九年　又僖三十年

对:《春秋》之书"遂"一也,而有善恶存焉,君子观其当时之
实而已矣。利害出于一时,而制之于千里之外,当此之时而不遂,
君子以为固。上之不足以利国,下之不足以利民,可以复命而后
请,当此之时而遂,君子以为专。专者,固所贬也,而固者,亦所讥

也。故曰:《春秋》之书"遂"一也,而有善恶存焉,君子观其当时之实而已矣。公子结媵陈人之妇于鄄,遂及齐侯、宋公盟。《公羊传》曰:"媵不书,此何以书? 以其有遂事书。大夫无遂事,此其言遂何? 大夫出疆,有可以安国家、利社稷,则专之可也。"公子遂如周,遂如晋。《公羊》亦曰:"大夫无遂事。此其言遂何? 公不得为政也。"其书"遂"一也,而善恶如此之相远,岂可以不察其实哉。《春秋》者,后世所以学为臣之法也。谓"遂"之不讥,则愚恐后之为臣者,流而为专;谓"遂"之皆讥,则愚恐后之为臣者,执而为固。故曰:观乎当时之实而已矣。西汉之法,有矫诏之罪,而当时之名臣,皆引此以为据。若汲黯开仓以赈饥民,陈汤发兵以诛郅支,若此者,专之可也。不然,获罪于《春秋》矣。谨对。 卷六

问定何以无正月 　定元年

对:始终授受之际,《春秋》之所甚谨也。无事而书首时,事在二月而书"王二月",事在三月而书"王三月"者,例也。至于公之始年,虽有二月、三月之书,而又特书"正月"。隐元年:"春,王正月。三月,公及邾仪父盟于蔑。"庄元年:"春,王正月。二月,夫人孙于齐。"所以揭天子之正朔,而正诸侯之始也。《公羊传》曰:"缘民臣之心,不可一日无君。缘始终之义,一年不二君。不可旷年无君。"故诸侯皆逾年即位而书"正月"。定公元年书曰:"王三月,晋人执宋仲几于京师。"先儒疑焉,而未得其当也。尝试论之:《春秋》十有二公,其得终始之正而备即位之礼者四,文公、成公、襄公、哀公也。摄而立,不得备即位之礼者一,隐公也。先君不以其道终,而己不得备即位之礼者六,桓公、庄公、闵公、僖公、宣公、昭

公也。先君不以其道终而又在外者二,庄公、定公也。在外逾年而后至者一,定公也。且夫先君虽在外不以其道终,然未尝有逾年而后至者,则是二百四十二年未尝一日无君,而定公之元年,鲁之统绝者自正月至于六月,而后续也。正月者,正其君也。昭公未至,定公未立,季氏当国,而天子之正朔将谁正耶? 此定之所以无正月也。《公羊传》曰:"正月者,正即位也。定无正月者,即位后也。定、哀多微辞。"而何休以为昭公出奔,国当绝,定公不得继体奉正,故讳为微词。呜呼! 昭公绝而定公又不得立,是鲁遂无君矣。《穀梁》以为昭无正终,故定无正始。观庄公元年书"正",则不言而知其妄矣。谨对。卷六

问初税亩　宣十五年

对:古者公田曰"藉",藉,借也,言其借民力以治此也。《诗》曰:"雨我公田,遂及我私。"言民之必先公田也。《传》曰:"私田稼不善,则非吏,公田稼不善,则非民。"言上之必恤私田也。民先其公,而上恤其私,故民不劳而上足用也。宣公无恩信于民,民不肯尽力于公田,故按行择其善亩而税之。《公羊传》曰:"税亩者何? 履亩而税也。"夫民不尽力于公田者,上之过也。宣公不责己悔过,择其善亩而税之,宜其民之谤讟而灾异之作也。税亩之明年冬,蝝生。《公羊传》曰:"蝝生不书,此何以书? 幸之也,犹曰受之云尔。上变古易常,应是而有天灾,其诸则宜于此焉变矣。"何休以为宣公惧灾复古,故其后大有年。愚以为非也。按《春秋》书"作三军",后又书"舍中军"。书"跻僖公",后又书"从祀先公"。事之复正,未尝不书。宣公而果复古也,《春秋》当有不税亩之书。

故何休之说，愚不信也。谨对。 _{卷六}

《易》解 <small>十八变而成</small>

四营为一变，三变而一爻，六爻为十八变也。三变之余而四数之，得九为老阳，得六为老阴，得七为少阳，得八为少阴。故曰：乾之策二百一十有六，坤之策百四十有四，取老而言也。凡九六为老，七八为少，其说未之闻也。或曰：阳极于九，其次则七也。极者为老，其次为少，则阴当老于十而少于八也。曰：阴不可加于阳，故十不用，十不用，犹当老于八而少于六也。则又曰：阳顺而上，其成数极于九，阴逆而下，其成数极于六。自下而上，阴阳均也，稚于子、午，而壮于己、亥，始于《复》《姤》，而终于《乾》《坤》者，阴犹阳也，曷尝有进阳而退阴与逆顺之别乎？且夫自然而然者，天地且不能知，而圣人岂得与于其间而制其予夺哉！惟唐一行之学则不然。以为《易》固言之矣，曰十有八变而成卦，八卦而小成，则十有八变之间有八卦焉，人莫之思也。变之初，有多少。其一变也，不五则九；其二与三也，不四则八。八与九为多，五与四为少。多少者，奇耦之象也。三变皆少，则乾之象也。乾所以为老阳，而四数其余得九，故以九名之。三变皆多，则坤之象也，坤所以为老阴，而四数其余得六，故以六名之。三变而少者一，则震、坎、艮之象也，震、坎、艮所以为少阳，而四数其余得七，故以七名之。三变而多者一，则巽、离、兑之象也，巽、离、兑所以为少阴，而四数其余得八，故以八名之。故七八九六者，因余数以名阴阳，而阴阳之所以为老少者，不在是而在乎三变之间，八卦之象也。此唐一行之学也。 _{卷六}

汉高祖赦季布唐屈突通不降高祖

轼以谓汉高祖、唐高祖皆创业之贤君,季布、屈突通皆一时之烈丈夫。惟烈丈夫,故能以身殉主,有死无二。惟贤君,故能推至公之心,不以私怨杀士。此可以为万世臣主之法。卷七

汉宣帝诘责杜延年治郡不进

轼以谓古者贤君用人,无内外轻重之异,故虽杜延年名卿,不免出为边吏。治效不进,则诘责之,既进,则褒赏之。所以历试人才、考核事功盖如此。孝宣之治,优于孝文者以此也。马周谏唐太宗,亦以为言。治天下者,不可不知也。卷七

叔孙通不能致二生

轼以谓叔孙通制礼,虽不能如三代,然亦因时施宜,有补于世者。鲁二生非之,其言未必皆当,通以谓不知时变,亦宜矣。然谨按扬子《法言》:昔齐鲁有大臣,史失其名。或曰,如何其大也?曰,叔孙通欲制君臣之仪,聘先生于齐鲁,所不能致者二人。由此观之,大臣以道事君,不可则止,然后可以托六尺之孤,可以寄百里之命。若与时上下,随人俯仰,虽或适用于一时,何足谓之大臣为社稷之卫哉!卷七

狄山论匈奴和亲

轼谨按,汉制,博士秩皆六百石耳,然朝廷有大事,必与丞相、御史、九卿、列侯同议可否,盖亲儒臣,尊经术,不以小臣而废其言。故狄山得与张汤争议上前。此人臣之所甚难,而人主之所欲闻也。温颜以来之,虚怀以受之,犹恐不敢言,又况如武帝作色凭怒,致之于死乎? 故汤之用事,至使盗贼半天下,而汉室几乱,盖起于狄山之不容也。 卷七

文宗访郑公后得魏謩

轼观唐文宗览贞观事而思魏郑公之后,亦有意于善治矣。虽然,唐室凌迟,未易兴起,非高才伟人,无足以图之。而信训、注之狂谋,几陨宗社。良可叹已! 至于奖魏謩之极谏,愿处于无过之地,亦贤君之用心也。 卷七

张九龄不肯用张守珪牛仙客

轼窃谓士大夫砥砺名节,正色立朝,不务雷同以固禄位,非独人臣之私义,乃天下国家所恃以安者也。若名节一衰,忠信不闻,乱亡随之,捷如影响。西汉之末,敢言者惟王章、朱云二人,章死而云废,则公卿持禄保妻子,如张禹、孔光之流耳。故王莽以斗筲穿窬之才,恣取神器如反掌。唐开元之末,大臣守正不回,惟张九龄一人。九龄既已忤旨罢相,明皇不复闻其过,以致禄山之乱。治乱之机,可不慎哉! 卷七

颜真卿守平原以抗安禄山

轼以谓古者任人，无内外轻重之异，故虽汉宣之急贤，萧望之之得君，犹更出治民，然后大用。非独以历试人材，亦所以维持四方，均内外之势也。唐开元、天宝间，重内轻外，当时公卿名臣，非以罪责不出守郡，虽藩镇帅守，自以为不如寺监之僚佐，故郡县多不得人。禄山之乱，河北二十四郡一朝降贼，独有一颜真卿，而明皇初不识也。此重内轻外之弊，不可不为鉴。卷七

汉武帝唐太宗优劣

轼以谓古之贤君，知直臣之难得，忠言之难闻，故生尽其用，殁思其言，想见其人，形于梦寐，亦可谓乐贤好德之主矣。汉武帝雄材大略，不减太宗。汲黯之贤，过虞世南。世南已死，太宗思之。汲黯尚存，武帝厌之。故太宗之治，几至刑措，而武帝之政，盗贼半天下，由此也夫！卷七

书韩维读《三朝宝训》

秘书监侍讲傅尧俞始召赴资善堂，对迩英阁，尧俞致谢。上遣人宣召，曰：“卿以博学，参预讲筵，宜尊所闻，以辅不逮。”尧俞讲毕，曲谢。上复遣人宣谕：“卿讲义渊博，多所发挥，良深嘉叹。”是日，上读《三朝宝训》，至天禧中，有二人犯罪，法当死。真宗皇帝恻然怜之，曰：“此等安知法？杀之则不忍，舍之则无以励众。”乃使人持去，笞而遣之，以斩讫奏。又祀汾阴日，见一羊自掷道左，

怪问之。曰:"今日尚食杀其羔。"真宗惨然不乐。自是不杀羊羔。资政殿学士韩维读毕,因奏言:此特真宗皇帝小善尔。然推是心以及天下,则仁不可胜用也。真宗自澶渊之役却狄之后,十九年不言兵,而天下富。其源盖出于此。昔孟子论齐王不忍杀觳觫之牛,以为是心足以王,今恩足以及禽兽而功不及于百姓,岂不能哉,盖不为耳。外人皆云:皇帝陛下仁孝发于天性,每行见昆虫蝼蚁,违而过之,且敕左右勿践履,此亦仁术也。臣愿陛下推此心以及百姓,而天下幸甚。某时为右史,奏曰:臣今月十五日侍迩英阁,窃见资政殿学士韩维因读《三朝宝训》,至真宗皇帝好生恶杀,因论皇帝陛下在宫中不忍践履虫蚁。其言深切,可以推明圣德,益增福寿。臣忝备位右史,谨书其事于册。又录一本上进,意望陛下采览,无忘此心,以广好生之德,臣不任大愿。 卷七

文集卷一百七

私试策问八首

汉之变故有六

问：人主莫不欲安存而恶危亡，然而其国常至于不可救者，何也？所忧者，非其所以乱与亡，而其所以乱与亡者，当出于其所不忧也。请借汉以言之。昔者高帝之世，天下既平矣，当时之所忧者，韩、彭、英、卢而已。此四王者，皆不能终高帝之世，相继仆灭，而不复续。及至吕氏之祸，则犹异姓也。吕氏既已灭矣，而吴、楚之忧，几至于亡国。方韩、彭、吕氏之祸，惟恐同姓之不蕃炽昌大也，然至其为变，则又过于异姓远矣。文、景之世，以为诸侯分裂破弱，则汉可以百世而无忧。至于武帝，诸侯之难少衰，而匈奴之患方炽。则又以为天下之忧，止于此矣。及昭、宣、元、成之世，诸侯王既已无足忧者，而匈奴又破灭，臣事于汉。然其所以卒至于中绝而不救，则其所不虑之王氏也。世祖既立，上惩韩、彭之难，中鉴七国之变，而下悼王氏之祸，于是尽侯诸将，而不任以事，裁减同姓之封，而黜三公之权，以为前世之弊尽去矣。及其衰也，宦官之权盛，而党锢之难起，士大夫相与扼腕而游谈者，以为天子一日诛宦官而解党锢，则天下犹可以无事。于是外召诸将，而内胁其君。宦官既诛无遗类，而董卓、曹操之徒，亦因以亡汉。汉之所忧者凡六变，而其乱与亡，辄出于其所不忧，而终不可备。由此观之，治乱存亡之势,其皆有以取之欤? 抑将不可推,如江河之徙移,其势自有以相激,而不自知欤? 其亦可以理推力救而莫之为也? 今将使事至而应之,患至而为之谋,则天下之患,不可以胜防,而政化不可以胜变矣。则亦将朝文而暮质,忽宽而骤猛欤? 意者亦有可以长守而不变,虽有小患而不足恤者欤? 愿因论汉,而极言其所以然。 卷七

职官令录郡守而用弃材

问:昔三代之际,公卿有生而为之者,士有至老而不迁者。官有常人,而人有常心。故为周之公卿者,非周、召、毛、原,则王之子弟也。发于畎亩,起于匹夫,而至于公相,盖亦有几人而已。士之勤苦终身于学,讲肄道艺,而修其廉隅,以邀乡里之名者,不过以望乡大夫贤能之书。其选举而上,不过以为一命之士。其杰异者至于大夫,极矣。夫周之世,诸侯为政之卿,皆其世臣之子孙,则夫布衣之士,其进盖亦有所止也。当是之时,士皆安其习而乐其分,不倦于小官,而挈为之,故其民事修而世务举。及其后世不然,使天下旅进而更为之,虽布衣之贤,得以骤进于朝廷,而士始有无厌之心矣。官事之不修,民事之不绪,非其不能,不屑为之也。先王之用人,欲其人人自喜,终老而不倦,是以能尽其才。今以凡人之才,而又加之以既倦之意,其为弊,可胜言乎? 今夫州县之吏,有故而不得改官者,盘桓于州县而不能去,久者不过以为职官令录,仕而达者,自县宰为郡之通守,自郡之通守以至郡守,为郡守而无他才能,则盘桓于太守,而不得去。由此观之,是职官令录与郡守四者,为国家弃材之委,而仕不达者之所盘桓而无聊也。夫以太守之重,职官令录之近于民,而用弃材焉,使不达者盘桓于其职,此岂先王所以使人不倦之意欤? 嗟夫! 盖亦有不得已也。居今之势,何以

使天下之士各安其分,而无轻于小官? 何以使此四者流徙不倦,而无不自聊赖之意? 其悉书于篇。 _{卷七}

关中战守古今不同与夫用民兵储粟马之术

问:古者师出,受成于学,兵固学者之所宜知也。今关中之事,又诸君之所亲履而目见者。昔者六国之世,秦尽有今关中之地,地不加广也,而东备齐,南备楚,近则备韩、魏,远则备燕、赵,有敌国之忧,而无中原之助。然而当是时也,攘却西戎,至千余里。今也天下为一,独以关中之地西备羌戎,三方无敌国之忧,而又内引百郡以为助,惴惴焉自固之不暇。以百倍之势,而无昔人分毫之功,此不可不论也。古之为兵者,戍其地则用其地之民,战其野则食其野之粟,守其国则乘其国之马,以是外被兵而内不知,此所以百战而不殆也。今则不然,戍边用东北之人,籴粮用内郡之钱,骑战用西羌之马,是以一郡用兵而百郡骚然,此又不可不论也。昔者卫为狄所灭,齐桓公以车三十乘封文公于楚丘,及其末年,至三百乘。故其诗曰:"匪直也人,秉心塞渊,騋牝三千。"以为资之四夷,则卫之所近者莫若狄。当是时也,狄与卫为仇雠,其势必不以马与卫,然则卫独以何术而能致马如此之多耶? 今欲使被边之郡自用其民、自食其粟、自乘其马,而不得其术,故愿闻其详。 _{卷七}

庙欲有主祭欲有尸

问:三代之祭礼,其存者几希矣,其全固不可以一日而复。然今天下郡县通祀社稷、孔子、风伯、雨师与凡山川古圣贤之庙,此其礼尤急而不可阙者也。武王伐商,师渡盟津,有宗庙,有将舟。将舟,社主在焉。则是社稷有主也。古者师行载迁庙之主,无迁庙则以币玉，为庙不可一日虚主也。一日虚主犹不可，若无主而为庙，可乎？是凡庙皆当有主也。今郡县所祭，未尝有主，而皆有土木之像，夫像安出哉？古者祭莫不有尸，《诗》有灵星之尸，则祭无所不用尸也。祭而不用尸者，是始死之奠也。不然，则是祭殇也。今也举不用尸，则如勿祭而已矣。儒者治礼，至其变，尤谨严而详。今之变主为像与祭而无尸者，果谁始也？古者坐于席，故笾豆之长短，簠簋之高下，适与人均。今土木之像，既已巍然于上，而列器皿于地；使鬼神不享，则不可知，若其享之，则是俯伏匍匐而就也。鬼神不能谆谆与人接也，故使尸餟主人。今也无尸，而受胙于虚位，不亦鄙野可笑矣！夫今欲使庙皆有主，祭皆有尸，不知何道而可？愿从诸君讲求其遗制合于古而便于今者。卷七

孔子赞《易》有申爻辞而无损益者

问：《易》之为书，要以不可为必然可指之论也。其始有画而无文，后世圣人始为之辞，盖亦微见其端，而其或为仁，或为义，或小或大，则付之后世学者之分。然世益久远，则学者或入于邪说，故凡孔子之所为赞《易》者，特以防闲其邪说，使之从横旁午，要不失正，而非以为必然可指之论也。是故其用意广而其辞约。窃尝深观之，孔子盖有因爻辞而申言之，若无所损益于其辞之义者甚众。《比》之初六：“有孚比之，无咎。有孚盈缶，终来有它，吉。”《象》曰：“《比》之初六，有它吉也。”《小畜》之初九：“复自道，何其咎，吉。”《象》曰：“复自道，其义吉也。”《损》之六四：“损其疾，使遄有喜。”《象》曰：“损其疾，亦可喜也。”《大有》之上九：“自天祐之，吉，无不利。”《象》曰：“大有上吉，自天祐也。”夫既已言之矣，而孔子又申言之，使无所损益于其辞之义，则孔子固多言也？乃孔

子则有不胜言者。故愿与诸君论之。卷七

赏功罚罪之疑

问：古之为爵赏，所以待有功也。以为有功而后爵，天下必有遗善，是故有无功而爵者，六德六行以兴贤能是也。古之为刑罚，所以待有罪也。以为有罪而后罚，则天下必有遗恶，是故有无罪而罚者，行伪而坚，言伪而辩，学非而博，顺非而泽，以疑众杀是也。夫人之难知，自尧舜病之。惟幸其有功，故有以为赏之之名；惟因其有罪，故有以为罚之之状，而天下不争。今使无功之人，名之以某德而爵之，无罪之人，状之以某恶而诛之，则天下不知其所从，而上亦将眊乱而丧其所守。然则古之人将何以处此欤？方今法令明具，政若画一，然犹有冒昧以侥幸、巧诋以出入者，又况无功而赏、无罪而罚欤？古之人将必有以处此也。卷七

王弼引《论语》以解《易》其说当否

问：圣人之言，各有方也。苟为不达，执其一方，而辄以为常，则天下之惑者，不可以胜原矣。昔者孔子以为丧欲速贫，死欲速朽，而有子以为非君子之言，乃孔子则有所由发也。善乎！有子之知孔子也。《语》曰："禘，自既灌而往者，吾不欲观之。"《易》曰："观，盥而不荐。"《语》曰："吾岂匏瓜也哉！安能系而不食？"《易》曰："以杞包瓜，有陨自天。"是二者，其言则同，而其所以言者，可得为同欤？王弼之于《易》，可以为深矣，然因其言之适同，遂以为训，使学者不得不惑，亦不可不辨。卷七

诸子更相讥议

问：古之作者，苟非圣人，皆有所偏。徇其偏则已流，废其长则已苛。二者皆非所谓善学也。君子以其身之正，知人之不正；以人之不正，知其身之有所未正也。既以正人，又反以正己。此所以寡过而成名也。昔者韩子论荀、扬之疵，而韩子之疵有甚于荀、扬。荀卿讥六子之蔽，而荀卿之蔽不下于六子。班固之论子长也，以为是非谬于圣人，而范晔之论班固也，以为目见毫毛而不见睫。自今而观之，不知范氏之书，其果逃于"目睫"之论也欤？其未也？而莫或正之。故愿闻数子之得失。非务以相高而求胜，盖亦乐夫儒者之以道相正也。卷七

永兴军秋试举人策问

汉唐不变秦隋之法近世乃欲以新易旧

问：昔汉受天下于秦，因秦之制，而不害为汉；唐受天下于隋，因隋之制，而不害为唐。汉之与秦，唐之与隋，其治乱安危至相远也，然而卒无所改易，又况于积安久治，其道固不事变也。世之君子，以为善人为邦百年，可以胜残去杀。病其说之不效，急于有功，而归咎于法制。是以频年遣使，冠盖相望于道，以求民之所患苦。罢去茶禁，归之于民；不以刑狱委任武吏；至于考功取士，皆有所损益。行之数年，卒未有其成，而纷纭之议，争以为不便。嗟乎！此特其小者耳。事之可变，将复有大于此者。今欲尽易天下之骄卒，以为府兵；尽驱天下之异教，以为齐民；尽核天下之惰吏，以为考课；尽率天下之游手，以为农桑。其为拂世厉俗，非特如今之所行也。行其小者且不能办，则其大者又安敢议？然则是终不可变

欤？抑将变之不得其术欤？将已得其术，而纷纭之议不足恤欤？无乃其道可变而不在其迹欤？所谓胜残去杀者，其卒无效欤？愿条其说。卷七

国学秋试策问二首

勤而或治或乱断而或兴或衰信而或安或危

问：所贵乎学士大夫者，以其通古今而考成败也。昔之人尝有以是成者，我必袭之；尝有以是败者，我必反之。如是其可乎？昔之为人君者，患不能勤。然而或勤以治，亦或以乱。文王之日昃，汉宣之厉精，始皇之程书，隋文之传餐，其为勤一也。昔之为人君者，患不能断。然而或断以兴，亦或以衰。晋武之平吴，宪宗之征蔡，苻坚之南伐，宋文之北侵，其为断一也。昔之为人君者，患不能信其臣。然而或信以安，亦或以危。秦穆之于孟明，汉昭之于霍光，燕哙之于子之，德宗之于卢杞，其为信一也。此三者，皆人君之所难，有志之士所常咨嗟慕望，旷世而不获者也。然考此数君者，治乱、兴衰、安危之效相反如此，岂可不求其故欤？夫贪慕其成功而为之，与惩其败而不为，此二者皆过也。学者将何取焉？按其已然之迹，而诋之也易；推其未然之理，而辨之也难。是以未及见其成功，则文王之勤，无以异于始皇。而方其未败也，苻坚之断，与晋武何以辨？请举此数君者得失之源所以相反之故，将详观焉。
卷七

隋文帝户口之蕃仓廪府库之盛

问：古者以民之多寡，为国之贫富。故管仲以阴谋倾鲁梁之

民,而商鞅亦招三晋之人以并诸侯。当周之盛时,其民物之数登于王府者,盖拜而受之。自汉以来,丁口之蕃息,与仓廪府库之盛,莫如隋。其贡赋输籍之法,必有可观者。然学者以其得天下不以道,又不过再世而亡,是以鄙之而无传焉。孔子曰:"不以人废言。"而况可以废一代之良法乎? 文帝之初,有户三百六十余万,平陈,所得又五十万;至大业之始,不及二十年,而增至八百九十余万者,何也? 方是时,布帛之积,至于无所容,资储之在天下者,至不可胜数。及其败亡涂地,而洛口诸仓犹足以致百万之众。其法岂可少哉! 国家承平百年,户口之众,有过于隋。然以今之法观之,特便于徭役而已,国之贫富何与焉! 非徒无益于富,又且以多为患。生之者寡,食之者众,是以公私枵然,而百弊并生。夫立法创制,将以远迹三代,而曾隋氏之不及,此岂不可论其故哉? 卷七

试馆职策问三首

师仁祖之忠厚法神考之励精

问:《传》曰:"秦失之强,周失之弱。"昔周公治鲁,亲亲而尊尊,至其后世,有浸微之忧。太公治齐,举贤而上功,而其末流,亦有争夺之祸。夫亲亲而尊尊,举贤而上功,三代之所共也。而齐、鲁行之,皆不免于衰乱,其故何哉? 国家承平百年,六圣相授,为治不同,同归于仁。今朝廷欲师仁祖之忠厚,而患百官有司不举其职,或至于偷;欲法神考之励精,而恐监司守令不识其意,流入于刻。夫使忠厚而不偷,励精而不刻,亦必有道矣。昔汉文宽仁长者,至于朝廷之间耻言人过,而不闻其有怠废不举之病;宣帝综核名实,至于文学理法之士,咸精其能,而不闻其有督责过甚之失。

何修何营,可以及此? 愿深明所以然之故,而条具所当行之事,悉著于篇,以备采择。卷七

两汉之政治

问:古之君子,见礼而知俗,闻乐而知政,于以论兴亡之先后,考古以诏今,盖学士大夫之职,而人主与群臣之所欲闻也。请借汉而论之。西汉十二世,而有道之君六,虽成、哀失德,祸不及民,宜其立国之势,强固不拔,而王莽以斗筲穿窬之才,谈笑而取之。东汉自安、顺以降,日趋于衰乱,而桓、灵之虐,甚于三季,其势宜易动,而董、吕、二袁,皆以绝人之姿,欲取而不敢,曹操功盖天下,其才百倍王莽,尽其智力,终身莫能得。夫治乱相绝,而安危之效,相反如此。愿考其政,察其俗,悉陈其所以然者。卷七

冗官之弊水旱之灾河决之患

问:国家及闲暇无事时,辟三馆以储士,既命丞弼之臣各举其所知,又诏有司发策而访焉,非独以观子大夫之能,抑亦欲闻天下之要务,决当今之滞论也。官冗之弊久矣,而近岁尤甚。文武之吏,待次于都下者,几数千人。坐视而不救欤? 则下有食贫失职之叹;裁损入流、减削任子以救之欤? 则上有伤恩失士之忧。河朔之民,不安其居久矣,一遇水旱,则扶老携幼,转徙而南。下令而禁之欤? 则民违死而趋生,令必不行;听其南而不禁欤? 则河朔渐空,而流民聚于南方,有足忧者。河自近岁屡决而西,听其西而不塞欤? 则泛滥千里,农民失业;塞而归之故道欤? 则水未必听,或至于啮坏都邑。此三者,皆安危之所系,利害相持而未决者也。子大夫讲之熟矣,愿闻其说。卷七

文集卷一百八

省试策问三首

汉文帝之行事有可疑者三

问:《孟子》曰:"君仁莫不仁,君义莫不义,君正莫不正.一正君而国定。"君子之至于斯也,亦可谓用力省而成功博矣。陛下嗣位于今四年,未言而民信之,无为而天助之,虽群臣有司,不足以识知盛德之所在,然窃意其万一,殆专以仁孝礼义好生纳谏治天下也。子大夫生于此时,而又以德行道艺宾兴于廷,将必有意于《孟子》之言正君而国定。愿闻所谓一言而兴邦、修身而天下服者。夫尧舜尚矣,学者无所复议。自汉以来,道德纯备,未有如文帝者也。今考其行事,而可疑者三。上林令,吏之不才,而虎圈啬夫,才之过人者也。才者见而不录,不才者置而不问,则事之不废坏者有几?然则兵偃刑措,何从而致之?南越不臣,宠以使者,吴王不朝,赐以几杖,此与唐之陵夷,藩镇自立以邀旄钺者何异,不几于姑息苟简之政欤?《传》曰:三王臣主俱贤。五霸不及其臣。文帝不见贾生,自以为过之,既见,不如也。文帝岂霸者欤?帝自以为不如,而魏文帝乃以为过之,此又何也?抑过之为贤欤?将自谓不如为贤欤?汉文之所以为文,殆以是三者,而可疑如此。故愿与子大夫论之,以待上问而发焉。卷七

宰相不当以选举为嫌

问:《易》曰:"神而明之,存乎其人。"《诗》曰:"无竞惟人,四方其训之。"文武之功,未有不以得人而成者也。仲尼,旅人也,而门人可使南面。重耳,亡公子也,而从者足以相国。汉之得人,盛于武、宣。皆拔之刍牧之中,而表之公卿之上,世主不以为疑,士大夫不以为嫌者,风俗厚而论议正也。宋蔡廓为吏部尚书,黄、散以下,皆得自用,而廓以为薄己。今自宰相不得专选举,一命以上,皆付之定法,此何道也?昔常衮当国,虽尽公守法,而贤愚同滞,天下讥之。及崔贻孙相,不及一年,除吏八百,多其亲旧,号称得人。故建中之政,几同贞观。夫使宰相守法如常衮,则不免于贤愚同滞之讥;用人如贻孙,则必有威福下移之谤。欲望得人于微陋之中,而成功于绳墨之外,岂不难哉!子大夫学优而求用者也,当何施于今,而免于斯二者?愿极言之。卷七

省冗官裁奉给

问:历观前世,天下初定,民始休息,下既厌乱而思静,上亦虚心而无作,是以公私富溢,刑罚清省。及其久安无变,则夸者喜名,智者贪功,生事以为乐,无病而自灸。则天下骚然,财屈力殚,而民始病矣。自汉以来,鲜不由此。汉初,置郡不过六十,而文、景之化,几致刑措。及唐中叶,列三百州,为千四百县,而政益荒。是时宿兵八十余万,民去为商贾,度为佛老,杂入科役,率常十五。天下常以劳苦之人三,奉坐待衣食之人七。流弊之极,至元和中,乃命段平仲、韦贯之、许孟容、李绛一切蠲减,凡省冗官八百员,吏千四百员。民以少纾,而上下相安,无刻核之怨。今朝廷无事百有余年,虽六圣相授,求治如不及,而吏惰民劳,盖不胜弊。今者骄兵冗

官之费,宗室贵戚之奉,边鄙将吏之给,盖十倍于往日矣。安视而不恤欤? 则有民穷无告之忧。以义而裁之欤? 则有拂逆人情之患。夫元和之世,彼四子者,何独能之。子大夫虽未仕,其详有所不知,而救此之道,当讲其要,愿悉著于篇。卷七

省试宗室策问

汉唐宗室之盛与本朝教养选举之法

问:昔周之盛时,其卿士皆周、召、毛、原,非王之伯叔父,则其子弟也。至两汉,间、平、歆、向,世不乏人。而唐之宗室最近而易考,武略如道宗、孝恭,文章如白与贺者,不可以一二数。而以宰相进者,有九人焉。呜呼! 何其盛也。建隆以来,不以吏事责宗子,虽有文武异才,终身不试。先帝独见远览,恩义并用,增修教养之法,肇开选举之路,盖十有余年矣。罢朝请而走郡县,释膏粱而治簿书者,固不为少。然名字暴著,可以追配古人者,盖未之见焉。意者谦畏慎默,而不自献欤? 将教养选举之法,有所缺而未明欤? 其悉著于篇,以俟采择。卷七

策问六首

五路之士

昔人有言,邹、鲁守经学,齐、楚多辨智,韩、魏时有奇节。自汉以来,豪杰之士,多出山东、山西。国家承平百年,文武并用,所以辅成人才者,可谓至矣。而五路学者,尚未逮古。岂山川气俗有今昔之殊? 将教养课试之法未得其要? 各以所习之经,闻于师者

著于篇。卷七

农政

　　古者有劝农之官，力田之科，与孝弟同。而自汉以来，率用户口登耗，黜陟守宰。今民去南亩而游市井者官不禁，载末耜而适四方者关不讥也。户口盈缩，无复赏罚，此岂治世所当然耶？今欲依古义为农桑之政，计户口而为考课之法，而议者或以为无益有扰，有司惑焉，当何施而可？卷七

礼刑

　　古者礼、刑相为表里，礼之所去，刑之所取。《诗》曰："淑问如皋陶，在泮献囚。"而汉之盛时，儒者皆以《春秋》断狱。今世因人以立事，因事以立法，事无穷而法日新，则唐之律令，有失于本矣，而况《礼》与《春秋》儒者之论乎？夫欲追世俗而忘返，则教化日微；泥经术而为断，则人情不安。愿闻所以折衷于斯二者。卷七

古乐制度

　　问：圣人之治天下，使风淳俗美者，莫善于乐也。去圣既远，咸茎韶濩，间无遗声，所可见者周之制。而《周官》苦战国附益，传籍出暴秦之煨烬，其记载亡几，又复驳异难较，虽传称神瞀考中声以立钧出度，则律先于度，《周官》由嘉量然后见声，则量先于律。传载先王作七声，而《周官》之法，则曰"黄钟为宫，大吕为角，大簇为徵，应钟为羽"，则声止于四而阙其三，律同其三而异其二。至于其间虽有制度，反复可见，而先儒说释，又加谬妄。歌奏二事，而曰相通，其音果和耶？圜极两统，皆有所避，其法果当耶？法之二

三,乐不可正,后世虽欲淳天下风,美天下俗,将何以哉? 卷七

汉封功臣

问:汉皇尝言:吾运筹得子房,给馈饷得萧相国,而攻取以韩信。此其所以取天下,则诸臣就功,宜无与三杰比矣。及平定次功,何以守关为第一,是亦宜矣。于功次宜在子房、韩信,而良位乃居六十四,信复不为位次,乃用曹参次何。功出信下,则高祖当言战必胜攻必取在参矣。且十八侯功次,以周勃、樊哙、郦商、灌婴非次参为诸公上,宜若未安也。如张敖、奚涓、靳歙、王吸、薛欧、虫达辈非无显功于世,而先诸公,何谓也? 且书丹血盟,山河并久,宜其次功无轻重差缪,乃可以安天下雄杰而无怨谋,岂张、奚辈大功在世而难于料耶,不然,何甚也! 又,高祖始封大侯不过万家,小者五六百户。及文、景世,诸侯号为强盛,乃大者至三四万户,小国者自倍耳。及功臣不能自终,七国谋衅,议者常咎高皇封国过制使然耳。《周礼》"公五百里",盖不啻三四万户矣,奚至卒长久安宁,而汉易为闲隙耶? 卷七

复古

问:《春秋》之法,变古则讥之,复古则大之,明乎古之不可易,易则乱矣。观秦、汉之治,率然以其制易古之制,故卒以是至于败乱者,有由然矣。虽然,由秦汉而下距至今,去古愈远,幸一旦思复,则又惧牵制泥古之失,否则《春秋》之所讥,然则果复之为可耶,抑亦从时之变为可也? 幸究微以要圣人之中。卷七

私试策问

人与法并用

问:任人而不任法,则法简而人重。任法而不任人,则法繁而人轻。法简而人重,其弊也,请谒公行而威势下移。法繁而人轻,其弊也,人得苟免,而贤不肖均。此古今之通患也。夫欲人法并用,轻重相持,当安所折衷? 使近古而宜今,有益而无损乎? 今举于礼部者,皆用糊名易书之法,选于吏部者,皆用长守不易之格。六卿之长,不得一用其意,而胥吏奸人皆出没其间。此岂治世之法哉! 如使有司皆若唐以前,得自以其意进退天下士大夫,官吏恣擅,流言纷纭之害,将何以止之? 夫古之人,何修而免于此? 夫岂无术,不讲故也。愿闻其详。卷七

拟殿试策问

皇帝若曰:呜呼! 维天佑民,实相乃后,锡以多士,咸造在廷。顾朕不德,何以致此? 永惟子大夫释畎亩之安,轻千里之远而从朕游者,夫岂为利禄哉! 闻之于师,而欲献之于君;修之于家,而欲刑之于国者,子大夫之本意也。朕愿闻之。朕即位改元,于今三年,纵未及孔子之有成,犹当庶几于子路之言有勇且知方者,而风俗未厚,刑政未清,阴阳未和,厥咎安在? 朕虚心忘己以来众言,而朝廷阙失之政,斯民利害之实,有所未闻;含垢藏疾以待四夷,而羌戎未叙,兵不得解;施舍已责,捐利与民,而农民未安,商旅不行。此三者,朕之所疑,日夜以思而未获者也。其悉言之,无有所隐,朕将亲览焉。卷七

杂策

禹之所以通水之法

自禹而下至于秦,千有余年,滨河之民,班白而不识濡足之患。自汉而下,至于今数千年,河之为患,绵绵而不绝。岂圣人之功烈,至汉而熄哉?方战国之用兵,国于河之堧者,三晋为多。而魏文侯时,白圭治水最为有功,而孟子讥其以邻国为壑。自是之后,或决以攻,或沟以守,新防交兴,而故道旋失。然圣人之迹,尚可以访之于耆老。秦不亟治而遗患于汉,汉之法又不足守。夫禹之时,四渎唯河最难治,以难治之水,而用不足守之法,故历数千年而莫能以止也。圣人哀怜生民,谋诸廊庙之上左右辅弼之臣,又访诸布衣之间,苟有所怀,孰敢不尽?盖陆人不能舟,而没人未尝见舟而便操之,亲被其患,知之宜详。当今莫若访之海滨之老民,而兴天下之水学。古者,将有决塞之事,必使通知经术之臣计其利害,又使水工行视地势,不得其工,不可以济也。故夫三十余年之间,而无一人能兴水利者,其学亡也。《禹贡》之说,非其详矣。然而高下之势,先后之次,水之大小,与其蓄泄之宜,而致力之多少,亦可以概见。大抵先其高而后低下,始于北之冀州,而东至于青、徐,南至于荆、扬,而西讫于梁、雍之间。江、河、淮、泗既平,而衡、漳、泽水,伊、洛、瀍、涧之属,亦从而治。浚畎浍,导九川,潴大野,陂九泽,而蓄泄之势便。兖州作十三载,而岷夷既略,故其用力,各有多少之宜,此其凡也。孟子曰:"禹之治水也,水由地中行。"此禹之所以通其法也。愚窃以为治河之要,宜推其理,而酌之以人情。河水湍悍,虽亦其性,然非堤防激而作之,其势不至如此。古者河之侧无居民,弃其地以为水委,今也堤之而庐民其上,所谓爱

尺寸而忘千里也。故曰堤防省而水患衰，其理然也。卷七

修废官举逸民

　　古者民群而归君，君择臣而教其民。其初盖甚简也，唐虞以来，颇可见矣。历夏、商至周，法令日滋，而官亦随益，故其数三百六十，盖亦有不得已也。《书》曰："唐虞稽古，建官惟百。"又曰："夏商官倍，亦克用乂。"言其官虽多于古，而天下亦以治也。周之衰也，宣王振之，号为中兴。而重黎之后失其守，而为司马氏。陵迟至孔子之时，周公之典盖坏矣，卿世卿，大夫世大夫，而贤者无以进。孔子慨然而叹，欲修废官、举逸民，以归天下之心，行四方之政。而《春秋》亦讥世禄之臣，盖伤时之至也。自秦更三代之制，官秩一变，汉循其旧，往往增置。历世沿袭，以至于今，遂为大备。愚恐冗局之耗民，而未知废官之可举也。然古之官，其名存其实亡者多矣。司农卿不责以金谷之虚赢，尚书令不问以百官之殿最，此岂非王体之重欤？国家自天圣中，诏天下以经术古文为事，自是博学之君子，莫不群进于有司，然所以待之之礼未尽，故洁廉难合之士，尚未尽出。今优其礼，而天下之逸民至矣。且夫山岩林谷之士，虽有豪杰之才，固未知有簿书吏事也，而刚毅讦直，不识讳忌。故先王置之拾遗补阙之间，此其属任之方也。噫！自孔子没，世之君子安其富贵，而不复思念天下有废而不修之官，逸而不举之民。今明策丁宁而求之，以发孔子千载之长忧，此天下之幸也。卷七

天子六军之制

《周礼》之言田赋夫家车徒之数,圣王之制也。其言五等之君,封国之大小,非圣人之制也,战国所增之文也。何以言之？按郑氏说,武王之时,周地狭小,故诸侯之封,及百里而止。周公征伐不服,斥大中国,故大封诸侯,而诸公之地至五百里。不知武王之时,何国不服,而周公之所征伐者谁也？东征之役,见于诗书,岂其廓地千里,而史不载耶？此甚可疑也。周之初,诸侯八百,春秋之世,存者无数十。郑子产有言："古者大国百里,今晋、楚千乘,若无侵小,何以至此？"子产之博物,其言宜可信。先儒或以《周礼》为战国阴谋之书,亦有以也。王制公侯百里,伯七十里,子男五十里,而孟子之说亦如此。此三代之通法。鲁之车千乘,僭也。《春秋》大蒐、大阅,皆以讥书。言其车之多、徒之众,非鲁之所宜有,故曰大也。夫周之制,四丘为甸,甸出长毂一乘,鲁之无千甸之封亦明矣。然公车、千乘之见于《诗》,何也？孟子曰："说诗者,不以文害辞,不以辞害意。"天子之马止于十二闲,而《诗》有"骙牝三千",美其富不讥其僭,不害其为诗也。夫千乘之积,虽为七万五千人,而有羡卒处其半焉。故三万者,公徒而已。鲁襄公之十一年,初作三军,僖公之世,未至于三万。愚又疑夫诗人张而大之也。 卷七

休兵久矣而国益困

中国之有夷狄之患,犹人之有手足之疾也。不忍药石之苦,针砭之伤,一旦流而入于骨髓,则愚恐其苦之不止于药石,而伤之不止于针砭也。中国以禽兽视二虏,故每岁哝以厚利,使就羁绁。

圣人之爱中国,而不欲残民之心,古未尝有矣。然夷狄贪惏,渐不可启,日富日骄,久亦难制。故自宝元以来,赋敛日繁,虽休兵十有余年,而民适以困者,潜削而不知也。昔先皇帝震怒,举大兵问罪匈奴,师不逾时,而丑虏就盟。西夏之役,边臣治兵振旅,不及数年,旋亦解甲。彼其时之费,与今无已之赂,不可以同日而语矣。天子恭俭,过于文、景,百官奉法,无敢逾僭,而二虏者实残吾民,此天下雄俊英伟之士,所以扼腕而太息也。且夫举天下之大而诛数县之虏,故上下交足,而内外莫不欢欣;弃有限之财,而塞无厌之心,故取于民者愈多,而藏于国者愈急。此天下之所明知而易达之理,惟上之人实图之。卷七

关陇游民私铸钱与江淮漕卒为盗之由

三代之所以养民者备矣。农力耕而食,工作器而用,商贾资焉而通之于天下。其食无不义之食也,其器无不义之器也,商贾通之而不以不义资之也。夫以饮食器用之利,而皆以义得焉,使民之所以要利者,非义无由也。后之世,赋取无度,货币无法,义穷而诈胜。夫三代之民,非诚好义也,使天下之利,皆出于义,而民莫不好也。后之所以使民要利者,非诈无由也。是故法令日滋,而弊益烦,刑禁甚严,而奸不可止。呜呼!久矣,其如此也。治其本,朝令而夕从;救其末,百世不改也。私铸之弊,始于钱轻,使钱之直若金之直,虽赏之不为也。今秦蜀之中,又裂纸以为币,符信一加,化土芥以为金玉,奈何其使民不奔而效之也?夫乐生而恶死者,天下之至情也。我且以死拘之,然犹相继而赴于市者,饥寒驱其中,而无以自生也。曰:等死耳,而或免焉。漕卒之怨,生于穷乏而无

告。家乎舟楫之上,长子孙乎江淮之间,布褐不完,藜藿不给,大冬积雪,水之至涸,而龟手烂足者,累岁不得代,不为盗贼,无所逞志。若稍优其给而代其劳,宜亦衰息耳。夫见利而不动者,伯夷、叔齐之事也;穷困而不为不义者,颜渊之事也。以伯夷、叔齐、颜渊之事而求之无知之民,亦已过矣。故夫廷尉、大农之所患者,非民之罪也,非兵之罪也,上之人之过也。 卷七

文集卷一百九

策总叙

臣闻有意而言，意尽而言止者，天下之至言也。盖有以一言而兴邦者，有三日言而不辍者。一言而兴邦，不以为少而加之毫毛。三日言而不辍，不以为多而损之一辞。古之言者，尽意而不求于言，信己而不役于人。三代之衰，学校废缺，圣人之道不明，而其所以犹贤于后世者，士未知有科举之利。故战国之际，其言语文章，虽不能尽通于圣人，而皆卓然近于可用，出于其意之所谓诚然者。自汉以来，世之儒者，忘己以徇人，务射策决科之学，其言虽不叛于圣人，而皆泛滥于辞章，不适于用。臣尝以为晁、董、公孙之流，皆有科举之累，故言有浮于其意，而意有不尽于其言。今陛下承百王之弊，立于极文之世，而以空言取天下之士，绳之以法度，考之于有司，臣愚不肖，诚恐天下之士，不获自尽。故尝深思极虑，率其意之所欲言者为二十五篇，曰略，曰别，曰断。虽无足取者，而臣之区区，以为自始而行之，以次至于终篇，既明其略而治其别，然后断之于终，庶几有益于当世。卷八

策略　一

臣闻天下治乱，皆有常势。是以天下虽乱，而圣人以为无难

者,其应之有术也。水旱盗贼,人民流离,是安之而已也。乱臣割据,四分五裂,是伐之而已也。权臣专制,擅作威福,是诛之而已也。四夷交侵,边鄙不宁,是攘之而已也。凡此数者,其于害民蠹国,为不浅矣。然其所以为害者有状,是故其所以救之者有方也。

天下之患,莫大于不知其然而然,不知其然而然者,是拱手而待乱也。国家无大兵革,几百年矣,天下有治平之名,而无治平之实,有可忧之势,而无可忧之形,此其有未测者也。方今天下,非有水旱盗贼人民流离之祸,而咨嗟怨愤,常若不安其生;非有乱臣割据四分五裂之忧,而休养生息,常若不足于用;非有权臣专制擅作威福之弊,而上下不交,君臣不亲;非有四夷交侵边鄙不宁之灾,而中国皇皇,常有外忧。此臣所以大惑也。今夫医之治病,切脉观色,听其声音,而知病之所由起,曰"此寒也,此热也",或曰"此寒热之相搏也",及其他,无不可为者。今且有人,恍然而不乐,问其所苦,且不能自言,则其受病有深而不可测者矣。其言语饮食,起居动作,固无以异于常人,此庸医之所以为无足忧,而扁鹊、仓公之所以望而惊也。其病之所由起者深,则其所以治之者,固非卤莽因循苟且之所能去也。而天下之士,方且掇拾三代之遗文,补葺汉、唐之故事,以为区区之论,可以济世,不已疏乎!

方今之势,苟不能涤荡振刷,而卓然有所立,未见其可也。臣尝观西汉之衰,其君皆非有暴鸷淫虐之行,特以怠惰弛废,溺于宴安,畏期月之劳,而忘千载之患,是以日趋于亡而不自知也。夫君者,天也。仲尼赞《易》,称天之德曰"天行健,君子以自强不息"。由此观之,天之所以刚健而不屈者,以其动而不息也。惟其动而不息,是以万物杂然,各得其职而不乱,其光为日月,其文为星辰,其威为雷霆,其泽为雨露,皆生于动者也。使天而不知动,则其块然者将腐坏而不能自持,况能以御万物哉！苟天子一日赫然奋其刚明之威,使天下明知人主欲有所立,则智者愿效其谋,勇者乐致其死,纵横颠倒,无所施而不可。苟人主不先自断于中,群臣虽有伊吕稷契,无如之何。故臣特以人主自断而欲有所立为先,而后论所以为立之要云。 卷八

策略　二

天下无事久矣,以天子之仁圣,其欲有所立以为子孙万世之计,至切也。特以为发而不中节,则天下或受其病,当宁而太息者,几年于此矣。盖自近岁,始柄用二三大臣,而天下皆洗心涤虑,以听朝廷之所为。然而数年之间,卒未有以大慰天下之望,此其故何也? 二虏之大忧未去,而天下之治,终不可为也。

闻之师曰:"应敌不暇,不可以自完。自完不暇,不可以有所立。"自古创业之君,皆有敌国相持之忧。命将出师,兵交于外,而中不失其所以为国。故其兵可败,而其国不可动;其力可屈,而其气不可夺。今天下一家,二虏且未动也,而吾君吾相终日皇皇焉应接之不暇,亦窃为执事者不取也。昔者大臣之议,不为长久之计,而用最下之策,是以岁出金缯数十百万,以啖二虏,此其既往之咎,不可追之悔也,而议者方将深罪当时之失,而不求后日之计,亦无益矣。臣虽不肖,窃论当今之弊。盖古之为国者,不患有所费,而患费之无名,不患费之无名,而患事之不立。今一岁而费千万,是千万而已。事之不立,四海且不可保,而奚千万之足云哉! 今者二虏不折一矢,不遗一镞,走一介之使,驰数乘之传,所过骚然,居人为之不宁。大抵皆有非常之辞,无厌之求,难塞之请,以观吾

之所答。于是朝廷恟然，大臣会议，既而去未数月，边遽且复告至矣。由此观之，二虏之使未绝，则中国未知息肩之所，而况能有所立哉！臣故曰：二虏之大忧未去，则天下之治终不可为也。

中书者，王政之所由出，天子之所与宰相论道经邦而不知其他者也。非至逸无以待天下之劳，非至静无以制天下之动。是故古之圣人，虽有大兵役、大兴作，百官奔走，各执其职，而中书之务，不至于纷纭。今者曾不得岁月之暇，则夫礼乐刑政教化之源，所以使天下回心而向道者，何时而议也？千金之家，久而不治，使贩夫竖子皆得执券以诛其所负，苟一朝发愤，倾困倒廪以偿之，然后更为之计，则一簪之资，亦足以富，何遽至于皇皇哉！臣尝读《吴越世家》，观勾践困于会稽之上，而行成于吴，凡金玉女子所以为赂者，不可胜计。既反国，而吴之百役无不从者，使大夫女女于大夫，士女女于士，春秋贡献，不绝于吴府。尝窃怪其以蛮夷之国，承败亡之后，救死扶伤之余，而赂遗费耗又不可胜计如此，然卒以灭吴，则为国之患，果不在费也。彼其内外不相扰，是以能有所立。使范蠡、大夫种二人分国而制之，范蠡曰："四封之外，种不如蠡，使蠡主之。凡四封之外所以待吴者，种不知也。四封之内，蠡不如种，使种主之。凡四封之内所以强国富民者，蠡不知也。"二人者，各专其能，各致其力，是以不劳而灭吴。其所以赂遗于吴者，甚厚而有节也，是以财不匮；其所以听役于吴者，甚劳而有时也，是以本不摇。然后勾践得以安意肆志焉，而吴国固在其指掌中矣。今以天下之大，而中书常有蛮夷之忧，宜其内治有不办者，故臣以为治天下不若清中书之务。中书之务清，则天下之事不足办也。今夫天下之财举归之司农，天下之狱举归之廷尉，天下之兵举归之枢密，而宰相特持其大纲，听其治要而责成焉耳。夫此三者，岂少于蛮夷哉？诚以为不足以累中书也。

今之所以待二虏者，失在于过重。古者有行人之官，掌四方宾客之政。当周之盛时，诸侯四朝，蛮夷戎狄，莫不来享，故行人之官，治其登降揖让之节，牲牢委积之数而已。至于周衰，诸侯争强，而行人之职，为难且重。春秋时，秦聘于晋，叔向命召行人子员。子朱曰：“朱也当御。”叔向曰：“秦、晋不和久矣。今日之事，幸而集，秦、晋赖之；不集，三军暴骨。”其后楚伍员奔吴，为吴行人以谋楚，而卒以入郢。西刘之兴，有典属国。故贾谊曰：“陛下试以臣为属国，请必系单于之颈而制其命，伏中行说而笞其背，举匈奴之众，惟上所令。”今若依仿行人、属国，特建一官，重任而厚责之，使宰相于两制之中举其可用者，而勿夺其权；使大司农以每岁所以馈于二虏者，限其常数，而豫为之备；其余者，朝廷不与知也。凡吾所以遣使于虏，与吾所以馆其使者，皆得以自择。而其非常之辞，无厌之求，难塞之请，亦得以自答。使其议不及于朝廷，而其闲暇，则收罗天下之俊才，治其战攻守御之策，兼听博采，以周知敌国之虚实，凡事之关于境外者，皆以付之。如此，则天子与宰相特因其能否，而定其黜陟，其实不亦甚简欤？今自宰相以下，百官泛泛焉莫任其职，今举一人而授之，使日夜思所以待二虏，宜无不济者。然后得以安居静虑，求天下之大计，唯所欲为，将无不可者。卷八

策略　三

臣闻圣王之治天下，使天下之事，各当其处而不相乱，天下之人，各安其分而不相躐，然后天子得优游无为而制其上。今也不然。夷狄抗衡，本非中国之大患，而每以累朝廷，是以徘徊扰攘，卒

不能有所立。今委任而责成，使西北不过为未诛之寇，则中国固吾之中国，而安有不可为哉！于此之时，臣知天下之不足治也。请言当今之势。

夫天下有二患：有立法之弊，有任人之失。二者疑似而难明，此天下之所以乱也。当立法之弊也，其君必曰：吾用某也而天下不治，是某不可用也。又从而易之。不知法之弊，而移咎于其人。及其用人之失也，又从而尤其法。法之变未有已也，如此，则虽至于覆败、死亡相继而不悟，岂足怪哉！昔者汉兴，因秦以为治，刑法峻急，礼义消亡，天下荡然。恐后世无所执守，故贾谊、董仲舒咨嗟叹息，以立法更制为事。后世见二子之论，以为圣人治天下，凡皆如此。是以腐儒小生，皆欲妄有所变改，以惑乱世主。臣窃以为当今之患，虽法令有所未安，而天下之所以不大治者，失在于任人，而非法制之罪也。国家法令凡几变矣，天下之不大治，其咎果安在哉？曩者大臣之议，患天下之士其进不以道，而取之不精也，故为之法，曰中年而举，取旧数之半，而复明经之科。患天下之吏无功而迁，取高位而不让也，故为之法，曰当迁者有司以闻，而自陈者为有罪。此二者，其名甚美，而其实非大有益也。而议者欲以此等致天下之大治，臣窃以为过矣。夫法之于人，犹五声六律之于乐也。法之不能无奸，犹五声六律之不能无淫乐也。先王知其然，故存其大略，而付之于人，苟不至于害人，而不可强去者，皆不变也。故曰：失在任人而已。夫有人而不用，与用而不行其言，行其言而不尽其心，其失一也。古之兴王，二人而已。汤以伊尹，武王以太公，皆捐天下以与之，而后伊、吕得捐其一身以经营天下。君不疑其臣，功成而无后患，是以知无不言，言无不行。其所欲用，虽其亲爱可也；其所欲诛，虽其仇隙可也。使其心无所顾忌，故能尽其才而责其成功。及至后世之君，始用区区之小数，以绳天下之豪俊，故虽有国士，而莫为之用。夫贤人君子之欲有所树立，以昭著不朽于后世者，甚于人君，顾恐功未及成而有所夺，祗以速天下之乱耳。晁错之事，断可见矣。夫奋不顾一时之祸，决然徒欲以身试人主之威者，亦以其所挟者不甚大也，斯固未足与有为。而沉毅果敢之士，又必有待而后发。苟人主不先自去其不可测，而示其可信，则彼孰从而发哉！庆历中，天子急于求治，擢用元老，天下日夜望其成功。方其深思远虑而未有所发也，虽天子亦迟之。至其一旦发愤，条天下之利害，百未及一二，而举朝喧哗，以至于逐去，曾不旋踵。此天下之士，所以相戒而不敢深言也。

居今之势，而欲纳天下于至治，非大有所矫拂于世俗，不可以有成也。何者？天下独患柔弱而不振，怠惰而不肃，苟且偷安而不知长久之计。臣以为宜如诸葛亮之治蜀，王猛之治秦，使天下悚然，人人不敢饰非，务尽其心。凡此者，皆庸人之所大恶，而谗人之所由兴也。是故先主拒关、张之间，而后孔明得以尽其才；苻坚斩樊世，逐仇腾，黜席宝，而后王猛得以毕其功。夫天下未尝无二子之才也，而人主思治又如此之勤，相须甚急，而相合甚难者，独患君不信其臣，而臣不测其君而已矣。惟天子一日铿然明告执政之臣所以欲为者，使知人主之深知之也，而内为之信，然后敢有所发于外而不顾。不然，虽得贤人千万，一日百变法，天下益不可治。岁复一岁，而终无以大慰天下之望，岂不亦甚可惜哉！ 卷八

策略　四

天子与执政之大臣，既已相得而无疑，可以尽其所怀，直己而

行道,则夫当今之所宜先者,莫如破庸人之论,以开功名之门,而后天下可为也。夫治天下譬如治水。方其奔冲溃决,腾涌漂荡而不可禁止也,虽欲尽人力之所至,以求杀其尺寸之势而不可得,及其既衰且退也,骎骎乎若不足以终日。故夫善治水者,不惟有难杀之忧,而又有易衰之患,导之有方,决之有渐,疏其故而纳其新,使不至于壅阏腐败而无用。嗟夫!人知江河之有水患也,而以为沼沚之可以无忧,是乌知舟楫灌溉之利哉?

夫天下之未平,英雄豪杰之士,务以其所长角奔而争利,惟恐天下一日无事也。是以人人各尽其材,虽不肖者,亦自淬励而不至于怠废,故其勇者相吞,智者相贼,使天下不安其生。为天下者,知夫大乱之本,起于智勇之士争利而无厌,是故天下既平,则削去其具,抑远天下刚健好名之士,而奖用柔懦谨畏之人,不过数十年,天下靡然无复往时之喜事也。于是能者不自愤发,而无以见其能,不能者益以弛废而无用。当是之时,人君欲有所为,而左右前后皆无足使者,是以纲纪日坏而不自知。此其为患,岂特英雄豪杰之士趦趄而已哉?圣人则不然。当其久安于逸乐也,则以术起之,使天下之心翘翘然常喜于为善,是故能安而不衰。且夫人君之所恃以为天下者,天下皆为,而己不为。夫使天下皆为而己不为者,开其利害之端,而辨其荣辱之等,使之踊跃奔走,皆为我役而不辞,夫是以坐而收其功也。如使天下皆欲不为而得,则天子谁与共天下哉?今者治平之日久矣,天下之患,正在此也。臣故曰:破庸人之论,开功名之门,而后天下可为也。

今夫庸人之论有二:其上之人务为宽深不测之量,而下之士好言中庸之道。此二者,皆庸人相与议论,举先贤之言,而猎取其近似者,以自解说其无能而已矣。夫宽深不测之量,古人所以临大事而不乱,有以镇世俗之躁,盖非以隔绝上下之情,养尊而自安也。誉之则劝,非之则沮,闻善则喜,见恶则怒,此三代圣人之所共也。而后之君子,必曰誉之不劝,非之不沮,闻善不喜,见恶不怒。斯以为不测之量,不已过乎! 夫有劝有沮,有喜有怒,然后有间而可入;有间而可入,然后智者得为之谋,才者得为之用。后之君子,务为无间,夫天下谁能入之? 古之所谓中庸者,尽万物之理而不过,故亦曰皇极。夫极,尽也。后之所谓中庸者,循循焉为众人之所能为,斯以为中庸矣,此孔子、孟子之所谓乡原也。一乡皆称原人焉,无所往而不为原人,同乎流俗,合乎污世,曰:古之人何为踽踽凉凉? 生斯世也,为斯世也,善斯可矣。谓其近于中庸而非,故曰"德之贼也"。孔子、孟子恶乡原之贼夫德也,欲得狂者而见之,狂者又不可得见,欲得狷者而见之,曰:"狂者进取,狷者有所不为也。"今日之患,惟不取于狂者、狷者,皆取于乡原,是以若此靡靡不立也。孔子,子思之所从受中庸者也;孟子,子思之所授以中庸者也。然皆欲得狂者、狷者而与之,然则淬励天下而作其怠惰,莫如狂者、狷者之贤也。臣故曰:破庸人之论,开功名之门,而后天下可为也。 卷八

策略 五

其次莫若深结天下之心。臣闻天子者,以其一身寄之乎巍巍之上,以其一心运之乎茫茫之中,安而为太山,危而为累卵,其间不容毫厘。是故古之圣人,不恃其有可畏之资,而恃其有可爱之实;不恃其有不可拔之势,而恃其有不忍叛之心。何则? 其所居者,天下之至危也。天子恃公卿以有其天下。公、卿、大夫、士以至于民,

转相属也，以有其富贵。苟不得其心，而欲羁之以区区之名，控之以不足恃之势者，其平居无事，犹有以相制，一旦有急，是皆行道之人，掉臂而去，尚安得而用之！

古之失天下者，皆非一日之故，其君臣之欢，去已久矣，适会其变，是以一散而不可复收。方其未也，天子甚尊，大夫、士甚贱，奔走万里，无敢后先，俨然南面以临其臣，曰：天何言哉！百官俯首就位，敛足而退，兢兢惟恐有罪。群臣相率为苟安之计，贤者既无所施其才，而愚者亦有所容其不肖，举天下之事，听其自为而已。及乎事出于非常，变起于不测，视天下莫与同其患，虽欲分国以与人，而且不及矣。秦二世、唐德宗，盖用此术以至于颠沛而不悟，岂不悲哉！天下者，器也。天子者，有此器者也。器久不用，而置诸箧筒，则器与人不相习，是以扞格而难操。良工者，使手习知其器，而器亦习知其手，手与器相信而不相疑，夫是故所为而成也。天下之患，非经营祸乱之足忧，而养安无事之可畏。何者？惧其一旦至于扞格而难操也。昔之有天下者，日夜淬励其百官，抚摩其人民，为之朝聘会同燕享，以交诸侯之欢。岁时月朔，致民读法，饮酒蜡腊，以遂万民之情。有大事，自庶人以上皆得至于外朝，以尽其词。犹以为未也，而五载一巡守，朝诸侯于方岳之下，亲见其耆老贤士大夫，以周知天下之风俗。凡此者，非以为苟劳而已，将以驯致服习天下之心，使不至于扞格而难操也。及至后世，坏先王之法，安于逸乐，而恶闻其过。是以养尊而自高，务为深严，使天下拱手以貌相承而心不服。其腐儒老生，又出而为之说曰：天子不可以妄有言也，史且书之，后世且以为讥。使其君臣相视而不相知，如此，则偶人而已矣。天下之心既已去，而伥伥焉抱其空器，不知英雄豪杰已议其后。

臣尝观西汉之初，高祖创业之际，事变之兴，亦已繁矣，而高祖以项氏创残之余，与信、布之徒争驰于中原。此六七公者，皆以绝人之姿，据有土地甲兵之众，其势足以为乱，然天下终以不摇，卒定于汉。传十数世矣，而至于元、成、哀、平，四夷向风，兵革不试，而王莽一竖子乃举而移之，不用寸兵尺铁，而天下屏息，莫敢或争，此其故何也？创业之君，出于布衣，其大臣将相，皆有握手之欢，凡在朝廷者，皆尝试挤掇，以知其才之短长。彼其视天下如一身，苟有疾痛，其手足不期而自救，当此之时，虽有近忧，而无远患。及其子孙，生于深宫之中，而狃于富贵之势，尊卑阔绝，而上下之情疏，礼节繁多，而君臣之义薄。是故不为近忧，而常为远患。及其一旦，固已不可救矣。圣人知其然，是以去苛礼而务至诚，黜虚名而求实效，不爱高位重禄以致山林之士，而欲闻切直不隐之言者，凡皆以通上下之情也。昔我太祖、太宗既有天下，法令简约，不为崖岸，当时大臣将相，皆得从容终日，欢如平生，下至士庶人，亦得以自效。故天下称其言至今，非有文采缘饰，而开心见诚，有以入人之深者。此英主之奇术，御天下之大权也。

方今治平之日久矣，臣愚以为宜日新盛德，以鼓动天下久安怠惰之气，故陈其五事，以备采择。

其一曰：将相之臣，天子所恃以为治者，宜日夜召论天下之大计，且以熟观其为人。其二曰：太守刺史，天子所寄以远方之民者，其罢归，皆当问其所以为政，民情风俗之所安，亦以揣知其才之所堪。其三曰：左右扈从侍读侍讲之人，本以论说古今兴衰之大要，非以应故事备数而已，经籍之外，苟有以访之，无伤也。其四曰：吏民上书，苟小有可观者，宜皆召问优慰，以养其敢言之气。其五曰：天下之吏，自一命以上，虽其至贱，无以自通于朝廷，然人主之为，岂有所不可哉？察其善者，卒然召见之，使不知其所从来。如此，则远方之贱吏，亦务自激发为善，不以位卑禄薄、无由自通于上而不修饰。使天下习知天子乐善亲贤恤民之心孜孜不倦如此，翕然皆有所感发，知爱于君而不可与为不善。亦将贤人众多，而奸吏衰少，刑法之外，有以大慰天下之心焉耳。卷八

文集卷一百一十

策别叙例

臣闻为治者有先后，有本末，向之所论者，皆当今之所宜先，而为治之大要也。若夫事之利害，计之得失，臣请列而言之。盖其总有四，其别有十七。所谓其总四者，一曰课百官，二曰安万民，三曰厚货财，四曰训兵旅。此之谓其总有四。一曰课百官。所谓课百官者，其别又有六焉：一曰厉法禁，二曰抑侥幸，三曰决壅蔽，四曰专任使，五曰无责难，六曰无沮善者是也。二曰安万民。所谓安万民者，其别又有六焉：一曰崇教化，二曰劝亲睦，三曰均户口，四曰较赋税，五曰教战守，六曰去奸民者是也。三曰厚货财。所谓厚货财者，其别又有二焉：一曰省费用，二曰定军制者是也。四曰训兵旅。所谓训兵旅者，其别又有三焉：一曰蓄材用，二曰练军实，三曰倡勇敢者是也。别而言之，十有七焉，故谓之策别。_{卷八}

策别课百官　一

臣闻为治有先后，有本末，向之所论者，当今之所宜先，而为治之大凡也。若夫事之利害，计之得失，臣请得列而言之。盖其总四，其别十七。一曰课百官，二曰安万民，三曰厚货财，四曰训兵旅。

　　课百官者,其别有六。一曰厉法禁。昔者圣人制为刑赏,知天下之乐乎赏而畏乎刑也。是故施其所乐者,自下而上。民有一介之善,不终朝而赏随之,是以下之为善者,足以知其无有不赏也。施其所畏者,自上而下。公卿大臣有毫发之罪,不终朝而罚随之,是以上之为不善者,亦足以知其无有不罚也。《诗》曰:"刚亦不吐,柔亦不茹。"夫天下之所谓权豪贵显而难令者,此乃圣人之所借以徇天下也。舜诛四凶而天下服,何也? 此四族者,天下之大族也。夫惟圣人为能击天下之大族,以服小民之心,故其刑罚至于措而不用。周之衰也,商鞅、韩非,峻刑酷法以督责天下,然其所以为得者,用法始于贵戚大臣,而后及于疏贱,故能以其国霸。由此观之,商鞅、韩非之刑,非舜之刑,而所以用刑者,舜之术也。后之庸人,不深原其本末,而猥以舜之用刑之术,与商鞅、韩非同类而弃之。法禁之不行,奸宄之不止,由此其故也。今州县之吏,受赇而鬻狱,其罪至于除名,而其官不足以赎,则至于婴木索,受笞箠。此亦天下之至辱也,而士大夫或冒行之。何者? 其心有所不服也。今夫大吏之为不善,非特簿书米盐出入之间也,其位愈尊,则其所害愈大;其权愈重,则其下愈不敢言。幸而有不畏强御之士出力而排之,又幸而不为上下之所抑,以遂成其罪,则其官之所减者至于罚金,盖无几矣。夫过恶暴著于天下,而罚不伤其毫毛;卤莽于公卿之间,而纤悉于州县之小吏。用法如此,宜其天下之不心服也。用法而不服其心,虽刀锯斧钺,犹将有所不避,而况于木索、笞箠哉! 方今法令至繁,观其所以堤防之具,一举足且入其中,而大吏犯之,不至于可畏,其故何也? 天下之议者曰:古者之制,"刑不上大夫",大臣不可以法加也。嗟夫!"刑不上大夫"者,岂曰大夫以上有罪而不刑欤? 古之人君,责其公卿大臣至重,而待其士庶人至轻也。责之至重,故其所以约束之者愈宽;待之至轻,故其所以堤防之者甚密。夫所贵乎大臣者,惟不待约束,而后免于罪戾也。是故约束愈宽,而大臣益以畏法。何者? 其心以为人君之不我疑而不忍欺也。苟幸其不疑而轻犯法,则固已不容于诛矣。故夫大夫以上有罪,不从于讯鞫论报,如士庶人之法。斯以为"刑不上大夫"而已矣。天下之吏,自一命以上,其莅官临民苟有罪,皆书于其所谓历者,而至于馆阁之臣出为郡县者,则遂罢去。此真圣人之意,欲有以重责之也。奈何其与士庶人较罪之轻重,而又以其爵减耶? 夫律,有罪而得以首免者,所以开盗贼小人自新之涂,而今之卿大夫有罪亦得以首免,是以盗贼小人待之欤? 天下惟其无罪也,是以罚不可得而加。如知其有罪而特免其罚,则何以令天下? 今夫大臣有不法,或者既已举之,而诏曰勿推,此何为者也? 圣人为天下,岂容有此暧昧而不决! 故曰:厉法禁自大臣始,则小臣不犯矣。卷八

策别课百官　二

其二曰抑侥幸。夫所贵乎人君者,予夺自我,而不牵于众人之论也。天下之学者,莫不欲仕,仕者莫不欲贵,如从其欲,则举天下皆贵而后可。惟其不可从也,是故仕不可以轻得,而贵不可以易致。此非有所吝也。爵禄,出乎我者也,我以为可予而予之,我以为可夺而夺之,彼虽有言者,不足畏也。天下有可畏者,赋敛不可以不均,刑罚不可以不平,守令不可以不择,此诚足以致天下之安危而可畏者也。我欲慎爵赏,爱名器,而嚣嚣者以为不可,是乌足恤哉?

国家自近岁以来，吏多而阙少，率一官而三人共之，居者一人，去者一人，而伺之者又一人，是一官而有二人者无事而食也。且其莅官之日浅，而闲居之日长，以其莅官之所得，而为闲居仰给之资，是以贪吏常多而不可禁，此用人之大弊也。古之用人者，取之至宽，而用之至狭。取之至宽，故贤者不隔；用之至狭，故不肖者无所容。《记》曰："司马辨论官材，论进士之贤者，以告于王，而定其论。论定然后官之，任官然后爵之，位定然后禄之。"然则是取之者未必用也。今之进士，自二人以下者皆试官。夫试之者，岂一定之谓哉？固将有所废置焉耳。国家取人，有制策，有进士，有明经，有诸科，有任子，有府史杂流。凡此者，虽众无害也。其终身进退之决，在乎召见改官之日，此尤不可以不爱惜慎重者也。今之议者，不过曰多其资考，而责之以举官之数。且彼有勉强而已，资考既足，而举官之数亦以及格，则将执文墨以取必于我，虽千百为辈，莫敢不尽与。臣窃以为今之患，正在于任法太过。是以为一定之制，使天下可以岁且必得，甚可惜也。方今之便，莫若使吏六考以上，皆得以名闻于吏部。吏部以其资考之远近，举官之众寡，而次第其名。然后使一二大臣杂治之，参之以其才器之优劣而定其等，岁终而奏之，以诏天子废置。度天下之吏，每岁以物故罪免者几人，而增损其数，以所奏之等补之，及数而止。使其予夺亦杂出于贤不肖之间，而无有一定之制。则天下之吏，不敢有必得之心，将自奋厉磨淬，以求闻于时。而向之所谓用人之大弊者，将不劳而自去。

然而议者必曰：法不一定，而以才之优劣为差，则是好恶之私有以启之也。臣以为不然。夫法者，本以存其大纲，而其出入变化，固将付之于人。昔者唐有天下，举进士者，群至于有司之门。

唐之制，惟有司之信也。是故有司得以搜罗天下之贤俊，而习知其为人，至于一日之试，则固已不取也。唐之得人，于斯为盛。今以名闻于吏部者，每岁不过数十百人，使一二大臣得以访问参考其才，虽有失者，盖已寡矣。如必曰任法而不任人，天下之人，必不可信。则夫一定之制，臣亦未知其果不可以为奸也。卷八

策别课百官 三

其三曰决壅蔽。所贵乎朝廷清明而天下治平者，何也？天下不诉而无冤，不谒而得其所欲，此尧舜之盛也。其次不能无诉，诉而必见察；不能无谒，谒而必见省。使远方之贱吏不知朝廷之高，而一介之小民不识官府之难，而后天下治。

今夫一人之身，有一心两手而已。疾痛苛养，动于百体之中，虽其甚微，不足以为患，而手随至。夫手之至，岂其一一而听之心哉？心之所以素爱其身者深，而手之所以素听于心者熟，是故不待使令而卒然以自至。圣人之治天下，亦如此而已。百官之众，四海之广，使其关节脉理相通为一。叩之而必闻，触之而必应。夫是以天下可使为一身。天子之贵，士民之贱，可使相爱。忧患可使同，缓急可使救。今也不然。天下有不幸而诉其冤，如诉之于天；有不得已而谒其所欲，如谒之于鬼神。公卿大臣不能究其详悉，而付之于胥吏。故凡贿赂先至者，朝请而夕得；徒手而来者，终年而不获。至于故常之事，人之所当得而无疑者，莫不务为留滞，以待请属。举天下一毫之事，非金钱无以行之。

昔者汉唐之弊，患法不明，而用之不密，使吏得以空虚无据之法而绳天下，故小人得以法为奸。今也法令明具，而用之至密，举

天下惟法之知。所欲排者,有小不如法,而可指以为瑕;所欲与者,虽有所乖戾,而可借法以为解。故小人以法为奸。今天下所为多事者,岂事之诚多耶? 吏欲有所鬻而未得,则新故相仍,纷然而不决,此王化之所以壅遏而不行也。昔桓、文之霸,百官承职,不待教令而办,四方之宾至,不求有司。王猛之治秦,事至纤悉,莫不尽举,而人不以为烦。盖史之所记,麻思还冀州,请于猛。猛曰:"速装,行矣。"至暮而符下。及出关,郡县皆已被符。其令行禁止而无留事者,至于纤悉,莫不皆然。苻坚以戎狄之种,至为霸王,兵强国富,垂及升平者,猛之所为,固宜其然也。今天下治安,大吏奉法,不敢顾私,而府史之属招权鬻法,长吏心知而不问,以为当然。此其弊有二而已。事繁而官不勤,故权在胥吏。欲去其弊也,莫如省事而厉精。省事莫如任人,厉精莫如自上率之。今之所谓至繁,天下之事,关于其中,诉者之多而谒者之众,莫如中书与三司。天下之事,分于百官,而中书听其治要。郡县之钱币制于转运使,而三司受其会计。此宜若不至于繁多。然中书不待奏课以定其黜陟而关预其事,则是不任有司也。三司之吏,推析赢虚至于毫毛,以绳郡县,则是不任转运使也。故曰:省事莫如任人。

古之圣王,爱日以求治,辨色而视朝,苟少安焉而至于日出,则终日为之不给。以少而言之,一日而废一事,一月则可知也,一岁,则事之积者不可胜数矣。欲事之无繁,则必劳于始而逸于终。晨兴而晏罢,天子未退,则宰相不敢归安于私第;宰相日昃而不退,则百官莫不震悚,尽力于王事而不敢宴游。如此,则纤悉隐微莫不举矣。天子求治之勤,过于先王,而议者不称王季之晏朝,而称舜之无为;不论文王之日昃,而论始皇之量书。此何以率天下之怠耶? 臣故曰:厉精莫如自上率之。则壅蔽决矣。

策别课百官 四

　　其四曰专任使。夫吏之与民，犹工人之操器。易器而操之，其始莫不龃龉而不相得。是故虽有长材异能之士，朝夕而去，则不如庸人之久且便也。自汉至今，言吏治者，皆推孝文之时，以为任人不可以仓卒而责其成效。又其三岁一迁，吏不可为长远之计，则其所施设，一切出于苟简。此天下之士争以为言，而臣知其未可以卒行也。夫天下之吏，惟其病多而未有以处也，是以扰扰在此。如使五六年或七八年而后迁，则将有十年不得调者矣。朝廷方将减任子、清冗官，则其行之当有所待。而臣以为当今之弊，有甚不可者。

　　夫京兆府，天下之所观望而化，王政之所由始也。四方之冲，两河之交，舟车商贾之所聚，金玉锦绣之所积，故其民不知有耕稼织纴之劳。富贵之所移，货利之所眩，故其民不知有恭俭廉退之风。以书数为终身之能，以府史贱吏为乡党之荣，故其民不知有儒学讲习之贤。夫是以狱讼繁滋，而奸不可止。为治者益以苟且，而不暇及于教化，四方观之，使风俗日以薄恶，未始不由此也。今夫为京兆者，戴星而出，见烛而入，案牍笞棰，交乎其前。拱手而待命者，足相蹑乎其庭；持词而求诉者，肩相摩乎其门。憧憧焉不知其为谁，一讯而去，得罪者不知其得罪之由，而无罪者亦不知其无罪之实。如此则刑之不服，赦之不悛，狱讼之繁，未有已也。夫大司农者，天下之所以赢虚，外计之所从受命也。其财赋之出入，簿书之交错，纵横变化，足以为奸，而不可推究。上之人不能尽知而付吏，吏分职乎其中者，以数十百人，其耳目足以及吾之所不及，是以能者不过粗知其大纲，而不能者惟吏之听。贿赂交乎其门，四方之有求者,聚乎其家。天下之大弊,无过此二者。

臣窃以为今省府之重,其择人宜精,其任人宜久。凡今之弊,皆不精不久之故。何则?天下之贤者,不可以多得。而贤者之中,求其治繁者,又不可以人人而能也。幸而有一人焉,又不久而去。夫世之君子,苟有志于天下,而欲为长远之计者,则其效不可以朝夕见,其始若迂阔,而其终必将有所可观。今期月不报政,则朝廷以为是无能为者,不待其成而去之。而其翕然见称于人者,又以为有功而擢为两府。然则是为省府者,能与不能,皆不得久也。夫以省府之繁,终岁不得休息,朝廷既以汲汲而去之,而其人亦莫不汲汲而求去。夫吏胥者,皆老于其局,长子孙于其中。以汲汲求去之人,而御长子孙之吏,此其相视,如客主之势,宜其奸弊不可得而去也。省府之位,不为卑矣。苟有能者而老于此,不为不用矣。古之用人者,知其久劳于位,则时有以赐予劝奖之,以厉其心,不闻其骤迁以夺其成效。今天下之吏,纵未能一概久而不迁,至于省府,亦不可以仓卒而去。吏知其久居而不去也,则其欺诈固已少衰矣。而其人亦得深思熟虑,周旋于其间,不过十年,将必有卓然可观者也。 卷八

策别课百官 五

其五曰无责难。无责难者,将有所深责也。昔者圣人之立法,使人可以过,而不可以不及。何则?其所求于人者,众人之所能也。天下有能为众人之所不能者,固无以加矣,而不能者不至于犯法;夫如此而犹有犯者,然后可以深惩而决去之。由此而言,则圣人之所以不责人之所不能者,将以深责乎人之所能也。后之立

法者异于是，责人以其所不能，而其所能者不深责也。是以其法不可行，而其事不立。夫事不可以两立也，圣人知其然，是故有所取，必有所舍，有所禁，必有所宽。宽之，则其禁必止；舍之，则其取必得。

今夫天下之吏，不可以人人而知也，故使长吏举之。又恐其举之以私而不得其人也，故使长吏任之。他日有败事，则以连坐。其过重者其罚均。且夫人之难知，自尧舜病之矣。今日为善，而明日为恶，犹不可保，况于十数年之后，其幼者已壮，其壮者已老，而犹执其一时之言，使同被其罪，不已过乎！天下之人，仕而未得志也，莫不勉强为善以求举。惟其既已改官而无忧，是故荡然无所不至。方其在州县之中，长吏亲见其廉谨勤干之节，则其势不可以不举，彼又安知其终身之所为哉？故曰今之法责人以其所不能者，谓此也。一县之长，察一县之属；一郡之长，察一郡之属；职司者，察其属郡者也。此三者，其属无几耳。其贪其廉，其宽猛，其能与不能，不可谓不知也。今且有人牧牛羊者，而不知其肥瘠，是可复以为牧人欤？夫为长而属之不知，则此固可以罢免而无足惜者。今其属官有罪，而其长不即以闻，他日有以告者，则其长不过为失察。而去官者，又以不坐。夫失察，天下之微罪也。职司察其属郡，郡县各察其属，此非人之所不能，而罚之甚轻，亦可怪也。今之世所以重发赃吏者，何也？夫吏之贪者，其始必诈廉以求举，举者皆王公贵人，其下者亦卿大夫之列，以身任之。居官者莫不爱其同类等夷之人，故其树根牢固而不可动。连坐者常六七人，甚者至十余人，此如盗贼质劫良民以求苟免耳。为法之弊，至于如此，亦可变矣。

如臣之策，以职司守令之罪罪举官，以举官之罪罪职司守令。

今使举官与所举之罪均，纵又加之，举官亦无如之何，终不能逆知终身之廉者而后举，特推之于幸不幸而已。苟以其罪罪职司守令，彼其势诚有以督察之。臣知贪吏小人无容足之地，又何必于举官焉难之？ 卷八

策别课百官 六

其六曰无沮善。昔者先王之为天下，必使天下欣欣然常有无穷之心，力行不倦，而无自弃之意。夫惟自弃之人，则其为恶也，甚毒而不可解。是以圣人畏之，设为高位重禄以待能者，使天下皆得踊跃自奋，扳援而来。惟其才之不逮，力之不足，是以终不能至于其间，而非圣人塞其门、绝其途也。夫然，故一介之贱吏，闾阎之匹夫，莫不奔走于善，至于老死而不知休息。此圣人以术驱之也。天下苟有甚恶而不可忍也，圣人既已绝之，则屏之远方，终身不齿。此非独不仁也，以为既已绝之，彼将一旦肆其愤毒，以残害吾民。是故绝之则不用，用之则不绝。既已绝之，又复用之，则是驱之于不善，而又假之以其具也。无所望而为善，无所爱惜而不为恶者，天下一人而已矣。以无所望之人，而责其为善，以无所爱惜之人，而求其不为恶，又付之以人民，则天下知其不可也。

世之贤者，何常之有？或出于贾竖贱人，甚者至于盗贼，往往而是。而儒生贵族，世之所望为君子者，或至于放肆不轨，小民之不若。圣人知其然，是故不逆定于其始进之时，而徐观其所试之效，使天下无必得之由，亦无必不可得之道。天下知其不可以必得也，然后勉强于功名，而不敢侥幸；知其不至于必不可得而可勉也，然后有以自慰其心，久而不懈。嗟夫！圣人之所以鼓舞天下，天下

之人日化而不自知者,此其为术欤?

　　后之为政者则不然。与人以必得,而绝人以必不可得。此其意以为进贤而退不肖。然天下之弊,莫甚于此。今夫制策之及等,进士之高第,皆以一日之间,而决取终身之富贵。此虽一时之文辞,而未知其临事之能否,则其用之不已太遽乎?天下有用人而绝之者三。州县之吏,苟非有大过而不可复用,则其他犯法,皆可使竭力为善以自赎。而今世之法,一陷于罪戾,则终身不迁,使之不自聊赖而疾视其民,肆意妄行而无所顾惜。此其初未必小人也,不幸而陷于其中,途穷而无所入,则遂以自弃。府史贱吏,为国者知其不可阙也,是故岁久则补以外官。以其所从来之卑也,而限其所至,则其中虽有出群之才,终亦不得齿于士大夫之列。夫人出身而仕者,将以求贵也,贵不可得而至矣,则将惟富之求,此其势然也。如是,则虽至于鞭笞戮辱,而不足以禁其贪。故夫此二者,苟不可以遂弃,则宜有以少假之也。入赀而仕者,皆得补郡县之吏,彼知其终不得迁,亦将逞其一时之欲,无所不至。夫此诚不可以迁也,则是用之之过而已。臣故曰:绝之则不用,用之则不绝。此三者之谓也。卷八

策别安万民　一

　　安万民者,其别有六。一曰敦教化。夫圣人之于天下,所恃以为牢固不拔者,在乎天下之民可与为善,而不可与为恶也。昔者三代之民,见危而授命,见利而不忘义。此非必有爵赏劝乎其前,而刑罚驱乎其后也。其心安于为善,而忸怩于不义,是故有所不为。夫民知有所不为,则天下不可以敌,甲兵不可以威,利禄不可

以诱,可杀可辱、可饥可寒而不可与叛,此三代之所以享国长久而不拔也。及至秦、汉之世,其民见利而忘义,见危而不能授命。法禁之所不及,则巧伪变诈,无所不为,疾视其长上而幸其灾。因之以水旱,加之以盗贼,则天下枵然,无复天子之民矣。世之儒者常有言曰:"三代之时,其所以教民之具,甚详且密也。学校之制,射飨之节,冠婚丧祭之礼,粲然莫不有法。及至后世,教化之道衰,而尽废其具,是以若此无耻也。"然世之儒者,盖亦尝试以此等教天下之民矣,而卒以无效,使民好文而益偷,饰诈而相高,则有之矣。此亦儒者之过也。臣愚以为,若此者皆好古而无术,知有教化而不知名实之所存者也。实者所以信其名,而名者所以求其实也。有名而无实,则其名不行;有实而无名,则其实不长。凡今儒者之所论,皆其名也。

昔武王既克商,散财发粟,使天下知其不贪;礼下贤俊,使天下知其不骄;封先圣之后,使天下知其仁;诛飞廉、恶来,使天下知其义。如此,则其教化天下之实,固已立矣。天下耸然皆有忠信廉耻之心,然后文之以礼乐,教之以学校,观之以射飨,而谨之以冠婚丧祭,民是以目击而心谕,安行而自得也。及至秦、汉之世,专用法吏以督责其民,至于今千有余年,而民日以贪冒嗜利而无耻。儒者乃始以三代之礼所谓名者而绳之!彼见其登降揖让盘辟俯偻之容,则掩口而窃笑;闻钟鼓管磬希夷啴缓之音,则惊顾而不乐。如此而欲望其迁善远罪,不已难乎?

臣愚以为宜先其实而后其名,择其近于人情者而先之。今夫民不知信,则不可与久居于安;民不知义,则不可与同处于危。平居则欺其吏,而有急则叛其君。此教化之实不至,天下之所以无变者,幸也。欲民之知信,则莫若务实其言;欲民之知义,则莫若务去其贪。往者河西用兵,而家人子弟皆籍以为军。其始也,官告以权时之宜,非久役者,事已,当复尔业。少焉,皆刺其额,无一人得免。自宝元以来,诸道以兵兴为辞而增赋者,至今皆不为除去。夫如是,将何以禁小民之诈欺哉！夫所贵乎县官之尊者,为其恃于四海之富,而不争于锥刀之末也。其与民也优,其取利也缓。古之圣人,不得已而取,则时有所置,以明其不贪。何者？小民不知其说,而惟贪之知。今鸡鸣而起,百工杂作,匹夫入市,操挟尺寸,吏且随而税之,扼吭拊背,以收丝毫之利。古之设官者,求以裕民;今之设官者,求以胜民。赋敛有常限,而以先期为贤;出纳有常数,而以羡息为能。天地之间,苟可以取者,莫不有禁。求利太广,而用法太密,故民日趋于贪。臣愚以为难行之言,当有所必行;而可取之利,当有所不取。以教民信,而示之义。若曰"国用不足而未可以行",则臣恐其失之多于得也。 卷八

策别安万民　二

其二曰劝亲睦。夫民相与亲睦者,王道之始也。昔三代之制,画为井田,使其比闾族党各相亲爱,有急相赒,有喜相庆,死丧相恤,疾病相养。是故其民安居无事,则往来欢欣,而狱讼不生;有寇而战,则同心并力,而缓急不离。自秦、汉以来,法令峻急,使民乖其亲爱欢欣之心,而为邻里告讦之俗。富人子壮则出居,贫人子壮则出赘。一国之俗,而家各有法;一家之法,而人各有心。纷纷乎散乱而不相属,是以礼让之风息,而争斗之狱繁。天下无事,则务为欺诈相倾以自成;天下有变,则流徙涣散相弃以自存。嗟夫！秦、汉以下,天下何其多故而难治也！此无他,民不爱其身,则轻犯

法；轻犯法，则王政不行。欲民之爱其身，则莫若使其父子亲、兄弟和、妻子相好。夫民仰以事父母，旁以睦兄弟，而俯以恤妻子，则其所赖于生者重，而不忍以其身轻犯法。三代之政，莫尚于此矣。

今欲教民和亲，则其道必始于宗族。臣欲复古之小宗，以收天下不相亲属之心。古者有大宗，有小宗。故《礼》曰："别子为祖，继别为宗。继祢者为小宗。有百世不迁之宗，有五世则迁之宗。百世不迁者，别子之后也。宗其继别子之所自出者，百世不迁者也。宗其继高祖者，五世则迁者也。"古者诸侯之子弟，异姓之卿大夫，始有家者不敢祢其父，而自使其嫡子后之，则为大宗。族人宗之，虽百世而宗子死，则为之服齐衰九月。故曰："宗其继别子之所自出者，百世不迁者也。"别子之庶子，又不得祢别子，而自使其嫡子为后，则为小宗。小宗五世之外则无服。其继祢者，亲兄弟为之服。其继祖者，从兄弟为之服。其继曾祖者，再从兄弟为之服。其继高祖者，三从兄弟为之服。其服大功九月。而高祖以外，亲尽则易宗。故曰："宗其继高祖者，五世则迁者也。"小宗四，有继高祖者，有继曾祖者，有继祖者，有继祢者，与大宗为五，此所谓五宗也。古者立宗之道，嫡子既为宗，则其庶子之嫡子又各为其庶子之宗。其法止于四，而其实无穷。自秦、汉以来，天下无世卿。大宗之法，不可以复立。而其可以收合天下之亲者，有小宗之法存，而莫之行，此甚可惜也。今夫天下所以不重族者，有族而无宗也。有族而无宗，则族不可合。族不可合，则虽欲亲之而无由也。族人而不相亲，则忘其祖矣。今世之公卿大臣贤人君子之后，所以不能世其家如古之久远者，其族散而忘其祖也。故莫若复小宗，使族人相率而尊其宗子。宗子死，则为之加服，犯之则以其服坐。贫贱不敢轻，而富贵不敢以加之。冠婚必告，丧葬必赴。此非有所难行也。今夫良民之家，士大夫之族，亦未必无孝弟相亲之心，而族无宗子，莫为之纠率，其势不得相亲。是以世之人，有亲未尽而不相往来，冠婚不相告，死不相赴，而无知之民，遂至于父子异居，而兄弟相讼，然则王道何从而兴乎！

　　呜呼！世人之患，在于不务远见。古之圣人合族之法，近于迂阔，而行之期月，则望其有益。故夫小宗之法，非行之难，而在乎久而不怠也。天下之民，欲其忠厚和柔而易治，其必自小宗始矣。

卷八

文集卷一百一十一

策别安万民 三

其三曰均户口。夫中国之地，足以养中国之民有余也，而民常病于不足，何哉？地无变迁，而民有聚散。聚则争于不足之中，而散则弃于有余之外。是故天下常有遗利，而民用不足。昔者三代之制，度地以居民，民各以其夫家之众寡而受田于官，一夫而百亩。民不可以多得尺寸之地，而地亦不可以多得一介之民，故其民均而地有余。当周之时，四海之内，地方千里者九，而京师居其一。有田百同，而为九百万夫之地，山陵林麓，川泽沟渎，城郭宫室途巷，三分去一，为六百万夫之地，又以上中下田三等而通之，以再易为率，则王畿之内，足以食三百万之众。以九州言之，则是二千七百万夫之地也，而计之以下农夫，一夫之地而食五人，则是万有三千五百万人可以仰给于其中。当成、康刑措之后，其民极盛之时，九州之籍，不过千三万四千有余。夫地以十倍，而民居其一，故谷常有余，而地力不耗。何者？均之有术也。自井田废，而天下之民，转徙无常。惟其所乐，则聚以成市。侧肩蹑踵，以争寻常；挈妻负子，以分升合。虽有丰年，而民无余蓄。一遇水旱，则弱者转于沟壑，而强者聚为盗贼。地非不足，而民非加多也，盖亦不得均民之术而已。

夫民之不均，其弊有二。上之人贱农而贵末，忽故而重新，则民不均。夫民之为农者，莫不重迁，其坟墓庐舍，桑麻果蔬，牛羊耒耜，皆为子孙百年之计。惟其百工技艺，无事种艺，游手浮食之民，然后可以怀轻资而极其所往。是故上之人贱农而贵末，则农人释其末耜而游于四方，择其所乐而居之。其弊一也。凡人之情，怠于久安，而谨于新集。水旱之后，盗贼之余，则莫不轻刑罚，薄税敛，省力役，以怀逋逃之民。而其久安而无变者，则不肯无故而加恤。是故上之人忽故而重新，则其民稍稍引去，聚于其所重之地，以至于众多而不能容。其弊二也。

臣欲去其二弊，而开其二利，以均斯民。昔者圣人之兴作也，必因人之情，故易为功；必因时之势，故易为力。今欲无故而迁徙安居之民，分多而益寡，则怨谤之门，盗贼之端，必起于此，未享其利，而先被其害。臣愚以为民之情，莫不怀土而重去。惟士大夫出身而仕者，狃于迁徙之乐，而忘其乡。昔汉之制，吏二千石皆徙诸陵。为今之计，可使天下之吏仕至某者，皆徙荆、襄、唐、邓、许、汝、陈、蔡之间。今士大夫无不乐居于此者，顾恐独往而不能济，彼见其侪类等夷之人，莫不在焉，则其去惟恐后耳。此所谓因人之情。夫天下不能岁岁而丰也，则必有饥馑流亡之所，民方其困急时，父子且不能相顾，又安知去乡之为戚哉？当此之时，募其乐徙者，而使所过廪之，费不甚厚，而民乐行。此所谓因时之势。然此二者，皆授其田，贷其耕耘之具，而缓其租，然后可以固其意。夫如是，天下之民，其庶乎有息肩之渐也。卷八

策别安万民　四

其四曰较赋役。自两税之兴，因地之广狭瘠腴而制赋，因赋之

多少而制役,其初盖甚均也。责之厚赋,则其财足以供;责之重役,则其力足以堪。何者? 其轻重厚薄,一出于地,而不可易也。户无常赋,视地以为赋;人无常役,视赋以为役。是故贫者鬻田则赋轻,而富者加地则役重。此所以度民力之所胜,亦所以破兼并之门,而塞侥幸之源也。及其后世,岁月既久,则小民稍稍为奸,度官吏耳目之所不及,则虽有法禁,公行而不忌。今夫一户之赋,官知其为赋之多少,而不知其为地之几何也。如此,则增损出入,惟其意之所为。官吏虽明,法禁虽严,而其势无由以止绝。且其为奸,常起于贸易之际。夫鬻田者,必穷迫之人,而所从鬻者,必富厚有余之家。富者恃其有余而邀之,贫者迫于饥寒,而欲其速售。是故多取其地,而少入其赋。有田者,方其贫困之中,苟可以缓一时之急,则不暇计其他日之利害。故富者地日以益,而赋不加多;贫者地日以削,而赋不加少。又其奸民欲以计免于赋役者,割数亩之地,加之以数倍之赋,而收其少半之直,或者亦贪其直之微而取焉。是以数十年来,天下之赋,大抵淆乱。有兼并之族而赋甚轻,有贫弱之家而不免于重役,以至于破败流移而不知其所往,其赋存而其人亡者,天下皆是也。夫天下不可以有侥幸也,天下有一人焉侥幸而免,则亦必有一人焉不幸而受其弊。今天下侥幸者如此之众,则其不幸而受其弊者从亦可知矣。

三代之赋,以什一为轻。今之法,本不至于什一而取,然天下嗷嗷然以赋敛为病者,岂其岁久而奸生,偏重而不均,以至于此欤? 虽然,天下皆知其为患而不能去。何者? 势不可也。今欲按行其地之广狭瘠腴,而更制其赋之多寡,则奸吏因缘为贿赂之门,其广狭瘠腴,亦将一切出于其意之喜怒,则患益深。是故士大夫畏之而不敢议,而臣以为此最易见者,顾弗之察耳。夫易田者必有契,契必有所直之数,具所直之数,必得其广狭瘠腴之实。而官必据其所直之数，而取其易田之税。是故欲知其地之广狭瘠腴，可以其税推也。久远者不可复知矣，其数十年之间，皆足以推较，求之故府，犹可得而见。苟其税多者则知其直多，其直多者则知其田多且美也。如此，而其赋少，其役轻，则夫人亡而赋存者可以有均矣。鬻田者皆以其直之多少而给其赋，重为之禁，而使不敢以不实之直而书之契，则夫自今以往者，贸易之际，为奸者其少息矣。要以知凡地之所直，与凡赋之所宜多少，而以税参之。如此，则一持筹之吏坐于帐中，足以周知四境之虚实，不过数月，而民得以少苏。不然，十数年之后，将不胜其弊，重者日以轻，而轻者日以重，而未知其所终也。卷八

策别安万民　五

　　其五曰教战守。夫当今生民之患，果安在哉？在于知安而不知危，能逸而不能劳。此其患不见于今，将见于他日。今不为之计，其后将有所不可救者。

　　昔者先王知兵之不可去也，是故天下虽平，不敢忘战。秋冬之隙，致民田猎以讲武，教之以进退坐作之方，使其耳目习于钟鼓旌旗之间而不乱，使其心志安于斩刈杀伐之际而不慑。是以虽有盗贼之变，而民不至于惊溃。及至后世，用迂儒之议，以去兵为王者之盛节，天下既定，则卷甲而藏之。数十年之后，甲兵顿弊，而人民日以安于佚乐。卒有盗贼之警，则相与恐惧讹言，不战而走。开元、天宝之际，天下岂不大治？惟其民安于太平之乐，酣豢于游戏酒食之间，其刚心勇气，消耗钝眊，痿蹷而不复振。是以区区之禄山一出而乘之，四方之民，兽奔鸟窜，乞为囚虏之不暇，天下分裂，

而唐室因以微矣。盖尝试论之。天下之势，譬如一身。王公贵人所以养其身者，岂不至哉？而其平居，常苦于多疾。至于农夫小民，终岁劳苦，而未尝告疾，此其故何也？夫风雨霜露寒暑之变，此疾之所由生也。农夫小民，盛夏力作，而穷冬暴露，其筋骸之所冲犯，肌肤之所浸渍，轻霜露而狎风雨，是故寒暑不能为之毒。今王公贵人处于重屋之下，出则乘舆，风则袭裘，雨则御盖，凡所以虑患之具，莫不备至。畏之太甚，而养之太过，小不如意，则寒暑入之矣。是故善养身者，使之能逸而能劳，步趋动作，使其四体狃于寒暑之变，然后可以刚健强力，涉险而不伤。夫民亦然。

今者治平之日久，天下之人，骄惰脆弱，如妇人孺子不出于闺门，论战斗之事，则缩颈而股栗，闻盗贼之名，则掩耳而不愿听。而士大夫亦未尝言兵，以为生事扰民，渐不可长。此不亦畏之太甚而养之太过欤？且夫天下固有意外之患也。愚者见四方之无事，则以为变故无自而有，此亦不然矣。今国家所以奉西北之虏者，岁以百万计，奉之者有限，而求之者无厌，此其势必至于战。战者，必然之势也。不先于我，则先于彼，不出于西，则出于北。所不可知者，有迟速远近，而要以不能免也。天下苟不免于用兵，而用之不以渐，使民于安乐无事之中，一旦出身而蹈死地，则其为患必有所不测。故曰：天下之民知安而不知危，能逸而不能劳。此臣所谓大患也。

臣欲使士大夫尊尚武勇，讲习兵法。庶人之在官者，教以行阵之节。役民之司盗者，授以击刺之术。每岁终则聚之郡府，如古都试之法，有胜负，有赏罚，而行之既久，则又以军法从事。然议者必为无故而动民，又悚以军法，则民将不安，而臣以为此所以安民也。天下果未能去兵，则其一旦将以不教之民而驱之战。夫无故而动民,虽有小恐,然孰与夫一旦之危哉? 今天下屯聚之兵,骄豪而多怨,陵压百姓而邀其上者,何故? 此其心以为天下之知战者,惟我而已。如使平民皆习于兵,彼知有所敌,则固已破其奸谋,而折其骄气。利害之际,岂不亦甚明欤? 卷八

策别安万民　六

其六曰去奸民。自昔天下之乱,必生于治平之日。休养生息,而奸民得容于其间,蓄而不发,以待天下之衅。至于时有所激,势有所乘,则溃裂四出,不终朝而毒流于天下。圣人知其然,是故严法禁,督官吏,以司察天下之奸民而去之。

夫大乱之本,必起于小奸。惟其小而不足畏,是故其发也常至于乱天下。今夫世人之所忧以为可畏者,必曰豪侠大盗,此不知变者之说也。天下无小奸,则豪侠大盗无以为资。且以治平无事之时,虽欲为大盗,将安所容其身? 而其残忍贪暴之心无所发泄,则亦时出为盗贼,聚为博弈,群饮于市肆,而叫号于郊野。小者呼鸡逐狗,大者椎牛发冢,无所不至。捐父母,弃妻孥,而相与嬉游。凡此者,举非小盗也。天下有衅,锄耰棘矜相率而剽夺者,皆向之小盗也。

昔三代之圣王,果断而不疑,诛除击去,无有遗类,所以拥护良民而使安其居。及至后世,刑法日以深严,而去奸之法,乃不及于三代。何者? 待其败露,自入于刑而后去也。夫为恶而不入于刑者,固已众矣。有终身为不义,而其罪不可指名以附于法者;有巧为规避,持吏短长而不可诘者;又有因缘幸会而免者。如必待其自入于刑,则其所去者盖无几耳。昔周之制,民有罪恶未丽于法而

害于州里者，桎梏而坐诸嘉石，重罪役之期，以次轻之，其下罪三月役，使州里任之，然后宥而舍之。其化之不从，威之不格，患苦其乡之民，而未入于五刑者，谓之罢民。凡罢民，不使冠带而加明刑，任之以事，而不齿于乡党。由是观之，则周之盛时，日夜整齐其人民，而锄去其不善。譬如猎人，终日驰驱践蹂于草茅之中，搜求伏兔而搏之，不待其自投于网罗而后取也。夫然后小恶不容于乡，大恶不容于国，礼乐之所以易化，而法禁之所以易行者，由此之故也。

今天下久安，天子以仁恕为心，而士大夫一切以宽厚为称上意，而懦夫庸人，又有所侥幸，务出罪人，外以邀雪冤之赏，而内以待阴德之报。臣是以知天下颇有不诛之奸，将为子孙忧。宜明敕天下之吏，使以岁时纠察凶民，而徙其尤无良者，不必待其自入于刑。而间则命使出按郡县，有子不孝、有弟不悌、好讼而数犯法者，皆诛无赦。诛一乡之奸，则一乡之人悦；诛一国之奸，则一国之人悦。要以诛寡而悦众。则虽尧舜亦如此而已矣。

天下有三患，而蛮夷之忧不与焉。有内大臣之变，有外诸侯之叛，有匹夫群起之祸，此三者其势常相持。内大臣有权，则外诸侯不叛。外诸侯强，则匹夫群起之祸不作。今者内无权臣，外无强诸侯，而万世之后，其尤可忧者，奸民也。臣故曰：去奸民，以为安民之终云。 卷八

策别厚货财 一

厚货财者，其别有二。一曰省费用。夫天下未尝无财也。昔周之兴，文王、武王之国不过百里，当其受命，四方之君长交至于其廷，军旅四出，以征伐不义之诸侯，而未尝患无财。方此之时，关市

无征，山泽不禁，取于民者不过什一，而财有余。及其衰也，内食千里之租，外收千八百国之贡，而不足于用。由此观之，夫财岂有多少哉！人君之于天下，俯己以就人，则易为功；仰人以援己，则难为力。是故广取以给用，不如节用以廉取之为易也。臣请得以小民之家而推之。夫民方其穷困时，所望不过十金之资。计其衣食之费，妻子之奉，出入于十金之中，宽然而有余。及其一旦稍稍蓄聚，衣食既足，则心意之欲，日以渐广，所入益众，而所欲益以不给。不知罪其用之不节，而以为求之未至也。是以富而愈贪，求愈多而财愈不供，此其为惑，未可以知其所终也。盍亦反其始而思之？夫向者岂能寒而不衣、饥而不食乎？今天下汲汲乎以财之不足为病，何以异此。

国家创业之初，四方割据，中国之地至狭也。然岁岁出师，以诛讨僭乱之国，南取荆楚，西平巴蜀，而东下并潞。其费用之多，又百倍于今可知也。然天下之士未尝思其始，而惴惴焉患今世之不足，则亦甚惑矣。夫为国有三计，有万世之计，有一时之计，有不终月之计。古者三年耕必有一年之蓄，以三十年之通计，则可以九年无饥也。岁之所入，足用而有余。是以九年之蓄，常闲而无用。卒有水旱之变、盗贼之忧，则官可以自办而民不知。若此者，天不能使之灾，地不能使之贫，四夷盗贼不能使之困，此万世之计也。而其不能者，一岁之入，才足以为一岁之出，天下之产，仅足以供天下之用。其平居虽不至于虐取其民，而有急则不免于厚赋。故其国可静而不可动，可逸而不可劳，此亦一时之计也。至于最下而无谋者，量出以为入，用之不给，则取之益多。天下晏然无大患难，而尽用衰世苟且之法，不知有急则将何以加之？此所谓不终月之计也。今天下之利，莫不尽取，山陵林麓，莫不有禁。关有征，市有租，盐铁有榷，酒有课，茶有筭，则凡衰世苟且之法，莫不尽用矣。譬之于人，其少壮之时，丰健勇武，然后可以望其无疾，以至于寿考。今未五六十，而衰老之候具见而无遗，若八九十者，将何以待其后耶？然天下之人，方且穷思竭虑，以广求利之门。且人而不思，则以为费用不可复省。使天下而无盐铁酒茗之税，将不为国乎？臣有以知其不然也。

天下之费，固有去之甚易而无损，存之甚难而无益者矣。臣不能尽知，请举其所闻，而其余可以类求焉。夫无益之费，名重而实轻。以不急之实，而被之以莫大之名，是以疑而不敢去。三岁而郊，郊而赦，赦而赏，此县官有不得已者。天下吏士，数日而待赐，此诚不可以卒去。至于大吏，所谓股肱耳目，与县官同其忧乐者，此岂亦不得已而有所畏耶！天子有七庙，今又饰老、佛之宫，而为之祠，固已过矣。又使大臣以使领之，岁给以巨万计，此何为者也！天下之吏，为不少矣，将患未得其人。苟得其人，则凡民之利，莫不备举，而其患莫不尽去。今河水为患，不使滨河州郡之吏亲视其灾，而责之以救灾之术，徒为都水监。夫四方之水患，岂其一人坐筹于京师，而尽其利害？天下有转运使足矣，今江淮之间，又有发运，禄赐之厚，徒兵之众，其为费岂可胜计哉。盖尝闻之，里有蓄马者，患牧人欺之而盗其刍菽也，又使一人焉为之厩长，厩长立而马益瘠。今为政不求其本，而治其末，自是而推之，天下无益之费，不为不多矣。臣以为凡若此者，日求而去之，自毫厘以往，莫不有益。惟无轻其毫厘而积之，则天下庶乎少息也。 卷八

策别厚货财　二

其二曰定军制。自三代之衰，井田废，兵农异处，兵不得休而为民，民不得息肩而无事于兵者，千有余年，而未有如今日之极者也。

三代之制，不可复追矣。至于汉、唐，犹有可得而言者。夫兵无事而食，则不可使聚，聚则不可使无事而食。此二者相胜而不可并行，其势然也。今夫有百顷之闲田，则足以牧马千驷，而不知其费。聚千驷之马，而输百顷之刍，则其费百倍，此易晓也。昔汉之制，有践更之卒，而无营田之兵。虽皆出于农夫，而方其为兵也，不知农夫之事，是故郡县无常屯之兵，而京师亦不过有南北军、期门、羽林而已。边境有事，诸侯有变，皆以虎符调发郡国之兵，至于事已而兵休，则涣然各复其故。是以其兵虽不知农，而天下不至于弊者，未尝聚也。唐有天下，置十六卫府兵，天下之府八百余所，而屯于关中者，至有五百。然皆无事则力耕而积谷，不惟以自赡养，而又有以广县官之储。是以兵虽聚于京师，而天下亦不至于弊者，未尝无事而食也。今天下之兵，不耕而聚于京畿三辅者，以数十万计，皆仰给于县官。有汉、唐之患，而无汉、唐之利，择其偏而兼用之，是以兼受其弊而莫之分也。天下之财，近自淮甸，而远至于吴、蜀，凡舟车所至，人力所及，莫不尽取以归于京师。晏然无事，而赋敛之厚，至于不可复加，而三司之用，犹苦其不给。其弊皆起于不耕之兵聚于内，而食四方之贡赋。

非特如此而已，又有循环往来屯戍于郡县者。昔建国之初，所在分裂，拥兵而不服。太祖、太宗躬擐甲胄，力战而取之。既降其君，而籍其疆土矣，然其故基余孽犹有存者。上之人见天下之难合而恐其复发也,于是出禁兵以戍之。大自藩府,而小至于县镇,往往皆有京师之兵。由此观之,则是天下之地,一尺一寸,皆天子自为守也,而可以长久而不变乎?费莫大于养兵,养兵之费,莫大于征行。今出禁兵而戍郡县,远者或数千里,其月廪岁给之外,又日供其刍粮。三岁而一迁,往者纷纷,来者累累,虽不过数百为辈,而要其归,无以异于数十万之兵三岁而一出征也。农夫之力,安得不竭?馈运之卒,安得不疲?且今天下未尝有战斗之事,武夫悍卒,非有劳伐可以邀其上之人,然皆不得为休息闲居无用之兵者,其意以为为天子出戍也。是故美衣丰食,开府库,辇金帛,若有所负,一逆其意,则欲群起而噪呼,此何为者也?

天下一家,且数十百年矣。民之戴君,至于海隅,无以异于畿甸,亦不必举疑四方之兵而专信禁兵也。曩者蜀之有均贼,与近岁贝州之乱,未必非禁兵致之。臣愚以为郡县之土兵,可以渐训而阴夺其权,则禁兵可以渐省而无用。天下武健,岂有常所哉?山川之所习,风气之所咻,四方之民一也。昔者战国尝用之矣。蜀人之怯懦,吴人之短小,皆尝以抗衡于上国,夫安得禁兵而用之。今之土兵,所以钝弊劣弱而不振者,彼见郡县皆有禁兵,而待之异等,是以自弃于贱隶役夫之间,而将吏亦莫之训也。苟禁兵可以渐省,而以其资粮益优郡县之土兵,则彼固已欢欣踊跃出于意外,戴上之恩而愿效其力,又何遽不如禁兵耶?夫土兵日以多,禁兵日以少,天子扈从捍城之外,无所复用。如此,则内无屯聚仰给之费,而外无迁徙供亿之劳,费之省者,又已过半矣。卷九

文集卷一百一十二

策别训兵旅 一

训兵旅者，其别有三。一曰蓄材用。夫今之所患兵弱而不振者，岂士卒寡少而不足使欤？器械钝弊而不足用欤？抑为城郭不足守欤？廪食不足给欤？此数者，皆非也。然所以弱而不振，则是无材用也。

夫国之有材，譬如山泽之有猛兽，江河之有蛟龙，伏乎其中而威见乎其外，悚然有所不可狎者。至于鳅鳝之所蟠，羊豚之所牧，虽千仞之山，百寻之溪，而人易之。何则？其见于外者，不可欺也。天下之大，不可谓无人。朝廷之尊，百官之富，不可谓无才。然以区区之二虏，举数州之众以临中国，抗天子之威，犯天下之怒，而其气未尝少衰，其词未尝少挫。则是其心无所畏也。主忧则臣辱，主辱则臣死。今朝廷之上，不能无忧，而大臣恬然未尝有拒绝之议，非不欲绝也，而未有以待之。则是朝廷无所恃。缘边之民，西顾而战栗。牧马之士，不敢弯弓而北向。吏士未战而先期于败，则是民轻其上也。外之蛮夷无所畏，内之朝廷无所恃，而民又自轻其上，此犹足以为有人乎！天下未尝无才，患所以求才之道不至。

古之圣人，以无益之名，而致天下之实，以可见之实，而较天下之虚名。二者相为用而不可废。是故其始也，天下莫不纷然奔走从事于其间，而要之以其终，不肖者无以欺其上。此无他，先名而后实也。不先其名，而唯实之求，则来者寡。来者寡，则不可以有所择。以一旦之急，而用不择之人，则是不先名之过也。天子之所向，天下之所奔也。今夫孙、吴之书，其读之者，未必能战也；多言之士，喜论兵者，未必能用也；进之以武举，而试之以骑射，天下之奇才，未必至也。然将以求天下之实，则非此三者不可以致。以为未必然而弃之，则是其必然者，终不可得而见也。往者西师之兴，其先也，惟不以虚名多致天下之才而择之，以待一旦之用。故其兵兴之际，四顾惶惑而不知所措。于是设武举，购方略，收勇悍之士，而开猖狂之言，不爱高爵重赏，以求强兵之术。当此之时，天下嚣然，莫不自以为知兵也，来者日多，而其言益以无据。至于临事，终不可用。执事之臣，亦遂厌之，而知其无益，故兵休之日，举从而废之。今之论者，以为武举、方略之类，适足以开侥幸之门，而天下之实才，终不可以求得。此二者，皆过也。夫既已用天下之虚名，而不较之以实，至其弊也，又举而废其名，使天下之士不复以兵术进，亦已过矣。

天下之实才，不可以求之于言语，又不可以较之于武力，独见之于战耳。战不可得而试也，是故见之于治兵。子玉治兵于蔿，终日而毕，鞭七人，贯三人耳。蔿贾观之，以为刚而无礼，知其必败。孙武始见，试以妇人，而犹足以取信于阖闾，使知其可用。故凡欲观将帅之才否，莫如治兵之不可欺也。今夫新募之兵，骄豪而难令，勇悍而不知战，此真足以观天下之才也。武举、方略之类以来之，新兵以试之。观其颜色和易，则足以见其气；约束坚明，则足以见其威；坐作进退，各得其所，则足以见其能。凡此者，皆不可强也。故曰：先之以无益之虚名，而较之以可见之实。庶乎可得而用也。卷九

策别训兵旅　二

其二曰练军实。三代之兵，不待择而精，其故何也？兵出于农，有常数而无常人，国有事，要以一家而备一正卒，如斯而已矣。是故老者得以养，疾病者得以为闲民，而役于官者，莫不皆其壮子弟。故其无事而田猎，则未尝发老弱之民；师行而馈粮，则未尝食无用之卒。使之足轻险阻，而手易器械，聪明足以察旗鼓之节，强锐足以犯死伤之地、千乘之众，而人人足以自捍。故杀人少而成功多，费用省而兵卒强。盖春秋之时，诸侯相并，天下百战，其经传所见谓之败绩者，如城濮、鄢陵之役，皆不过犯其偏师而猎其游卒，敛兵而退，未有僵尸百万流血于江河如后世之战者，何也？民各推其家之壮者以为兵，则其势不可得而多杀也。

及至后世，兵民既分，兵不得复而为民，于是始有老弱之卒。夫既已募民而为兵，其妻子屋庐，既已托于营伍之中，其姓名既已书于官府之籍，行不得为商，居不得为农，而仰食于官，至于衰老而无归，则其道诚不可以弃去，是故无用之卒，虽薄其资粮，而皆廪之终身。凡民之生，自二十以上至于衰老，不过四十余年之间。勇锐强力之气足以犯坚冒刃者，不过二十余年。今廪之终身，则是一卒凡二十年无用而食于官也。自此而推之，养兵十万，则是五万人可去也；屯兵十年，则是五年为无益之费也。民者，天下之本；而财者，民之所以生也。有兵而不可使战，是谓弃财。不可使战而驱之战，是谓弃民。臣观秦、汉之后，天下何其残败之多耶？其弊皆起于分民而为兵。兵不得休，使老弱不堪之卒，拱手而就戮。故有以百万之众，而见屠于数千之兵者。其良将善用，不过以为饵，委之唊贼。嗟夫！三代之衰，民之无罪而死者，其不可胜数矣。

今天下募兵至多，往者陕西之役，举籍平民以为兵。继以明道、宝元之间，天下旱蝗，次及近岁青、齐之饥，与河朔之水灾，民急而为兵者，日以益众，举籍而按之。近世以来，募兵之多，无如今日。然皆老弱不教，不能当古之十五，而衣食之费，百倍于古。此甚非所以长久而不变者也。凡民之为兵者，其类多非良民。方其少壮之时，博弈饮酒，不安于家，而后能捐其身，至其少衰而气沮，盖亦有悔而不可复者矣。臣以谓：五十已上，愿复而为民者，宜听；自今以往，民之愿为兵者，皆三十已下则收，限以十年而除其籍。民三十而为兵，十年而复归，其精力思虑，犹可以养生送死，为终身之计。使其应募之日，心知其不出十年，而为十年之计，则除其籍而不怨。以无用之兵终身坐食之费，而为重募，则应者必众。如此，县官长无老弱之兵，而民之不任战者，不至于无罪而死。彼皆知其不过十年而复为平民，则自爱其身而重犯法，不至于叫呼无赖以自弃于凶人。

今夫天下之患，在于民不知兵。故兵常骄悍而民常怯。盗贼攻之而不能御，戎狄掠之而不能抗。今使民得更代而为兵，兵得复还而为民，则天下之知兵者众，而盗贼戎狄将有所忌。然犹有言者，将以为十年而代，故者已去，而新者未教，则缓急有所不济。夫所谓十年而代者，岂举军而并去之，有始至者，有既久者，有将去者，有当代者，新故杂居而教之，则缓急可以无忧矣。卷九

策别训兵旅 三

其三曰倡勇敢。臣闻战以勇为主，以气为决。天子无皆勇之将，而将军无皆勇之士，是故致勇有术。致勇莫先乎倡，倡莫善乎

私。此二者，兵之微权，英雄豪杰之士，所以阴用而不言于人，而人亦莫之识也。臣请得以备言之。

夫倡者，何也？气之先也。有人人之勇怯，有三军之勇怯。人人而较之，则勇怯之相去，若蚩与楯。至于三军之勇怯，则一也。出于反覆之间，而差于毫厘之际，故其权在将与君。人固有暴猛兽而不操兵，出入于白刃之中而色不变者；有见虺蜴而却走，闻钟鼓之声而战栗者。是勇怯之不齐，至于如此。然间阎之小民，争斗戏笑，卒然之间，而或至于杀人。当其发也，其心翻然，其色勃然，若不可以已者，虽天下之勇夫，无以过之。及其退而思其身，顾其妻子，未始不恻然悔也。此非不勇者也。气之所乘，则夺其性而忘其故。故古之善用兵者，用其翻然勃然于未悔之间。而其不善者，沮其翻然勃然之心，而开其自悔之意，则是不战而先自败也。故曰致勇有术。致勇莫先乎倡。均是人也，皆食其食，皆任其事，天下有急，而有一人焉奋而争先而致其死，则翻然者众矣。弓矢相及，剑楯相搏，胜负之势，未有所决，而三军之士，属目于一夫之先登，则勃然者相继矣。天下之大，可以名劫也；三军之众，可以气使也。谚曰："一人善射，百夫决拾。"苟有以发之，及其翻然勃然之间而用其锋，是之谓倡。

倡莫善乎私。天下之人，怯者居其百，勇者居其一，是勇者难得也。捐其妻子，弃其身以蹈白刃，是勇者难能也。以难得之人，行难能之事，此必有难报之恩者矣。天子必有所私之将，将军必有所私之士，视其勇者而阴厚之。人之有异材者，虽未有功，而其心莫不自异。自异而上不异之，则缓急不可以望其为倡。故凡缓急而肯为倡者，必其上之所异也。昔汉武帝欲观兵于四夷，以逞其无厌之求，不爱通侯之赏，以招勇士，风告天下，以求奋击之人，然卒无有应者。于是严刑峻法,致之死地,而听其以深入赎罪,使勉强不得已之人,驰骤于万死之地,是故其将降,其兵破败,而天下几至于不测。何者? 先无所异之人,而望其为倡,不已难乎! 私者,天下之所恶也。然而为己而私之,则私不可用;为其贤于人而私之,则非私无以济。盖有无功而可赏,有罪而可赦者,凡所以愧其心而责其为倡也。

天下之祸,莫大于上作而下不应。上作而下不应,则上亦将穷而自止。方西戎之叛也,天子非不欲赫然诛之,而将帅之臣,谨守封略,收视内顾,莫有一人先奋而致命,而士卒亦循循焉莫肯尽力,不得已而出,争先而归,故西戎得以肆其猖狂,而吾无以应,则其势不得不重赂而求和。其患起于天子无同忧患之臣,而将军无心腹之士。西师之休,十有余年矣,用法益密,而进人益艰,贤者不见异,勇者不见私,天下务为奉法循令,要以如式而止。臣不知其缓急将谁为之倡哉? 卷九

策断 一

二虏为中国患,至深远也。天下谋臣猛将,豪杰之士,欲有所逞于西北者,久矣。闻之兵法曰:“先为不可胜,以待敌之可胜。”向者,臣愚以为西北虽有可胜之形,而中国未有不可胜之备,故尝窃以为可特设一官,使独任其责,而执政之臣,得以专治内事。苟天下之弊,莫不尽去,纪纲修明,食足而兵强,百姓乐业,知爱其君,卓然有不可胜之备,如此,则臣固将备论而极言之。

夫天下将兴,其积必有源;天下将亡,其发必有门。圣人者,唯知其门而塞之。古之亡天下者四,而天子无道不与焉。盖有以

诸侯强逼而至于亡者,周、唐是也;有以匹夫横行而至于亡者,秦是也;有以大臣执权而至于亡者,汉、魏是也;有以蛮夷内侵而至于亡者,二晋是也。司马氏、石氏。使此七代之君,皆能逆知其所由亡之门而塞之,则至于今可以不废。惟其讳亡而不为之备,或备之而不得其门,故祸发而不救。夫天子之势,蟠于天下而结于民心者甚厚,故其亡也,必有大隙焉,而日溃之。其窥之甚难,其取之甚密,旷日持久,然后可得而间,盖非有一日卒然不救之患也。是故圣人必于其全安甚盛之时,而塞其所由亡之门。

盖臣以为当今之患,外之可畏者,西戎、北狄,而内之可畏者,天子之民也。西戎、北狄,不足以为中国之大忧,而其动也,有以召内之祸。内之民实执其存亡之权,而不能独起,其发也必将待外之变。先之以戎狄,而继之以吾民,臣之所谓可畏者,在此而已。昔者敌国之患,起于多求而不供。供者有倦而求者无厌,以有倦待无厌,而能久安于无事,天下未尝有也。故夫二虏之患,特有远近耳,而要以必至于战。敢问今之所以战者何也? 其无乃出于仓卒而备于一时乎! 且夫兵不素定,而出于一时,当其危疑扰攘之间,而吾不能自必,则权在敌国。权在敌国,则吾欲战不能,欲休不可。进不能战,而退不能休,则其计将出于求和。求和而自我,则其所以为媾者必重。军旅之后,而继之以重媾,则国用不足。国用不足,则加赋于民。加赋而不已,则凡暴取豪夺之法,不得不施于今之世矣。天下一动,变生无方,国之大忧,将必在此。

盖尝闻之,用兵有权,权之所在,其国乃胜。是故国无小大,兵无强弱,有小国弱兵而见畏于天下者,权在焉耳。千钧之牛,制于三尺之童,弭耳而下之,曾不知狙猿之奋掷于山林,此其故何也? 权在人也。我欲则战,不欲则守。战则天下莫能支,守则天下莫能窥。昔者秦尝用此矣。开关出兵以攻诸侯,则诸侯莫不愿割地而求和。诸侯割地而求和于秦,秦人未尝急于割地之利,若不得已而后应。故诸侯常欲和而秦常欲战。如此,则权固在秦矣。且秦非能强于天下之诸侯,秦惟能自必,而诸侯不能。是以天下百变,而卒归于秦。诸侯之利,固在从也。朝闻苏秦之说而合为从,暮闻张仪之计而散为横。秦则不然。横人之欲为横,从人之欲为从,皆使其自择而审处之。诸侯相顾,而终莫能自必,则权之在秦,不亦宜乎?向者宝元、庆历之间,河西之役,可以见矣。其始也,不得已而后战。其终也,逆探其意而与之和,又从而厚馈之,惟恐其一日复战也。如此,则贼常欲战而我常欲和。贼非能常战也,特持其欲战之形,以乘吾欲和之势,屡用而屡得志,是以中国之大,而权不在焉。

欲天下之安,则莫若使权在中国。欲权之在中国,则莫若先发而后罢。示之以不惮,形之以好战,而后天下之权,有所归矣。今夫庸人之论,则曰勿为祸始。古之英雄之君,岂其乐祸而好杀。唐太宗既平天下,而又岁岁出师,以从事于夷狄,盖晚而不倦,暴露于千里之外,亲击高丽者再焉。凡此者,皆所以争先而处强也。当时群臣不能深明其意,以为敌国无衅而我则发之。夫为国者,使人备己,则权在我,而使己备人,则权在人。当太宗之时,四夷狼顾以备中国,故中国之权重。苟不先之,则彼或以执其权矣,而我又鳃鳃焉恶战而乐罢,使敌国知吾之所忌,而以是取必于吾。如此,则虽有天下,吾安得而为之。唐之衰也,惟其厌兵而畏战,一有败衄,则兢兢焉缩首而去之,是故奸臣执其权以要天子。及至宪宗,奋而不顾,虽小挫而不为之沮。当此之时,天下之权,在于朝廷。伐之则足以为威,赦之则足以为恩。臣故曰:先发而后罢,则权在我矣。卷九

策断 二

臣闻用兵有可以逆为数十年之计者,有朝不可以谋夕者。攻守之方,战斗之术,一日百变,犹以为拙,若此者,朝不可以谋夕者也。古之欲谋人之国者,必有一定之计。勾践之取吴,秦之取诸侯,高祖之取项籍,皆得其至计而固执之。是故有利有不利,有进有退,百变而不同,而其一定之计未始易也。勾践之取吴,是骄之而已;秦之取诸侯,是散其从而已;高祖之取项籍,是间疏其君臣而已。此其至计不可易者,虽百年可知也。今天下晏然,未有用兵之形,而臣以为必至于战,则其攻守之方,战斗之术,固未可以豫论而臆断也。然至于用兵之大计,所以固执而不变者,臣请得以豫言之。

夫西戎、北胡,皆为中国之患。而西戎之患小,北胡之患大。此天下之所明知也。管仲曰:"攻坚则瑕者坚,攻瑕则坚者瑕。"故二者,皆所以为忧。而臣以为兵之所加,宜先于西。故先论所以制御西戎之大略。今夫邹与鲁战,则天下莫不以为鲁胜,大小之势异也。然而势有所激,则大者失其所以为大,而小者忘其所以为小,故有以邹胜鲁者矣。夫大有所短,小有所长,地广而备多,备多而力分,小国聚而大国分,则强弱之势,将有所反。大国之人,譬如千金之子,自重而多疑;小国之人,计穷而无所恃,则致死而不顾。是以小国常勇,而大国常怯。恃大而不戒,则轻战而屡败;知小而自畏,则深谋而必克。此又其理然也。夫民之所以守战至死而不去者,以其君臣上下欢欣相得之际也。国大则君尊而上下不交,将军贵而吏士不亲,法令繁而民无所措其手足。若夫小国之民,截然其若一家也,有忧则相恤,有急则相赴。凡此数者,是小国之所长,而大国之所短也。使大国而不用其所长,常出于其所短,虽百战而百屈,岂足怪哉！且夫大国,则固有所长矣,长于战而不长于守。夫守者,出于不足而已。譬之于物,大而不用,则易以腐败,故凡击搏进取,所以用大也。孙武之法,十则围之,五则攻之,倍则分之,敌则能战之,少则能逃之,不若则能避之。自敌以上者,未尝有不战也。自敌以上而不战,则是以有余而用不足之计,固已失其所长矣。凡大国之所恃,吾能分兵,而彼不能分,吾能数出,而彼不能应。譬如千金之家,日出其财,以罔市利,而贩夫小民终莫能与之竞者,非智不若,其财少也。是故贩夫小民,虽有桀黠之才,过人之智,而其势不得不折而入于千金之家。何则？其所长者不可以与较也。

西戎之于中国,可谓小国矣。向者惟不用其所长,是以聚兵连年而终莫能服。今欲用吾之所长,则莫若数出,数出莫若分兵。臣之所谓分兵者,非分屯之谓也,分其居者与行者而已。今河西之戍卒,惟患其多,而莫之适用,故其便莫若分兵。使其十一而行,则一岁可以十出；十二而行,则一岁可以五出。十一而十出,十二而五出,则是一人而岁一出也。吾一岁而一出,彼一岁而十被兵焉,则众寡之不侔,劳逸之不敌,亦已明矣。夫用兵必出于敌人之所不能。我大而敌小,是故我能分而彼不能。此吴之所以肆楚,而隋之所以狃陈欤？夫御戎之术,不可以逆知其详,而其大略,臣未见有过此者也。卷九

策断　三

其次请论北狄之势。古者匈奴之众,不过汉一大县,然所以能敌之者,其国无君臣上下朝觐会同之节,其民无谷米丝麻耕作织纴之劳。其法令以言语为约,故无文书符传之繁。其居处以逐水

草为常,故无城郭邑居聚落守望之勤。其旃裘肉酪,足以为养生送死之具。故战则人人自斗,败则驱牛羊远徙,不可得而破。盖非独古圣人法度之所不加,亦其天性之所安者,犹狙猿之不可使冠带,虎豹之不可被以羁绁也。故中行说教单于无爱汉物,所得缯絮,皆以驰草棘中,使衣裤弊裂,以示不如旃裘之坚善也,得汉食物皆去之,以示不如湩酪之便美也。由此观之,中国以法胜,而匈奴以无法胜。圣人知其然,是故精修其法而谨守之。筑为城郭,堑为沟池,大仓廪,实府库,明烽燧,远斥堠,使民知金鼓进退坐作之节,胜不相先,败不相后。此其所以谨守其法而不敢失也。一失其法,则不如无法之为便也。故夫各辅其性而安其生,则中国与胡,本不能相犯。惟其不然,是故皆有以相制,胡人之不可从中国之法,犹中国之不可从胡人之无法也。

今夫佩玉服黻冕而垂旒者,此宗庙之服,所以登降揖让折旋俯仰为容者也,而不可以骑射。今夫蛮夷而用中国之法,岂能尽如中国哉!苟不能尽如中国,而杂用其法,则是佩玉服黻冕垂旒而欲以骑射也。昔吴之先,断发文身,与鱼鳖龙蛇居者数十世,而诸侯不敢窥也。其后楚申公巫臣始教以乘车射御,使出兵侵楚,而阖庐、夫差又逞其无厌之求,开沟通水,与齐、晋争强。黄池之会,强自冠带,吴人不胜其弊,卒入于越。夫吴之所以强者,乃其所以亡也。何者?以蛮夷之资,而贪中国之美,宜其可得而图之哉。西晋之亡也,匈奴、鲜卑、氐、羌之类,纷纭于中国,而其豪杰间起,为之君长,如刘元海、苻坚、石勒、慕容隽之俦,皆以绝异之姿,驱驾一时之贤俊,其强者至有天下太半,然终于覆亡相继,远者不过一传再传而灭,何也?其心固安于无法也,而束缚于中国之法。中国之人,固安于法也,而苦其无法。君臣相戾,上下相厌。是以虽建都邑,立宗庙,而其心炭炭然常若寄居于其间,而安能久乎?

　　且人而弃其所得于天之分,未有不亡者也。契丹自五代南侵,乘石晋之乱,奄至京邑,睹中原之富丽、庙社宫阙之壮而悦之,知不可以留也,故归而窃习焉。山前诸郡,既为所并,则中国士大夫有立其朝者矣。故其朝廷之仪,百官之号,文武选举之法,都邑郡县之制,以至于衣服饮食,皆杂取中国之象。然其父子聚居,贵壮而贱老,贪得而忘失,胜不相让、败不相救者犹在也。其中未能革其犬羊豺狼之性,而外牵于华人之法,此其所以自投于陷阱网罗之中。而中国之人,犹曰今之匈奴非古也,其措置规画,皆不复蛮夷之心,以为不可得而图之,亦过计矣。且夫天下固有沉谋阴计之士也。昔先王欲图大事,立奇功,则非斯人莫之与共。梁之尉缭,汉之陈平,皆以樽俎之间,而制敌国之命。此亦王者之心,期以纾天下之祸而已。彼契丹者,有可乘之势三,而中国未之思焉,则亦足惜矣。臣观其朝廷百官之众,而中国士大夫交错于其间,固亦有贤俊慷慨不屈之士,而诟辱及于公卿,鞭扑行于殿陛。贵为将相,而不免囚徒之耻,宜其有惋愤郁结而思变者,特未有路耳。凡此皆可以致其心,虽不为吾用,亦以间疏其君臣。此由余之所以入秦也。幽燕之地,自古号多雄杰,名于图史者,往往而是。自宋之兴,所在贤俊,云合响应,无有远迩,皆欲洗濯磨淬以观上国之光,而此一方,独陷于非类。昔太宗皇帝亲征幽州,未克而班师,闻之谍者曰:幽州士民,谋欲执其帅以城降者,闻乘舆之还,无不泣下。且胡人以为诸郡之民,非其族类,故厚敛而虐使之,则其思内附之心,岂待深计哉,此又足为之谋也。使其上下相猜,君民相疑,然后可攻也。语有之曰:鼠不容穴,衔窦薮也。彼僭立四都,分置守宰,仓廪府库,莫不备具,有一旦之急,适足以自累,守之不能,弃之不忍,华夷杂居，易以生变。如此，则中国之长，足以有所施矣。

　　然非特如此而已也。中国不能谨守其法，彼慕中国之法，而不能纯用，是以胜负相持而未有决也。夫蛮夷者以力攻，以力守，以力战，顾力不能则逃。中国则不然。其守以形，其攻以势，其战以气，故百战而力有余。形者，有所不守，而敌人莫不忌也；势者，有所不攻，而敌人莫不惫也；气者，有所不战，而敌人莫不慑也。苟去此三者而角之于力，则中国固不敌矣，尚何云乎！惟国家留意其大者而为之计，其小者臣未敢言焉。卷九

文集卷一百一十三

御试制科策 并策问

皇帝若曰：朕承祖宗之大统，先帝之休烈，深惟寡昧，未烛于理，志勤道远，治不加进。夙兴夜寐，于兹三纪。朕德有所未至，教有所未孚，阙政尚多，和气或盭。田野虽辟，民多亡聊。边境虽安，兵不得撤。利入已浚，浮费弥广。军冗而未练，官冗而未澄。庠序比兴，礼乐未具。户罕可封之俗，士忽胥让之节。此所以讼未息于虞、芮，刑未措于成、康。意在位者不以教化为心，治民者多以文法为拘。禁防繁多，民不知避。叙法宽滥，吏不知惧。累系者众，愁叹者多。仍岁以来，灾异数见。六月壬子，日食于朔。淫雨过节，暖气不效。江河溃决，百川腾溢。永思厥咎，深切在予。变不虚生，缘政而起。五事之失，六沴之作，刘向所传，吕氏所纪，五行何修而得其性，四时何行而顺其令？非正阳之月，伐鼓救变，其合于经乎？方盛夏之时，论囚报重，其考于古乎？京师诸夏之根本，王教之渊源。百工淫巧无禁，豪右僭差不度。治当先内，或曰，何以为京师？政在摘奸，或曰，不可挠狱市。推寻前世，探观治迹。孝文尚老子，而天下富殖。孝武用儒术，而海内虚耗。道非有弊，治奚不同？王政所由，形于《诗》道。周公《豳》诗，王业也，而系之《国风》。宣王北伐，大事也，而载之《小雅》。周以冢宰制国用，唐以宰相兼度支。钱谷，大计也。兵师，大众也。何陈平之对，谓当责之内史？韦贤之言，不宜兼于宰相？钱货之制，轻重之相权；命秩之差，虚实之相养。水旱蓄积之备，边陲守御之方。圜法有九府之名，乐语有五均之义。富人强国，尊君重朝。弭灾致祥，改薄从厚。此皆前世之急政，而当今之要务。子大夫其悉意以陈，毋悼后害。

臣谨对曰：臣闻天下无事，则公卿之言轻于鸿毛；天下有事，则匹夫之言重于泰山。非智有所不能，而明有所不察，缓急之势异也。方其无事也，虽齐桓之深信其臣，管仲之深得其君，以握手丁宁之间，将死深悲之言，而不能去其区区之三竖。及其有事且急也，虽唐代宗之庸，程元振之用事，柳伉之贱且疏，而一言以入之，不终朝而去其腹心之疾。夫言之于无事之世者，足以有所改为，而常患于不信；言之于有事之世者，易以见信，而常患于不及改为。此忠臣志士之所以深悲，天下之所以乱亡相寻，而世主之所以不悟也。今陛下处积安之时，乘不拔之势，拱手垂裳，而天下向风，动容变色，而海内震恐。虽有一事之失常，一物之不获，固未足以忧陛下也。所谓亲策贤良之士者，以应故事而已。岂以臣言为真足以有感于陛下耶？虽然，君以名求之，臣以实应之。陛下为是名也，臣敢不为是实也。

伏惟制策有念祖宗先帝大业之重，而自处于寡昧，以为"志勤道远，治不加进"。臣窃以为陛下即位以来，岁历三纪，更于事变，审于情伪，不为不熟矣。而"治不加进"，虽臣亦疑之。然以为"志勤道远"，则虽臣至愚，亦未敢以明诏为然也。夫志有不勤而道无远。陛下苟知勤矣，则天下之事，粲然无不毕举，又安以访臣为哉？今也犹以道远为叹，则是陛下未知勤也。臣请言勤之说。夫天以日运，故健；日月以日行，故明；水以日流，故不竭；人之四肢以日动,故无疾;器以日用,故不蠹。天下者,大器也。久置而不用,则委靡废放,日趋于弊而已矣。陛下深居法官之中,其忧勤而不息邪?臣不得而知也。其宴安而无为耶?臣不得而知也。然所以知道远之叹由陛下之不勤者,诚见陛下以天下之大,欲轻赋税则财不足,欲威四夷则兵不强,欲兴利除害则无其人,欲敦世厉俗则无其具,大臣不过遵用故事,小臣不过谨守簿书,上下相安,以苟岁月。此臣所以妄论陛下之不勤也。

臣又窃闻之。自顷岁以来,大臣奏事,陛下无所诘问,直可之而已。臣始闻而大惧,以为不信,及退而观其效见,则臣亦不敢谓不信也。何则?人君之言,与士庶不同。言脱于口,而四方传之,捷于风雨。故太祖、太宗之世,天下皆讽诵其言语,以为耸动之具。今陛下之所震怒而赐遣者,何人也?合于圣意诱而进之者,何人也?所与朝夕论议深言者,何人也?越次躐等召而问讯之者,何人也?四者,臣皆未之闻焉。此臣所以妄论陛下之不勤也。臣愿陛下条天下之事:其大者有几,可用之人有几,某事未治,某人未用。鸡鸣而起,曰:吾今日为某事,用某人。他日又曰:吾所为某事,其事果济矣乎?所用某人,其人果才矣乎?如是孜孜焉不违于心,屏去声色,放远善柔,亲近贤达,远览古今。凡此者勤之实也,而道何远乎!

伏惟制策有"夙兴夜寐,于今三纪。德有所未至,教有所未孚,阙政尚多,和气或戾。田野虽辟,民多无聊。边境虽安,兵不得撤。利入已浚,浮费弥广。军冗而未练,官冗而未澄。庠序比兴,礼乐未具。户罕可封之俗,士忽胥让之节。此所以讼未息于虞、芮,刑未措于成、康。意在位者不以教化为心,治民者多以文法为拘。禁防繁多,民不知避。叙法宽滥,吏不知惧。累系者众,愁叹者多”。凡此陛下之所忧数十条者，臣皆能为陛下历数而备言之，然而未敢为陛下道也。何者？陛下诚得御臣之术而固执之，则向之所忧数十条者，皆可以捐之大臣，而己不与。今陛下区区以向之数十条为己忧者，则是陛下未得御臣之术也。天下所谓贤者，陛下既得而用之矣。方其未用也，常若有余；而其既用也，则常若不足。是岂其才之有变乎？古之用人者，日夜深提策之。武王用太公，其相与问答百余万言，今之《六韬》是也。桓公用管仲，其相与问答，亦百余万言，今之《管子》是也。古之人君，其所以反覆穷究其臣者若此。今陛下默默而听其所为，则夫向之所忧数十条者，无时而举矣。古之忠臣，其受任也，必先自度曰，吾能办是矣乎？度能办是也，则又曰，吾君能忘己而任我乎？能无以小人间我乎？度其能忘己而任我也，能无以小人间我也，然后受之。既已受之矣，则以身任天下之责而不辞，享天下之利而不愧。今也内不度己，外不度君，而轻受之。受之，而众不与也，则引身而求去。陛下又为美辞而遣之，加之重禄而慰之。夫引身而求退者，非果廉节而有让也，是邀君以自固也，是自明其非我之欲留以逃谤也，是不能办其事而以其患遗后人也。陛下奈何听之。臣故曰：陛下未得御臣之术也。

若夫“德有所未至，教有所未孚”者，此实不至也。德之，必有以著其德之之形；教之，必有以显其教之之状。德之之形，莫著于轻赋；教之之状，莫显于去杀。此二者，今皆未能焉。故曰：实不至也。夫以选举之重，而不取才行；官吏之众，而不行考课；农末之相倾，而平籴之法不立；贫富之相役，而占田之数无限。天下之阙政，则莫大乎此。而和气安得不盭乎？

“田野辟”者，民之所以富足之道也。其所以无聊，则吏政之过也。然臣闻天下之民，常偏聚而不均。吴、蜀有可耕之人，而无其地；荆、襄有可耕之地，而无其人。由此观之，则田野亦未可谓尽辟也。夫以吴、蜀、荆、襄之相形，而饥寒之民，终不能去狭而就宽者，世以为怀土而重迁，非也。行者无以相群，则不能行；居者无以相友，则不能居。若辈徙饥寒之民，则无不听矣。

"边境已安，而兵不得撤"者，有安之名，而无安之实也。臣欲小言之，则自以为愧，大言之，则世俗以为笑，臣请略言之。古之制北狄者，未始不通西域。今之所以不能通者，是夏人为人障也。朝廷置灵武于度外，几百年矣。议者以为绝域异方，曾不敢近，而况于取之乎！然臣以为事势有不可不取者。不取灵武，则无以通西域。西域不通，则契丹之强，未有艾也。然灵武之所以不可取者，非以数郡之能抗吾中国，吾中国自困而不能举也。其所以自困而不能举者，以不生不息之财，养不耕不战之兵，块然如巨人之病膇，非不枵然大矣，而手足不能以自举。欲去是疾也，则莫若捐秦以委之，使秦人断然如战国之世，不待中国之援，而中国亦若未始有秦者。有战国之全利，而无战国之患，则夏人举矣。其便莫如稍徙缘边之民不能战守者于空闲之地，而以其地益募民为屯田。屯田之兵稍益，则向之戍卒可以稍减。使数岁之后，缘边之民尽为耕战之夫，然后数出兵以苦之，要以使之厌战而不能支，则折而归吾矣。如此，而北狄始有可制之渐，中国始有息肩之所。不然，将济师之不暇，而又何撤乎？

所谓"利入已浚而浮费弥广"者。臣窃以为外有不得已之二虏，内有得已而不已之后宫。后宫之费，不下一敌国。金玉锦绣之工，日作而不息，朝成夕毁，务以相新，主帑之吏，日夜储其精金良帛而别异之，以待仓卒之命，其为费岂可胜计哉！今不务去此等，而欲广求利之门，臣知所得之不如所丧也。

"军冗而未练"者。臣尝论之曰：此将不足恃之过也。然以其不足恃之故，而拥之以多兵，不蒐去其无用，则多兵适所以为败也。

"官冗而未澄"者。臣尝论之曰：此审官吏部与职司无法之过也。夫审官吏部，是古者考绩黜陟之所也，而特以日月为断。今纵未能复古，可略分其郡县，不以远近为差，而以难易为等，第其人之所堪，而别异之。才者常为其难，而不才者常为其易。及其当迁也，难者常速，而易者常久。然而为此者固有待也。使审官吏部，与外之职司，常相关通。而为职司者，不惟举有罪，察有功而已，必使尽第其属吏之所堪，以诏审官吏部。审官吏部常从内等其任使之难易，职司常从外第其人之优劣。才者常用，不才者常闲，则冗官可澄矣。

"庠序兴而礼乐未具"者。臣盖以为庠序者，礼乐既兴之所用，非所以兴礼乐也。今礼乐鄙野而未完，则庠序不知所以为教，又何以兴礼乐乎？如此而求其可封，责其胥让，将以息讼而措刑者，是却行而求前也。夫上之所向者，下之所趋也，而况从而赏之乎！上之所背者，下之所去也，而况从而罚之乎！陛下责在位者不务教化，而治民者多拘文法，臣不知朝廷所以为赏罚者何也？无乃或以教化得罪而多以文法受赏欤？夫禁防未至于繁多，而民不知避者，吏以为市也。叙法不为宽滥，而吏不知惧者，不论其能否，而论其久近也。累系者众，愁叹者多，凡以此也。

伏惟制策有"仍岁以来，灾异数见，乃六月壬子，日食于朔。淫雨过节，暖气不效。江河溃决，百川腾溢。永思厥咎，深切在予。变不虚生，缘政而起"。此岂非陛下厌闻诸儒牵合之论，而欲闻其自然之说乎？臣不敢复取《洪范传》《五行志》以为对，直以意推之。夫日食者，是阳气不能履险也。何谓阳气不能履险？臣闻五月二十三分月之二十，是为一交，交当朔则食。交者，是行道之险者也。然而或食或不食，则阳气之有强弱也。今有二人并行而犯雾露，其疾者，必其弱者也；其不疾者，必其强者也。道之险一也，而阳气之强弱异。故夫日之食，非食之日而后为食，其亏也久矣，特遇险而见焉。陛下勿以其未食也为无灾，而其既食而复也为免咎。臣以为未也，特出于险耳。夫淫雨大水者，是阳气融液汗漫而不能收也。诸儒或以为阴盛。臣请得以理折之。夫阳动而外，其于人也为嘘，嘘之气温然而为湿。阴动而内，其于人也为噏，噏之气泠然而为燥。以一人推天地，天地可见也。故春夏者，其一嘘也；秋冬者，其一噏也。夏则川泽洋溢，冬则水泉收缩，此燥湿之效也。是故阳气汗漫融液而不能收，则常为淫雨大水，犹人之嘘而不能噏也。今陛下以至仁柔天下，兵骄而益厚其赐，戎狄桀傲而益加其礼，荡然与天下为咻呴温暖之政，万事惰坏而终无威刑以坚凝之，亦如人之嘘而不能噏，此淫雨大水之所由作也。天地告戒之意，阴阳消复之理，殆无以易此矣。

　　而制策又有"五事之失，六沴之作，刘向所传，吕氏所纪，五行何修而得其性，四时何行而顺其令？非正阳之月，伐鼓救变，其合于经乎？方盛夏之时，论囚报重，其考于古乎"。此陛下畏天恐惧求端之过，而流入于迂儒之说，此皆愚臣之所学于师而不取者也。夫五行之相沴，本不至于六。六沴者，起于诸儒欲以六极分配五行，于是始以皇极附益而为六。夫皇极者，五事皆得。不极者，五事皆失。非所以与五事并列而别为一者也。是故有眊而又有蒙，有极而无福。曰五福皆应，此亦自知其疏也。吕氏之时令，则柳宗元之论备矣，以为有可行者，有不可行者。其可行者皆天事也，其不可行者皆人事也。若夫祭社伐鼓，本非有益于救灾，特致其尊阳之意而已。《书》曰："乃季秋月朔，辰弗集于房。瞽奏鼓，啬夫驰，庶人走。"由此言之，则亦何必正阳之月而后伐鼓救变如《左氏》之说乎！盛夏报囚，先儒固已论之，以为仲尼诛齐优之月，固君子之所无疑也。

伏惟制策有"京师诸夏之表则，王教之渊源。百工淫巧无禁，豪右僭差不度"。此在陛下身率之耳。后宫有大练之饰，则天下以罗纨为羞；大臣有脱粟之节，则四方以膏粱为污。虽无禁令，又何忧乎！

伏惟制策有"治当先内，或曰，何以为京师？政在摘奸，或曰，不可挠狱市"。此皆一偏之说，不可以不察也。夫见其一偏而辄举以为说，则天下之说，不可以胜举矣。自通人而言之，则曰"治内，所以为京师也；不挠狱市，所以为摘奸也"。如使不挠狱市而害其为摘奸，则夫曹参者，是为逋逃主也。

伏惟制策有"推寻前世，探观治迹。孝文尚老子，而天下富殖。孝武用儒术，而海内虚耗。道非有弊，治奚不同"。臣窃以为不然。孝文之所以为得者，是儒术略用也。其所以得而未尽者，是儒术略用而未纯也。而其所以为失者，是用老也。何以言之？孝文得贾谊之说，然后待大臣有礼，御诸侯有术，而至于兴礼乐，系单于，则曰未暇。故曰"儒术略用而未纯"也。若夫用老之失，则有之矣。始以区区之仁，坏三代之肉刑，而易之以髡笞，髡笞不足以惩其罪，则又从而杀之。用老之失，岂不过甚矣哉！且夫孝武亦不可谓用儒之主也。博延方士，而多兴妖祠，大兴宫室，而甘心远略，此岂儒者教之。今夫有国者徒知徇其名而不考其实，见孝文之富殖，而以为老子之功；见孝武之虚耗，而以为儒者之罪，则过矣。此唐明皇之所以溺于宴安，彻去禁防，而为天宝之乱也。

伏惟制策有"王政所由,形于《诗》道。周公《豳》诗,王业也,而系之《国风》。宣王北伐,大事也,而载之《小雅》"。臣窃闻《豳》诗言后稷、公刘所以致王业之艰难者也,其后累世而至文王。文王之时,则王业既已大成矣,而其诗为"二南"。"二南"之诗犹列于《国风》,而至于《豳》,独何怪乎!昔季札观周乐,以为《大雅》曲而有直体;《小雅》思而不贰,怨而不言。夫曲而有直体者,宽而不流也。思而不贰,怨而不言者,狭而不迫也。由此观之,则《大雅》《小雅》之所以异者,取其辞之广狭,非取其事之大小也。

伏惟制策有"周以冢宰制国用,唐以宰相兼度支。钱谷,大计也。兵师,大众也。何陈平之对,谓当责之内史?韦洪质之言,不宜兼于宰相"。臣以为宰相虽不亲细务,至于钱谷兵师,固当制其赢虚利害。陈平所谓责之内史者,特以宰相不当治其簿书多少之数耳。昔唐之初,以郎官领度支而职事以治。及兵兴之后,始立使额。参佐既众,簿书益繁,百弊之源,自此而始。其后裴延龄、皇甫镈,皆以剥下媚上,至于希世用事。以宰相兼之,诚得防奸之要。而韦洪质之议,特以其权过重欤?故李德裕以为贱臣不当议令,臣常以为有宰相之风矣。

伏惟制策有"钱货之制,轻重之相权;命秩之差,虚实之相养。水旱蓄积之备,边陲守御之方。圜法有九府之名,乐语有五均之义"。此六者,亦方今之所当论也。昔召穆公曰:"民患轻,则多作重以行之。若不堪重,则多作轻以行之,亦不废重。"轻可改而重不可废。不幸而过,宁失于重。此制钱货之本意也。命者,人君之所擅,出于口而无穷;秩者,民力之所供,取于府而有限。以无穷养有限,此虚实之相养也。水旱蓄积之备,则莫若复隋、唐之义仓。边陲守御之方,则莫若依秦、汉之更卒。周官有太府、天府、泉府、玉府、内府、外府、职内、职金、职币，是谓九府，太公之所行以致富。古者天子取诸侯之士，以为国均，则市不二价，四民常均，是谓五均。献王之所致以为法，皆所以均民而富国也。凡陛下之所以策臣者，大略如此。

而于其末复策之曰"富人强国，尊君重朝。弭灾致祥，改薄从厚。此皆前世之急政，而当今之要务"。此臣有以知陛下之圣意，以为向之所以策臣者，各指其事，恐臣不得尽其辞，是以复举其大体而概问焉。又恐其不能切至也，故又诏之曰"悉意以陈而无悼后害"。臣是以敢复进其猖狂之说。夫天下者，非君有也，天下使君主之耳。陛下念祖宗之重，思百姓之可畏，欲进一人，当同天下之所欲进；欲退一人，当同天下之所欲退。今者每进一人，则人相与诽曰，是出于某也，是某之所欲也。每退一人，则又相与诽曰，是出于某也，是某之所恶也。臣非敢以此为举信也。然而致此言者，则必有由矣。今无知之人，相与谤于道曰：圣人在上，而天下之所以不尽被其泽者，便嬖小人附于左右，而女谒盛于内也。为此言者固妄矣，然而天下或以为信者，何也？徒见谏官御史之言，矼矼乎难入，以为必有间之者也。徒见蜀之美锦，越之奇器，不由方贡而入于宫也。如此而向之所谓急政要务者，陛下何暇行之！臣不胜愤懑，谨复列之于末。惟陛下宽其万死，幸甚幸甚。谨对。卷九

拟进士对御试策　并引状问

右臣准宣命差赴集英殿编排举人试卷。窃见陛下始革旧制，以策试多士，厌闻诗赋无益之语，将求山林朴直之论。圣听广大，中外欢喜。而所试举人不能推原上意，皆以得失为虑，不敢指陈阙

政,而阿谀顺旨者,又卒据上第。陛下之所以求于人至深切矣,而下之报上者如此,臣窃深悲之。夫科场之文,风俗所系,所收者天下莫不以为法,所弃者天下莫不以为戒。昔祖宗之朝,崇尚辞律,则诗赋之士,曲尽其巧。自嘉祐以来,以古文为贵,则策论盛行于世,而诗赋几至于熄。何者?利之所在,人无不化。今始以策取士,而士之在科甲者,多以谄谀得之。天下观望,谁敢不然。臣恐自今以往,相师成风,虽直言之科,亦无敢以直言进者。风俗一变,不可复返,正人衰微,则国随之,非复诗赋策论迭兴迭废之比也。是以不胜愤懑,退而拟进士对御试策一道。学术浅陋,不能尽知当世之切务,直载所闻,上将以推广圣言,庶有补于万一,下将以开示四方,使知陛下本不讳恶切直之言,风俗虽坏,犹可以少救。其所撰策,谨缮写投进。干冒天威,臣无任战恐待罪之至。

问:朕德不类,托于士民之上,所与待天下之治者,惟万方黎献之求,详延于廷,诹以世务,岂特考子大夫之所学,且以博朕之所闻。盖圣王之御天下也,百官得其职,万事得其序。有所不为,为之而无不成;有所不革,革之而无不服。田畴辟,沟洫治,草木畅茂,鸟兽鱼鳖无不得其性。其富足以备礼,其和足以广乐,其治足以致刑。子大夫以谓何施而可以臻此?方今之弊,可谓众矣。救之之术,必有本末;所施之宜,必有先后。子大夫之所宜知也。生民以来,所谓至治,必曰唐虞成周之时,《诗》《书》所称,其迹可见。以至后世贤明之君,忠智之臣,相与忧勤,以营一代之业。虽未尽善,要其所以成就,亦必有可言者。其详著之,朕将亲览焉。

对:臣伏见陛下发德音,下明诏,以天下安危之至计,谋及于布衣之士,其求之不可谓不切,其好之不可谓不笃矣。然臣私有所忧者,不知陛下有以受之欤?《礼》曰:"甘受和,白受采。"故臣愿

陛下先治其心，使虚一而静，然后忠言至计可得而入也。今臣窃恐
陛下先入之言，已实其衷，邪正之党，已贰其听，功利之说，已动其
欲，则虽有皋陶、益稷为之谋，亦无自入矣，而况于疏远愚陋者乎！
此臣之所以大惧也。若乃尽言以招过，触讳以忘躯，则非臣之所
恤也。

圣策曰"圣王之御天下也，百官得其职，万事得其序"。臣以
为陛下未知此也，是以所为颠倒失序如此。苟诚知之，曷不尊其所
闻，而行其所知欤？百官之所以得其职者，岂圣王人人而督责之？
万事之所以得其序者，岂圣王事事而整齐之哉？亦因能以任职，因
职以任事而已。官有常守谓之职，施有先后谓之序。今陛下使两
府大臣侵三司财利之权，常平使者乱职司守令之治。刑狱旧法，不
以付有司，而取决于执政之意；边鄙大虑，不以责帅臣，而听计于小
吏之口。百官可谓失其职矣。王者之所宜先者德也，所宜后者刑
也；所宜先者义也，所宜后者利也。而陛下易之，万事可谓失其序
矣。然此犹其小者。其大者，则中书失其政也。宰相之职，古者所
以论道经邦，今陛下但使奉行条例司文书而已。昔邴吉为丞相，萧
望之为御史大夫，望之言"阴阳不和，咎在臣等"，而宣帝以为意轻
丞相，终身薄之。今政事堂忿争相诟，流传都邑，以为口实，使天下
何观焉。故臣愿陛下首还中书之政，则百官之职，万事之序，以次
而得矣。

圣策曰"有所不为，为之而无不成；有所不革，革之而无不
服"。陛下之及此言，是天下之福也。今日之患，正在于未成而为
之，未服而革之耳。夫成事在理不在势，服人以诚不以言。理之所
在，以为则成，以禁则止，以赏则劝，以言则信。古之人所以鼓舞天
下，绥之斯来，动之斯和者，盖循理而已。今为政不务循理，而欲以

人主之势,赏罚之威,劫而成之!夫以斧析薪,可谓必克矣,然不循其理,则斧可缺,薪不可破。是以不论尊卑,不计强弱,理之所在则成,理所不在则不成可必也。今陛下使农民举息,与商贾争利,岂理也哉,而何怪其不成乎?《礼》曰:"微之显,诚之不可掩也如此夫。"陛下苟诚心乎为民,则虽或谤之而人不信;苟诚心乎为利,则虽自解释而人不服。且事有决不可欺者,吏受贿枉法,人必谓之赃;非其有而取之,人必谓之盗。苟有其实,不敢辞其名。今青苗有二分之息,而不谓之放债取利,可乎?凡人为善,不自誉而人誉之;为恶,不自毁而人毁之。如使为善者必须自言而后信,则尧、舜、周、孔亦劳矣。今天下以为利,陛下以为义;天下以为害,陛下以为仁;天下以为贪,陛下以为廉。不胜其纷纭也。则使二三臣者,极其巧辩,以解答千万人之口。附会经典,造为文书,以晓告四方之人。四方之人,岂如婴儿鸟兽,而可以美言小数眩惑之哉。且夫未成而为之,则其弊必至于不敢为;未服而革之,则其弊必至于不敢革。盖世有好走马者,一为坠伤,则终身徒行。何者?慎重则必成,轻发则多败,此理之必然也。陛下若出于慎重,则屡作屡成,不惟人信之,陛下亦自信而日以勇矣。若出于轻发,则每举每败,不惟人不信,陛下亦自不信而日以怯矣。文宗始用训、注,其志岂浅也哉!而一经大变,则忧沮丧气,不能复振。文宗亦非有失德,徒以好作而寡谋也。慎重者始若怯,终必勇;轻发者始若勇,终必怯。乃者横山之人,未尝一日而忘汉,虽五尺之童子知其可取,然自庆历以来,莫之敢发者,诚未有以善其后也。近者边臣不计其后,而遽发之,一发不中,则内帑之费以数百万计,而关辅之民困于飞挽者,三年而未已。虽天下之勇者,敢复为之欤?为之固不可,敢复言之欤?由此观之,则横山之功,是边臣欲速而坏之也。近者青苗之政，助役之法，均输之策，并军蒐卒之令，卒然轻发，又甚于前日矣。虽陛下不恤人言，持之益坚，而势穷事碍，终亦必变。他日虽有良法美政，陛下能复自信乎？人君之患，在于乐因循而重改作。今陛下春秋鼎盛，天锡勇智，此万世一时也。而群臣不能济之以慎重，养之以敦朴，譬如乘轻车，驭骏马，冒险夜行，而仆夫又从后鞭之，岂不殆哉！臣愿陛下解辔秣马，以须东方之明，而徐行于九轨之道，甚未晚也。

圣策曰"田畴辟，沟洫治，草木畅茂，鸟兽鱼鳖莫不各得其性"者，此百工有司之事也，曾何足以累陛下。陛下操其要，治其本，恭己无为，而物莫不尽其理，以生以死。若夫百工有司之事，自宰相不屑为之，而况于陛下乎！

圣策曰"其富足以备礼，其和足以广乐，其治足以致刑，何施而可以臻此"。孔子曰："百姓足，君孰与不足？"兔首瓠叶，可以行礼；扫地而祭，可以事天。礼之不备，非贫之罪也。管子曰："仓廪实而知礼节。"臣不知陛下所谓富者，富民软，抑富国软？陆贾曰："将相和调则士豫附。"刘向曰："众贤和于朝，则万物和于野。"今朝廷可谓不和矣。其咎安在？陛下不返求其本，而欲以力胜之。力之不能胜众也久矣。古者刀锯在前，鼎镬在后，而士犹犯之。今陛下躬蹈尧舜，未尝诛一无罪。欲弭众言，不过斥逐异议之臣而更用人。必不忍行亡秦偶语之禁，起东汉党锢之狱，多士何畏而不言哉？臣恐逐者不已，而争者益多，烦言交攻，愈甚于今日矣。欲望致和而广乐，岂不疏哉？古之求治者，将以措刑也。今陛下求治则欲致刑，此又群臣误陛下也。臣知其说矣，是出于荀卿。荀卿喜为异论，至以人性为恶，则其言治世刑重亦宜矣。而说者又以为《书》称唐虞之隆，刑故无小，而周之盛时，群饮者杀。臣请有以诘之。夏禹之时，大辟二百，周公之时，大辟五百，岂可谓周治而禹乱耶？秦为法及三族，汉除肉刑，岂可谓秦治而汉乱耶？致之言极也。天下幸而大治，使一日未安，陛下将变今之刑而用其极欤？天下几何其不叛也，徒闻其语而惧者已众矣。臣不意异端邪说惑误陛下，至于如此。且夫宥过无大，刑故无小，此用刑之常理也。至于今守之。岂独唐虞之隆而周之盛时哉！所以诛群饮者，意其非独群饮而已。如今之法所谓夜聚晓散者，使后世不知其详，而徒闻其语，则凡夜相过者，皆执而杀之，可乎？夫人相与饮酒而辄杀之，虽桀纣之暴，不至于此。而谓周公行之欤？

圣策曰"方今之弊，可谓众矣。救之之术，必有本末；施之之宜，必有先后"。臣请论其本与其所宜先者，而陛下择焉。方今救弊之道，必先立事。立事之本，在于知人。则所施之宜，当先观大臣之知人与否耳。古之欲立非常之功者，必有知人之明。苟无知人之明，则循规矩，蹈绳墨，以求寡过。二者皆审于自知，而安于才分者也。道可以讲习而知，德可以勉强而能，惟知人之明不可学，必出于天资。如萧何之识韩信，此岂有法而可传者哉！以诸葛孔明之贤，而知人之明，则其所短，是以失之于马谡。而孔明亦审于自知，是以终身不敢用魏延。我仁祖之在位也，事无大小，一付之于法，人无贤不肖，一付之于公议。事已效而后行，人已试而后用，终不求非常之功者，诚以当时大臣不足以与于知人之明也。古之为医者，聆音察色，洞视五脏，则其治疾也，有剖胸决脾，洗濯胃肾之变。苟无其术，不敢行其事。今无知人之明，而欲立非常之功，解纵绳墨以慕古人，则是未能察脉而欲试华佗之方，其异于操刀而杀人者几希矣。房琯之称刘秩，关播之用李元平是也。至今以为笑矣。陛下观今之大臣，为知人欤？为不知人欤？乃者擢用众才，皆其造室握手之人，要结审固而后敢用，盖以为其人可与勠力同心，共致太平。曾未安席，而交口攻之者，如猬毛而起。陛下以此验之，其不知人也亦审矣。幸今天下无事，异同之论，不过渎乱圣听而已。若边隅有警，盗贼窃发，俯仰成败，呼吸变故，而所用之人，皆如今日，乍合乍散，临事解体，不可复知，则无乃误社稷欤？华佗不世出，天下未尝废医；萧何不世出，天下未尝废治。陛下必欲立非常之功，请待知人之佐。若犹未也，则亦诏左右之臣安分守法而已。

圣策曰"生民以来，称至治者必曰唐虞成周之世，《诗》《书》所称，其迹可见。以至后世贤明之君，忠智之臣，相与忧勤，以营一代之业。虽未尽善，然要其所成就，亦必有可言者。其详著之"。臣以为此不可胜言也。其施设之方，各随其时而不可知。其所可知者，必畏天，必从众，必法祖宗。故其言曰："戒之戒之。天惟显思。命不易哉。"又曰："稽于众，舍己从人。"又曰："丕显哉，文王谟。丕承哉，武王烈。"《诗》《书》所称，大略如此。未尝言天命不足畏，众言不足从，祖宗之法不足用也。苻坚用王猛，而樊世、仇腾、席宝不悦；魏郑公劝太宗以仁义，而封伦不信。凡今之人，欲陛下违众而自用者，必以此藉口。而陛下所谓贤明忠智者，岂非意在于此等欤？臣愿考二人之所行，而求之于今。王猛岂尝设官而牟利，魏郑公岂尝贷钱而取息欤？且其不悦者，不过数人，固不害天下之信且服也。今天下有心者怨，有口者谤，古之君臣相与忧勤以营一代之业者，似不如此。古语曰："百人之聚，未有不公。"而况天下乎！今天下非之，而陛下不回，臣不知所税驾矣。

《诗》曰："譬彼舟流，不知所届。心之忧矣，不遑假寐。"区区之忠，惟陛下察之。臣谨昧死上对。卷九

文集卷一百一十四

江子静字序

友人江君以其名存之求字于予,予字之曰"子静"。夫人之动,以静为主。神以静舍,心以静充,志以静宁,虑以静明。其静有道,得己则静,逐物则动。以一人之身,昼夜之气,呼吸出入,未尝异也。然而或存或亡者,是其动静殊也。后之学者,始学也既累于仕,其仕也又累于进。得之则乐,失之则忧,是忧乐系于进矣。平旦而起,日与事交,合我则喜,忤我则怒,是喜怒系于事矣。耳悦五声,目悦五色,口悦五味,鼻悦芬臭,是爱欲系于物矣。以眇然之身,而所系如此,行流转徙,日迁月化,即平日之所养,尚能存耶?丧其所存,尚安明在己之是非与夫在物之真伪哉?故君子学以辨道,道以求性,正则静,静则定,定则虚,虚则明。物之来也,吾无所增;物之去也,吾无所亏,岂复为之欣喜爱恶而累其真欤?君齿少才锐,学以待仕,方且出而应物,所谓静以存性,不可不念也。能得吾性不失其在己,则何往而不适哉! 卷一〇

文与可字说

乡人皆好之,何如? 曰:"未可也。"乡人皆恶之,何如? 曰:"未可也。不如乡人之善者好之,其不善者恶之。""善者好之,不

善者恶之，足以为君子乎？"曰："未也。孔子为问者言也，以为贤于所问者而已。君子之居乡也，善者以劝，不善者以耻，夫何恶之有。君子不恶人，亦不恶于人。子夏之于人也，可者与之，其不可者拒之。子张曰：'君子尊贤而容众。嘉善而矜不能。'我之大贤欤，于人何所不容。我之不贤欤，人将拒我，如之何其拒人也。子张之意，岂不曰与其可者，而其不可者自远乎？""使不可者而果远也，则其为拒也甚矣，而子张何恶于拒也？"曰："恶其有意于拒也。""夫苟有意于拒，则天下相率而去之，吾谁与居？然则孔子之于孺悲也，非拒欤？"曰："孔子以不屑教诲为教诲者也，非拒也。夫苟无意于拒，则可者与之，虽孔子、子张皆然。"吾友文君名同，字与可。或曰："为子夏者欤？"曰："非也。取其与，不取其拒，为子张者也。"与可之为人也，守道而忘势，行义而忘利，修德而忘名，与为不义，虽禄之千乘不顾也。虽然，未尝有恶于人，人亦莫之恶也。故曰：与可为子张者也。熙宁八年四月廿三日从表弟苏轼上。卷一〇

杨荐字说

　　杨君以其所名荐，请字于余。余字之"尊"。已而告之曰：古之君子，佩玉而服韨，戴冕而垂旒，一献之礼，宾主百拜，俯偻而后食。夫所为饮食者，为饱也；所为衣服者，为暖也。若直曰饱暖而已，则夫古之君子，其无乃为纷纷而无益、迂阔而过当耶。盖君子小人之分，生于足与不足之间，若是足以已矣，而必为之节文。故其所以养其身者甚周，而其所以自居者甚高而可畏，凛乎其若处女之在闺也，兢兢乎其若怀千金之璧而行也。夫是以不仁者不敢至

于其墙,不义者不敢过其门。惟其所为者,止于足以已矣之间,则人亦狎之而轻,加之以不义。由此观之,凡世之所谓纷纷而无益、迂阔而过当者,皆君子之所以自尊也。《易》曰:"藉用白茅,无咎。"孔子曰:"苟错诸地而可矣。"藉之用茅,何咎之有,地非不足错也,而必茅之为藉,是君子之过以自尊也。予欲杨君之过以自尊,故因其名荐而取诸《易》以为之字。杨君有俊才,聪明果敢有过于人,而余独忧其所以自爱重者不至而已矣。_{卷一○}

文骥字说

马之于德,力尽于蹄啮,智尽于窃衔诡衔。以蹄啮之力为千里,以窃诡之智为道迷,此之谓骥。文与可学士之孙,逸民秀才之子,苏子由侍郎之外孙,小名骥孙,因名之曰"骥",不称其力称其德,字之曰"元德"。元祐三年外伯翁东坡居士书。

东坡居士言:骥孙才五岁,入吾家,见先府君画像,曰:我尝见于大慈寺中和院。试呼出相之,骨法已奇,神气沉稳。此儿一日千里,吾辈犹及见之。他日学问,知骥之在德不在力,尚不辜东坡之言。元祐三年十月癸酉门下后省书。_{卷一○}

张厚之忠甫字说

张厚之忠甫,乐全先生子也。美才而好学,信道而笃志,先生名之曰"恕"。而其客苏轼子瞻和仲推先生之意,字之曰"厚之",又曰"忠甫"。且告之曰:事有近而用远,言有约而义博者。渴必饮,饥必食,食必五谷,饮必水。此夫妇之愚所共知,而圣人之智所不能易也。一言而可以终身行之者，恕也。仁者得之而后仁，智者得之而后智。施于君臣父子夫妇朋友之间，无所适而不可，是饥渴饮食之道也。故曾子曰："夫子之道，忠恕而已矣。"而孔子亦曰："如有周之才之美，使骄且吝，其余不足观也已。"夫骄且吝，岂非不恕而已乎。人而能恕也，虽孔子可庶几；人而不能恕，虽周公不足观也。先生之所以遗子者至矣，吾不能加豪末于此矣。然而曾子谓之忠恕，诗人谓之忠厚。以吾观之，忠与恕与厚，是三言者，圣人之所谓一道也。或谓之谷，或谓之米，或谓之饭，此岂二物也哉？然谓谷米、谓米饭则不可。故吾愿子贯三言而并佩之。将有为也，将有言也，必反而求之曰："吾未恕乎？未厚乎？未忠乎？"自反而恕矣，厚矣，忠矣，然后从之。此孔子、曾子、诗人之意也，先生之意也。卷一〇

赵德麟字说

宋有天下百余年，所与分天工治民事者，皆取之疏远侧微，而不私其亲。故宗室之贤，未有以勋名闻者。神宗皇帝实始慨然，欲出其英才与天下共之，增立教养选举之法，所以封植而琢磨之者甚备。行之二十年，而文武之器，彬彬稍见焉。元祐六年，予自禁林出守汝南，始与越王之孙、华原公之子签书君令畤游。得其为人，博学而文，笃行而刚，信于为道，而敏于为政。予以为有杞梓之用，瑚琏之贵，将必显闻于天下，非特佳公子而已。昔汉武帝幸雍祠五畤，获白麟以荐上帝，作《白麟之歌》，而司马迁、班固书曰"获一角兽"，"盖麟云"。"盖"之为言，疑之也。夫兽而一角，固麟矣，二子何疑焉。岂求之武帝而未见所以致麟者欤？汉有一汲黯，而武帝

不能用,乃以白麟赤雁为祥,二子非疑之,盖陋之也。今先帝立法以出宗室之贤,而主上虚己尽下,求人如不及,四方之符瑞皆抑而不闻,此真获麟者也。麟固不求获,不幸而有是德与是形,此麟之所病也。今君学道观妙,澹泊自守,以富贵为浮云,而文章议论,载其令名而驰之,既有麟之病矣,又可得逃乎?敬字君"德麟",而为之说。卷一〇

仁说

孟子曰:"仁者如射,发而不中,反求诸身。"吾尝学射矣,始也心志于中,目存乎鹄,手往从之,十发而九失,其一中者,幸也。有善射者,教吾反求诸身,手持权衡,足蹈规矩,四肢百体,皆有法焉。一法不修,一病随之。病尽而法完,则心不期中,目不存鹄,十发十中矣。四肢百体,一不中节,差于此者,在毫厘之内,而失于彼者,在寻丈之外矣。故曰:孟子之所谓"仁者如射",则孔子之所谓"克己复礼"也。君子之志于仁,尽力而求之,有不获焉,退而求之身,莫若自克。自克而反于礼,一日足矣。何也?凡害于仁者尽也。害于仁者尽,则仁不可胜用矣。故曰:"非礼勿视,非礼勿听,非礼勿言,非礼勿动。"一不如礼,在我者甚微,而民有不得其死者矣。非礼之害,甚于杀不辜,不仁之祸,无大于此者也。卷一〇

刚说

孔子曰:"刚毅木讷,近仁。"又曰:"巧言令色,鲜矣仁。"所好夫刚者,非好其刚也,好其仁也。所恶夫佞者,非恶其佞也,恶其不

仁也。吾平生多难，常以身试之，凡免我于厄者，皆平日可畏人也；挤我于险者，皆异时可喜人也。吾是以知刚者之必仁，佞者之必不仁也。建中靖国之初，吾归自海南，见故人，问存没，追论平生所见刚者，或不幸死矣。若孙君介夫讳立节者，真可谓刚者也。始吾弟子由为条例司属官，以议不合引去。王荆公谓君曰："吾条例司当得开敏如子者。"君笑曰："公言过矣，当求胜我者。若我辈人，则亦不肯为条例司矣。"公不答，径起入户，君亦趋出。君为镇江军书记，吾时通守钱塘，往来常、润间，见君京口。方新法之初，监司皆新进少年，驭吏如束湿，不复以礼遇士大夫，而独敬惮君，曰："是抗丞相不肯为条例司者。"谢麟经制溪洞事，宜州守王奇与蛮战死，君为桂州节度判官，被旨鞠吏士之有罪者。麟因收大小使臣十二人付君并按，且尽斩之。君持不可，麟以语侵君。君曰："狱当论情，吏当守法。逗挠不进，诸将罪也，既伏其辜矣，余人可尽戮乎！若必欲以法斩人，则经制司自为之，我何与焉。"麟奏君抗拒，君亦奏麟侵狱事。刑部定如君言，十二人皆不死，或以迁官。吾以是益知刚者之必仁也。不仁而能以一言活十二人于必死乎！方孔子时，可谓多君子，而曰"未见刚者"，以明其难得如此。而世乃曰"太刚则折"。士患不刚耳，长养成就，犹恐不足，当忧其太刚而惧之以折耶？折不折，天也，非刚之罪。为此论者，鄙夫患失者也。君平生可纪者甚多。独书此二事，遗其子勰、勴，明刚者之必仁，以信孔子之说。卷一〇

稼说 送张琥

曷尝观于富人之稼乎？其田美而多，其食足而有余。其田美

而多,则可以更休,而地力得完;其食足而余,则种之常不后时,而敛之常及其熟。故富人之稼常美,少秕而多实,久藏而不腐。今吾十口之家,而共百亩之田,寸寸而取之,日夜以望之,锄耰铚艾,相寻于其上者如鱼鳞,而地力竭矣。种之常不及时,而敛之常不待其熟,此岂能复有美稼哉?古之人,其才非有以大过今之人也,其平居所以自养而不敢轻用以待其成者,闵闵焉如婴儿之望长也。弱者养之以至于刚,虚者养之以至于充。三十而后仕,五十而后爵。信于久屈之中,而用于至足之后;流于既溢之余,而发于持满之末。此古之人所以大过人,而今之君子所以不及也。吾少也有志于学,不幸而早得与吾子同年,吾子之得,亦不可谓不早也。吾今虽欲自以为不足,而众且妄推之矣。呜呼!吾子其去此而务学也哉。博观而约取,厚积而薄发,吾告子止于此矣。子归过京师而问焉,有曰辙子由者,吾弟也,其亦以是语之。_{卷一〇}

何荅之名说

罗浮道士何宗一以其犹子为童子,状貌肥黑矮小,尝戏之曰:此罗浮茯苓精也。俗谚曰:"下有茯苓,上生兔丝。"因名之曰"荅之",字"表丝"。且祝老何善待之,壮长非庸物也。_{卷一〇}

思聪名说

法惠圆师小童彭九,年十一,善琴,应对明了如成人。自言未有法名,而同师皆联思字,遂与名"思聪"。庶几他日因声以得法,乃书以付之。_{卷一〇}

代侯公说项羽辞　并叙

汉与楚战，败于彭城。太公间走，见获于楚。项羽常置军中以为质。汉王遣辩士陆贾说项羽请之，不听。后遣侯公，羽许之，遂归太公。侯公之辩，过陆生矣。而史阙其所以说羽之辞，遂探其事情以补之，作《代侯公说项羽辞》。

汉王四年，遣辩士陆贾东说项王，请还太公。项王弗听，贾还。汉王不怿者累日。左右计无所出。侯公在军中，而未知名，乃趋进而言曰："秦为无道，荼毒天下，戮人之父，刑人之子，如刈草菅。大王奋不顾身，建大义，除残贼，为万民请命。今秦氏已诛，天下且定，民之父子室家，皆得保完以相守也，其庆大矣。宜与太公享万岁无穷之欢。不幸太公拘于强仇，以重大王夙夜之忧。臣闻主忧臣辱，主辱臣死。大王诸臣，未有输忠出奇，以还太公之属车；蹈义死节，以折项王之狼心者，臣恐天下有以议汉为无人矣。此臣等之罪也。臣愿先即辱国之诛。"汉王嘻嘁曰："吾惟不孝不武，而太公暴露拘辱于楚者，三年矣。吾重念天下大计，未获即死之，此吾所以早夜痛心疾首东向而不忘者也。顾为之奈何？"侯公曰："臣虽不敏，顾大王假臣革车一乘，骑卒十人。臣朝驰至楚壁，而暮与太公骖乘而归。可乎？"汉王慢骂曰："腐儒，何言之易也。夫陆贾天下之辩士，吾前日遣之，智穷辞屈，抱头鼠窜，颠沛而归，仅以身免。若何言之易也！"侯公曰："待人以必能者，不能，则丧气；倚事之必集者，不集，则挫心。大王前日之遣贾也，恃之为必能之人，望之有必集之事。今贾乃困辱而归，是大王气丧而心挫也，宜其有以深鄙臣也。且大王一失任于陆贾，乃遂惩艾以为无足使令者，是大王示太公之无还期，待天下为无士也。"汉王曰："吾岂忘亲者耶,顾若岂足以办此? 且项王阴忮不仁,徒触其锋,与之俱靡耳。"侯公曰:"昔赵平原君苦秦之侵,欲结楚从也,求其可与从适楚者二十人。盖择于门下也,食客数千,得十九焉,其一人无得也,最下客毛遂请行。平原君不择而与之俱,卒至强楚,廷叱其王,而定从于立谈之间者,毛遂功也。日者,赵王武臣见获于燕。以其臣陈馀、张耳之贤,择人请王,往者十辈,无一返者。终于养卒请行,朝炊未终,乃与赵王同载而归。此大王之所知者。臣乃今日愿为大王之毛遂、养卒,大王何慊不辱平原、馀、耳之听哉?"汉王曰:"善。"即饬车十乘,骑卒百人,以遣侯公。

侯公至楚,晨扣军门,谒项王曰:"臣闻汉王之父太公为俘囚,臣窃庆大王获所以胜于汉者。前日汉王遣使请之,而大王不与,至将烹焉。臣窃吊大王似不恤楚矣。"项王瞋目大怒,叱侯公曰:"若自荐死,乃欲为主行说以侥幸也。且吾亲与人角,而获其父,固将甘心焉。今乃言无恤者,何也?"侯公曰:"臣以区区之身,备汉之使,而有谒于大王,故大王以臣为汉游说而忘忠楚也。大王试幸听之。使其言有可用,则楚汉之大利,两君之至欢,岂臣之私幸也。使其言无可用,则臣徐蹈鼎镬,以从太公之烹,盖未晚也。"项王曰:"太公之不得归必矣,若将何言?"侯公曰:"夫汉王失职,怏怏而西,因思归之士,收豪杰之伍,举梁汉之师,下巴蜀之粟,并三秦,定齐魏,日引而东,以与大王决一旦之命。大王视其志,固将一天下,朝诸侯,建七庙,定大号,为万世基业耶? 抑将区区徇匹夫之节,为曾参之孝而已者耶? 且连兵带垒,与楚百战以决雌雄,乃有天下三分之二。大王军覆将死,自救不暇,凡所以运奇决胜为大王之勍敌者,在汉王与诸将了事耶? 抑太公实为之也耶? 虽庸人孺子固知之。然而太公,独一亡似人耳,不足为楚、汉之轻重。大王幸虏获之，而祸福实系焉，视其用之如何耳。得所以用而用之者强，失所以用而用之者亡。苟为失其所用，未若不获之为善也。大王所以久拘而不归者，固以要之。要之诚是也。且要而能致之，则权在我；要而不能致，则权在人。权之所在，以战必克。则要者，名也；归者，实也。大王苟不得志于名，当速收效于实，无为两失而自遗其患。是以臣窃为大王慎惜此举也。大王固尝置之俎上而命之矣，彼报之曰：‘必欲烹之，幸分一羹焉。’且父子相爱之情，岂相远哉？方汉王窘于彭城，二子同载，推堕捐之，弗顾也，安知其视父不与子同也？太公之囚楚者，三年矣，彼诚笃于爱父，固将捐兵解甲，膝行顿颡楚之辕门，为之请一旦之命。今励士方力，督战方急，无一日而忘与楚从事。此其志在天下，无以亲为也。大王今不归之，以收其实，将久留之，以执其名，故曰似不恤楚也。”

项王怒气少息，徐曰：“顾吾所仇者汉王尔，其父何与耶？且汉王亲以其身投吾掌握者，数矣，我常易而释之。今乃曰东向必欲亡楚而后已，故吾深仇之。欲菹醢其父，聊快于一时，况与之归耶？”侯公曰：“辱大王幸赐听臣，臣请言其不可者。夫首建大义诛暴秦者，惟楚；世为贤明显名于天下者，惟楚；天下豪杰乐从而争赴者，惟楚。被坚执锐为士卒先，所向摧靡，莫如大王；兵强将武，百战百胜，莫如大王；诸侯畏慑，惟所号令，莫如大王；割地据国，连城数十，莫如大王。大王持此数者以令天下，朝诸侯，建大号，何待于今。然而为之八年，智穷兵败，土疆日蹙，反为汉雌。大王尝自知其所以失乎？”项王曰：“吾诚每不自知，如公言焉。公试论吾所以失者。”侯公曰：“大王知夫博者事乎？夫财均则气均，气均则敌偶，然后胜负之势，决于一时。今大王求与汉博，方布席徒手未及投地，而骤以己资推遗之，已而财索气竭，徒手而校之，则大王之胜势去矣。夫仁义智信,所以取天下之资,而制敌之具也。大王乃弃资委具,以为无所事。以故汉皆获而收执之,此所以日引而东,视大王如无也。”项王曰:“何谓弃资委具?”侯公曰:“夫秦民之不聊生久矣。汉王之入关也,秋毫无所犯,解秦之罟,约法三章,民大庆悦,惟恐其不王秦也。大王之至,燔烧屠戮,酷甚于秦,秦人失望,何以为仁? 大王始与诸侯受约怀王,先入关者王之。汉王出万死不顾一生之计,叩关决战,降俘其主,以待大王,而大王背约,迁之南郑,何以为信? 大王以世为楚将,方举大义,不立其后,无以令天下,遂共立怀王而禀听之,及天下且定,乃阳尊为帝而放杀之,何以为义? 以范增之忠,陈平之智,韩信之勇,皆人杰。争天下者,视此三人为之存亡。然而增死于疑,平、信去而不用,何以为智? 是以汉王于其入关也,天下归其仁;其还定三秦也,天下归其信;为义帝缟素也,天下归其义;其用平、信也,天下归其智。此四者,大王素有之资,可畜之具,惟其委弃而不用,故汉皆得而收执之,是以大王未得所以税驾也。方今之势,汉王者,高资富室也;大王者,窭人也;天下者,市人也。市人不趋窭人而趋高资富室,明矣。然则大王今日之资,恃有一太公尔。天所以相楚也。今不归之,以伸区区之信义,纾旦夕之急,臣恐汉人怒气益奋,战士倍我,是大王又以其资遗汉,且将索然而为穷人矣。此臣所以为大王寒心也。夫制人之与见制于人,克人之与见克于人,岂可同日而语哉! 愿大王熟计之。”项王曰:“孤所以恩汉者亦至矣,然去辄背我。今其父在此,犹日急斗,诚一旦归之,徒益其气尔。”侯公曰:“不然。臣闻怀敌者强,怒敌者亡。大王于汉,未能怀而制,乃欲怒而斗之,臣意天溺大王之衷,将遂孤楚矣。大王诚惠辱一介之使护太公,且致言于汉王曰:‘前日太公播越于外,羁旅敝军,获侍盥沐者三年于兹,而君王方深督过之，是以下国君臣未敢议太公之归。今君王敕驾迎之，孤恐久稽君王旦暮问安侍膳之欢，敢不承令，敬遣下臣卫送太公之属车以还行宫。孤亦愿自今之日，与君王捐忿弃瑕，继平昔之欢。君王有以报不谷者，皇天后土，实与闻之。'如此而汉不解甲罢兵以答大义，则曲在彼矣。大王因之号令士卒，以趋汉王，此秦所以获晋惠公也。今大王不辱听臣，臣无所受命而归，汉王固将恸哭于军曰：'楚之仇我者深矣，使者再返，而太公不归矣，且号为举大义，除残贼，拯万民，终之有不共戴天之仇，何面目以视天下！今日之事，有楚无汉，有汉无楚。吾将前死楚军，不返顾矣。'汉王持此感怒士心，整甲而趋楚军，此伍子胥所以鞭平王之尸也。"

项王曰："善。吾听公，姑无烹。公第还，语而主令罢兵，吾今归之矣。"侯公曰："此又不可。夫智贵乎早决，勇贵乎必为。早决者无后悔，必为者无弃功。王陵，楚之骁将也，一旦亡去汉，大王拘执其母，将以还陵也，而其母慷慨对使者为陵陈去就之义，敕陵无还，遂伏剑而死。故天下皆贤智其母，而莫不哀其死也。今太公幽囚郁抑于大王之军，久矣。今闻使者再返，而大王无意幸赦还之，臣窃意其变生于无聊。不胜恚辱之积，一旦引决，以蹈陵母之义，则大王追悔前失，虽欲回汉军之锋，不可得矣。臣闻来而不可失者，时也；蹈而不可失者，机也。方今大王粮匮师老，无以支汉，而韩信之军，乘胜之锋，亦且至矣。大王虽欲解而东归，不可得矣。臣愿大王因其时而用其机，急归太公，与汉王约，中分天下，割鸿沟以西为汉，以东为楚。大王解甲登坛，建号东帝，以抚东方之诸侯，亦休兵储粟，以待天下之变。汉王老，且厌兵，尚何求哉？固将世为西藩，以事楚矣。"项王大悦，听其计，引侯生为上客，召太公，置酒高会三日而归之。

　　太公、吕后既至，汉王大悦，军皆称万岁。即日封侯公平国君，曰："此天下辩士，所居倾国者，故号平国君焉。"_{卷六四}

文集卷一百一十五

明正 <small>送于伋失官东归</small>

世俗之患,患在悲乐不以其正,非不以其正,其所取以为正者非也,请借子以明其正。子之失官,有为子悲如子之自悲者乎? 有如子之父兄妻子之为子悲者乎? 子之所以悲者,惑于得也;父兄妻子之所以悲者,惑于爱也。惟不与于己者,则不惑亦不悲。夫惑则悲,不惑则不悲,人宜以惑者为正欤,抑将以不惑者为正欤? 以不惑者为正,则不悲者正也。然子亦有所乐者,曰:吾之所以为吾者,岂以是哉。虽失是,其所以为吾者犹存,则吾犹可乐焉已。而不乐,又从而悲之,则亦不忍夫天下之凡爱我者之悲,而不释夫天下之凡恶我者之喜也。夫爱我而悲,恶我而喜,是知我之粗也。乐其所以为吾者存,是自知之深也。人不以自知之深为正,而以知我之粗者为正,是得其正也欤? 故吾愿为子言其正。子将终身乐而不悲。《诗》云:"优哉游哉,聊以卒岁。"<small>卷六四</small>

太息一章送秦少章秀才

孔北海《与曹公论盛孝章》云:"孝章,实丈夫之雄者也。游谈之士,依以成声。今之少年喜谤前辈,或能讥评孝章。孝章要为有天下重名,九牧之人,所共称叹。"吾读至此,未尝不废书太息也。曰:嗟乎! 英伟奇逸之士,不容于世俗也久矣。虽然,自今观之,孔北海、盛孝章犹在世,而向之讥评者与草木同腐久矣。昔吾举进士,试于礼部,欧阳文忠公见吾文,曰:"此我辈人也,吾当避之。"方是时,士以剿裂为文,聚而见讪,且讪公者所在成市。曾未数年,忽焉若潦水之归壑,无复见一人者,此岂复待后世哉! 今吾衰老废学,自视缺然,则天下士不吾弃,以为可以与于斯文者,犹以文忠公之故也。张文潜、秦少游此两人者,士之超逸绝尘者也,非独吾云尔,二三子亦自以为莫及也。士骇于所未闻,不能无异同,故纷纷之言,常及吾与二子。吾策之审矣。士如良金美玉,市有定价,岂可以爱憎口舌贵贱之欤? 少游之弟少章,复从吾游,不及期年,而论议日新,若将施于用者。欲归省其亲,且不忍去。呜呼! 子行矣,归而求诸兄,吾何加焉! 作《太息》一篇,以饯其行。使藏于家,三年而后出之。元祐五年正月廿五日。 卷六四

日喻

　　生而眇者不识日,问之有目者。或告之曰:"日之状如铜盘。"叩盘而得其声。他日闻钟,以为日也。或告之曰:"日之光如烛。"扪烛而得其形。他日揣籥,以为日也。日之与钟、籥亦远矣,而眇者不知其异,以其未尝见而求之人也。道之难见也甚于日,而人之未达也,无以异于眇。达者告之,虽有巧譬善导,亦无以过于盘与烛也。自盘而之钟,自烛而之籥,转而相之,岂有既乎! 故世之言道者,或即其所见而名之,或莫之见而意之,皆求道之过也。然则道卒不可求欤? 苏子曰:"道可致而不可求。"何谓致? 孙武曰:"善战者致人,不致于人。"子夏曰:"百工居肆以成其事,君子学以

致其道。"莫之求而自至，斯以为致也欤？南方多没人，日与水居也。七岁而能涉，十岁而能浮，十五而能浮没矣。夫没者，岂苟然哉？必将有得于水之道者。日与水居，则十五而得其道。生不识水，则虽壮，见舟而畏之。故北方之勇者，问于没人，而求其所以没，以其言试之河，未有不溺者也。故凡不学而务求道，皆北方之学没者也。昔者以声律取士，士杂学而不志于道；今者以经术取士，士求道而不务学。渤海吴君彦律，有志于学者也。方求举于礼部，作《日喻》以告之。 卷六四

罪言

吾闻肉食之忧，非藿食者所宜虑也；府居之谋，非巷居者所宜处也。分之所不及，义之所弗出也。义之所弗出，利之所不释也。犯义者惑，维卒不自克，作《罪言》。

万夫之望，万夫所依，匪才尚之，而量包之。丘山之憾，一笑可散；芥蒂之仇，千河不收。呜呼！宁我容汝，岂汝不可，神之听之，终和而同乎？乘人之气，决之易耳；解忮触猜，是惟难哉。水激则旱，其伤淫夷；矢激则远，行将安追。呜呼！佐涉者湍，佐斗者呼。柴不立，其愚乃可以须。爱心之偏，其辞溢妍；恶心之厚，其辞溢丑。惟仁人之言，爱恶两捐，广大恬愉，上通于天。呜呼！善言未升，贫客瞰门，曷以寿我，公侯承之。天道好还，莫适后先。人事喜复，无常倚伏。前之所是，事定而偷；今之所是，后当焉如。呜呼！祸不在先，亦不在天，还隐其心，有万其全。疾恶过义，美恶易位；矫枉过直，美恶同则。如食宜饭，餍则为度；如酌孔取，剧则荒舞。呜呼！乃阴乃阳，神理所藏；一弛一张，人道之常。 卷六四

问养生

余问养生于吴子,得二言焉:曰和,曰安。何谓和?曰:子不见天地之为寒暑乎?寒暑之极,至于折胶流金,而物不以为病,其变者微也。寒暑之变,昼与日俱逝,夜与月并驰,俯仰之间,屡变而人不知者,微之至,和之极也。使此二极者,相寻而狎至,则人之死久矣。何谓安?曰:吾尝自牢山浮海达于淮,遇大风焉,舟中之人,如附于桔橰,而与之上下,如蹈车轮而行,反逆眩乱不可止。而吾饮食起居如他日。吾非有异术也,惟莫与之争,而听其所为。故凡病我者,举非物也。食中有蛆,见者莫不呕也。其不知而食者,未尝呕也。请察其所从生。论八珍者必咽,言粪秽者必唾。二者未尝与我接也,唾与咽何从生哉,果生于物乎?果生于我乎?知其生于我也,则虽与之接而不变,安之至也。安则物之感我者轻,和则我之应物者顺。外轻内顺,而生理备矣。吴子,古之静者也。其观于物也,审矣。是以私识其言,而时省观焉。 卷六四

续养生论

郑子产曰:"火烈,人望而畏之;水弱,人狎而玩之。"翼奉论六情十二律,其论水火也,曰:"北方之情好也,好行贪狼。南方之情恶也,恶行廉贞。廉贞故为君子,贪狼故为小人。"予参二人之学,而为之说曰:火烈而水弱,烈生正,弱生邪,火为心,水为肾。故五脏之性,心正而肾邪。肾无不邪者,虽上智之肾亦邪。然上智常不淫者,心之官正,而肾听命也。心无不正者,虽下愚之心亦正。然下愚常淫者,心不官而肾为政也。知此,则知铅汞龙虎之说矣。何

谓铅？凡气之谓铅。或趋或蹶，或呼或吸，或执或击。凡动者皆铅也。肺实出纳之。肺为金、为白虎，故曰铅，又曰虎。何谓汞？凡水之谓汞。唾涕脓血，精汗便利。凡湿者皆汞也，肝实宿藏之。肝为木、为青龙，故曰汞，又曰龙。

古之真人论内丹者曰："五行颠倒术，龙从火里出。五行不顺行，虎向水中生。"世未有知其说者也。方五行之顺行也，则龙出于水，虎出于火，皆死之道也。心不官而肾为政，声色外诱，邪淫内发，壬癸之英，下流为人，或为腐坏。是汞龙之出于水者也。喜怒哀乐皆出于心者也。喜则攫拏随之，怒则殴击随之，哀则擗踊随之，乐则抃舞随之。心动于内，而气应于外，是铅虎之出于火者也。汞龙之出于水，铅虎之出于火，有能出而复返者乎？故曰皆死之道也。真人教之以逆行，曰："龙当使从火出，虎当使从水生也。"其说若何？孔子曰："思无邪。"凡有思皆邪也，而无思则土木也。孰能使有思而非邪，无思而非土木乎？盖必有无思之思焉。夫无思之思，端正庄栗，如临君师，未尝一念放逸。然卒无所思。如龟毛兔角，非作故无本性，无故是之谓戒。戒生定，定则出入息自住，出入息住则心火不复炎上。火在易为离。离，丽也。必有所丽，未尝独立，而水其妃也。既不炎上，则从其妃矣。水火合则壬癸之英，上流于脑，而溢于玄膺，若鼻液而不咸，非肾出故也。此汞龙之自火出者也。长生之药，内丹之萌，无过此者矣。阴阳之始交，天一为水。凡人之始造形，皆水也。故五行一曰水。得暖气而后生，故二曰火。生而后有骨，故三曰木。骨生而日坚，凡物之坚壮者，皆金气也，故四曰金。骨坚而后肉生焉，土为肉，故五曰土。人之在母也，母呼亦呼，母吸亦吸，口鼻皆闭，而以脐达。故脐者，生之根也。汞龙之出于火，流于脑，溢于玄膺，必归于根心。火不炎上，必从其妃，是火常在根也。故壬癸之英，得火而日坚，达于四支，洽于肌肤而日壮。究其极，则金刚之体也。此铅虎之自水生者也。龙虎生而内丹成矣。故曰顺行则为人，逆行则为道，道则未也，亦可谓长生不死之术矣。卷六四

药诵

　　嵇中散作《幽愤》诗，知不免矣，而卒章乃曰"采薇山阿，散发岩岫，永啸长吟，颐性养寿"者，悼此志之不遂也。司马景王既杀中散而悔，使悔于未杀之前，中散得免于死者，吾知其扫迹灭景于人间，如脱兔之投林也，采薇散发，岂其所难哉。孙真人著《大风恶疾论》曰：《神仙传》有数十人，皆因恶疾而得仙道。何者？割弃尘累，怀颍阳之风，所以因祸而取福也。吾始得罪迁岭表，不自意全，既逾年无后命，知不死矣。然旧苦痔，至是大作，呻呼几百日。地无医药，有亦不效。道士教吾去滋味，绝薰血，以清净胜之。痔有虫馆于吾后，滋味薰血，既以自养，亦以养虫。自今日以往，旦夕食淡面四两。犹复念食，则以胡麻、茯苓麨足之。饮食之外，不啖一物。主人枯槁，则客自弃去。尚恐习性易流，故取中散真人之言，对病为药，使人诵之日三。曰：东坡居士，汝忘逾年之忧，百日之苦乎？使汝不幸而有中散之祸，伯牛之疾，虽欲采薇散发，岂可得哉！今食麻、麦、茯苓多矣。居士则歌以答之曰：事无事之事，百事治兮。味无味之味，五味备兮。茯苓、麻、麦，有时而匮兮。有则食无则已者，与我无既兮。呜呼噫嘻！馆客不终，以是为愧兮。卷六四

舍铜龟子文

苏州报恩寺重造古塔,诸公皆舍所藏舍利。予无舍利可舍,独舍盛舍利者,敬为四恩三有舍之。故人王颐为武功宰,长安有修古塔者,发旧葬,得之以遗予,予以藏私印。成坏者有形之所不免,而以藏舍利则可以久存,藏私印或以速坏。贵舍利而贱私印,乐久存而悲速坏,物岂有是哉!予其并舍之。卷六四

怪石供

《禹贡》:"青州有铅松怪石。"解者曰:怪石,石似玉者。今齐安江上往往得美石,与玉无辨,多红黄白色。其文如人指上螺,精明可爱,虽巧者以意绘画有不能及。岂古所谓怪石者耶?凡物之丑好,生于相形,吾未知其果安在也。使世间石皆若此,则今之凡石复为怪矣。海外有形语之国,口不能言,而相喻以形。其以形语也,捷于口,使吾为之,不已难乎?故夫天机之动,忽焉而成,而人真以为巧也。虽然,自禹以来怪之矣。齐安小儿浴于江,时有得之者。戏以饼饵易之。既久,得二百九十有八枚。大者兼寸,小者如枣、栗、菱、芡,其一如虎豹,首有口、鼻、眼处,以为群石之长。又得古铜盆一枚,以盛石,挹水注之粲然。而庐山归宗佛印禅师适有使至,遂以为供。禅师尝以道眼观一切,世间混沦空洞,了无一物,虽夜光尺璧与瓦砾等,而况此石?虽然,愿受此供。灌以墨池水,强为一笑。使自今以往,山僧野人,欲供禅师,而力不能办衣服饮食卧具者,皆得以净水注石为供,盖自苏子瞻始。时元丰五年五月,黄州东坡雪堂书。卷六四

后怪石供

　　苏子既以怪石供佛印，佛印以其言刻诸石。苏子闻而笑曰："是安所从来哉？予以饼易诸小儿者也。以可食易无用，予既足笑矣，彼又从而刻之。今以饼供佛印，佛印必不刻也，石与饼何异？"参寥子曰："然。供者，幻也；受者，亦幻也；刻其言者，亦幻也。夫幻何适而不可？"举手而示苏子曰："拱此而揖人，人莫不喜；戟此而詈人，人莫不怒。同是手也，而喜怒异，世未有非之者也。子诚知拱、戟之皆幻，则喜怒虽存而根亡。刻与不刻，无不可者。"苏子大笑曰："子欲之耶？"乃亦以供之。凡二百五十，并二石盘云。卷六四

东坡酒经

　　南方之氓，以糯与粳，杂以卉药而为饼。嗅之香，嚼之辣，揣之枵然而轻，此饼之良者也。吾始取面而起肥之，和之以姜液，蒸之使十裂，绳穿而风戾之，愈久而益悍，此曲之精者也。米五斗以为率，而五分之，为三斗者一，为五升者四。三斗者以酿，五升者以投，三投而止，尚有五升之赢也。始酿以四两之饼，而每投以二两之曲，皆泽以少水，取足以散解而匀停也。酿者必瓮按而井泓之，三日而井溢，此吾酒之萌也。酒之始萌也，甚烈而微苦，盖三投而后平也。凡饼烈而曲和，投者必屡尝而增损之，以舌为权衡也。既溢之，三日乃投，九日三投，通十有五日而后定也。既定，乃注以斗水，凡水必熟而冷者也。凡酿与投，必寒之而后下，此炎州之令也。既水五日乃篘，得二斗有半，此吾酒之正也。先篘，半日，取所谓赢者为粥，米一而水三之，揉以饼曲，凡四两，二物并也。投之糟中，

熟捆而再酿之，五日压得斗有半，此吾酒之少劲者也。劲正合为四斗，又五日而饮，则和而力严而不猛也。笪绝不旋踵而粥投之，少留，则糟枯中风而酒病也。酿久者酒醇而丰，速者反是，故吾酒三十日而成也。卷六四

若稽古说

"若"稽古，其训曰顺。考古之所谓"若"，今之所谓"顺"也。古之所谓"诚"，今之所谓"真"也。非以若易顺，诚易真也。曰：惠亦顺也。方《虞书》时，未有云顺者耶？卷六四

八佾说

《宋书·乐志》：宋文帝元嘉十三年，给彭城王义康伎，相承给三十六人。太常傅隆以为《左传》"诸侯用六"，杜预以为三十六人，非是。舞以节八音，故必以八人为列。自天子至士，降杀以两，两，减其二列。若如预言，至士止有四人，岂复成乐？服虔注《左传》与隆同。又《春秋》：晋悼公纳郑女乐八，晋以一八赐魏绛。此乐以八人为列之证也。予案，《说文》：佾从人，从肖声。肖，音许讫切。肖，肉八声。其解云：振也。八无缘为肖之声，疑古字从八从肉。卷六四

蜡说

八蜡，三代之戏礼也。岁终聚戏，此人情之所不免也。因附

以礼义。亦曰:"不徒戏而已矣。祭必有尸,无尸曰'奠',始死之奠与释奠是也。"今蜡祭谓之祭,盖有尸也。猫虎之尸,谁当为之? 置鹿与女,谁当为之? 非倡优而谁! 葛带榛杖,以丧老物。黄笠草屦,以奠野服。皆戏之道也。子贡观蜡而不悦,孔子告之曰:"一弛一张,文武之道。"盖谓是也。 卷六四

尸说

古人祭祀用尸,极有深意。盖人之意气既散,孝子求神而祭,无尸则不享,无主则不依。故《易》于《涣》《萃》,皆言"王假有庙",即涣散之时事也。魂气必求其类而依之。人与为类,骨肉又为一家之类。己与尸各心斋洁,至诚相通,以此求神,宜其享之。后人不知此道,直以尊卑之势,遂不行耳。 卷六四

乌说

乌于人最黠,伺人音色有异,辄去不留,虽捷矢巧弹,不能得其便也。闽中民狃乌性,以谓物无不可以性取者。则之野,挈罂饭楮钱,阳哭冢间,若祭者然。哭竟,裂钱弃饭而去。乌则争下啄,啄尽,哭者复立他冢,裂钱弃饭如初。乌不疑其绐也,益鸣争,乃至三四,皆飞从之。稍狎,迫于罗,因举获其乌焉。今夫世之人,自谓智足以周身,而不知祸藏于所伏者,几何不见卖于哭者哉! 其或不知周身之术,而以愚触死,则其为智,犹不若乌之始虚于弹。韩非作《说难》,死于秦,天下哀其以智死。楚人不知《说难》而谓之沐猴,天下哀其以愚死。二人者,其为愚智则异,其于取死则同矣。甯武

子,邦有道则智,邦无道则愚,观时而动,祸可及哉! _{卷六四}

二鱼说

予读柳子厚《三戒》而爱之,又尝悼世之人,有妄怒而招悔,欲盖而弥彰者。游吴,得二事于海滨之人,亦似之。作《二鱼说》,非意乎续子厚者,亦聊以自警云。

河之鱼

河之鱼,有豚其名者。游于桥间,而触其柱,不知远去。怒其柱之触己也,则张颊植鬣,怒腹而浮于水,久之莫动。飞鸢过而攫之,磔其腹而食之。好游而不知止,因游以触物,而不知罪己,乃妄肆其忿,至于磔腹而死。可悲也夫!

海之鱼

海之鱼,有乌贼其名者,响水而水乌。戏于岸间,惧物之窥己也,则响水以蔽物。海乌疑而视之,知其鱼也而攫之。呜呼! 徒知自蔽以求全,不知灭迹以杜疑,为识者之所窥,哀哉! _{卷六四}

梁贾说

梁民有贾于南者,七年而后返。茹杏实、海藻,呼吸山川之秀,饮泉之香,食土之洁,泠泠风气,如在其左右。朔易弦化,磨去风瘤,望之蝤蛴然,盖项领也。倦游以归,顾视形影,日有德色。倘徉旧都,踌躇乎四邻,意都之人与邻之人,十几莫己若也。入其闺,登其堂,视其妻,反惊以走:"是何怪耶?"妻劳之,则曰:"何关于汝!"馈之浆,则愤不饮。举案而饲之,则愤不食。与之语,则向墙而歔歈。披巾栉而视之,则唾而不顾。谓其妻曰:"若何足以当我,亟去之!"妻俯而怍,俯而叹,曰:"闻之,居富贵者,不易糟糠;有姬姜者,不弃憔悴。子以无瘿归,我以有瘿逐。呜呼!瘿邪,非妾妇之罪也!"妻竟出。于是贾归家。三年,乡之人憎其行,不与婚。而土地风气,蒸变其毛脉,啜菽饮水,动摇其肌肤,前之丑稍稍复故。于是还其室,敬相待如初。君子谓是行也,知贾之薄于礼义多矣。居士曰:贫易主,贵易交,不常其所守,兹名教之罪人,而不知学术者,蹈而不知耻也。交战乎利害之场,而相胜于是非之境,往往以忠臣为敌国,孝子为格虏,前后纷纭,何独梁贾哉! 卷六四

梁工说

梁工治丹灶有日矣。或有自三峰来,持淮南王书,欲授枕中奇秘坎离生养之法,阴阳九六之数,子女南北之位,或黄或白,生生而不穷。以是强兵,以是绪余以博施济众。而其始也,密室为场,空地为炉,外烬山木之上煮天一,坏父鼎母,养以既济,风火绸缪,而瓦铄化生。方士未毕其说,工悦之,然以为尽之矣。退试其术,逾月破灶,而黄金已芽矣。于是谢方士。方士曰:"子得予之方,未得究其良,知其一不知其二。余弗邀利于子,后日不成,不以相仇,则子之惠也。"工重谢之曰:"若之术殚于是矣,予固知之矣,岂若愚我者哉!"遂歌《骊驹》以遣送之。束书在于腰,长揖而去。工日治其诀,更增益剂量。其贪婪无厌,童东山之木,汲西江之水。夜火属月魄,昼火属日光。操之弥勤,而其术愈疏,为之不已,而其

费滋甚。牛马销于铅汞,室庐尽于钳锤。券土田,质妻子,萧条褴褛,而其效不进。至老以死,终不悟。君子曰:术之不慎,学之不至者然也,非师之罪也。居士曰:圬墙画墁,天下之贱工,而莫不有师。问之不下,思之不熟,与无师同。其师之不至,圬墙画墁之不若也。不至,则欺其中,亦以欺其外。欺其中者己穷,欺外者人穷。如梁工盖自穷,亦安能穷人哉! 卷六四

文集卷一百一十六

尧逊位于许由

司马迁曰："夫学者载籍极博，尤考信于六艺。《诗》《书》虽缺，然虞、夏之文可知也。尧将逊位于虞舜，舜、禹之间，岳牧咸荐，乃试之于位。典职数十年，功用既兴，然后授政。示天下重器，王者大统，传天下若斯之难也。而说者谓尧让天下于许由，许由不受，耻之逃隐。及夏之时，有卞随、务光者，此何以称焉？"东坡先生曰：士有箪食豆羹见于色者，自吾观之，亦不足信也。卷六五

巢由不可废

巢、由不受尧禅，尧、舜不害为至德。夷、齐不食周粟，汤、武不失为至仁。孔子不废是说，曰："武尽美矣，未尽善也。"扬雄者独何人，乃敢废此，曰："允哲尧禅舜，则不轻于由矣。"陋哉斯言。使夷、齐不经孔子，雄亦且废之矣。世主诚知揖逊之水，尚污牛腹，则干戈之粟，岂能溷夷、齐之口乎？于以知圣人以位为械，以天下为牢，庶乎其不骄士矣！卷六五

尧不诛四凶

《史记·舜本纪》："舜归而言于帝，请流共工于幽陵，以变北狄；放驩兜于崇山，以变南蛮；迁三苗于三危，以变西戎；殛鲧于羽山，以变东夷。"太史公多见先秦古书，故其言时有可考，以正自汉以来儒者之失。四族者，若皆穷奸极恶，则必见诛于尧之世，不待舜而后诛，明矣。屈原有云："鲧悻直以忘身。"则鲧盖刚而犯上者耳。若四族者，诚皆小人也，则安能用之以变四夷之俗哉！由此观之，则四族之诛，皆非诛死，亦不废弃，但迁之远方为要荒之君长耳。如《左氏》之所言，皆后世流传之过。若尧之世有大奸在朝而不能去，则尧不足为尧矣。卷六五

尧桀之民

尧之民，比屋可封；桀之民，比屋可诛。若信此说，则尧时诸侯满天下，桀时大辟遍四海也。卷六五

商人赏罚

《礼》云："商人先罚而后赏。"而汉武策董仲舒云："商人执五刑以督奸，伤肌肤以惩恶。"此百王之所同而独云尔者，汉儒之学，固有以商为厚于威而薄于恩也耶？卷六五

管仲分君谤

宋君夺民时以为台,而民非之,无忠臣以掩其过也。子罕释相而为司空,民非子罕而善其君。齐桓公宫中七市,女闾七百,国人非之,管仲故为三归之台,以掩桓公。此《战国策》之言也。苏子曰:管仲,仁人也,《战国策》之言,庶几是乎!然世未有以为然者也。虽然,管仲之爱其君亦陋矣,不谏其过,而务分谤焉。或曰:"管仲不可谏也。"苏子曰:用之则行,舍之则藏。谏而不听,不用而已矣。故孔子曰:"管仲之器小哉!" 卷六五

管仲无后

《左氏》云:"管仲之世祀也宜哉!"谓其有礼也。而管子之后不复见于齐者。予读其书,大抵以鱼盐富齐耳,予然后知管子所以无后于齐者。孔子曰:"管仲相桓公,九合诸侯,一匡天下。微管仲,吾其被发左衽矣。"又曰:"桓公九合诸侯,不以兵车,管仲之力也。如其仁!如其仁!"夫以孔子称其仁,丘明称其有礼,然不救其无后。利之不可与民争也如此。桑弘羊灭族,韦坚、王铁、杨慎矜、王涯之徒,皆不免于祸,孔循诛死,有以也夫。 卷六五

楚子玉兵多败

芳贾论子玉,过三百乘必败。而郤克自谓不如先大夫,请八百乘。将以用寡为胜,抑以将多为贤也?如淮阴侯言多多益办,是用众亦不易。古人以兵多败者,不可胜数,如王寻、苻坚、哥舒翰者

多矣。子玉刚而无礼,少与之兵,或能戒惧而不败耶? 卷六五

孔子诛少正卯

孔子为鲁司寇,七日而诛少正卯。或以为太速。此叟盖自知其头方命薄,必不得久在相位,故汲汲及其未去发之。使更迟疑两三日,已为少正卯所图矣。卷六五

颜回箪瓢

孔子称颜回屡空,至于箪食瓢饮,其为造物者费亦省矣,犹且不免于夭折。使回吃得两箪食、几瓢饮,当更不活得二十九岁。然造物者辄支盗跖两日禄料,便足为回七十余年粮矣,但恐回不肯要耳。卷六五

宰我不叛

李斯上书谏二世,其略曰:“田常为简公臣,布惠施德,下得百姓,上得群臣,阴取齐国,杀宰予于庭。”是宰予不从田常乱而灭其族。太史公载宰我为临淄大夫,与田常作乱,以夷其族,孔子耻之。李斯事荀卿,去孔子不远,宜知其实。盖传者妄也。予尝病太史公言宰我与田常作乱夷其族,使吾先师之门乃有叛臣焉。天下通祀者,容叛臣其间,岂非千载不蠲之惑也耶? 近令儿子迈考阅旧书,究其所因,则宰我不叛,其验甚明。太史公固陋承疑,使宰我负冤千载,而吾师与蒙其诟,自兹一洗,亦古今之大快也。卷六五

司马穰苴

《史记》："司马穰苴，齐景公时人也。"其事至伟，而《左氏》不载，予尝疑之。《战国策》："司马穰苴，为政者也，闵王杀之，大臣不亲。"则其去景公也远矣。太史公取《战国策》作《史记》，当以《战国策》为信。凡《史记》所书大事而《左氏》无有者，皆可疑。如程婴、杵臼之类是也。穰苴之事不可诬，抑不在春秋之世，当更徐考之。卷六五

孟尝君宾礼狗盗

孟尝君所宾礼者至于狗盗，皆以客礼食之，其取士亦陋矣。然微此二人，几不脱于死。当是时，虽道德礼义之士，无所用之。然道德礼义之士，当救之于未危，亦无用此士也。卷六五

颜蠋巧贫

颜蠋与齐王游，食必太牢，出必乘车，妻子衣服丽都。蠋辞去，曰："玉生于山，制则破焉，非不宝贵也，然而太璞不完。士生于鄙野，推选则禄焉，非不尊达也，然而形神不全。蠋愿得归，晚食以当肉，安步以当车，无罪以当贵，清净贞正以自娱。"嗟乎！战国之士，未有如鲁连、颜蠋之贤者也，然而未闻道也。曰"晚食以当肉，安步以当车"，是犹有意于肉与车也。夫晚食自美，安步自适，取于美与适足矣，何以当肉与车为哉。虽然，蠋可谓巧于居贫者也。未饥而食，虽八珍犹草木也。使草木如八珍，惟晚食为然。蠋固巧

矣，然非我之久于贫，不知蠋之巧也。_{卷六五}卷六五

田单火牛

田单使人食必祭，以致乌鸢，又设为神师，皆近儿戏，无益于事。盖先以疑似置齐人心中，则夜见火牛龙文，足以骇动取一时之胜。此其本意也。卷六五

张仪欺楚

张仪欺楚王以商於之地六百里。既而曰："臣有奉邑六里。"此与儿戏无异。天下莫不疾张子之诈，而笑楚王之愚也。夫六百里岂足道哉？而张子又非楚之臣，为秦谋耳，何足深过。若后世之臣欺其君者，曰："行吾言，天下举安，四夷毕服，礼乐兴而刑罚措。"其君之所欲得者，非特六百里也，而卒无丝毫之获。岂惟无获，其所丧已不可胜言矣。则其所以事君者，乃不如张仪之事楚。因读《晁错传》，书此。卷六五

商君功罪

商君之法，使民务本力农，勇于公战，怯于私斗，食足兵强，以成帝业。然其民见刑而不见德，知利而不知义，卒以此亡。故帝秦者商君也，亡秦者亦商君也。其生有南面之福，既足以报其帝秦之功矣，而死有车裂之祸，盖仅足以偿其亡秦之罚。理势自然，无足怪者。后之君子，有商君之罪，而无商君之功，飨商君之福，而未受

其祸者,吾为之惧矣。元丰三年九月十五日,读《战国策》书。卷
六五

王翦用兵

善用兵者,破敌国,当如小儿毁齿,以渐摇撼,而后取之,虽小
痛而能堪也。若不以渐,一拔而得齿,则取齿适足以杀儿。王翦以
六十万人取荆,此一拔取齿之道也。秦亦急矣,二世而败,坐此也
夫。卷六五

荀子疏谬

荀子有云:“青出于蓝,而青于蓝;冰生于水,而寒于水。”故世
之言弟子胜师者,辄以此为口实。此无异醉梦中语。青,即蓝也。
冰,即水也。今酿米以为酒,杀羊豕以为膳羞,而曰“酒甘于米,膳
羞美于羊豕”,虽儿童必皆笑之。而荀卿乃以为辩,信其醉梦颠倒
之言,至以性为恶。其疏谬,大率皆此类也。卷六五

陈平论全兵

匈奴围汉平城,陈平上言:“胡者全兵,请令强弩傅两矢外向,
徐行出围。”李奇注“全兵”云:“惟弓矛,无杂仗也。”此说非是。
使胡有杂仗,则傅矢外向之说,不得行欤!且奇何以知匈奴无杂仗
也,匈奴特无弩尔。全兵者,言匈奴自战其地,不致死,不能与我行
此危事也。卷六五

赵尧真刀笔吏

　　方与公谓周昌之吏赵尧："年虽少,然奇士,君必异之,且代君。"昌笑曰："尧,刀笔吏耳,何至是?"居顷之,尧说高祖为赵王置贵强相,独昌为可。高祖用其策,尧竟代昌为御史大夫。吕后杀赵王,昌亦无能为,特谢病不朝耳。由是观之,尧特为此计规代耳,安能为高祖谋哉!其后,吕后怒尧为此计,亦抵尧罪。尧非独不能为高祖谋,其自谋亦不审矣。昌谓之刀笔吏,真不诬哉!　卷六五

郦寄幸免

　　班固有言："当孝文时,天下以郦寄为卖友。夫卖友者,谓见利而忘义也。若寄父为功臣而又执劫,摧吕禄,以安社稷,谊存君亲可也。"予曰:当是时,寄不得不卖友也。罪在于寄以功臣子而与国贼游,且相厚善也。石碏之子厚与州吁游,碏禁之不从,卒杀之。君子无所讥,曰"大义灭亲"。郦商之贤不及石碏,故寄得免于死,古之幸人也。而固又为洗卖友之秽,固之于义陋矣。　卷六五

穆生去楚王戊

　　楚元王敬礼穆生,每置酒,常为穆生设醴。及王戊即位,常设,后忘设焉。穆生退,曰："可以逝矣。醴酒不设,王之意怠。楚人将钳我于市。"称疾卧。申公与白生强起之,曰："独不念先王之德欤?今王一旦失小礼,何足至此!"穆生曰："君子见几而作,不俟终日。先王所以礼吾三人者,为道之存故也。今而忽之,是忘

道也。忘道之人,胡可与久处？岂为区区之礼哉!"遂谢病去。申公、白生独留。王戊稍淫暴,与吴通谋,二人谏不听,衣之赭衣,使杵臼碓春于市。申公愧之,归鲁教授,不出门。已而赵绾、王臧言于武帝,复以安车蒲轮召。卒坐臧事,病免。死。穆生远引于未萌之前,而申公眷恋于既悔之后。谓祸福皆天不可避就者,未必然也。可书之座右,为士君子终身之戒。卷六五

汉武无秦穆之德

杞子自郑使告于秦,曰:"郑人使我掌其北门之管,若潜师以来,国可得也。"穆公访诸蹇叔。蹇叔曰:"劳师以袭远,非所闻也。师劳力竭,远主备之,勤而无所,必有悖心。且师行千里,其谁不知!"公辞焉。召孟明、西乞、白乙,使出师于东门之外。蹇叔哭之,曰:"孟子,吾见师之出而不见其入也。"公使谓之,曰:"尔何知,中寿,尔墓之木拱矣。"蹇叔之子与师,哭而送之,曰:"晋人御师必于殽,殽有二陵焉。其南陵,夏后皋之墓也,其北陵,文王之所避风雨也。必死是间,余收尔骨焉。"汉武帝违韩安国而用王恢,然卒杀恢,是有秦穆公违蹇叔之罪,而无用孟明之德也。卷六五

王韩论兵

王恢与韩安国论击匈奴上前,至三乃复。安国初持不可击甚坚,后乃云:"意者有他谬巧,可以擒之,则臣不可知也。"安国揣知上意所向,故自屈其议以信恢耳。不然,安国所论,殆天下所以存亡者,岂计于"谬巧"哉？安国少贬其论,兵连祸结,至汉几亡,可

以为后世君子之戒。_{卷六五}

西汉风俗谄媚

西汉风俗谄媚，不为流俗所移，惟汲长孺耳。司马迁至亢简。然作《卫青传》，不名青，但谓之大将军；贾谊何等人也，而云爱幸于河南太守吴公。此等语甚可鄙，而迁不知，习俗使然也。本朝太宗时，士大夫亦有此风，至今未衰。吾尝发策学士院，问两汉所以亡者，难易相反，意在此也。而答者不能尽，吾亦尝于上前论之。
_{卷六五}

卫青奴才

汉武无道，无足观者。惟踞厕见卫青，不冠不见汲黯，为可佳尔。若青奴才，雅宜舐痔，踞厕见之，正其宜也。_{卷六五}

司马相如创开西南夷路

司马长卿始以污行不齿于蜀人，既而以赋得幸天子，未能有所建明，立丝毫之善以自赎也。而创开西南夷逢君之恶，以患苦其父母之邦，乃复矜其车服节旄之美，使邦君负弩先驱，岂得诗人致恭桑梓、万石君父子下里门之义乎？卓王孙暴富迁虏也，故眩而喜耳。鲁多君子，何喜之有。_{卷六五}

司马相如之谄死而不已

　　司马相如归临邛，令王吉谬为恭敬，日往朝相如，相如称病，使从者谢吉。及卓氏为具，相如又称病不往。吉自往迎相如。观吉意，欲与相如为率钱之会耳。而相如遂窃妻以逃，大可笑。其《谕蜀父老》，云以讽天子。以今观之，不独不能讽，殆几于劝矣。谄谀之意，死而不已，犹作《封禅书》。如相如，真可谓小人也哉！

卷六五

臞仙帖

　　司马相如谄事武帝，开西南夷之隙。及病且死，犹草《封禅书》，此所谓死而不已者耶！列仙之隐居山泽间，形容甚臞，此殆得道人也。而相如鄙之，作《大人赋》，不过欲以侈言广武帝意耳。夫所谓大人者，相如孺子，何足以知之！若贾生《鹏赋》，真知大人者也。庚辰八月二十二日。东坡书。卷六五

窦婴田蚡

　　窦婴、田蚡俱好儒术，推毂赵绾、王臧。迎鲁申公，欲设明堂，令列侯就国，除关，以礼为服制，欲以兴太平。会窦太后不悦，绾、臧下吏，婴、蚡皆罢。观婴、蚡所为，其名亦善矣。然婴既沾沾自喜，蚡又专为奸利，太平岂可以文致力成哉！申公始不能用穆生言，为楚人所辱，亦可以少惩矣。晚乃为婴、蚡起，又可以一笑。凤凰翔于千仞，乌鸢弹射不去，诚非虚语也。卷六五

汉武帝巫蛊事

汉武帝讳巫蛊之事，疾如仇雠。盖夫妇、君臣、父子之间，嗷嗷然不聊生矣。然《史记·封禅书》云："丁夫人、雒阳虞初等，以方祠诅匈奴、大宛。"己且为巫蛊之魁，何以责其下？此最可笑云。

卷六五

文集卷一百一十七

霍光疏昌邑王之罪

观昌邑王与张敞语，真风狂不慧者尔，乌能为恶？废则已矣，何至诛其从官二百余人？以吾观之，其中从官必有谋光者，光知之，故立废贺，非专以淫乱故也。二百人方诛，号呼于市，曰："当断不断，反受其乱。"此其有谋明矣。特其事秘密，无缘得之。著此者，亦欲后人微见其意也。武王数纣之罪，孔子犹且疑之。光等疏贺之恶，可尽信耶？ 卷六五

赵充国用心可重

始予观充国策先零、匈奴情伪，曰："何其明也！"又观遣雕车行羌中告谕，阻辛武贤先攻罕、开，守便宜不出师。画屯田十二利，专务以恩信积谷招降，以谓此从容以义用兵，与夫逞诈谖疲人于一战者绝殊。最末，观其语将校曰："诸君皆便文自营尔，非为公家忠计也。"语郎中曰："是何言之不忠也？吾固以死守之。"语浩星赐曰："吾老矣，岂嫌伐一时事以欺明主哉！老臣不以余命为陛下言之，卒死，谁当复言之？"卒以其意白上云。呜呼！使有位君子皆用其心如充国，则古今天下岂有不治者哉！尝观于内，公卿士大夫之议曰："法当然，奈何！"观于外，将之议曰："诏如是，不当违诏

也。"凡在我,一入一出,未有止障也。脱有能言一事,其言不用,则矜语于人曰:"某事吾尝言之,上不我用也,我则无负。"终不更犯颜色,往复论也,况于以死守而不欺,岂复有哉?而以余命受禄位者,并肩立也。岂特才不及充国,忠又不如,可叹也。夫充国之用心,人臣常道尔。然与充国同时在汉廷人,未闻皆然,而充国独然,故可重也。噫!今之人,不及往时远矣,则充国益可重也。予既观充国而感今之人,又观宣帝与之上下议论,而格排群疑用之,遂无劳兵下羌寇,不知其能功名,亦遇主然也。噫!宣帝、充国可重也,况三代君臣间哉!下不肯有欺上,上其容有间然乎?而观扬子云赞,不及此区区论功尔。功古今岂无大者哉,不若原其心以励事君也。班固又不出语。山东气俗,故著云尔。_{卷六五}

史彦辅论黄霸

吾先君友人史经臣彦辅,豪伟人也。尝云:"黄霸本尚教化,庶几于富,而教之者,乃复用乌攫肉,小数,陋矣!颍川凤凰,盖可疑也。霸以鹢为神雀,不知颍川之凤以何物为之?"虽近于戏,亦有理也。故记之。_{卷六五}

梁统议法

汉仍秦法,至重。高、惠固非虐主,然习所见以为常,不知其重也。至孝文始罢肉刑与参夷之诛。景帝复箠戮晁错,武帝暴戾有增无损,宣帝治尚严,因武帝之旧。至王嘉为相,始轻减法律,遂至东京,因而不改。班固不记其事,事见《梁统传》,固可谓疏略矣。嘉,贤相也。轻刑,又其盛德之事。可不记乎?统乃言高、惠、文、景、武、宣以重法兴,哀、平以轻法衰,因上言乞增重法律,赖当时不从其议。此如人少年时,不节酒色而安,老后虽节而病,便谓酒色可以延年,可乎?统亦东京名臣,然一出此言,遂获罪于天。其子松、竦皆死非命,冀卒灭族。呜呼悲夫,戒哉! 疏而不漏,可不惧乎? 卷六五

元成诏语

楚孝王嚣被疾,成帝诏云:"夫子所痛,'蔑之,命矣夫'!"东平王宇不得于太后,元帝诏曰:"诸侯在位不骄,制节谨度,然后富贵离其身,而社稷可保。"皆与今《论语》《孝经》小异。"离",附丽之"离"也。今作"不离",疑为俗儒所增也。卷六五

直不疑买金偿亡

乐正子春曰:"自吾母而不用吾情,吾安所用其情。"故不情者,君子之所甚恶也。虽若孝弟者,犹所不与。以德报怨,行之美者也。然孔子不取者,以其不情也。直不疑买金偿亡,不辨盗嫂,亦士之高行矣,然非人情。其所以蒙垢受诬,非不求名也,求名之至者也。太史公窥见之,故其赞曰:"塞侯微巧,周文处诂,君子讥之,为其近于佞也。"不疑蒙垢以求名,周文椓迹以求利。均以为佞。佞之为言智也。太史公之论,后世莫晓者。吾是以疏解之。
卷六五

邳彤汉之元臣

　　王郎反河北,独钜鹿、信都为世祖坚守。世祖既得二郡,议者以谓可因二郡兵自送,还长安。惟邳彤不可,以为:若行此策,"岂徒空失河北,必更惊动三辅。公若无复征战之意,则虽信都之兵,犹难会也。何者? 公既西,则邯郸之兵,不肯捐父母、背城主而千里送公,其离散逃亡可必也。"世祖感其言而止。苏子曰:此东汉兴亡之决,邳彤可谓汉之元臣也。景德契丹之役,群臣皆欲避狄江南、西蜀。莱公不可。武臣中独高琼与莱公意同耳。公既争之力,上曰:"卿文臣,岂能尽用兵之利?"莱公曰:"请召高琼。"琼至,乃言避狄为便。公大惊,以琼为悔也。已而徐言,避狄固为安全,但恐扈驾之士,中路逃亡,无与俱西南者耳。上乃大惊,始决意北征。琼之言,大略似邳彤,皆一代之雄杰也。卷六五

朱晖非张林均输说

　　东汉肃宗时,谷贵,经用不足。尚书张林请以布帛为租,官自煮盐,且行均输。独朱晖文季以为不可。事既寝,而陈事者复以为可行,帝颇然之。晖复独奏曰:"王制,天子不言有无,诸侯不言多寡,食禄之家,不与百姓争利。今均输之法,与贾贩无异。盐利归官,则下人宿怨;布帛为租,则吏多奸盗。皆非明主所当行。"帝方以林言为然,发怒,切责诸尚书。晖等皆自系狱。三日,诏出之,曰:"国家乐闻驳议,黄发无愆,诏书过也,何故自系?"晖等因称病笃,尚书令以下惶怖,谓晖曰:"今林得谴,奈何称病,其祸不细!"晖曰:"行年八十,蒙恩得在机密,当以死报。若心知不可,而顺指

雷同,负臣子之义。今耳目无所闻见,伏待死命。"遂闭口不复言。诸尚书不知所为,乃共劾奏晖等。帝意解,寝其事。后数日,诏使直事郎问晖起居状,太医视疾,太官赐食,晖乃起。元祐七年月二十一日,偶读《后汉书·朱文季传》,感叹不已。肃宗号称长者,诏书既已引罪而谢文季矣,诸尚书何怖之甚也。文季于此时强立不足多贵,而诸尚书为可笑也。云"其祸不细",不知以何等为祸,盖以帝不悦后不甚进用为莫大之祸也。悲夫! 卷六五

诸葛亮八阵

诸葛亮造八阵图于鱼复平沙之上,垒石为八行,相去二丈。桓温征谯纵,见之,曰:"此常山蛇势也。"文武皆莫识。吾尝过之。自山上俯视,百余丈,凡八行,为六十四蕝。蕝上圜,不见凸凹处,如日中盖影耳。就视皆卵石,漫漫不可辨。甚可怪也。 卷六五

曹袁兴亡

魏武帝既胜乌桓,曰:"吾所以胜者,幸也。前谏我者,万全之计也。"乃赏谏者,曰:"后勿难言。"袁绍既败于官渡,曰:"诸人闻吾败,必相哀。惟田别驾不然,幸其言之中也。"乃杀丰。为明主谋而不忠,不惟无罪,乃有赏。为庸主谋而忠,赏固不可得,而祸随之。今吾知孟德、本初所以兴亡者。 卷六五

管幼安贤于荀孔

曹操既得志,士人靡然归之。自荀文若盛名,犹为之经营谋

虑，一旦小异，便为谋杀，程昱、郭嘉之流，不足数也。孔文举奇逸博闻，志大而才疏，每所论建，辄中操意，况肯为用，然终亦不免。桓温谓孟嘉曰："人不可以无势，我能驾驭卿。"夫温之才，百倍于嘉，所以云尔者，自知其阴贼险狠，不为高人胜士所比数尔。管幼安怀宝遁世，就闲海表，其视曹操父子，真穿窬斗筲而已。既不可得而用，其可得而杀乎！予以谓贤于文若、文举远矣。绍圣二年十二月，与客饮，醉甚，归坐雕堂西阁，面仆案上。睡久惊觉，已三更矣。残烛耿然，偶取一册，视之，则《管幼安传》也。会有所感，不觉书此。眼花手软，不复成字。_{卷六五}

周瑜雅量

曹公闻周瑜年少有美才，谓可游说动也。乃密下扬州，遣九江蒋干往见瑜。干有仪容，以才辩见称，独步江淮之间。乃布衣葛巾，自托私行，诣瑜。瑜出迎之，立谓干曰："子翼良苦，远涉江湖，为曹公作说客耶？"干曰："吾与足下州里，中间隔别，遥闻芳烈，故来叙阔，并观雅规，而云'说客'，无乃逆诈矣乎？"瑜曰："吾虽不及夔、旷，闻弦赏音，足知雅曲。"后三日，瑜请干同观营中，行视仓库军资器仗讫，还，饮燕，示之侍者服饰珍玩之物。因谓干曰："丈夫处世，遇知己之主，外托君臣之义，内结骨肉之恩，言行计从，祸福共之。假使苏、张更生，郦、陆复出，犹将抚其背而折其辞，岂足下小生所能移乎？"干笑而不言，遂称瑜雅量高致，非言辞所间。中州之士以此多之。苏子曰：曹孟德所用，皆为人役者也。以子房待文若，然终不免杀之，岂能用公瑾之流度外之士哉！_{卷六五}

贾充叛魏

　　司马景王既执王凌而归，过贾逵庙，大呼曰："贾梁道，我大魏之忠臣也！"及景王病，见凌与逵共守，笞杀之。逵之子充乃叛魏事晋，首发成济之事。凌尝谓充：卿非贾梁道子耶？乃欲以国与人。由此观之，逵之忠于魏久矣，充岂不知也耶？予乃知小人嗜利，利之所在，不难反父。父且不顾，不知人主亦安用此物。故亡晋者，卒充也。予少时尝戏作小诗云："嵇绍似康为有子，郗超叛鉴是无孙。而今更恨贾梁道，不杀公闾杀子元。"卷六五

唐彬

　　唐彬与王濬伐吴，为先驱，所至皆下。度孙皓必降，未至建邺二百里许，称疾不行。已而先到者争财，后到者争功。当时有识者，莫不高彬此举。予读《晋书》至此，未尝不废卷太息也。然本传云：武帝欲以彬及杨宗为监军，以问文立。立云："彬多财欲，而宗嗜酒。"帝曰："财欲可足，酒不可改。"遂用彬。此言进退无据。岂有人如唐彬而贪财者？使诚贪财，乃远不如嗜酒，何可用也。文立者，独何人斯，安知非蔽贤者耶？卷六五

阮籍

　　"世之所谓君子者，惟法是修，惟礼是克。手执圭璧，足履绳墨。行欲为目前检，言欲为无穷则。少称乡党，长闻邻国。上欲图三公，下不失九州牧。独不见夫群虱之处裈中乎？逃乎深缝，匿乎败絮，

自以为吉宅也。行不敢离缝际，动不敢出裈裆，自以为得绳墨也。然炎丘火流，焦邑灭都，群虱处于裈中不能出也。君子之处域内，何异夫虱之处裈中乎？"此阮籍之胸怀本趣也。籍未尝臧否人物，口不及世事。然礼法之士，疾之如仇雠，独赖司马景王保持之尔，其去死无几。以此论之，亦虱之出入往来于衣裈中间者也，安能笑裈中之藏乎？吾故书之，以为将来君子一笑。戊寅冬至日。卷六五

阮籍求全

阮籍见张华《鹪鹩赋》，叹曰："此王佐才也。"观其志，独欲自全于祸福之间耳，何足为王佐才乎？华不从刘卞言，竟与贾氏之祸；畏八王之难，而不免伦、秀之害。此正求全之过，失《鹪鹩》之本意也。卷六五

刘伯伦非达

刘伯伦尝以锸自随，曰："死便埋我。"苏子曰：伯伦非达者也。棺椁衣衾，不害为达。苟为不然，死则已矣，何必更埋！卷六五

晋武娶妇

晋武帝欲为太子娶妇，卫瓘曰："贾氏女有五不可，青、黑、短、妒而无子。"竟为群臣所誉，取之，卒以亡晋。妇人黑白、美恶，人人知之，而爱其子，欲为娶好妇，且使多子者，人人同也。然至惑于众口，则颠倒错缪如此。俚语曰："证龟成鳖。"此未足怪也。以此

观之,当谓"证龟为蛇"。小人之移人也,使龟蛇易位,而况邪正之在其心,利害之在岁月后者耶? 卷六五

卫瓘拊床

晋惠帝为太子。卫瓘欲陈启废之言,未敢发。会燕陵云台,瓘托醉跪帝前曰:"臣欲有所启。"欲言之而止者三,因以手拊床曰:"此座可惜!"帝意乃悟,曰:"公真大醉。"贾后由是怨瓘。此何等语,乃于众中言之,岂所谓"不密失身"者耶? 以瓘之智,不宜暗此。此殆邓艾之冤,天夺其魄耳。卷六五

石崇婢知人

王敦至石崇家,如厕,脱故着新,意色不怍。厕中婢曰:"此客必能作贼。"此婢乃知人,而崇令执事厕中,是殆无知耶? 卷六五

裴頠之谄

晋武帝探策,当亦如签也耶? 惠帝探策得一,盖神以实告。裴頠谄对,士君子耻之,而史以为美谈,鄙哉! 惠、怀、愍皆不终,牛系马后,岂及二王乎? 卷六五

王衍之死

王夷甫既降石勒,自解无罪,且劝僭号。其女惠风,为愍怀太

子妃。刘曜陷洛,以惠风赐其将乔属,属将妻之。惠风拔剑大骂而死。乃知夷甫之死,非独惭见晋公卿,乃当羞见其女也。卷六五

孟嘉与谢安石相若

晋士浮虚无实用,然其间亦有不然者。如孟嘉平生无一事,然桓温谓嘉曰:"人不可以无势,我乃能驾驭卿。"桓温平生轻殷浩,岂妄许人者耶? 乃知孟嘉若遇,当作谢安。谢安不遇,不过如孟嘉也。卷六五

贵戚专杀

王济以人乳蒸豚。王恺使妓吹笛,小失声韵,便杀之;使美人行酒,客饮不尽,亦杀之。时武帝尚在,而贵戚敢如此,以此知晋室之乱也久矣。卷六五

王述谓子痴

王坦之为桓温长史。温欲为子求婚于坦之。及还家省父,而述爱之,虽长大,犹抱置膝上。坦之因言温意,述大怒,即排下,曰:"汝竟痴耶! 讵可畏温面而以女妻兵也?"坦之乃辞以他故。温曰:"此尊君不肯耳。"乃止。若以辞婚得罪于温,以至狼狈,则见述痴;若以婚姻从桓温者,则见坦之之痴。王述年迫悬车,上疏乞骸骨,曰:"臣曾祖父魏司空昶白文皇帝曰:'昔与南阳宗世林,共为东宫官属。世林少得好名,州里瞻敬。及其年老,汲汲自谋,遂

见废弃,时人咸共笑之。若天假其寿,致仕之年,不为此公婆娑之事。'其言慷慨,乃实训戒。"卷六五

英雄自相服

桓温之所成,殆过于刘越石,而区区慕之者。英雄必自有以相服,初不以成败言耶?以此论之,光武之度,本不如玄德;唐文皇之英气,未必过刘寄奴也。卷六五

庾亮不从孔坦陶回言

庾亮召苏峻。孔坦与陶回共说王导:"及峻未至,宜急断阜陵之界,守江西当利诸口,彼少我众,一战决矣。若峻未来,可往逼其城。今不先往,峻必先入,有夺人之心。"导然之。亮以为峻若径来,是袭朝廷虚也。不从。及峻将至,回又说亮:"峻知石头有重戍,不敢直下,必向小丹阳南道步来。若以伏兵邀之,可一战而擒。"亮又不从。事见二人传。峻果由小丹阳,经秣陵,迷失道。逢郡人,执以为向导,夜行无部分。亮闻之,深悔。吾以谓召峻固失计。然若从二人言,犹不至覆国几于灭亡也。晁错削七国,大类此。亚夫犹能速驰,行入梁楚之郊,故汉不败。吾尝谓晁错能容忍七国,待事发而发,固上策。若不能忍决欲发者,自可召王濞入朝,仍发大兵随之。吴若不朝,便可进讨,则疾雷不及掩耳。吴破,则诸侯服矣,又当独罪状吴而不及余国。如李文饶辅车之诏,或分遣使者发其兵,诸国虽疑,亦不能一旦合从俱反也。错知吴必反,不先未削为反备,既反而后调兵食,又一旦而削七国,以合诸侯之交,

此妄庸人也。卷六五

郗方回郗嘉宾父子事

　　郗嘉宾既死，留其所与桓温密谋之书一箧，属其门生曰："若吾家君眠食大减，即出此书。"方回见之，曰："是儿死已晚矣。"乃不复念。予读而悲之曰：士之所甚好者，名也。而爱莫加于父子。今嘉宾以父之故，而暴其恶名；方回以君之故，而不念其子。嘉宾可谓孝子，方回可谓忠臣也。悲夫！或曰：嘉宾与桓温谋叛，而子以孝子称之，可乎？曰："采葑采菲，无以下体。"嘉宾之不忠，不待诛绝而明者，其孝可废乎？王述之子坦之，欲以女与桓温。述怒排坦之曰："汝真痴耶？乃欲以女与兵！"坦之是以不与桓温之祸。使郗氏父子能如此，吾无间然者矣。卷六五

郗超小人之孝

　　郗超虽为桓温腹心，以其父愔忠于王室，不令知之。将死，出一箱书，付门生，曰："本欲焚之，恐公年尊，必以相伤为毙。我死后，公若大损眠食，可呈此箱。不尔，便烧之。"愔后果哀悼成疾。门生依旨呈之，则悉与温往返密计。愔大怒，曰："小子死恨晚！"更不复哭。若方回者，可谓忠臣矣，当与石蜡比。然郗超谓之不孝，可乎？使超知君子之孝，则不从温矣。东坡曰：小人之孝也。
卷六五

文集卷一百一十八

晋宋之君与臣下争善

人君不得与臣下争善。同列争善犹以为妒，可以君父而妒臣子乎？晋、宋间，人主至与臣下争作诗写字，故鲍照多累句，王僧虔用拙笔书以避祸。悲夫，一至于此哉！汉文帝言："久不见贾生，自以为过之，今乃不及。"非独无损于文帝，乃所以为文帝之盛德也。而魏明乃不能堪，遂作汉文胜贾生之论。此非独求胜其臣，乃与异代之臣争善。岂惟无人君之度，正如妒妇不独禁忌其夫，乃妒人之妾也。卷六五

渊明非达

陶渊明作《无弦琴》诗云："但得琴中趣，何劳弦上声。"苏子曰：渊明非达者也。五音六律，不害为达。苟为不然，无琴可也，何独弦乎？卷六五

王僧虔胡广美恶

王僧虔居建康禁中里马粪巷，子孙皆笃实谦和，时人称马粪诸王为长者。《东汉·赞》论李固云："视胡广、赵戒如粪土。"粪土，云

秽也，一经僧虔，便为佳号，而以比胡、赵，则粪有时而不幸。卷六五

宋杀王彧

宋明帝诏答王景文，其略曰："有心于避祸，不若无心于任运。千仞之木，既摧于斧斤；一寸之草，亦悴于践蹋。晋将毕万，七战皆获，死于牖下；蜀将费祎，从容坐谈，毙于刺客。故甘心于履危，未必逢祸；从意于处安，未必全福。"此言近于达者。然明帝竟杀景文。哀哉！景文之死也，诏言："朕不谓卿有罪，然吾不能独死，请子先之。"诏至，景文正与客棋，竟，敛子纳奁中，徐谓客曰："有诏，见赐以死。"酒至，未饮，门生焦度在侧，取酒抵地，曰："丈夫安能坐受死，州中文武，可以一奋。"景文曰："知卿至心，若见念者，为我百口计。"乃谓客曰："此酒不可相劝。"乃仰饮之。苏子曰：死生亦大矣，而景文安之，岂贪权窃国者乎？明帝可谓不知人者矣。卷六五

齐高帝欲等金土之价

齐高帝云："吾当使金土同价。"意则善矣，然物岂有此理者哉。孟子曰："物之不齐，物之情也。巨屦小屦同价，人岂为之哉！"而孟子亦自忘其言，为菽粟如水火之论，金之不可使贱如土，犹土之不可使贵如金也。卷六五

刘沈认屐

《南史》：刘凝之为人认所着屐，即予之。此人后得所失屐，送

还,不肯复取。沈麟士亦为邻人认所着屐,麟士笑曰:"是卿屐耶?"即予之。邻人后得所失屐,送还之。麟士曰:"非卿屐耶?"笑而受之。此虽小节,然人处世,当如麟士,不当如凝之也。卷六五

崔浩占星

天上失星,崔浩乃云:"当出东井。"已而果然。此所谓"亿则屡中"者耶? 汉十月,五星聚东井。金、水常附日不远,而十月,日在箕、尾。此浩所以疑其妄。以予度之,十月为正,则十月乃今之八月耳。八月而得七月节,则日犹在翼、轸间,则金、水聚于井,亦不甚远。方是时,沛公未得天下,甘、石何意诇之? 浩之说,未足信也。卷六五

陈隋好乐

吹笛、弹琵琶、五弦及歌舞之技,自齐文襄以来好之,河清已后尤甚。后主惟赏胡戎乐,耽爱无已,于是繁手淫声,争新哀怨,故曹妙达、安马驹之徒,至有封王开府者,遂服簪缨,而为伶人之事。后主亦能自度曲,亲执乐器,玩悦无倦,倚弦而歌,别采新声为《无愁曲》,音韵窈窕,极于哀思。使侍儿阉官辈齐唱和之,曲终乐阕,莫不殒涕。行幸道路,或时马上作之。乐往哀来,竟以亡国。炀帝不解音律,略不关怀。后大制艳曲,词极淫绮。令乐正白明达造新声,创《万岁乐》《藏钩乐》《投壶乐》《舞席同心髻》《玉女行觞》《神仙留客》《掷砖续命》《斗鸡子》《斗百草》《泛龙舟》《还旧宫》《长乐苑》及《十二时》等曲,掩抑摧藏,哀音断绝。帝悦之不已,

谓幸臣曰："多弹曲者，如人多读书。读书多则能撰文，弹曲多则能造曲。"因语明达云："陈氏褊陋，曹妙达犹封王，况我天下大同乎？"宋武帝既受禅，朝廷未备音乐，殷仲文以为言。帝曰："日不暇给，且所不解。"仲文曰："屡听自解。"帝曰："政以解则好之，故不习。"观二主之言，兴亡之理，岂不明哉！　卷六五

唐太宗借隋吏以杀兄弟

　　唐高祖起兵汾、晋间，时子建成、元吉、楚哀王智云皆留河东护家。高祖起兵，乃密召之，隋购之急，建成、元吉能间道赴太原，智云幼，不能逃，为吏所诛。高祖以父子之故，不能少缓义师数日，以须建成等至乎？以此知为秦王所逼，高祖逼于裴寂乱宫之事，不暇复为三子性命计矣。太宗本谋于是时借隋吏以杀兄弟，其意甚明。新、旧史皆曲为太宗润饰杀兄弟事，然难以欺后世矣。建成、元吉之恶，亦孔子所谓下愚之归也欤？　卷六五

褚遂良以飞雉入宫为祥

　　唐太宗时，飞雉数集宫中。上以问褚遂良。良曰："昔秦文公时，童子化为雉，雌鸣陈仓，雄鸣南阳。童子曰：'得雄者王，得雌者霸。'文公得其雌，遂雄诸侯。光武得其雄，起南阳，有四海。陛下本封秦，故雌雄并见，以告明德。"上悦曰："人不可以无学，遂良所谓多识君子哉。"予以谓秦雉，陈宝也，岂常雉乎？今见雉，即谓之宝，犹得白鱼，便自比武王，此谄佞之甚，愚瞀其君者，而太宗喜之，史不讥焉。野鸟无故数入宫中，此正灾异。使魏徵在，必以高宗鼎

耳之祥谏也。遂良非不知此,舍鼎耳而取陈宝,非忠臣也。卷六五

李靖李勣为唐腹心之病

昔袁盎论绛侯功臣,非社稷臣。此固有为而言也。然功臣、社稷之辨,不可不察也。汉之称社稷臣者,如周勃、汲黯、萧望之之流。三人者,非有长才也。勃以重厚安刘氏,黯以忠义弭淮南之谋,望之确然不夺于恭、显。孔子所谓大臣以道事君者耶? 仆尝谓社稷之臣如腹心,功臣如手足。人有断一指与一足,未及于死也。腹心之病,则为膏肓,不可为也。李靖、李勣可谓功臣,终始为唐之元勋也。然其所为,止卫、霍、韩、彭之流尔。疆场之事、夷狄内侮,能以少击众,使敌人望而畏之,此固任之有余矣。若社稷之寄,存亡之几,此两人者,盖懵不知焉。太宗欲伐高丽,靖已老矣,而自请将兵,以坚太宗黩武之志,几成不戢自焚之祸。高宗立武后,勣以陛下家事无问外人,武氏之祸,戮及褓褓,唐室不绝如线。则二人者,为腹心之病大矣。张释之戒啬夫之辨,使文帝终身为长者;魏元成折封伦之论,使太宗不失行仁义。孔子所谓有"一言而可以兴邦,一言而可以丧邦"者,岂其然乎? 卷六五

房琯之败

房次律败于陈涛斜,杀四万人。悲哉! 古之言兵者,或取《通典》。《通典》虽杜佑所集,然其源出于刘秩。陈涛斜之败,秩有力焉。次律云:"热洛河虽多,安能当我?"刘秩挟区区之辩,以待热洛河,疏矣。卷六五

韩愈优于扬雄

　　韩愈亦近世豪杰之士，如《原道》中言语，虽有疵病，然自孟子之后，能将许大见识寻求古人，自亦难得。观其断曰："孟子醇乎醇，荀、扬择焉而不精，语焉而不详。"若不是他有见识，岂千余年后便断得如此分明。如扬雄谓老子之言道德，则有取焉尔；至于捶提仁义，绝灭礼乐为无取。若以老子"剖斗折衡，而民不争，圣人不起，为救时反本"之言为无取，尚可恕；如老子言"失道而后德，失德而后仁，失仁而后义，失义而后礼"，则不识道已不成言语，却言其言道德则有取。扬子亦自不见此，其与韩愈相去远矣。　卷六五

柳子厚论伊尹

　　圣人之所以能绝人者，不可以常情疑其有无。孔子为鲁司寇，堕郈、堕费，三桓不疑其害己。非孔子，能之乎？伊尹去亳适夏，既丑有夏，复归于亳。伊尹为政于商，既贰于夏矣，以桀之暴戾，处其执政而不疑，往来两国之间，而商人父师之。非圣人，能如是乎？是以废太甲，太甲不怨；复其位，太甲不疑。皆不可以常情断其有无也。后世惟诸葛孔明近之。玄德将死之言，乃真实语也。使孔明据刘禅位，蜀人岂有异词哉！元祐八年，读柳宗元《五就桀赞》，终篇皆妄。伊尹往来两国之间，岂其有意欲教诲桀而全其国耶？不然，汤之当王也久矣，伊尹何疑焉！桀能改过而免于讨，可庶几也；能用伊尹而得志于天下，虽至愚知其不然。宗元意欲以此自解其从王叔文之罪也。　卷六五

柳子厚诞妄

柳宗元敢为诞妄,居之不疑。吕温为道州、衡州,及死,二州之人,哭之逾月,客舟之道于永者,必呱呱然。虽子产不至此,温何以得之?其称温之弟恭,亦贤豪绝人者。又云:恭之妻,裴延龄之女也。孰有士君子肯为裴延龄婿者乎?宗元与伾、叔文为交,盖亦不羞于延龄姻也。恭为延龄婿,不见于史,宜表而出之。事见《宗元文集·恭墓志》云。卷六五

白乐天不欲伐淮蔡

吴元济以蔡叛,犯许、汝以惊东都,此不可不讨者也。当时议者欲置之,固为非策。然不得武、裴二杰士,事亦未易办也。白乐天岂庸人哉!然其议论,亦似欲置之者。其诗有"海图屏风"者,可见其意,且注云:"时方讨淮、蔡叛。"吾以是知仁人君子之于兵,盖不忍轻用如此。淮、蔡且欲以德怀,况欲弊所恃以勤无用乎?悲夫!此未易与俗士谈也。卷六五

乐天论张平叔

乐天作《张平叔户部侍郎判度支制词》云:"吾坐而决事,丞相以下,不过四五人,而主计之臣在焉。"以此知唐制,主计盖坐而论事也。不知四五人者悉何人。平叔议盐法,至为割剥,事见退之集。今乐天制词亦云:"计能析秋毫,吏畏如夏日。"度其人必小人也。卷六五

刘禹锡文过不悛

　　刘禹锡既败，为书自解，言："王叔文实工言治道，能以口辩移人，既得用，所施为，人不以为当。太上久疾，宰相及用事者不得对。宫掖事秘，建桓立顺，功归贵臣，由是及贬。"《后汉·宦者传·论》云："孙程定立顺之功，曹腾参建桓之策。"腾与梁冀舍清河而立蠡吾，此汉之所以亡也，与广陵王监国事，岂可同日而语哉！禹锡乃敢以为比，以此知小人为奸，虽已败犹不悛也，其可复置之要地乎？因读《禹锡传》，有所感，书此。卷六五

唐制乐律

　　唐初，即用隋乐。武德九年，始诏祖孝孙、窦璡等定乐。初，隋用黄钟一宫，惟击七钟，其五悬而不击，谓之哑钟。张文收乃依古断竹为十二律，与孝孙等次调五钟，叩之而应。由是十二钟皆用。至肃宗时，山东人稷延陵得律，因李辅国奏之，云："太常乐调，皆不合黄钟，请悉更制诸钟磬。"帝以为然。乃悉取诸乐器摩劘之，二十五日而成。然以汉律考之，黄钟乃太簇也。当时议者，以为非是。唐用肃宗乐，以后政日急，民日困，俗日偷，以至于亡。以理推之，其所谓下者，乃中声也。悲夫！卷六五

历代世变

　　秦以暴虐，焚《诗》《书》而亡。汉兴鉴其弊，必尚宽德，崇经术之士，故儒者多。虽未知圣人，然学宗经师，有识义理者众。故

王莽之乱,多守节之士。世祖继起,不得不废经术,褒尚名节之士,故东汉之士,多名节,知名节而不能节之以礼,遂至于苦节。苦节之士,有视死如归者。苦节既极,故晋、魏之士,变而为旷荡,尚浮虚而亡礼法。礼法既亡,与夷狄同。故五胡乱华,夷狄之乱已甚,必有英雄出而平之。故隋、唐混一天下。隋不可谓一天下,第能驱除耳。唐有天下,如贞观、开元间,虽号治平,然亦有夷狄之风。三纲不正,无父子、君臣、夫妇,其原始于太宗也。故其后世子孙,皆不可使。玄宗才使肃宗,便叛;肃宗才使永王璘,便反。君不君,臣不臣,故藩镇不宾,权臣跋扈,陵夷有五代之乱。汉之治过于唐矣,汉有纲正。因客有问十世可知,遂推此数论。卷六五

淳于髡一石亦醉

淳于髡言一斗既醉,一石亦醉。至于州闾之会,男女杂坐,几于劝矣,而何讽之有?以吾观之,盖有微意。以多少之无常,知饮酒之知我,观变识妄,而平生之嗜,亦少衰矣。是以托于放荡之言,而能规荒主长夜之饮,世未有识其趣者。元祐六年六月十三日,偶读《史记》,书此。卷六五

汉高祖封羹颉侯

高祖微时,尝避事,时时与宾客过其丘嫂食。嫂厌叔与客来,阳为羹尽转釜,客以故去。已而视其釜中有羹,由是怨嫂。及立齐、代王,而伯子独不侯。太上皇以为言。高祖曰:“非敢忘之也,为其母不长者。”封其子信为羹颉侯。高祖号为大度不记人过者,

然不置转釜之怨,独不畏太上皇缘此记分杯之语乎? 卷六五

相如长门赋

陈皇后废处长门宫,闻司马相如工为文,奉百金为相如、文君取酒。相如为作《长门赋》,以悟主上。皇后复得幸。予观汉武雄猜忍暴,而相如乃敢以微词亵慢及宫闱间。太史公一说李陵事,以为意沮贰师,遂下蚕室。陈皇后得罪,止坐卫子夫,子夫之爱,不减李夫人,岂区区贰师所能比乎? 而于相如之赋,独不疑其有间于子夫者,岂非幸与不幸,固自有命欤? 世以祸福论工拙,而以太史公不能保身于明哲者,皆非通论也。卷六五

三国名臣

西汉之士多智谋,薄于名义;东京之士尚风节,短于权略。兼之者,三国名臣也。而孔明巍然三代王者之佐,未易以世论也。绍圣元年四月二十四日书。卷六五

桓范奔曹爽

司马懿讨曹爽,桓范往奔之。懿谓蔡济曰:“智囊往矣。”济曰:“范则智矣,驽马恋栈豆,必不能用也。”范说爽移车驾幸许昌,招外兵,爽不从。范曰:“所忧在兵食,而大司农印在吾许。”爽不能用。陈宫、吕布既擒,曹操谓宫曰:“公台平生自谓智有余,今日何如?”宫曰:“此子不用宫言。不然,未可知也。”仆尝论此二人,

吕布、曹爽何人也，而为之用，尚何言智乎？臧武仲曰："抑君似鼠。"此之谓智。元祐三年九月十八日书。卷六五

夏侯玄论乐毅

《魏氏春秋》云："夏侯玄著《乐毅》《张良》及《本无肉刑论》，辞旨通远，传于世。"然以予观之，燕师之伐齐，犹未及桓文之举也，而以为几汤武，岂不过甚矣乎？初，玄好老、庄道德之言，与何晏等皆有盛名。然玄陷曹爽党中，玄亦不免李丰之祸。晏目玄以《易》之所谓深者，而玄目晏以神。及其遇祸，深与神皆安在乎？群儿妄作名字，自相刻画，类如此，可以发千载一笑。卷六五

渊明无弦琴

旧说渊明不知音，蓄无弦琴以寄意，曰："但得琴中趣，何劳弦上声。"此妄也。渊明自云"和以七弦"，岂得不知音，当是有琴而弦弊坏，不复更张，但抚弄以寄意，如此为得其真。其《自祭文》出妙语于纩息之余，岂死生之流乎？但恨其犹以生为寓，以死为真。嗟夫！先生岂真死独非寓乎？卷六五

荆轲卫生

荆轲慕燕丹之义，白虹贯日，太子畏之。卫先生为秦画长平之事，太白食昴，昭王疑之。夫精诚变天地而信不谕两主，岂不哀哉！《重编东坡先生外集》卷一九

释天性

孟子曰："形色，天性也。"惟圣人然后可以践形，中虽不然，犹知强之于外。此所以为天性也。《稗海》本《东坡志林》卷一一

试笔自书

吾始至南海，环视天水无际，悽然伤之，曰："何时得出此岛耶？"已而思之，天地在积水中，九州在大瀛海中，中国在少海中，有生孰不在岛者？覆盆水于地，芥浮于水，蚁附于芥，茫然不知所济。少焉水涸，蚁即径去，见其类，出涕曰："几不复与子相见，岂知俯仰之间，有方轨八达之路乎？"念此可以一笑。戊寅九月十二月，与客饮薄酒小醉，信笔书此纸。《曲洧旧闻》卷五

论古文

文章至东汉始陵夷，至晋、宋间，句为一段，字作一处，其源出于崔、蔡。史载文姬两诗，特为俊伟，非独为妇人之奇，乃伯喈所不逮也。《春渚纪闻》卷六

俚语说

俚俗语有可取者。"处贫贱易，耐富贵难；安劳苦易，安闲散难；忍痛易，忍痒难。"人能安闲散，耐富贵，忍痒，真有道之士也。《春渚纪闻》卷六

夏侯太初论

人能碎千金之璧,不能无失声于破釜;能搏猛虎,不能无变色于蜂虿。《能改斋漫录》卷八